魅丽文化 花火工作室

墨菲

MURPHY

西门 著

江苏凤凰文艺出版社
JIANGSU PHOENIX LITERATURE AND ART PUBLISHING

图书在版编目（CIP）数据

墨菲 / 西门著 . -- 南京：江苏凤凰文艺出版社，2022.7

ISBN 978-7-5594-6609-9

Ⅰ . ①墨… Ⅱ . ①西… Ⅲ . ①长篇小说 - 中国 - 当代 Ⅳ . ① I247.5

中国版本图书馆 CIP 数据核字 (2022) 第 023748 号

墨菲

西门 著

出版统筹 曾英姿

责任编辑 张　倩

特约编辑 夏　沅　余叮咚

封面设计 苏　荼

出版发行 江苏凤凰文艺出版社

南京市中央路 165 号，邮编：210009

网　　址 http://www.jswenyi.com

印　　刷 湖南天闻新华印务有限公司

开　　本 880mm × 1230mm　1/32

印　　张 9.5

字　　数 333 千字

版　　次 2022 年 7 月第 1 版

印　　次 2022 年 7 月第 1 次印刷

书　　号 ISBN 978-7-5594-6609-9

定　　价 46.80 元

C O N T E N T S ···

目录

CONTENTS…

目录

•
•

墨菲定律：

越想要的人越是得不到，

越不想要的越是接踵而至。

•

第一章

招惹

厚厚的积雪落在围墙上，穿过园林，一幢红砖黄瓦的典型欧式别墅耸立，拱形白窗，外廊上雕刻着神祇，中央洒水系统的草坪修剪平整，围绕着一座流水潺潺的天使喷泉池。

正值隆冬，园林里的冬日玫瑰在风雪中娇艳地绽放着。

路过这幢别墅的人，都会忍不住看一眼——整栋别墅的城墙外攀爬着藤本蔷薇，不同季节不同颜色，花朵层层叠叠，错落有致，在风中摇摆，让人忍不住想别墅的主人一定非常浪漫、有情调。

而稍知内情的人，便知道这是鼎鼎大名的白家。

白家之所以闻名，是因为有一个女儿——白墨菲生得倾国倾城，艳色绝世。

她到底有多美呢？据说富商名门的少爷们，但凡见过她的无一不倾心，心心念念还想再见一面。而其他千金小姐，即便多高傲美丽，也会对她甘拜下风。

据说白墨菲还在年幼时，就让莫家少爷莫流原一见钟情，又是别墅又是豪车送给白家，如珠如宝地宠着她。

白家经营的本是不入流的小公司，靠生产袜子起家，但跟莫家扯上关系以后，就扩大了规模，在国内开了上百家连锁店，生产衣服、裤子、帽子等。现在谁不知道白家的企业只是家“代工厂”，真正的实权都在莫家，莫流原只要抬抬眼皮，就能决定它的存亡?

也就是说，白墨菲仅靠一张脸，就养活了白家上上下下几百口人，真正实现了靠脸吃饭，就这还不能让她出名?

可就在三个月前，莫少爷取消了和她的婚约，白家的产业一夕崩塌。失去莫家撑腰，白家不过是一具空壳……

此时，白家门口聚集了几十个人，有附近来看热闹的民众，有落井下石的记者，也有才被白家辞退的下人。

白墨菲一大早就被窗外嘈杂的声音吵醒，皱了皱眉，坐在窗边，越过一大片娇美的玫瑰园，看到铁门外聚着乌泱泱的人，人越来越多。

“出事了？”她心不在焉地拨弄着瓶子上的玫瑰花，这是仆人一大早从后院里采摘回来的。

端早餐过来的姆妈叹了口气，告诉她，白家在昨夜凌晨宣布破产，资产全部被冻结，这幢别墅也被抵押了，银行限令白家搬走……

白墨菲挑眉，难怪楼下在吵吵嚷嚷地打包家具。

“二小姐，不然你求求莫少爷吧……只要你打电话给他，他就不会坐视不理的。”

听到“莫少爷”三个字，白墨菲的手一抖，玫瑰尖锐的刺扎到了她，鲜血冒出来，宛若一颗红豆。

“为什么要找他？这样也好啊，我们可以开始新生活了。”白墨菲笑笑，伸了个懒腰，一头浓密茂盛的鬈发长至腰间，额边也垂下两缕，像游走在黑夜月光下的野猫，高傲又慵懒，冷艳又薄情。

这么多年她一直被控制在莫流原的势力之下，为了白家小心翼翼地看他的脸色，累了。

姆妈还想说什么，一台奥迪小轿车停在门口，是白家老爷回来了。

白老爷刚下车，从看热闹的民众里就钻出一拨人，围住他拳打脚踢。白家拖欠工钱三个月没有发，现在白家破产了，这些工人选了十几个人过来要钱。

记者们三五成群地聚着，镜头对准白家，都想抢个独家报道。

没有人关心白老爷是会被打伤还是打残，眼见着局面逐渐失控……

“家里能辞退的下人都被辞了，没有人会帮我们。二小姐，你快想想办法，等警察赶到，老爷恐怕已经被打死了啊。”

白墨菲沉吟片刻，说道：“把我的网球拍拿来，将整筐球都带上，快点！”

姆妈带人去健身房抬东西，白墨菲则将整扇落地窗打开，站在外廊露台上，戴上了防护手套。

球拍被她握在手中，绿色网球刚被抛到空中就被她狠狠一击打了出去。

完美的抛物线滑过，一个正在施暴的男人额头被打到，痛得大叫。

围在白家门口的人全都难以置信地看向她——

她站在露台上，将球一个个抛着打了出去。

一时间哀号声四起，围着白老爷的十几个壮汉接连被网球袭击，有人直接被打昏了。

记者们早就调整好摄像头拍下每一帧画面，难以置信地看到白墨菲次次都击中目标。

更让众人惊叹的是，她那么美，五官浓艳，明明是艳丽型长相，眉眼间又有难掩的清纯气息。长至腰间的鬈发被风吹得飞扬，黑色睡裙鼓起，裙角翻飞。

她……就是传闻中的白家二小姐，那个被莫少专宠的女人？

多年来，她被保护得很好，从未抛头露面，有关她的新闻都会被压下去。

此刻，一条车龙驶近，宾利房车后跟着七八辆保镖车，很大的阵仗，任谁都知道车上坐着的一定是个大人物。

“少爷，前面在聚众闹事。”副驾驶座上一个戴着铁钩手的男人降下车窗玻璃，探头看了看，“好像是最近风头正盛的白家。”

白家破产的消息占着各大头条，当年有莫流原护着时，白家风光无限，得罪了不少人，如今失去庇佑，全市的人都在等着折断翅膀的白家从高处摔下来。

司空南墨抬头看了一眼，隔着车窗玻璃，他眼睛如墨，眸底冒着黑雾般的邪气。

只听砰的一声，宾利房车的玻璃被东西砸中，出现裂纹。

被网球追着打的十几个大汉无处可逃，正好都躲到了房车后面。

于是，那些在空中飞舞的球，一个个都落到了房车身上，房车像被冰雹砸过一样，多出七八个坑。

司空南墨皱了皱眉，整个车身晃动得仿佛在遭遇地震。

他降下被打坏的那扇车窗玻璃，又一个从天而降的网球落下，袭向他。

啪，他抬起手来，竟接住了网球。球强大的冲力震得他的手颤了颤。

马丁吃惊地瞪着眼：“少爷没事吧？”

白墨菲怔住，远远地看着那台车。距离较远，她看不清那人的脸，但在触到他的目光时，不知为何从背脊处不断涌起恶寒的感觉，令身体十分不适。

她仿佛看到那男人眼睛里住着两个恶魔，一个恶魔在说：这女人吃不吃？另一个恶魔说：吃，记得蘸点酱。

司空南墨的脸部轮廓隐在暗处，眼眸微微眯起，并不掩饰对她志在必得的占有欲。

那眼神就像他在商场看上了一样东西，喜欢，于是从货架上将其拿下来了。

有不知死活的记者按下快门，闪光灯一闪……

司空南墨沉下脸来："清场。"

马丁晃悠悠地走下车，对着一众人说道："我们少爷一向脾气好，不过当他脾气上来时，你们连下跪的机会都没有。"

短短五分钟，所有人争先恐后地逃走，记者们的摄像机被砸了一地，现场一片混乱。

被打成重伤的白老爷还倒在地上，大脑一片混沌，眼前有双男人的腿，那人身后站着一排排保镖。他的骨头断了，就连对方的说话声也都听得模糊，像沉在水里一样离得很远……

"有人活着度日如年、生不如死，日子很是难熬，有人却活得逍遥自在、随心所欲。同样是人，差距怎么会这么大呢？"那个人说着，一张黑色的名片落到白老爷眼前，"SK"两个烫金字仿佛是打开财富密室的密码。

"如果令尊的女儿愿意，明晚八点，打这个电话。"

这原本应该是和往常没有任何不同的一天，却因为白家破产而彻底发生改变。白墨菲绝不会想到，她会在今天遇见一个改变她一生的男人……

司空南墨是谁？听说过他的人，都说他是个十恶不赦的魔鬼。

有人见过他一声令下让整条商业街关门，有人见过他把富商大佬的头踩在脚下，有人见过他连夜掘了九族墓地的坟……更有人见过他一身黑色风衣地靠在酒池边，坏笑着的邪气模样直刺女人的心。

得罪他的家族无一不惨绝人寰，再厉害的权贵都会在一夜间败落。

司空家族的势力和产业，从不参与排名，因为他们不需要排号。排行榜上的名次，他司空南墨动动手指就能改变。

据说他背靠十三家族，掌控着全世界的经济命脉。

传闻太多，行踪诡秘又很低调的司空南墨本身就变成了一个传奇，极少人真正见过他，所以他活在传闻里，没人相信他是真实存在的。

现实中，司空南墨喜欢以不同的身份出现，每一个身份都让人竞相追捧。他此次来S市开发项目，是以"SK先生"的商业巨鳄形象出入交际场所的。

没有人知道这个"SK先生"的身世背景、他从哪里来，只知道他人脉很广，一出手就是几十亿元的项目。他来S市不过短短数月，在上流圈皆是座上宾，受人人敬重。

下午，阳光斜照在牧场上，大大的蕾丝阳伞下是一张张法式自助餐桌，白墨菲坐在花廊上，阳光从花枝间洒下，更衬得她眉目如画。

她身着紫黑色洋裙，细腰带箍着不盈一握的腰肢，天然的鬈发自然蓬松，脸窄小，眼窝深，属于浓颜艳丽系。

正俯身为她整理裙子的是傅家的少爷，坐在她左右一直试图逗她高兴而高谈阔论的是牧场主的两个儿子，而在为她斟茶的是顾家的三少，还有曾少、陆少、胡少等等，也坐在一旁的长椅上向她行注目礼。

前来这个牧场的名媛淑女们发现，今天是最不同寻常的一天。

因为所有叫得出名的少爷，都把注意力放到了白墨菲的身上——

这些男人围着白墨菲，抓住每一丝机会与她谈笑风生，大献殷勤。年轻的少爷们跷着穿马靴的长腿，身着英气的骑马服，众星拱月一般将她簇拥其间……

在这个牧场里，每周都会举办赛马会。

赛马、打猎、听音乐剧、聚会等等，历来都是这些少爷消遣时光的娱乐活动之一。

可今天，马匹都安静地被关在马厩里，没有几个男人愿意放弃认识白墨菲的机会而去玩赛马。因为在此之前，白墨菲从不参加任何聚会。被莫流原保护得极好的她，一直活在暗处，绝不抛头露面。

然而，这一切都将改变——

几天前，她和莫少解除婚约的消息传遍全城。

白墨菲不再是莫流原的专属，这意味着 S 市的单身男人都有公然追求她的权利。

毫无疑问，她是整个牧场的焦点，不只男人们看她，女人们也在看她。她很美，仿佛血液里流淌着与生俱来的贵族之气。她只是坐着淡笑，就能让这些少爷鞍前马后地为她服务。

看着这些平时有头有脸的少爷一个个俯首帖耳，名媛们的眼睛都快瞪出来了。

“她大可以随便挑走在场最年轻英俊的那位少爷，但她左右逢源，把风光全抢走了。”说话的是拥有私人机场的珠宝大亨商的二小姐，她是在场除了白墨菲外最漂亮的一位，平时最受欢迎，可今天受尽被冷落的滋味。

“我看这些男人都急于在她面前表现，马赛是看不成了……”另一个皮肤白白的女人叹了口气，历来她是皮肤最白皙细腻，受人人称赞的，从未见过比她皮肤更好的人，可白墨菲白得发光。

仆人为女人打着小阳伞，但她还是拿了条丝巾将头裹上，虽然冬日的阳光温和，她却怕被晒黑一星半点……

反观白墨菲沐浴在阳光下，那如雪的肌肤不加掩饰，仿佛她从不需要精心养护。

“我听说白家的老宅要被银行收走，白老爷被那些工人追债打成重伤。我很好奇，她怎么还有闲情逸致在这里调情说笑？”一个甜甜的声音加入，她的音质让她获得“小甜甜”的雅号，可见男人们对她的偏爱。

听过白墨菲的声音后，他们才发现以前对“甜甜的声音”是有极大的误解，像她这样甜得清新自然，不用装嗲也自带娃娃音，配上她御姐般的说话腔调，才更展现女人魅力。

“正是如此，这个牧场主拥有除莫少以外，比其他富豪更多的钱、更多的土地和仆人。”接话的是一个身材高挑、气质绝佳的女孩，她轻蔑地笑了笑，当看向白墨菲时，眼中的轻蔑之色变成嫉妒、不甘和惊叹……

世界上怎么会有像白墨菲这样完美的女人？这让人不禁感叹造物主偏心。

她不只肤白貌美，还有修长的腿、最细的腰、最灵动的眼睛、最高贵的气质、最浓密的鬈发、最蛊惑人心的声音……绝佳的身材比例，以及那笑起来让人魂牵梦萦的妖媚韵味。

虽然在场的小姐们都出身富裕家庭，生活优越，从小由仆人伺候着，在严苛的贵族女子学院学习礼仪，拥有长年累月熏陶出的气质和涵养，一看就是出自名门，可白墨菲不一样，她的养尊处优更像是写在脸上，刻在骨子里，哪怕不用端正地坐着，举手投足随意，都是一幅油画……

可再完美又怎样，她还不是被莫流原抛弃了？大家眼看她起高楼，眼看她宴宾客，眼看她楼塌了……从此白家二小姐风光不再。

“二小姐，昨晚的约会进展顺利吗？”姆妈好奇地问道，如果有SK先生帮忙，白家就可以渡过难关了。

“我没去。”

“那可是SK先生，商界的风云人物，上流权贵争相巴结的对象！”

“所以？”白墨菲轻蔑地笑了，“我也要成为‘之一’？”

姆妈嘟囔着，二小姐连这种聚会都来了，为什么偏要拒绝SK先生？

白墨菲的眼神沉了下来，因为她很清楚那个男人绝不是她驾驭得了的，和他搭上关系必有大祸。

突然，一阵悠扬的手机铃声响起，显示是陌生来电，白墨菲挂断了电话。

只见年迈的牧场主带着十几个家仆行色匆匆地赶来，勒令取消赛会，所有人退场。

“这位就是白家二小姐？”牧场主走到白墨菲面前，那表情就像奔丧一样痛苦——

白墨菲心中一惊，难道是白家又出事了？

“希望您高抬贵手，今后不必大驾光临，放我们时家一条生路。”

白墨菲蹙起眉。她其实不喜欢与人交往，素来性格冷淡、独来独往，不爱热闹的人群，宁愿躲在角落看看书。要不是眼下白家真的很难，她不能放着上上下下一百多口人不顾，也不会来这里。

手机铃声又响了，还是那个陌生来电……

白墨菲刚接起电话，就听到了嚣张跋扈的声音：“白二小姐好大的派头，昨晚竟敢爽我们少爷的约，今天倒是有闲情逸致去参加众多公子哥的派对。”

“我想赴谁的约是我的自由。”白墨菲语气发冷地说。

马丁轻蔑地笑道：“只可惜人生就像蒲公英，看似自由，却身不由己。”

“不好意思，麻烦转告你的少爷——”

天下着雨，两个保镖打着黑色大伞，恭敬地拉开车后座的门。

从车里下来的男人，九头身比例的高大身材，贵气十足的英姿，吸引得街边来来往往的行人驻足。

马丁举着手机，白墨菲的声音透过手机一字一句清晰地传来：“追求我的人很多，我也不知道要先拒绝谁，不过刚抽到一位幸运用户。”她清脆的声音被手机扩音功能放大，“一等大奖，附送永久黑名单，恭喜 SK 先生！”

马丁手一抖，心有余悸地去看身边的男人。

姆妈一脸忧心地问：“二小姐为什么要拒绝 SK 先生？”

“这人面色凶狠，脾气不会小。”白墨菲一眼就知道司空南墨不是好惹的男人，为什么要给白家找麻烦？她当然是对他敬而远之。

姆妈想起司空南墨身边跟着的马丁，那虎豹豺狼的面相绝对不是好人。

“可二小姐得罪他，岂不是会被报复？”

“如果他心胸狭隘到这都要报复我，那就更加证明这人不能接触。”白墨菲无所谓地说道。

当晚，帮佣拿着手机找到她：“二小姐，你的电话。”

“不是交代过任何人找我，都说我不在家吗？”

“对方说你在家，如果你不接这通电话，一定后悔莫及。”

白墨菲揉了揉眉心，果然她的直觉没错，这个男人是个不好惹的角色。

“白小姐，晚上好！”电话那端传来马丁古怪的声调。

“什么事？”白墨菲语气冷淡地问。

“你是至今为止第一个敢拒绝我们少爷的女人，你竟敢把他的电话号码拉进黑名单？”马丁不可思议地问道。

“有事说事，我忙着呢。”白墨菲一只手还握着画笔，在画布上添上浓墨重彩的一笔。

马丁笑了，笑声更古怪了：“我是来通知你，白家那幢老洋楼有了新主人，少爷出手相当阔绰，给白家还了一笔不小的债务。”

白墨菲挑眉，这幢房子已经被抵押给银行，会被售出并不稀奇，只是没想到那男人动作这么快。

“你是来通知我搬家的吗？”

“不着急，白小姐可以先住着，直至找到新住处为止。”马丁慢悠悠地说道，“不过如果白小姐喜欢，也可以再次成为它的女主人，永远不必搬家。”

“不劳烦了，我会尽快搬走。”

马丁沉默。

“还有事？”白墨菲失去耐心，就想结束通话。

“白小姐对我们少爷的第一印象如何？”马丁不死心地问道，眼睛朝一旁瞥去。

司空南墨靠坐在真皮大转椅上，手指一根根地动着，叩着桌面发出有节奏的声音。

然后，他就听到白墨菲不假思索的回答传来：“一言难尽。”

怎么就一言难尽了？

不等他再提问，那端的人果断地挂了电话。

司空南墨一张俊脸瞬间沉了下来，气温直下降了八百摄氏度，马丁就仿佛被扔进了冰窖里。

“少爷，我猜这个白小姐为了引起你的注意，故意玩欲拒还迎的游戏。”他机智地化解着危机，“她想表现出与众不同来。”

司空南墨紧紧地靠在椅子上，沉声问：“是吗？”

“当然了，以少爷的条件，哪个女人见了不是飞扑过来？这个白小姐沉得住气，心机深哪。她大概不满足于只做少爷的女人，想借机坐上司空夫人的位置，现在才会吊足少爷的胃口……”马丁觉得只有这个解释才是合理的。

事实上，“心机深”的白墨菲可并没有什么心思去做司空夫人，连夜就召集了白家仅剩的几个帮佣，准备打包行李搬家。

白墨菲查了账目，白家只剩空壳了，别说一分钱掏不出来，还有几千万元的债务。

不得已，她拿出了自己的私房钱交给姆妈，让其尽快找到新住处。

“卡里有几十万元。”这是白墨菲得到的一些奖学金和做设计获得的报酬。

“可老爷重伤住院，还要花不少钱……一家人还需要生活，就这点钱，能搬去哪儿呢？”姆妈犯愁，几十万元都不够在市区里买间小公寓。

“那就先租房，租便宜的、郊区的房子。”目前她还要想办法解决白家的债务问题，否则白老爷即便不死在医院里，也要面临牢狱之灾。

第三天，所有家具已经被装箱打包好，几辆搬家公司的车都已经开到门口了，白墨菲又接到了司空南墨身边那只恶犬的电话。

“白小姐，我大概忘记告诉你了，白家的别墅以及所有值钱的家具、电器，都被抵押给银行，而后又卖给了我们少爷。也就是说，白家现在的一草一木、一墙一瓦，除了人，其他都属于我们少爷。你现在要带着我们少爷的资产搬家？”

白墨菲甚至怀疑，对方是不是安排了人在附近监视白家，怎么会这么刚好，她正要搬家，对方的电话就来了？

“你是说所有东西？包括我的私人物品？”白墨菲倒抽一口冷气问道。

“但凡值钱的东西，都算。不过，如果你们实在要拿，那些衣物可以带走，反正我们留着也没用。”

“我知道了。”白墨菲憋着气闷声回道。该死的，明知道这些家具不可以搬，不提前提醒，害他们这三天都在忙里忙外地打包，他就是故意的。

“听说白小姐的新家在郊区的城中村，住得惯吗？”马丁奚落的嗓音追问道。

对方连她搬去哪儿都知道了？对方一直盯着她的一举一动。

“其实白小姐大可不必兴师动众，就在白家住着不好？少爷房产众多，并不会去那边住，你们住在那里，就当作是为他看顾房子了。”

白墨菲冷声拒绝：“无功不受禄。”

司空南墨大费周章地把白家别墅买下来，就为了给她住？他打着什么坏心思，她很清楚。

“我们可以签订一份租赁合同，自己的房子住了那么多年，没有比它更舒服的地方吧？”马丁显然是有备而来，“你跟城中村那套房子的租约，我们可以照搬过来签，租金不变。”

“谢谢好意，不必了。”

“白小姐，实不相瞒，你在城中村租的房子的东家，也是我们少爷。”

白墨菲怔了几秒钟，才明白过来：“他把那套房子也买了？”

“白小姐，我希望你明白，这世界上总有一种人，他想要做的事，没有人拦得住；他想要的东西，必须得到。”马丁自信地说。

白墨菲冷下脸来，她遇到难缠的人物了……

她昨天才签的租约，租期三年，交了押金和半年租金，如果毁约，钱是拿不回来了。她再租别的房子，司空南墨又买了呢？

她本来就资金紧张，要用钱的地方很多……

“白小姐，你在怕什么？”马丁嘲笑的声音传来，“难不成我们少爷会吃了你？”

白墨菲思虑再三，说道：“我怕什么？我们签了合同，就有法律效应。”

签了租约，她就有居住权，难道还怕司空南墨半夜闯进来不成？如果他是这种人，那她搬去哪儿结果都一样。

想到目前她要处理白家的烂摊子，搬来搬去其实更麻烦。等还清债务，将公司的事交接完，她要远赴巴黎完成芭蕾梦，留在 Z 国的时间也不多了。

“那白小姐是答应了？”

“嗯，不过租期改成一年吧，不用那么长。”其实，半年内她就会解决好一切事情，然后离开。

“也行，说不定过几个月直接更换成购房合同，如果白小姐脑子够聪明的话——”马丁暗示着。

白墨菲笑了笑，不管那男人耍什么阴谋、手段，她都不会妥协的。

不一会儿，马丁就把新合约传真过来了，白墨菲仔细检查过，和她签的上一份租约条款相同，只是住址和租期做了变更，而租金她已经交过了，只要改签成这一份合约就可以了。

耳边还响着马丁的话：“晚上八点，皇廷大酒店三楼，白小姐带着签好的合约过来。对了，打扮漂亮点，挑一件好看的晚礼服。”

白墨菲嘴角挑起讥笑，让她打扮漂亮去取悦那个男人吗？

她不想跟他有接触，连面都不想见……

她将签好的合同交给姆妈，报出地址，想着那男人再失风度，也不至于让帮佣难堪吧？

“少爷，我说什么来着？这个白小姐就是城府深，绕了个大弯，还不是答应了？”马丁吹了声口哨，高兴地报备道，“她应该很清楚，与少爷签下租赁合约，就可以长期吊着少爷，精明啊。”

司空南墨活动着肩骨起身，推开窗，微风带着阵阵海棠花香气扑来，令人心旷神怡，他感觉连日来的疲乏感都消除了……

他扬着唇笑了片刻，沉声道：“把那套 Savile Row 西服找出来。”

马丁啧啧了两声，难得见少爷对哪个女人给予这么高的重视。

这套西服十分正式，垫肩微翘，高领嘴，胸围有一点鼓，少爷本来就是肩宽腰窄的身形，前胸撑得很满，而腰部开始收紧，整件上衣造型类似漏斗，与他的身形完美搭配。在上胸外侧和背部肩胛骨处，多余的布料产生帘状褶皱，加上前胸有一点点呈褶状的感觉，更显得少爷身姿挺拔。

司空南墨正了正衣领，领子很窄，从领子到腰扣位置的驳头略成弧形。

马丁将手巾折叠一半放在他的左胸口袋里，又在领子边别上胸针——

瞬间，司空南墨就像是从油画里走出来的皇室贵族，英俊得无与伦比。

当姆妈拿着合同出现在皇廷酒店三楼，看着餐桌前的司空南墨时，一把年纪的她还是感受到了视觉冲击。单身大半辈子，她终于明白了什么是恋爱的感觉，心如小鹿乱撞。

而司空南墨呢，那张脸比泼过墨汁还黑。

“我……我家二小姐派我……来送……租房合同……”姆妈结结巴巴地说着。

马丁的表情一定很恐怖，因为他差点把眼前这个大妈帮佣吓哭：“她人呢？”

“二小姐她……她很忙……”

马丁嘴角抽搐，她再忙，能有少爷忙？什么事能比见少爷更重要？

司空南墨的脸色让人捉摸不透，他盯着合同上白墨菲的签名，龙飞凤舞的笔迹仿佛在嘲笑他。

半晌，他才从齿缝里逼出几个字：“叫她亲自来拿。”

这男人怎么这么多事？一份租约也要她亲自去拿？

白墨菲听着电话那端传来的姆妈哆嗦的声音，冷冷地回复道：“再说吧，我没空。”

“二小姐不过来？”姆妈睁大眼，惊恐万分地问，“合同怎么办？”

“只要签约了就作数，我的那份暂且放在他那里，没关系。”白墨菲无所谓道，不想见那个男人。

电话突然被易了主，马丁讽刺的声音传来：“你是第一个敢让我们少爷空等的女人！”

“不好意思，我真的忙得抽不开身。”白墨菲敷衍地回道。

“你真是不识抬举，白小姐，我劝你——”

“我有事，先挂了。”不等对方威胁她，白墨菲率先挂断了电话。

有句话说，宁可得罪君子，也不能得罪小人，但如果得罪了小人，就要得罪到底。

白墨菲不希望对方对她抱有幻想，以为她是可以任由他们玩弄的女人……

她才把手机放下，电话又打来了。她索性关机，起身去浴室洗了个澡，睡觉。

次日她醒来开机，短信箱里收到一条姆妈发来的消息：“二小姐，救救我。”

马丁接到回电时，露出得逞的坏笑：“白小姐终于想起给我打电话了？”

“你们把她怎么了？”

“没什么，就是看她年纪大了还要替你劳累奔波，留她在这里休息。”马丁轻松惬意地说道，“白小姐且放心，好吃好喝地让她住着，我们不会为难一个下人。”

他说得这么冠冕堂皇，却连帮佣都不放过。

白墨菲忍着脾气：“什么时候放她回来？”

“那要看二小姐什么时候过来接她。”

白墨菲咬了咬牙：“你们怎么这么无耻？”

“盛情款待你的帮佣，怎么就无耻了？我们对她太好，是她自己舍不得走。不信，你问问她。”马丁说着，就把手机递给了姆妈。

“二小姐……呜呜呜，是我舍不得走……呜呜……他们对我很好……真的……”

白墨菲握紧了手机。

“二小姐何时来接我？”

姆妈说的每个字都透着惊恐万分的惧意。

“白小姐听到了，她过得好着呢，乐不思蜀。”马丁笑了笑，“说不定她想从此替我们少爷干活。可惜少爷不喜欢女人给他打点生活起居的事，不然多招一个保姆也是可以的。倒是她做的饭菜口味还勉强，我可以考虑留下她打理后勤。”

“你们现在在哪儿？我马上过去。”白墨菲揉了揉隐隐作痛的太阳穴。这帮人太阴险了，浑蛋！

马丁闻言，哈哈大笑起来。他终于达到目的，怎么会不高兴？

“白小姐稍等，我得问问，毕竟我们少爷很忙，也不是随时有空接见你这种小人物的。”

白墨菲咬牙切齿地说：“你快问！”

姆妈是她的贴身保姆，她还在襁褓中，姆妈就开始照顾她，相当于奶妈的身份，对她而言是半个亲人，她自然不能让姆妈有任何意外。

马丁“问”了半个小时，让白墨菲等得心急如焚，一催再催，那边才法外开恩一般回道：“下午三点，皇家俱乐部，过时不候。”

他不等白墨菲说话，挂了电话。

白墨菲狠狠地攥着手机，这男人真是心胸狭隘、睚眦必报。她开始讨厌他了，并暗暗告诫自己不能跟他有任何关系。

下午。

皇家俱乐部以意式装修风格为主，半圆形拱顶，有着逐层挑出的门框装饰和高大塔楼，并大量使用彩绘窗，形似教堂，一张张白色的餐桌围绕着十几张台球桌。

人们吃着餐点，不时上去打几场桌球休闲一下。

但自从司空南墨出现后，其他的台球桌就空了，别的男人实在颜面无光。

砰，啪！

最后两个桌球先后滚入洞，司空南墨抬手取下叼在嘴里的烟，长长的烟灰在他一气呵成地把整桌的球接连打进洞之前，一丝也没有掉落。

他随手把烟蒂摁进烟灰缸中，一旁的小厮立刻上前接过他手中的台球杆。

“少爷，有个女人一直跟着你，”铁钩手马丁端来茶水，“怎么处置？”

司空南墨冷着脸说：“还用我教你做事？”

换作平时，马丁不用汇报自然会将人赶走，但今天例外——

“我查过了，她是白家的三小姐，白芸芸。”

司空南墨正在擦拭的手顿了顿，白家三小姐？他的脑海中晃过那张骄傲美艳的脸。

“怎么回事？”司空南墨走到一旁的就餐区坐下，两条长腿随意地交叠着，又点了根烟。

他一进俱乐部，打眼的外形就很是惹人注意。

双层立领大衣，棕色长靴，那张脸过分俊美，肌肤白皙，混血的立体轮廓，高鼻浓眉，刘海全部往后梳起，没有任何死角的脸使他优越的骨相更淋漓尽致地展现了出来。

加上他一看就是练过的高大身材，非但不违和，还充满高贵感。

明明他的脸只有二十多岁，却拥有三四十岁男人才会有的成熟魅力，气场强到让人不敢直视……

司空南墨吞吐了一口烟雾，在手机上点开一段视频，是那天在白家别墅闹事被记者拍下的，白墨菲站在露台上接连挥打网球教训人的场面。

从客观而言，她真的很美，即便司空南墨阅人无数，像这样的美人也不多见——是他喜欢的型，尤其是性格。

马丁突然笑容诡异地出现了：“恭喜啊，少爷。”

司空南墨皱了皱眉。

“我盘问过了，这个白家三小姐说是两个月前跟少爷有过一夜情缘，现怀了身孕，孩子是你的。”

司空南墨冷不丁被烟呛了一口，脸色变得难看起来。

马丁吓得立马收敛了笑：“两个月前，在这家俱乐部，少爷的确是见过这位白小姐的。”

司空南墨危险地以眼神警告，他每天见人无数，但要说起他碰过谁，他当事人还不清楚？

马丁再不敢开玩笑，说清原委。

原来，两个月前，白芸芸在这家俱乐部举行的酒会上遇见司空南墨，并对其一见倾心。小小年纪的她把自己灌醉后，主动投怀送抱。

然而，司空南墨并没有接受她，每天朝他扑上来的女人像屎壳郎滚的粪球一样多，他避之不及，没有印象也正常。

烂醉后的白芸芸被宴会上的男人盯上，发生了一夜故事，她醒来时却全忘了，以为那夜和她发生故事的是司空南墨。

这两个月，白芸芸到处打听他的消息。可不管她怎么问，没有人知道他是谁。她只好每天都来俱乐部等，但再也没有等到他。

当她发现自己怀孕了，又惊又怕，白老爷又逼她拿掉孩子，她没办法才想要轻生。

今天一早，她又等在了俱乐部门口。

她本没有抱什么希望，没想到终于等到了——

“少爷，这真是巧了，最近跟白家还真有缘分。”马丁调侃道，看到白芸芸哭得梨花带雨，言之凿凿，差点信了。

不过，这么多年了，还没有女人被司空南墨看上过，他向来不近女色，任三千粉黛殊绝，无非带皮骷髅。

直到白墨菲出现，这是马丁头一次在司空南墨的眼中看到了兴致。

“打发她走。”司空南墨垂眸看了看腕表，很快就到他和白墨菲约定的时间了。

马丁明白，叫了几个保镖打算赶白芸芸走。

白芸芸好不容易见到司空南墨，却连上前说句话的机会都没有，哭诉着不肯走……

几个保镖见赶不走人，就要动手，白芸芸吓得大喊大叫起来：“我怀着他的宝宝，他不要我，也不愿意看看我们的孩子吗？”

用餐区的顾客都看了过来，看司空南墨的眼神仿佛他是薄情寡义的浑蛋。

他长得英俊无双、仪表堂堂，骨子里却是不负责任的人渣。

“我只想见他一面，跟他说清楚。如果他不要这个孩子，为什么不能亲口和我说？我也是走投无路了才来找他的……”白芸芸哭得凄惨，“如果他也不管我，我会活不下去的。”

司空南墨慢条斯理地放下茶杯，用餐巾擦了擦手，就起身拿起搭在靠背上的外套离开，仿佛白芸芸不存在一般，朝VIP区包间走去。

白芸芸怔了怔，凄苦的哭喊也没换来司空南墨的一记眼神，几个保镖就要架起她将她丢出去——

白芸芸手疾眼快，抓起一把餐刀挥舞着：“叫你们少爷来见我，否则……否则我就……自残，让他后悔莫及。”

围观者哗然。

“如果她有事，你才是连下跪的机会都没有。”

一道清冷的嗓音传来——

拱形门边，白墨菲站在那里，唇瓣殷红，卷曲蓬松的长发，穿着黑色毛绒大衣，像一只优雅却狠厉的野猫。

“白小姐，这次挺准时。”马丁一脸意外的表情，她才出场就这么狂，竟用那天在白家门口他威胁别人的话来回戗少爷。

司空南墨停下脚步，看着那女人径直走到他面前，一把揪起了他的衣领。

白墨菲忍得多用力，才没有一巴掌打上去。

她来得很凑巧，正好目睹了整个过程，自己的亲妹妹怎么会跟这男人有关系，连孩子都有了？

司空南墨体形偏壮硕，一米八八的个头，肩宽腰窄，即便披着大衣，也能感觉到肌肉的力量。

男人没有表情的脸很是冷酷，有着高高在上的距离感以及不好招惹的狠劲，是那种一看就没有女人能够驾驭的男人……

白墨菲一米七的净身高，踩着六厘米的红高跟鞋，矮他几厘米，气场却一点也不输给他。

马丁在一旁不嫌事大地看热闹，换作平时，别的女人还没过来，就被保镖拦下了，哪能近司空南墨的身？但是，以男人的直觉，他认为司空南墨是希望白墨菲过来的……

结果，他没猜错，被白墨菲这样抓着，少爷看起来很是享受。

“你来了。”司空南墨勾唇，缓缓露出一抹邪肆的笑。

“二小姐，我在这儿……”姆妈刚被两个保镖从包间里放出来，就看到白芸芸正在伤害自己，“三小姐怎么也在？啊，流了好多血……”

闻言，白墨菲放开了手：“我现在没空收拾你，你敢逃跑，就死定了！”

司空南墨兴味盎然，忽然觉得那个大喊大叫的白家三小姐不吵了，一切都变得有意思了。

马丁提了张椅子过来：“少爷，不知道白小姐待会儿要怎么收拾你。”

司空南墨懒散地往椅子上一坐，看着一地的血迹，不由得蹙起眉。白芸芸的伤势不轻，万一真出了事，白墨菲永远不会原谅他……

他想结亲，可不想结仇。

“去帮忙。”他吩咐道。

马丁看了看战况，白芸芸显然已失去理智，双手攥着匕首蜷在地上爬着，没人敢贸然靠近刺激她，生怕她让自己受伤更重。

还没等马丁前去帮忙，白墨菲就已打开了墙上的消防栓箱，拿出大大的皮管，双手按住喷头。

白芸芸浑身是血，汩汩的鲜血带走身体的热度，她不允许任何人接近……

司空南墨不认她，不会娶她，白老爷绝不会答应她未婚生子。她不甘心就这样认命。

忽然，一股水流冲击着她，强大的水柱弄得她睁不开眼。

保安趁机冲上去将人按住，白墨菲也赶上前将她紧攥的匕首抢下，扔远了。

“放开我……白墨菲，谁让你多管闲事？！”

“你要真想死，我亲自动手，别在外面丢人现眼。”白墨菲训斥道，霸气侧漏，每一个字都直插人心脏。

“他不要我，连看看我都不愿意，我每天都很想他，每天来这里等他……”白芸芸瘫在地上，手脚被人钳制着，受伤的腹部还在流血。

白墨菲摘下裙子上的系带，将她冒血的伤口按住，紧紧地绑着，暂时止住血。虽然白芸芸流血不少，但幸而没伤及要害，只是皮肉伤……

“你现在救了我又怎么样？我对活着这件事已经没有热情了……除非你让他娶我！”

“那我会把你绑在病床上，扔进疯人院，直到你哪天对生活有了热情为止。”白墨菲冷冷地威胁道，鲜血染红了她白皙的手。

“你在威胁一个快死的人？”白芸芸哭着喊道。

“你应该知道我说的话不只是威胁。”白墨菲擦了手上的血渍，朝姆妈点头示意，让俱乐部的保安帮忙送白芸芸去医院。

“看来白小姐以一己之力就镇住了局面，完全不需旁人出手帮忙。”马丁啧啧出声道，白墨菲遇事冷静不慌，果决又机智。

司空南墨靠在椅子上，交叠着两条长腿，一脸讳莫如深的表情。

“少爷，她这是要走了？”马丁嘴角一抽，他们少爷头一回这么没有存在感，白墨菲竟完全忘了他还等着？

他抬了抬手，两个保镖就上前去提醒。

白墨菲心里正有气：“怎么，你们还没走，专程等着我赏你们少爷巴掌吃吗？”

为首的保镖惊得倒吸一口凉气。

“不要再来招惹我们白家，我不是好欺负的……否则，下次见面，你就要坐上轮椅了。”白墨菲说这句话时是面向着司空南墨的，恶狠狠地威胁道。

不管对方是什么人，有多大的权势，他都没有权利这样伤害白家人——

“你何以认定她腹中的孩子是我的？”司空南墨沉沉地开口问。

“你自己做过的事还不敢承认？”

“我的眼光不至于这么差。”司空南墨深深地看着她，那眼神像是要把她剥光了。

白墨菲讨厌他看她的眼神，从她出现以后，他一直用这样的眼神看着她，仿佛她是他志在必得的猎物，他不急不躁地等着。

“白小姐，这其实是一场误会。”马丁解释。

差点出人命了，对方轻飘飘地说是误会？

白墨菲紧紧攥着拳头，为什么这种人不去坐牢，还能有权有势、人模狗样？他这是白瞎了老天赏给他的好皮囊——

“白小姐，有时候眼见不一定为实，这才是真相，你看看。”马丁将一袋资料递给她。

这是俱乐部经理调取到监控录像后截取下来的照片，足以证明那晚白芸芸对司空南墨投怀送抱后，遭到了拒绝。随后将她带出俱乐部的另有其人。

“我不看。”

“你拒绝接受真相，还是不敢看？你就不怕你错怪了少爷，冤枉了一个好人，会懊悔终生？”

“他要是好人，这世界上就没有恶人了！”白墨菲咬着后槽牙，要不是打不过，早就动手了。

马丁挡在她面前，抬着那只铁钩的手：“看完了，你要还这么认为，我们少爷会道歉。”

白墨菲瞥了一眼马丁脸上的刀疤，他的半只手被截断了，装了铁钩。

她再看司空南墨身边站着的七八个保镖，个个身高体大，满身肌肉……

“看完后，我希望他能跪着道歉。”白墨菲接过资料袋，漫不经心地翻着。

当翻完所有资料，得知真相后，她眉眼间的戾气变成不自然的尴尬之色。

“看完了，有何感想？”司空南墨表情似笑非笑，像游走在森林里的猎豹。

白墨菲紧紧地抿着唇，从小就知道这个妹妹被宠坏了，想要什么都要赖强要。她会为了得到司空南墨而撒泼、要死要活，一点也不奇怪。

想来，白芸芸刚刚并不是真心求死，因为也就割破了点皮肉……

“我们少爷长得帅，受女孩子欢迎是很正常的……这总不是罪吧？”马丁挑眉道。

“家门不幸，让你们见笑了。”白墨菲别开脸，“回去我会好好教育她的。”

“让她不要再缠着我们少爷不放。”

白墨菲从鼻子里哼出声音：“可以，不过你们少爷也别缠着我不放。”

“我何时缠着你不放？”司空南墨的眼神危险又邪恶，具有很强的攻击性。

“没有最好，合同给我！”白墨菲摊手。

“没带。”

约她出来拿合约，他竟然没带，这还不是故意的？！

算了，想着姆妈已经安全了，这会儿应该和保安一起带着白芸芸先去了医院，她也要赶去看看，没有时间多纠缠。

“白小姐先别走啊，我们少爷只想跟你交个朋友。”

“他通常喜欢以这样的方式交朋友？”她指了指保镖按在她肩上的手。

马丁打了个响指，一左一右的保镖就松开了手。

“现在呢？足够有诚意了吧。”

“今天心情不好，不想交朋友。”白墨菲说着就离开了，围观的人群自动给她让出一条路，她身上那股气场就像劈开了海潮。

没有人会放过结识司空南墨的机会，白芸芸用性命相逼也换不来一次会面，可白墨菲对他满眼嫌弃之色，避之不及。

司空南墨盯着她离去的背影，手指轻轻摩擦过唇瓣，笑了。

第二章

被追求的二十六天

三天后，一个上流舞会里。

黑玫瑰簇拥着菱镜，映出一个身影。

白墨菲身着露背大深V长裙，黑色羽毛裙摆及地。她在舞场里走着，随手接过男人送她的玫瑰，花瓣凋败着，似乎愧于没有她美丽。

不管她走到哪里，舞会里的人的目光都在追随她……

这次装饰着黑色玫瑰的酒会，就连帮佣看见她，都会羞怯地赞美："你真美。"

莫流原曾说过，任何男人看到她，都会想要将她占为己有。

"白小姐，不好意思，让你久等了。"迎面走来万荣银行的行长。

司空南墨坐在休息区里，抬眼看见白墨菲接受男人的邀请步入舞池。

他眸色发沉，看她身体轻盈，舞姿翩翩，在男人们赞赏的目光中游刃有余地跳着。

白墨菲一出现，那些名媛小姐和满室的鲜花都黯然失色了，成为对她来说毫不起眼的点缀。

她跳着舞，发现一道独占欲极强的目光，充满了危险的警告意味。

她转过脸对上司空南墨的注视，他的眼神跟随着她，眼睛盯着她，像一只蓄势待发准备捕获猎物的雄狮，耐心地等待着。

怎么又是他？！

马丁候在司空南墨身旁，也看到白墨菲了，抬了抬铁钩手，算是打招呼——没想到又见面了。

白墨菲脸色发冷，不允许自己分神，抽回思绪。

“白小姐，对于白家现在的处境，我也很同情，但我爱莫能助。”

“白家破产了，我没有奢望能起死回生，但现下欠着许多人的工钱未发，他们也都有家人需要养活，我希望贵行能再贷最后一笔资金给我。你放心，我会很快把这笔钱还上的。”一曲结束，白墨菲拎着大大的裙摆与男人交谈着，走到舞会一角。

“你是莫少爷的朋友，按理我是该帮你渡过难关。”行长倒了一杯酒递给她，“白小姐干了这杯酒，我会慎重考虑。”

行长笑眯眯的，眼睛里的贪婪之光一闪而过。

“我看，这个女人只有在遇到少爷的时候，才带着脑子。”马丁看到这一幕场景，啧啧惋惜——对付少爷那股机灵劲儿上哪儿去了？

司空南墨脸色发沉，倏然从椅子上起身。

“怎么，少爷，你要管？”马丁挑眉，司空南墨从不多管闲事，但关于白小姐的……就不是闲事。

“我们去休息室谈谈贷款细则吧。”行长看着白墨菲喝光了酒，笑得很是开怀。下一秒，他脸上的笑裂了，膝盖一软，就朝白墨菲跪下。

司空南墨狠狠一脚踹到他的腿弯处，又踩着他的脖子，迫使他磕了几个头。

行长想要挣扎，又被一只手拎过吧台上的洋酒瓶砸到头破血流，碎玻璃碴开花似的掉下来。

酒会里音乐喧嚣，人影双双舞蹈着，没人注意到这个角落。

白墨菲握着酒杯，难以置信地看着眼前的情形，整个过程发生得那么快。

“少爷，这种粗活何必你亲自动手？我来。”马丁提起行长的肩头，将人丢给身后的几个保镖。

“你们想干什么？！”白墨菲皱眉大喊。

“多大了，还是这么天真？没人教过你，陌生人递的酒不要随便喝吗？”司空南墨的眼比窗外的夜还漆黑。

什么？白墨菲盯着空酒杯，难道……

她的脑子一阵眩晕，酒劲的后力冲得她浑身发烫，身体也软软的。

“少爷，你的手流血了。”马丁递来一张手巾。

司空南墨砸酒瓶的手被玻璃划破，殷红的血顺着食指滴着，他抬起手，随意地舔过伤口，鲜血沾在他的唇边。他用手抵着下颌，像嗜血的野兽，脸被舞池明暗的光影照得格外邪魅。

他看起来……十分危险。

白墨菲朝后退了两步，转身要走。

马丁横着铁钩手，又拦住她："我们少爷救了你，感谢的话也没一句？"

"谢谢。"白墨菲的头太昏沉了，她得马上走。

"单是谢谢就完了？我们少爷可为你受伤了。"

"这人年龄大了，手脚迟钝不便，容易受伤很正常，回去后贴两贴膏药。"白墨菲扶着吧台轻轻嘲笑道，越来越晕。

马丁以为自己听错了，她说他们少爷年龄大了、手脚迟钝不便？少爷救了她，她还嫌少爷不够强壮能打呢？

司空南墨不气反笑："我的左右手年龄一样大，怎么就只伤了右手？"

"你蠢呗。"白墨菲再朝前走，仿佛一脚踏进万丈深渊，发软地朝前跌去。

一双大手扶住她，男人顺势将她拉入怀中，她感觉天旋地转，只听到他低沉的嗓音响起："看来，你被保护得太好，不知世间险恶。"

白墨菲软得站不起来，被司空南墨扛起，扔到了肩上。

"你放开我。"她虚弱地喊着。

她没想到酒里会下药，这个万荣银行的行长与白家打交道多年了，以前有莫流原在，他根本不敢有非分之想。

她和莫流原解除婚约后，她的保护伞消失了。

盛大的酒会继续举办着，没人留意到这个小插曲。

在一间富丽堂皇的套房里，门被一脚踹开，白墨菲闭着眸，被小心地放到床上，蓬松的长发倾泻，黑羽长裙铺满大床，一路掉了不少羽毛，仿佛一只受难的黑天鹅。

而站在床边的男人沉沉地看着她，全身散发出一股危险的气息。

白墨菲目光迷离，嗯，好热……浑身难受……

司空南墨伸手捋了捋她的头发："笨蛋。"

他的手带来冰凉的感觉，白墨菲按住他的手，不允许他收回去，胡乱地抓着他的大手在她的脸上蹭着。

司空南墨的眼神变得幽深极了："你宁愿把自己置入危险的处境，也要拒绝我。我比那个行长还要危险吗？"

"我很难受。"她的身体变得很奇怪。

司空南墨沉默了一会儿，脱去外套，一颗颗地解着纽扣。

白墨菲怔怔地看着他问："你想干什么？"

"当然是帮你。"

她瞬间有些清醒，扯开他的手："你滚。"

"你确定？"他高高地俯视着她问，"一旦你的药起作用，失去理智后，你离开房间会有什么后果？"

白墨菲咬着唇，难受得把枕头攥成一团。

"我当然不允许那样的意外发生，能碰你的只有我。"冰冷强势的声音在她耳边响起。

白墨菲黑色的晚礼服被一只大手挑开——

她想要阻止他，却全身无力，想要开口拒绝，双唇却被吻住了……

白墨菲全身发软，昏昏沉沉的，被深深地吻着，厮磨纠缠。她睁不开眼，如火烧的滋味让她欲罢不能。

男人气息炙热，撬开她的牙关，吻得更深。

但在白墨菲的眼中，他的脸慢慢和另一张清冷高贵的脸重叠。

流原……莫流原……

靠在床头上，熟稔地拿过一根烟点上，又意识到怀里睡着女人，司空南墨摁灭了烟，一只手被白墨菲枕着，保持这姿势少说也有半小时了。

他烟瘾太大，得慢慢戒了，以后要习惯身边多了个女人。

桌上被调成静音的手机振动了一下。

一条短信发来："少爷，完事了没？那个项目还等着。"

马丁守在门外，没蠢到敲门打扰——少爷什么体力也该结束了吧，都三个多小时了。

司空南墨只欠身拿手机，沉睡中的白墨菲以为他要走，小手抱紧了他。蜷在怀里的她，就像一只惹人怜爱的小动物。

司空南墨收回手搭在她的背上，轻轻拍了两下。

白墨菲还是醒了，微微睁开迷蒙的眼，眼神慵懒。

他内心一动，忍不住拨开她汗湿的发，在她的额头吻了一下。

白墨菲还没反应过来，又被他捏着下巴吻了吻唇。

她的嘴唇……早被他吻得发红发肿了。

白墨菲疼得倒吸了一口气，他放开她，粗糙的手指轻轻摩挲着她的唇，说："下次我温柔点？"

她这下彻底醒了，脑子轰地爆炸。

她还在刚刚那个房间里，桌上点了玻璃杯蜡烛，散发着微弱的光芒。

她在他的怀里，被汗湿的长发纠缠着他结实的胳膊。

司空南墨没穿衣服，下半身盖着薄被，露着的胸膛上野蛮地生长着一片性感的细小金色绒毛。

而她——也没有穿衣服，亲密地与他相贴。

白墨菲只是动了一下，就觉得疼，浑身都疼。

“你的莫先生还没有碰过你？”他的手指缠绕着她的发，声音低低地问。

白墨菲意识到发生了什么事，羞愤、迷惘、无助，无数的情绪接踵而来，通通化为愤怒情绪。

她扬手一巴掌扫去。

“我救了你，这就是你的回报？”被打了一耳光，他不怒反笑地问。

“我没让你救。”

“如果不是我，你大概率也在那个行长的怀里。”司空南墨捏住她又想打过来的手，“你身上会发生和你妹妹一样的事。”

“有区别吗？”白墨菲眼睛发红，结果都一样——她……不清白了。

司空南墨微微蹙眉：“我和他的区别，是个女人都知道，天地之差。”

白墨菲拉了被子遮挡住自己，强忍着颤抖的身体说道：“今天的事，你敢泄露半个字出去，我会让你哭的。”

“像你刚刚那样哭吗？”他戏谑地问。

白墨菲的身体轻轻发着抖，他在羞辱她。

“是不是很疼？”

他还敢问。

白墨菲脸颊发红：“你滚！”

司空南墨扬起唇：“既然我是你的第一个男人，我自然会对你负责。”

“谁要你负责了？我就当是被狗咬了一口！”白墨菲厌恶极了，“你还不滚？”

她怕忍不住真的要在他面前崩溃，她现在心情太复杂了。

“跟一只狗亲热，你在间接骂自己吗？”司空南墨笑得很坏。

白墨菲愤恨不已，他可占了大便宜……当然开心了。怪她自己，怎会这样大意？

“别再让我看见你，否则你会很惨的。”白墨菲杀了他的心都有了。

“哈哈哈。”司空南墨笑起来。

他真的很英俊，却又不失威猛气势，是野兽般的美少年。

这是白墨菲唯一的安慰了，至少不是被行长那个又老又丑的男人……

司空南墨懒散地捡起衬衣给她披上。

白墨菲才不要穿他的脏衣服，他按住她的肩：“你打算裸着回去？”

她那条全是羽毛的黑色礼裙，已经化成几千上万片羽毛，掉得整个房间都是。

对于刚刚发生的事，她一点印象都没有了，但是发肿的双唇、白皙肌肤上青青紫紫的痕迹、一床的羽毛和破碎的布条，都已彰显一切。

白墨菲的脸火烧火燎地发烫：“你太粗暴了！”

“下次我温柔点。”

他还想有下次？！

不顾白墨菲的抗议，他禁锢着她的身体，强势地给她穿上那件衬衣，一颗颗系上纽扣。

她本来就因为药效而浑身无力，反抗无效，只能任由他摆布。

从来没有男人这样给她穿过衣服……她羞耻地别开脸。

“原来你也会害羞？”他烫烫的气息吹着她的耳朵。

她就连耳根都开始发红，死死地握着两只小拳头，咬着牙关，一脸的恨意。

他的衬衣十分宽大，穿到她身上，下摆直接到膝盖了。

趁他给自己穿裤子的时候，白墨菲慢慢地挪下床。嘶……她感觉疼啊。

白墨菲找到自己的手提包，想要打电话叫白家人来接她，否则，就她现在的样子怎么走回去？

下一秒，她就被裹上了一件大衣，身体被司空南墨打横抱在怀里：“别动。”

“浑蛋，你还想干什么？！”白墨菲拎着手提包重重地砸在他的脑袋上。

“送你回家。”他挑眉，“难道你想留下来陪我？”

白墨菲生气得说不出话来。

门被打开的时候，守在门外的马丁惊呆了，司空南墨的衣服都给了白墨菲，所以他除了裤子，上半身什么都没穿。

少爷这造型……也太别致了。

目光扫到司空南墨肩头的红爪印，他忍不住探头偷看房间，羽毛遍地，啧啧。

“少爷不愧是少爷，猛虎出林，威震八方啊。”

司空南墨连一个眼神都懒得给他。

“少爷这是去哪儿？史瑞德那老外还等着谈合作。”马丁见司空南墨迈着大长腿径直走了，赶紧带着保镖尾随而上。

“改期。”司空南墨紧了紧白墨菲身上的大衣。

“要是送白小姐回去，这任务我可以交给手下去办。”马丁一边提议，一边脱了外套披在少爷身上。既然人家都等那么久了，少爷现在去也来得及，两不误嘛。

司空南墨脚步一顿，眼神很是冷淡，马丁闭嘴了。

他衣衫不整，怀里挂着个女人，长得又这么英俊，一路上很是招摇。

白墨菲生怕遇到熟人，整个头都缩进大衣里，脸也埋在他的怀里。

很难得，她也有乖乖的时候。

随后，司空南墨抱着白墨菲去了附近的商场，照她的尺寸买了一件套装。他再逛到药品区，买了补血药和阿胶。最后去了食品区，买了草莓、蛋糕和泡芙。

马丁难以置信地大睁着眼睛，平时身边连只雌性动物都没有的少爷，突然这么会照顾女人，好会恋爱啊，这是高手！

白墨菲被他抱着也不敢乱动，只能忍气吞声地埋着头，奇怪他体力这么好，抱了那么久都不累的，偶尔在挑选商品的时候才把她放下靠在推车上休息一下。

“你到底要逛到什么时候？”她咬着牙，闷声问。

司空南墨把一瓶牛奶放进推车里：“你没吃晚餐，又流了不少血。”

她哪有流很多血，只是床单上有一块血渍罢了。

“难道你想不穿衣服，只穿着我的衣服回去？”他富有磁性的声音再次响起。

白墨菲不说话了，被白家人看到她衣衫不整地回到家的话……

终于把东西买齐了，马丁结账，保镖手提大大小小的购物袋，司空南墨迈着长腿离开商场。

上了车后，这只小母豹就爆发了……

白墨菲恨不得在车上就灭了他的口，可他太壮实，她的拳头像打在铁板上，他纹丝不动，她痛得皱眉。全程他抱着她，她被禁锢着动不了身，男女体力悬殊，注定她要吃亏。

“打疼了？”司空南墨捏着她的小拳头，揉了揉她的指头。

白墨菲抽不开手，力气又比不过他，气到没脾气：“我自己会穿衣服……”

她不用他帮忙。他根本不理会她，为她系着扣子。

白墨菲第一次被当作小孩那样照顾着穿衣，感觉很奇怪。给她穿戴完毕，这男人拆开食品袋，一颗颗喂着她吃草莓，又喂她吃蛋糕和牛奶。

白墨菲想拒绝，他就耍流氓，逼她服从。

折腾了一晚，她倒是真的饿了，吃得饱饱的后，又被司空南墨逼着喝了一瓶纯牛奶。

“这些补品，回去都要乖乖吃掉，知道吗？”他嘱咐。

白墨菲瞪着他：“你能不能把我放到旁边坐着？”

“不能。”

“为什么？”她的火气又上来了。

“你很香，”他将头埋在她的肩窝处，用力地吸了口气，“我喜欢你的味道。”

白墨菲头一次遇到脸皮这么厚的人：“可是你很臭，我讨厌你，不喜欢你碰我，你是我至今见到的最恶心的男人。”

“你说什么？”司空南墨危险地眯起眼睛。

“我说……”白墨菲才开口，就被堵住嘴而发不出声音。

马丁在副驾驶座上竖起耳朵听着，听到这含混不清的声音，就知道她是被少爷用嘴巴堵上的。这才符合少爷狂野的本性啊。

他调了后视镜，想要偷偷看一下，后座的隔板却缓缓升了起来。

什么鬼，少爷这么小气！

捏着白墨菲的下巴，看她大口喘着气，司空南墨冷声说：“我给你一次机会重新说。”

“你就是很恶心，又臭又下作，我……”白墨菲又不能说话了。

“说你喜欢我，想再见到我。”司空南墨松开她的唇，额头抵着她的额头。

白墨菲的眼睛里火光四起，如果眼神能杀人，她已经杀死他一万次了。

“我这辈子都不想看到你！”

“是吗？”司空南墨的手挑开了她的衣服的一颗纽扣。

白墨菲浑身僵硬，吓得不敢动弹。

“说了没？”他把耳朵凑到她的嘴边，耐心地等着。

白墨菲手里要是有刀，已经把他大卸八块，剁成肉酱了。

“还没说？”他挑开第二颗扣子。

白墨菲慌忙按住他的手，整张脸涨得通红：“我喜欢你，想再见到你。”

此刻的处境，她除了妥协，还能怎么办？！

“我也是，”他满意地说道，“你会如愿以偿地见到我的，明天见。”

明天？还有明天？她真的会准备好武器，只要他敢再出现。

马丁贱贱地按了两下喇叭，然后从隔板的通话器中传来声音：“少爷，白家到了。你们谈完了没有，要不要再绕着开几圈？”

司空南墨终于松开了手，白墨菲几乎是飞快地打开车门的。

马丁降下车窗玻璃打招呼，笑容很贼：“白小姐晚安，改日见。”

看着白墨菲逃也似的进了白家，司空南墨点了根烟，若有所思，目光落在手边遗留的一块丝巾上——纯手工制作，边边角角都很精致，而在丝巾一角雕刻着一朵白雏菊，这是“白梦仕”。

“白梦仕”是白家品牌。

丝巾上沾着白墨菲的特殊香气，司空南墨深深地一嗅，是她的味道……

海边木屋。

木屋边，有一个无边的泳池，泳池又连接着大海……

龙形喷水处，水流带着大量花瓣涌出，热气氤氲。

正是隆冬时节，屋边的海棠树秃了，覆满白雪，细细碎碎的白雪落下，掉在铺满花瓣的池水上，再流向大海。

司空南墨靠在池边，双目微闭，漆黑的睫毛自然地卷着，使得他的眼睛更显狭长。风吹过，海棠树上的雪静静地飘落，蝶一样亲吻着他的脸……

片刻后，几个高大的黑衣男子出现，为首叫马丁的是司空南墨的贴身保镖，三十岁出头的年纪，脸上有几道疤，一道绵延到眉骨，左手被截断了，换成了铁钩。

这样的男人，配上冷酷的表情，相当惊悚："少爷，有关白小姐的所有资料都搜罗齐了。"

第一份是白墨菲的个人档案，第二份是白家家谱，第三份是白家公司的资料。

司空南墨翻了翻，资料很官方，罗列着白墨菲的家境，以及一些在学校里获奖的概述。

白墨菲很聪明，品学兼优，除了体育，其他方面都很突出。她会绘画，能演奏十二种乐器，六岁开始学跳芭蕾、爵士、探戈、民族舞……

司空南墨仔细地看着，那表情认真得仿佛在研究什么重大的国际项目。

"就这些？"

"少爷还想知道什么？"

"她的一切喜恶。"司空南墨不想浪费时间，想着怎么能最快地捕获她的心。

"这女人性格狂傲，独来独往，没有任何同性朋友，所以他很难探知她的喜好。"

司空南墨想起在餐厅里的会面，笑了，白墨菲的狂傲，他已经有幸见识过。

"过往情史？"

"白小姐从小拥有无数追求者，却只谈过一段恋爱。整个S城的人都知道，她是莫家少爷莫流原的女人。莫家在S城是数一数二的望族，自然没有别的男人敢打她的主意。"

见司空南墨脸色不悦，马丁补充："不过，三个月前，他们已解除婚约，分手了。"

"查到她平时的行程表了？"司空南墨合上资料，问。

"查过了，这是白小姐平时的行程表，常去的演出厅、餐厅、咖啡馆……图书馆、舞蹈室……"马丁拿出一本小册子，"如果有新的去处，我会及时更新、补充。"

司空南墨接过小册子看了看："今天她去上课了？"

那晚之后，他打给她的电话，她通通拒接。

“没有。我派了人在白家门口守着，但凡她出门，我都会向你汇报。可她这几天都安分地待在白家。”马丁纳闷，“难道她是生病了？”

“生病？”

“少爷这么威猛，是个女人都难以招架。”马丁意有所指，“她生病也正常。”

司空南墨猛地从池中起身，带起一些水流到岸上，晶莹洁白的雪被他踩过，马丁拿了大浴巾递上去：“少爷这是打算？”

“去白家。”

白家大小姐白飞飞从学校回来，一眼就看到大厅里的贵客——

真皮沙发上坐着个男人，英伦裤连着两根黑色细背带勒着他结实的胸和肩。即便穿得绅士，也掩不住凶猛的野性，他既像贵族少爷，又像森林里不羁的野兽……尊贵与狂野气质融合得相当和谐。

他坐在那里，喝着白父珍藏的上等红茶，仿佛在自家一样随意，倒是白父拘谨得坐立难安。

白飞飞也算长得清秀美丽，在一众名媛千金里面，论样貌气质都能稳稳地排在前面。可因白墨菲太美，处处压她一头，她骄傲又自卑。

此刻到了司空南墨面前，她更是不由自主地自卑，黯然失色——他一个男人，怎么可以长得这么好看，拥有这么惊世骇俗的美貌？

她比不过白墨菲就算了，连个男人都比不过，真的骄傲不起来了。

对，好看不止形容女人，也可以用来形容司空南墨，他长得很周正，五官属于浓艳系，大眼睛、高鼻梁、殷红的唇、深眼窝、高眉骨、平滑的下颌线，脸部每一处线条都干净利落，加上混血儿特有的轮廓和骨架，这底子，不管男女都是顶级美颜了。

偏偏这样貌美的五官配上他立体的轮廓，又霸气起来，一点也不像小白脸。

“兰姨，那个人是谁？”白飞飞的心慌乱地跳着，她停在玄关处竟不敢进去。

兰姨看了一眼司空南墨，小声说道：“那位就是让三小姐想不开的人。”

白飞飞虽然这几天都在学校，但也已经耳闻白芸芸的事迹……

之前只当是白芸芸任性、闹脾气，现在看到司空南墨，她冷笑道：“就她，也配得上？”

难怪白芸芸想不开……

白飞飞偷偷地望着司空南墨，她也配不上，望尘莫及啊。

“可不是嘛，一切都是三小姐一厢情愿，”姆妈叹口气，还好现在三小姐被送到远房亲戚家去休养了，不然又是一场闹剧。

帮佣们也在窃窃私语，原来这位司空先生就是伤害白小姐的渣男……

“确实很帅。”

“帅得没有安全感。”

“出于基因考虑，也要找帅的啊，你说，找个丑的，生男孩也就算了，那要是生个女孩，还跟套娃一样长得一个模子刻出来的，那成长过程多伤女孩的自尊心……”

司空南墨身影高大挺拔，侧脸线条倨傲，英俊尊贵，画册里的人都不敢这样画。如果她们能照着他“套个娃”出来，那真是上天的恩赐。

一帮人正说着话，白墨菲从二楼被帮佣领了下来。

她穿着黑色睡裙，面庞小巧白皙，嘴唇像红色的花瓣，也是浓艳系的五官，跟司空南墨意外地相配。

白飞飞远远地看着，嫉妒得攥紧了拳头。每次白墨菲出现，那些夸赞她美丽的人，就再也看不见她，眼睛都直直地看着白墨菲了。

“墨菲，”白老爷从座位上起身，“这位是司空先生，我们别墅的新户主。”

司空南墨靠在沙发上，眼角含笑地望着她。

“白小姐，几天不见，近来可好？”马丁站在一侧，沙发后还有那一排如影随形的保镖。

“你们来干吗？我警告过，别再来招惹白家！”

还好白芸芸已经被送到远房亲戚家去休养了……

“少爷是过来送合同的。”马丁说道，“再说了，这房子是少爷的，他想来就来。”

“合同送到了，现在可以走了？”白墨菲冷着脸下着逐客令。

“哭过了？”司空南墨却走到她面前，捏起她的下巴，逼她抬头看着他。

白墨菲的眼睛黑白分明，像婴儿一样干净，又像琉璃般透明，眼底的神色是淡漠的，犹如窗上挂着的冰晶。

“还是病了？”他俯身，用额头贴着她的额头，探体温。

白墨菲因为他这个举动，抬手要打人，被他握住手腕：“没发烧。”

但她脸色惨白，确实精神不太好。

“少爷，让医生给她看看？”马丁抬了抬手，白墨菲这才发现在一旁还站着个穿白大褂的人，手里提着医药箱。

“我没病！”

“那这是什么？”司空南墨抚摩着她的脖颈处不为人注意的一个小红点，“看来你不仅招男人喜欢，还招蚊子。”

他暧昧的声调、炽热的眼神，让一众人想入非非。

明眼人都能看出司空南墨对白墨菲兴趣浓厚……

白墨菲表情厌烦地扯开他的手。她不傻，当然也看出来了，他眼神炙热得像要一口把她吞下去：“收回你的眼神，别以为我不知道你在想什么！”

“想什么？”

“你们男人都不知餍足，不仅吃着碗里的，想着锅里的，还盯着盆里的、瓢里的、盘里的，连蘸碟都不放过。”白墨菲生气，上次被他捡了便宜算他走运，他还敢对她有想法？

闻言，司空南墨大笑了起来。

马丁打趣道：“还是白小姐有本事，三言两语就能让少爷高兴。少爷已经好几天没有笑过了。”

“情商高的人，让别人高兴；智商高的人，让自己高兴。”白墨菲淡淡地说道，“他情商、智商都不高，自己不高兴，还让别人不高兴。”

“看来你对我的怨气很重。”司空南墨挑起嘴角，跟这女人见面就是有趣，“我如何让你不高兴了？”

“看到你，我就不高兴，你走！”白墨菲恨恨地说道。

司空南墨知道她很气，这些天没有来打扰，没想到时隔这么久，她还没消气。

“我在你面前，你有什么不开心的，尽管朝我发泄。”

白墨菲要怎么发泄？她一肚子气，要气成河豚放毒了……

“那我就说点让你高兴的事，”司空南墨握住她的手，宠溺地说，“这是我今天来这里的本意。”

白父一直插不上嘴，这回机灵地开口了：“菲菲，司空先生今天是来跟我们谈融资的。他想收购白家的股份。”

原来他姓司空。

白墨菲立刻拒绝：“不卖给他！”

“为什么？”白父怔了怔，白家都破产了，股票也停市了，现在如果能收到司空南墨的融资，白家有很大机会起死回生。

“他不是慈善家，凭什么帮我们？”

“这……”白父只顾着高兴，没有深想。

“就凭你是我们少爷的女人了。”马丁说道。

“谁是他的女人了？”白墨菲当即冷笑道，“枕头垫高点，梦里什么都有！”

“如果我没记错，白家原本跟莫家不也是这般合作的？”马丁皱眉，“我们少爷的身世背景，十个莫家加起来也难望其项背。白小姐好好考虑。”

白飞飞躲在后面听到这些谈话，嫉妒得快疯了。才走了莫少爷，就来了司空先生，为什么白墨菲的命那么好？

白墨菲却说道：“我宁愿白家破产，也不要他帮忙，马上走。”

“你为什么就是要一再拒绝少爷，我们少爷哪里比莫少爷差了？”

“哪里都不如，”白墨菲咬唇，“莫流原是天上的星辰，你们少爷是地上的垃圾，是渣渣。”

一股危险的气息瞬间笼罩了整个空间……

原本一直宠溺地看着她的男人，此时脸上布满冰霜，眼底像刮起十级风暴。

白墨菲的肩膀被钳子一样的手抓起，男子攥得死紧：“你确定？”

白墨菲吃痛地皱眉：“你就是垃圾，你没自觉吗？就算有一群垃圾桶罩着，你照样是垃圾……”

“白墨菲，希望你不会后悔。”

“会后悔的是你，不要再来找我了！”

白老爷不敢出声，眼睁睁地看着白墨菲将司空南墨赶走。他一路将人送到门口，还亲自送走了司空南墨的车队。

此时，整个白家热闹极了，帮佣都在回味刚刚的场景。

“那个司空先生真的那么厉害？十个莫家加起来都难望其项背？”

“好狂的口气，莫少已经是名门望族，整个 S 市没人敢招惹……”

“莫少爷才离开多久？……还是二小姐厉害，喜欢她的都是超级大人物。”

“你们看那个司空先生，那宠爱的眼神哟……”

“可是二小姐不喜欢他，对他的态度好恶劣，比对莫少爷差远了。”

想起白墨菲刚刚的态度，帮佣都不禁打了个冷战。

“而且我觉得司空先生一点也不比莫少差啊，司空先生那么帅，我看着他，都不敢大口呼吸……他跟二小姐十分相配呢。”

白飞飞听到这些议论声，心像被剁成饺子馅似的，难受得想哭。

那天以后，白家门口守着的两个保镖撤了，马丁也不再每天打电话来烦她……

白墨菲以为司空南墨放弃了，生活回到正轨——

下午，天气很好，积雪在慢慢消融。

阳光透过一幢幢教学楼，柔和地照射到练习室的实木地板上。

“双肩要在一条线上，大腿要经常使劲，尤其脚尖立起来的时候，要记得自己的手在延伸，跳起舞来就像莫斯科下不完的雪一样好看，主要是感觉、神态。这样很好，你再用心领会。”

“学姐，我再试试，你帮我看看对不对？”

芭蕾练习室里，白墨菲正在教一个女生芭蕾舞的要领。

她不时提点一下女孩，或亲自在一旁演练，指出女孩动作上的缺点。

她穿着白色紧身的芭蕾服，身形被勾勒得更为修长。

白墨菲的动作柔却强韧，收放自如。

忽然那女孩动作一顿，眼睛看着门口，表情呆呆的，不说话。

白墨菲还在教她："不行，你的身体太过僵硬，你先压腿、下腰，让身体达到足够的柔软度，然后练习基本动作。"

"学姐。"女孩却羞涩地叫她。

白墨菲皱眉："怎么了？"

"有个很英俊的男人……在看我们。"

"他看着你，你就会跳得很好了？"

"不是。"女孩跳了几步，却完全不在状态，"那个……他是不是认识你？"

白墨菲回头，看见练习室的门口靠着一个男人。

他穿着棕色毛呢大衣，脖子处围了条格子围巾，气质尊贵绅士，仿佛油画里最浓墨重彩的一笔。尤其是那双眼，邪魅得有着说不出的味道。

"不认识。"白墨菲皱起眉，没想到又看到了司空南墨。

这个男人真不要脸吗？她都当着白家人的面让他这么难堪了，他为什么还来缠她？他这样的身份地位，怎会这样？

"可是……他朝这边过来了。"

司空南墨朝她们走过去，全身的气场立即罩住这个小小的练习室。

白墨菲的脸色变得冷漠，好在她已经把白芸芸送到远房亲戚那里静养，怕白芸芸受刺激想不开，隐瞒了司空南墨来过白家的消息。

司空南墨抬起手臂，手指轻佻地将她散落在耳边的头发拨开："跳起舞来就像莫斯科下不完的雪一样好看？这个比喻很贴切。"

"你来干什么？"白墨菲一巴掌打掉他的手，很不客气地问道。

"张网捕鱼。"

"什么意思？别给我玩花样！"

"使合拢的东西分开，或使紧缩的东西放松……"司空南墨意味深长地说。

"捕鱼？"女孩皱眉问，"这里是学校，附近没有海。"

司空南墨扬唇："我捕的鱼非同一般，是美人鱼。"

白墨菲脸发僵，她真的想弄死他："你不是说不会再来纠缠我了？"

"何时？"他从未说过。

"你！"白墨菲想起他那天明明很生气，"我说你是垃圾，你不是很生气地走了，怎么垃圾又跑来污染我的视线？"

既然那天能让他生气，她便故意挑衅他，今天也要把他气跑。

遗憾的是，司空南墨这次有备而来，捏起她的下巴，朝她的脸喷了一口气：

“那我就彻底把你污染，让你成为我的同类，让你再也高攀不上你心里的星辰。”

白墨菲一时说不出话来。

“那晚污染得不够重，看来得多几次才行？”他低沉的嗓音说着浑蛋的话。

白墨菲看到他眼里那邪魅得令人发指的坏意，明白他是认真的。地狱空荡荡，恶魔在人间。

“我以为你放弃了……”她打掉他的手，看来他比她想象中的难缠多了。

司空南墨轻笑一声：“这几天我出了趟国处理事情，没来看你，你很失望？”

放弃，他的字典里没有这二字。

白墨菲咬牙：“我巴不得永远见不到你！”

“何时下课？”

“还……还有四十分钟。”一旁的梦思嘉抢着答道。

“等你。”说完这句话，司空南墨就真的出去了，白墨菲透过玻璃窗可以看到他在外等候的身影。

梦思嘉咬了咬唇问：“学姐，他是你的男朋友？”

“不是——”

“那，他是你的众多追求者之一？”梦思嘉羡慕地说，“好好哦，像学姐长得这么漂亮，每天都不乏追求者……”

以前有莫流原挡着，婚约取消的消息传开后，各界追求白墨菲的男士不胜枚举……不只因为她长得极美，还因为她拥有着“莫流原前女友”的头衔，仿佛谁能追到她就是一种实力的证明。

“像学姐这样才是不枉此生。我就不同了，老天爷在创造我的时候可能打了个盹，把我捏残了。老天爷，你快醒醒，我丑得睡不着了……”

白墨菲倒希望自己普通一点，才能活得随心所欲。

“学姐，我原以为这世上没有配得上你的男人，可是……刚刚那位先生跟你还挺相配的。”

最近追求白墨菲，给她送花、送礼物的男人许多，没有一个是这么帅的。

“脸不是唯一的东西，重要的是脑子。”白墨菲提到司空南墨就糟心极了。

“脑子？唉，我也没有。老天爷在往人间喷洒智慧的时候，我刚好打开了伞。”

“……”白墨菲，“好了，我们继续练习吧。”

这是白墨菲在大学里租的一个练习室，她每天都会在这里教不同的学妹练习，收取学费作为生活费用。由于这个大学是私立的贵族学校，学生大多非富即贵，出手相当阔绰，所以学费很可观。

白墨菲名义上打着“对芭蕾舞的热爱，想要培养更多志同道合的人”的旗号，实际上……是为了糊口。

梦思嘉的心已经完全飞到了司空南墨身上，舞蹈动作一直出错，比之前更糟。

白墨菲不厌其烦地指正她：“我教你的要领你怎么全忘了？”

“对不起，学姐，我就是笨嘛，怎么也跳不好，你再演示一次？”

暖光中，白墨菲抬腿就能画圈，身体柔得仿佛没有骨头。

她可以把芭蕾舞跳得那么柔，脸上却是刚毅的表情……

莫流原就跟她说过，她跳舞的时候最美。因为专注、热爱，她连指尖都仿佛在发光，令任何人都不能忽视。

“好美，学姐为什么可以跳得这么好？”

“芭蕾舞讲究形态和基本功。你才起步，当然难。你以后每天晚上都压腿一百下，左右腿都要压。”白墨菲认真地嘱咐，“还有下腰，特别是抓后腿时多站站，可以帮助保持平衡。”

“好难。”

“来，你再跳一次。”

梦思嘉气馁地摇头：“我学芭蕾舞不过是想要练出气质和神韵，不用太专业了，还是学姐好，就算不跳舞，都气质出众……”

白墨菲叹气。她也不是天生就会跳芭蕾，也是走过辛苦的一段路。

“学姐，他还在等你……”梦思嘉又望向窗外，满脸失落神色，“如果我有什么不对的地方，请惩罚我，而不是让我突然冒不少痘痘出来碍眼。原本人就不好看了，这下更难看了……”

“你今天怎么了？”白墨菲不解，梦思嘉平时挺阳光自信的。

“我飘了，这么帅的男人也敢想。”梦思嘉捂着脸，“我完全不能控制自己，看到他的第一眼，我就沦陷了。”

白墨菲语塞。

“学姐，你真的不喜欢他吗？怎么办啊？他喜欢学姐，肯定是看不上我的。”

“他不适合你，我们继续练习吧。”白墨菲无语，司空南墨有那么令人着魔吗？白芸芸被他迷到无法自拔，梦思嘉看他一眼就魂不守舍……

“学姐，如果你不打算接受他，你能为我介绍吗？”梦思嘉握住白墨菲的手，“哪怕是只有万分之一的可能性，我也想试试。”

“他很危险。”白墨菲皱眉，不可能把这个危险的家伙介绍给梦思嘉，眼看着下一个女孩沦为牺牲品。

“没关系，多危险我都不怕！”梦思嘉不顾一切地说。

白墨菲惊诧。

“除非——学姐你舍不得。如果是学姐喜欢的人，我自然没资格抢。”梦思嘉很明白，她抢不过。

白墨菲沉默了几秒钟，只能说道：“抱歉，我打算接受他。”

窗旁，光芒铺满了整个外廊。

司空南墨靠在栏杆上，手里拿着烟。

纯正的混血儿轮廓立体英俊，棕色瞳孔在阳光下像带着金光，眼底流转着波澜不惊的光芒。仅是他的背影，就散发出尊贵而又冷漠的气场。

不久后，白墨菲出现在他的身后，声音轻飘飘地说：“走吧。”

司空南墨摁灭烟，单手插兜，跟了上去。

他们并肩走在一起，所经过的地方，皆引起学生侧目。太过闪耀的两个人，让人睁不开眼。

学校东门口的停车区，铁钩手马丁和几个保镖停在一排车前等候着，阵仗很大。

白墨菲停下脚步，冷淡地说：“你走吧，我也要回家了。”

司空南墨挑了挑眉：“怎么，你不与我一道吃晚餐吗？”

“我没空。”

“我记得你刚刚对你的学生说，你打算接受我。”他大声提醒。

他是属狗的吗？她们在练习室的对话，他都听见了？

白墨菲冷冷地看了他一眼：“你明知道我是怕那个女孩误入歧途，才对她说善意的谎言。”

“为什么喜欢我是误入歧途？”

“你有多坏，你自己不知道吗？”

“不知道，你可以告诉我。”司空南墨握起她的手，也不管她愿不愿意，在她的手背上亲吻着。

她用力抽回手，他又低下头去嗅她的发香：“真香。”

男人滚烫的气息扑来，带着从骨子里散发出的野兽味道，让人浑身不适。

白墨菲警告道：“你再敢来骚扰我，这个世界上就会多一个断手断脚的男人！”

“我残废了，你养着我吗？”

司空南墨根本不顾周围有多少人，挨她很近，一边嗅她的发香，一边似有若无地蹭她，将唇靠在她的耳根处暧昧地吐气。

白墨菲被他搂在怀里，又挣扎不开，恨不得给他几拳。他总是能成功地让她失去修养。

忽然她的双唇被含住。

白墨菲如遇电击，根本没想到会被强吻。

来来往往的学生震惊地看着他们，司空南墨抱着她在梧桐树下旁若无人地亲吻着。过了好久，司空南墨依依不舍地放开了她。

“你——”白墨菲一只手指着他，神色羞愤。

“现在，你们全校的男人都该知道，你已名花有主。”司空南墨扬唇。

他是故意的？！

白墨菲还来不及生气，他又慢条斯理地说：“若这是你指的坏，我只对你坏。”

马丁已经开着一辆奔驰过来，也不管白墨菲愿不愿意，就将其塞进了车。

夜晚七点四十分，圣彼街一家法国餐厅。

司空南墨拿了球杆，靠在台球桌前打蜡。外套已经被脱去了，酒红色的衬衣不是谁都能穿出气质的，在他身上，使他显得就是天生的贵族。

包间装饰高档，自带影院、全套沙发、牌桌、台球桌……餐桌是长方形白雕，餐具和花瓶都精致不已。

奇特的是，摆饰餐桌的不是服务生，而是四只穿西装、打领带的猴子。

它们手脚麻利，干起活来一点也不比人差，明显受过严格的训练。

白墨菲看了看守在门口的几个保镖，只好脱下大衣、蕾丝手套，一只猴子跑来帮她接过衣物，挂在了架子上。

“我可以告你虐待动物吗？”

“它们都是自愿为我工作。”司空南墨姿态悠闲，“你不妨告诉我，十二生肖里，你最喜欢什么？”

“绝不是猴子。”

“理由？”

“因为它狡诈，像人一样聪明，不管它被训练得多好，还是常常会干坏事，例如趁你不注意时……偷你的东西。”白墨菲好笑地看着一只猴子将手伸进了司空南墨刚脱下的大衣口袋里。

马丁咳嗽两声，就过去教训那几只猴子，它们立刻聪明地乖乖站好。

“还好你进化得够快，不然留在这里伺候顾客的就是你了。”白墨菲挑了挑唇。

马丁嘴角一抽，这女人……拐着弯骂少爷是猴子？！

司空南墨不介意地笑了笑，白墨菲已经明里暗里骂过他很多次了，但他通通不介意。

“我想知道这顿晚餐的意义。”

“显而易见，我正在追求你。”

“这就是你追求一个女孩子的方式？”白墨菲几乎是被绑来的。

“男人追求女人，通常不是以请吃饭开始吗？”

白墨菲瞪着他，维持着淑女姿态才没有发火。

司空南墨打了一个球进洞，懒懒地问：“你对我的身份一点也不好奇？”

所有人都好奇“SK 先生”到底是谁，想知道他的来历……

“无关紧要的人，我何必在乎他是谁，想请我吃饭的男人很多，你不过是其中之一。”白墨菲虽然不知道他是谁，却猜到他身世不简单。圣彼街是有名的富人街，这家法国餐厅也只接待上流人士，他却仿佛来自家后花园一样轻松随意，显然他常常出入这里……

司空南墨没有生气，反而朗声大笑起来：“无妨，你会慢慢改变主意的。”

这时，猴子们已经将餐点布置好了，玫瑰花纹的桌布，绝对奢华。

白墨菲狠狠地切着餐盘里的食物，就仿佛那是司空南墨的脸。

猴子抱着特殊的酒瓶给他们倒酒，还拿了餐巾给她垫上。晚餐很丰富，但又都是她不喜欢吃的法国菜。

“对食物这么泄愤，不如让你看点开心的东西。”

司空南墨拍了下手，一只猴子跳过来，双手捧着一个包装精美的小礼盒——正是方才它们从他的大衣口袋里偷走的东西……

“这是什么？”

“你打开看看不就知道了？”

猴子双手捧着礼物，脸上做着怪诞的表情，等白墨菲接过小礼盒。

“这是少爷精心为你挑选的礼物。”马丁抬了抬手，示意她拆开礼物。

“谢谢，我没兴趣。”

司空南墨靠在椅背上，拿出一根雪茄。

烟雾缭绕中，他只是直直地盯着她，眼神不可捉摸，让人看不透他的心绪。

“把盒子打开。”他对猴子命令。

那猴子仿佛听得懂人话，叽叽喳喳地叫了两声，拆了蝴蝶结丝带。

盒子里是一条梦幻高雅的宝石项链。深蓝色的宝石镶嵌在五芒星的镂空雕艺内，宝石切工极好，在灯光下散发着璀璨奢华的光芒。

司空南墨也不问她喜不喜欢，弹了弹雪茄：“为她戴上。”

猴子戴上手套，这才捧着项链，凑上去为白墨菲戴。

白墨菲闪开，猴子叽叽喳喳地叫着，在她身边上蹿下跳。眼见着有一只就要跳到她的头上，抓住她的头发，想强行为她戴上项链……

白墨菲第一次遇见有人送礼物也这样霸道、蛮不讲理的。

“戴上它，我就让人送你回去。”

白墨菲狼狈地驱赶着猴子。

“否则，今晚你就留下来陪我。”

闻言，白墨菲停止了动作。她脖子上最常戴的这条项链是莫流原送的，漂亮的红宝石嵌在玫瑰花形状的槽中，做工精美，造型别致，很是配她。何况这是莫流原亲手做的，意义非常。

司空南墨突然长手一伸，握住链坠，狠狠地一扯。

白墨菲只觉得脖子一疼，项链就落入了他的手中……

“还给我！”

司空南墨眯起眼，翻转着宝石，在光线下照了照，是颗上好的宝石——他还在槽托上看到莫流原的英文刻字了。

他的眼里弥漫着一股嫉妒的火光，白墨菲过来抢链坠，他抬手就将其扔给马丁：“毁了它。”

马丁看了一眼，啧，可惜了这上好的宝石……

他按下那只铁钩手上的机关，尖锐的铁钩突然像电钻一样高速转动起来，宝石靠近尖钩，就听到刺耳的声音吱吱地响着，还冒起星点的火花。

白墨菲抢了个空，被司空南墨顺势抓进怀里。她生气地挣扎：“你们凭什么碰我的东西？！”

“以后，你只许戴我送你的东西。”他接过项链，强势地为她戴上。

白墨菲咬牙，反正戴上了也可以摘掉，他执意要送，她就收下了，作为莫流原那条项链的赔偿。

“他还送你什么了？”司空南墨占有欲极强地问。

“没有了！就算有，我也准备还给他的……”白墨菲没想留着莫流原送的贵重东西，想通通还给他。即便白家现在处于很缺钱的状态，她也没有拿他送的东西去卖。

“下次见面，我要收到你的回礼。”司空南墨整理着她的发，嘴巴靠着她的耳朵轻声说道。

白墨菲退开几步远：“你已经是个停止发育的中年人了，爱好应该是养生，包括但不仅限于泡脚……不如我送你个脚盆吧。”

马丁：“……”

司空南墨一把捏起她的下巴：“我有这么老？”

他才二十五岁的年纪，怎么就需要养生了？

“好好想。”司空南墨威胁道，“想不好，你今晚就留下来，别走了。”

“那就枸杞泡茶，送你个保温杯。”白墨菲忍到极限，凭什么送礼也要被胁迫？

“为何是老年人的礼物，就不能整个潮流点的？”马丁不解。

“好，”司空南墨倒是一口答应下来，保温杯便于携带，他还能随时喝水暖肠胃，“你这么为我的身体着想，我不辜负你的美意，一定好好养生，让你用起来更舒服。”

白墨菲背脊一僵，大变态，说什么鬼话？！

吃过晚餐，司空南墨并没有立刻放她走，而是开了影院，关了大灯。

温馨的烛火亮起，他将她拉到沙发前，拿了红酒和两个高脚杯。

“你不是说戴上项链就放我走？”

“我说过不留下你过夜，”他摁住她的肩，“陪我看电影。”

啧，他果然是在追求她吗？请吃饭、看电影？真老土。

黑暗中，司空南墨半揽着她，抚摩着她的肩头，靠她极近，呼出的滚烫气息都在她的耳边。

白墨菲身体紧绷，时刻提防，担心这头狼下一步就会发起进攻。

“你很紧张。”他发出低沉的笑声。

白墨菲握紧了拳。

“你在害怕我。”

司空南墨低声笑着，圈住她的肩，下巴也靠过来，仿佛野豹在嗅自己的猎物的气味，放肆地嗅着她的体香。

白墨菲脑海中设想过几十种防卫的办法，但好在都不必实施，他没有更进一步的动作。

一场电影放完，司空南墨看看挂钟，时针已经指向夜晚十一点多。他拿起猴子们递给他的大衣，兑现承诺：“我送你回去。”

第三章

拒绝

“今天是司空先生追求二小姐的第二十六天，司空先生用一万颗曼妥思加上化学剂，制造了一大朵飞上天空的粉色的云。”

那朵云飘上天空不到十分钟就化成粉色的雨落下来，很是壮观。

“昨天司空先生把别墅区的绿化带全都修剪成了‘告白语’，现在只要进出白家的人，都能看到各种心形的树。”白家门口的树直接被修成了“I LOVE U”的字样。

“好浪漫啊，就是都挺费钱的……”

“一天一个告白花样，奈何二小姐根本无动于衷。”

整个白家的人都知道白小姐正在被“SK 先生”热烈追求。

白墨菲不是第一次被人追求，但像司空南墨这样强势、霸道，不管她答不答应，他都势在必行，完全按照他的意愿行事的，前所未有。

只要他想见她，会随时随地出现，因为掌握她的一切行踪。

对于白家，他更是如入无人之境，想来就来，想走就走……毕竟他是新房主，白墨菲连赶他都没有理由。

更让白墨菲生气的是，不管她是否拒绝，他每天都会派人等在校门口“接”

她，陪他一起享用晚餐。而没课的日子，他则完全占掉她的时间，带她四处游玩。

仿佛是故意显摆他的富有，他带她出入着各种一掷千金的高端场所：带她去B市的摩登铁塔喝咖啡，去C市看冰雕夜景，去N市滑最大的人工雪场，去L市的赌场豪赌到尽兴，去M市……

凡是周边不远的城市的高端景点，他都带她玩遍了。若不是时间有限——他工作很忙，她也要上课——他可能会直接带她环游世界吧。

姆妈每天都会惊叹："司空先生对你真好，二小姐，你还有什么不满足的？"

白家的人都妥协了，唯有白墨菲不屑一顾。

白父好几次找她谈心，认为司空南墨会是她未来的幸福依靠，希望她的大小姐脾气有所收敛，不要错过了。

白墨菲皱起眉，所有人都觉得她不知足，司空南墨简直是幻想世界里才会有的情人，可她很清楚，他炽热地追求她不是因为"喜欢"，而是因为想要征服她。

白墨菲不是没有见过世面的女人，莫流原虽不及司空南墨有钱，但这些年也是富养着她……高档场合、上流社会，那些奢华的地方，她早就去玩过，一点也不稀奇。

客观来说，莫流原对她有一颗真心，而司空南墨呢？他不过是把她当作玩物……

奢华的房间里，男人的长指滑过她白皙的脸，她被吻得绯红的唇微微泛着水润的光。

白墨菲修长的身体在黑天鹅绒被中美得不可思议……

司空南墨眼神隐忍，将她抱起来，让她贴在他结实硬朗的胸膛上。

白墨菲紧紧地皱着眉，哪怕是醉酒了毫无意识，她的小手也握成拳头横在他的胸前，抗拒着他。

司空南墨眼神发黯，他独断专行惯了，由不得这女人拒绝。

"白墨菲，我迟早会让你从身到心地接纳我。"他一口咬上她的唇……

早晨，白墨菲睁开眼，发现自己睡在一个奢华的房间里。昨晚被司空南墨带去温泉浴场，不知道是不是喝了那杯酒的关系，她醉得厉害，什么都记不清了。

"白小姐醒了，我们主人请您下去餐厅用餐。"守候在床边的帮佣见她醒了，立刻端来漱口水。

"这是什么地方？"

"圣彼街，我们主人的居所之一。"

她所在的地方是一座哥特式的建筑，堕落大天使的雕像被钉在十字架的屋顶上。房间里所有装潢摆设都很奢华，做工考究。

对此，白墨菲毫不意外，这段时间司空南墨带她去过很多地方，光他的住所，她就去过七个不同的地方。

这男人对她想抱就抱，想亲就亲，想摸就摸……除了更亲密的事，他和她俨然是一对情侣了。

不对，她也不知道他有没有偷偷对她做过更亲密的事。昨晚喝了酒，她醉得厉害。

白墨菲感觉到这副身体不对劲，难道又被他碰过了？

她掀开被子一看，果然——

白墨菲隐忍的脾气爆发，她在心中大骂：无耻卑鄙的浑蛋！

他说过绝不会在她未同意的时候碰她，这段时间他没有冒犯过她，所以她一次次被他的人抓到他面前，也没怎么提防。

她跟着帮佣下了楼，到了餐厅，长长的餐桌两边站满了女佣，早餐丰富得过分。

白墨菲冷然的目光扫了一圈，屋子极致奢华，堪比电影里奢华皇宫。

她没有看到那个魔鬼，却听到身后有开门声响起。

餐厅对面是个巨大的图书馆，从打开的门，她可以看到靠墙的书架上摆着成千上万本书。

马丁用铁钩手钩着门，恭敬地等候里面的人出来。

司空南墨出现，立体的轮廓在阴暗光影中极致冷漠。他随意地挽着两个袖口，扣子也只系了几颗，气质懒散而邪魅。

“你看起来精神很不错。”

他走到她面前，自然地握起她的手。

白墨菲几乎是立刻甩掉他的手，仿佛触到病菌一样朝后退了两步：“你昨晚碰我了？”

司空南墨嘴唇微扬，大方地承认：“感觉如何？”

白墨菲抬起手就要打他：“你说过没有经过我的同意，绝对不会强迫我！”

要不是相信他，要不是以为他这样的身份没有必要强迫谁，她怎么会？

“昨晚，是你抱住我的。”司空南墨顺势牵起她的手，不顾她的怒意，牵着她走去餐厅。

“你胡说！”

“有监控视频为证，你要看看？”他早有准备。

白墨菲怔了怔。昨晚喝醉了，她也不确定自己到底做了什么，可绝不想把那种事再看一遍。

“墨菲……”他叫她的口吻亲昵，就仿佛他们是相爱很久的恋人。

白墨菲浑身发麻，讨厌他叫她的名字，还有他看她的眼神："不要叫我的名字，恶心。"

"白小姐，需要我现在放视频给你看吗？"马丁抬了抬铁钩手询问，"以我们少爷的身份和地位，若你不同意，他自然不会碰你。"

"说得好听，第一次他就是在违背我的意愿的情况下——"

"那次情况特殊，是救人。"

白墨菲身体僵硬地站着，不管昨晚是不是她主动，这个男人都阴险狡诈，不能让她信服。再任由这段关系发展下去，她只会处于被动地位，事情也会变得不可收拾。

"我要走了。"她一秒钟也不想再看到他。

她才走了两步，马丁的铁钩手便抵在她的背部："少爷还没说你可以走。"

司空南墨坐在椅子上："吃了早餐，送你去上课。"

又是这句话，每次他把她抓来，她按照他的意思做一些他喜欢的事，他就会承诺只要她乖乖配合，就会放他走。

白墨菲试过，如果她反抗，他会一直扣着她，只有她服从了，才放她走……她到底是多倒霉才会遇到这个无赖？

她现在愿意容忍他，也是看中他的势力，想着可以利用他帮白家渡过难关……

只是一顿早餐，吃完她就可以离开了——她看了看时钟，还能赶上上课的时间。

她打算坐到离他远点的位置，腰上的铁钩手却一直钩着她，逼她在他的身边落座。

餐桌中央有个巨大的狮头，獠牙锋利，口中燃烧着红色火焰。有些食物需要在火中过一遍再吃，会更香脆可口。

白墨菲兴致缺缺，提不起太大的兴趣。

"口味不合你的意？我令人再准备。"司空南墨望着她问。

"不用了，我是因为看着你，就很倒胃口。"白墨菲捏紧餐叉——他看着她对她都是一种亵渎。

司空南墨不在意地笑了笑，倒了酒在高脚杯里，晶莹的蓝色液体散发着甜美的气味。

"你太瘦了，多吃点。"司空南墨这么要求着她，自己却吃得较少。

每次他吃一会儿，就会点上雪茄，靠在椅子上看她吃。他总是喜欢用这样的眼神盯着她看，仿佛只是盯着猎物吃食……对他而言就足够享受。

这个可恶的男人到底什么时候才能从她的生命中消失？就没有人能管管他？

白墨菲越想越生气，她到底在忍什么？

“司空先生，我必须强调一点。我只不过是答应给你追求我的机会，因为白家有危机，这些日子我才勉强跟你相处。”

司空南墨示意她说下去。

“我以为，多跟你相处，或许会看到你的优点。每个人都有优点，你应该不只是表面上看到的那么‘目中无人、狂妄自大、卑鄙阴险’。”白墨菲冷冷地说着。

马丁以为他的耳朵听错了。什么？这就是她对少爷的评价？！

“可经过这些日子的相处，你比我想象中更糟，很遗憾，我一点点都没有喜欢上你。”白墨菲把餐叉一扔，“你如果再不经过我的同意碰我，你就被淘汰出局了，懂吗？”

大概司空南墨这辈子都不会再听到这么有意思的话。

他伸过手，食指和拇指亲昵地揉着她的耳垂，低沉的嗓音说道：“墨菲，你有的选吗？”

被他看上，她以为她能逃掉？

白墨菲甩掉他的手，气得用纸巾擦拭着耳朵：“我有！”

“不管你同不同意，你已经是我的女人。”他好笑地看着她，她以为他是在追求她？他们早已经算是恋人关系。

他们每天都见面，在一起约会吃饭，偶尔亲吻拥抱，除了她嘴上不答应，他们和恋人有何区别？

白墨菲不想再浪费口舌争辩，大步离开，马上就有帮佣跟去送她。

马丁咂嘴：“少爷，这女人个性刚烈，气性也太大了。”

司空南墨没有一丝被冒犯的怒意，悠闲地轻笑着。他就喜欢她的脾气，所以这过程才格外有趣。

宽大奢华的卧室里，窗户大开着，丝质的帷幕飞扬。

高高的天花板雕绘着星空画面，白墨菲缩在一张超级大床上，床头是维也纳女神雕塑，白色的天鹅绒被，大枕头上花纹繁复。

“二小姐。”帮佣敲响房门。

“进来吧，门没有锁。”

“我们刚刚终于联系到赫管家，他说这段时间莫少爷很忙，还没有确定回国的时间。”

莫流原去了英国后一直都没有联系过她。她让帮佣致电过去，他就让赫管家代接。两个人性格都傲，谁也不肯让谁。

“我知道了，你出去吧。”

“莫流原，你知道芭蕾舞是我的梦想，这次有个很好的机会进入英国皇家芭蕾舞团，不是谁都有荣耀被选上。

“青春短暂，我已经快二十岁……错过这次机会，也许会错过一生。”

那次争吵和往常一样，一直是白墨菲在说话。

他背对着她站在窗前，背影沉寂，匿在暗处。

时隔三个月了，白墨菲依然清晰地记得那天发生的每一幕场景。

他穿着暗条纹的衬衫、羊毛背心，留给她的始终是孤傲冷清的背影。

“你是因为什么不同意，告诉我。如果你能说服我，我就放弃这次机会。

“莫流原，沉默不能解决问题。

“如果我们每次交谈，你都惜字如金，我不知道我们结婚以后要怎么相处。”

他们的婚期本来定在她满二十岁的当天——

“除了英国，哪里都行。”他最后终于说。

“你分明知道我要去的芭蕾舞团就在英国。”

“取消婚约。”

“你说什么？”

“如果你坚持……我只好被迫取消婚约。”

第二天，莫流原就一声不吭地消失了，去的就是英国。

被迫取消婚约？为什么偏偏只有英国不行？

她记得，他经常会消失，每到那段时间，他从不告诉她他去哪儿了，也不与她联系，就仿佛从这个世界上消失了……

白墨菲，够了。

她从不为任何人退让，却为莫流原妥协得够多。连这次追逐梦想的机会，她都放弃了。

如果莫流原真的关心、在乎她，不会三个多月了都不打听白家现在的状况……

白墨菲点了根烟，单手抱臂缓缓地吐出雾气。

雾气中，她面庞白皙，不擦口红，双唇却艳如珊瑚。她的眼神冷漠而骄傲，眼眸漆黑如宝石，闪着灵动的光芒。

在这以前，她或许还以为这只是一次争吵，等莫流原回来后，他们还有一丝复合的可能。

可当她在司空南墨那里丢掉了清白后，她就知道，以莫流原的性格，他绝不会要她了。即便他愿意要她，她也回不了头。

所以，她今天把莫流原留在她这里的东西全部打包好了，打算还给他。

他竟然还是不愿意接她的电话吗？

"不好了，二小姐……"门被兰姨急促地敲开，"老爷被要债的人打成重伤，腹部不小心被锐器刺穿，现在已被送进医院抢救。"

白墨菲猛地抬起头，近来白家接二连三地传来噩耗，没有发生过一件好事，仿佛被下了毒咒……

白家人赶到医院，急救室的门紧闭着，亮起了红灯，偶然看见护士手上沾着鲜血进出急救室。

白墨菲已经很久没有过害怕的感觉，大概是莫流原把她保护得太好。可现在，她要承担一切，发现自己远不如想的那样坚强。

当医护人员找到她，让她签病危通知书时，她的手竟在忍不住地颤抖。

白家的经济很困难，时常有人要债，这也是这段日子她向司空南墨妥协，愿意跟司空南墨相处的原因。那男人时不时地会帮忙打点，续着白家的最后一口气，不至于让白家彻底垮塌。

其实只要她答应做他的女人，白家就会拿到融资，一切都能有转机。为什么她做不到？

是因为她的心里仍放不下莫流原，还残存着不该有的希冀吗？

她靠在墙壁上，脑子一片混乱。

"二小姐，你快想想办法啊，有谁是能借钱周转一下的？"

白墨菲拿起手机，想要拨打亲戚的电话，可这些年亲戚都鲜少与他们联络，她连亲戚的电话号码都没有保存……

鬼使神差般，她又将电话打给了莫流原。

英国。

奢华而宽阔的起居室里，只亮着一盏光芒温馨的壁灯。落地窗大开着，风从外灌进，吹起美丽的纱制帷幕……

豪华大床上，俊美的男子静静地睡着。

他卧在一张豹皮上，面容白皙尊贵，头下枕着的凶猛豹子头都变得温驯起来。

他赤裸的上半身上缠着白色绷带，隐约能看到鲜血的痕迹。

"他的情况怎么样？"管家候在床边，左手臂上搭着毛巾。

医生放下听诊器，用英文答道："情况好多了，过不了多久他应该会醒来。"

"这真是个好消息！我现在需要为他做什么？"

"现在唯一能做的是等待。"

赫管家送走医生，回到床边尽心尽力地为少爷服务。

莫流原闭着眼睛，安静得就像吵不醒的油画。

赫管家看着他，脸上出现极为复杂的神情，似乎既期待他清醒过来，又惧怕他清醒。

赫管家亲吻着少爷的手背："少爷，希望一切顺利，不要再出任何意外。"

修长的指甲猛地掐住赫管家的脖子，床上的美男子睁开眼，眼底透出森冷的血光。

"我睡了多久？"

赫管家面色铁青，脖子被掐住，卡着气，说不出话来。

尖锐的指甲划过他的肌肤，他的脖子上流出殷红的血。

莫流原诡秘地用唇吮去手上的鲜血，艳红的唇就像绽放的蔷薇花，令人目眩。

"少爷！"得到自由的赫管家往后退，眼中带着惊惧之色，"少爷，你睡了三天了。"

莫流原从床上起来，过大的动作牵扯到胸口的伤，引起一阵剧痛。

他倒回床上，再次陷入昏迷之色。

"少爷？少爷？"

赫管家试探地叫了几声，确定他是真的昏过去了，才擦了一把汗，叫帮佣拿来指甲剪。

除了赫管家，没有人知道他的少爷具有双重人格。当他心情低落、阴沉之时，比如跟白墨菲吵架，他就会变成性格暴戾可怕的魔鬼——

赫管家修剪着指甲，自言自语道："少爷，再过十天就是白二小姐的生日，真希望你不会错过……"

白二小姐……

似乎是这四个字触动了莫流原的心弦。

此时，在莫流原的梦里——

天空一片灰色，围墙上缠绕着荆棘与玫瑰。世界是灰的，草坪、树木、天空、别墅……只有玫瑰鲜艳无比。

有稚嫩的童音响起，宛如天籁："好漂亮的房子，好多玫瑰花啊！"

白皙的小手摘了一朵玫瑰，那身影回过身来，脸陷在强烈的光芒中，让人看不清楚，唇瓣却跟玫瑰一样艳红，仿佛要烧出火来。

"白二小姐，这是少爷送你的家。"

八岁的白墨菲牵着跟她的肩一般高的狗，优雅地行走着，说道："谢谢，我好喜欢……"

梦境里的男孩也是灰色的，面上毫无表情。

看着即将走进别墅的女孩，赫管家提醒道："一旦你走进这个房子，就是少爷永远的伴了，不能再离开他。"

白墨菲轻轻一笑："好啊，他那么害怕孤单的话，我会陪着他的。"

从天际洒下明亮的光，将莫流原落寞的影子拉得很长……

他背着光，黑色微卷的发梢染着薄薄的金光。那双晶莹的眼睛，仿佛海底深渊里的宝石，一眨不眨地盯着她，说出第一句话："你答应陪……伴我？"

平静的嗓音里第一次出现情感的波动。

女孩微笑着点了点头："不是说好了吗？以后我们就是家人了！"

城堡开满了花，即便如此，却没有一朵花比你更美，墨菲。

莫流原睁开眼睛，这一次，棕色瞳仁如水般清澈。

意识到少爷清醒过来，赫管家防备地退后两步："少爷。"

疏离淡漠的声音问："几号？"

赫管家抬头，观察了一会儿莫流原，欣喜地说道："少爷，你终于醒了，今天是一月二十号，欢迎你回来，我差点以为……"

莫流原压着胸前的伤口看了看。

"你三天前受过重伤，暂时还需休养……"

重伤？莫流原蹙起眉，很快明白，是另一个他又惹出麻烦了。

当电话接通的时候，白墨菲拿着手机，一阵怔然。

她曾在心里发誓，她要摆脱莫流原，再也不愿攀附着他而活，她会努力变得强大，成为能保护白家的人。

可是，到头来她什么也没做好，最后还是要求他吗？

"喂。"低沉冷漠的声音从电话那头传来。

她只是三个多月没有听到他的声音而已，却仿佛两个人已经分开了很久很久。

白墨菲的眼泪不自觉地从眼角滴下。他的声音……一如往常那样凉薄啊。

莫流原，为什么越长大，我们的距离就越遥远了？

"我是白墨菲。"

"……"

"莫少爷贵人事多，终于有时间接电话了。"

"嗯。"他的声音又淡漠了几分。

白墨菲听到这样的回应，到嘴边的很多话通通被咽了下去。

现在被司空南墨拿走清白的她，和莫流原再也回不到过去的她，到底还有什么颜面打电话给他，求他帮白家一把？

"没什么重要的事，就是突然想起你，想问你最近过得怎么样。"白墨菲擦去眼角的泪，靠在医院雪白的墙上。

“我很好。”

“知道你很好，我就放心了。”莫流原，不管怎样，我是衷心祝你好的。

莫流原坐在旋转椅上，修长的手捏着一沓照片……

他清醒过来的第一件事，就是调查白墨菲的近况。她比他想象中过得好。

照片里有她光鲜靓丽地参加宴会的场景，有她被追求者拦截送大束的鲜花的场景，还有……神秘男人与她交往甚密，频繁到她的学校接她离开的画面。

赫管家见莫流原的脸色越来越差，担心地说：“少爷，有什么话不如由我来交代白小姐吧。”

他怕两个性子强势的人又吵起来了。

莫流原面色难看，却没有放下手机。

“你还在听吗，莫流原？”白墨菲艰涩地问。

莫流原的性格就是这样，忽冷忽热，难以捉摸，前一刻他可以把她当成宝贝地捧在手心里，下一刻却冰冷无情，翻脸不认人。

白墨菲在等他说话，只要他说几个温和的词，她就可能服软。

可是，她等啊等，电话里一直沉默，她知道她永远都等不到他蹲下来跟她说话。

他是高高在上的莫少爷，白家从来都是依仗莫家才得以生存。他已经习惯了被所有人仰视，包括她白墨菲……

深深吸了口气，她认命地重复问道：“我们……是已经分手了，对吗？”

“……”

“我想，任何感情都要有始有终，你突然离开，取消婚约也是你单方面决定的，都没有跟我商量一声。”白墨菲胸口发痛，大概他觉得连和她商量都不需要吧，“所以，我想确认，我是被你甩了吗？”

“……”

“莫少爷，既然如此，我祝你幸福，叨扰了。”

她正要挂断电话，那边的人却突然出声——

“频繁参加社交舞会，在男人的追求中招摇。”他一张张地翻着相片，柔光下，那是一张英俊得惊人的面容，“我不在的日子，你过得更开心。”

他一个月说的话都没今天一天多。

“我们之间，非得每次都用这样的方式谈话吗？”白墨菲苦笑起来。

这几个月发生的事，他都知道？她还一直以为他的孤僻症让他离开后，他对她的任何事都漠不关心。

既然他什么都知道，那看得到白家的困难、她的挣扎，知道她需要他，在这至关重要的时刻，他却抛下她，冷眼旁观。

“你的东西，我都打包好了，我寄放在一号咖啡店里，什么时候你方便了，派人去取。”白墨菲的心像被一块块撕开那样痛，“莫流原，再见。”

再见……他们是真的再见了。

再见，我的青春，再见陪我一起长大的清澈少年。

放下手机，白墨菲蜷缩在墙角，双手紧紧地抱着自己。

一种无力感像潮水般朝她袭来。

以前她就配不上他，现在她脏了，更配不上。

彼此放过，是他们最好的结局。

白墨菲走出校门，又看到那辆房车停在同一个地方。这些天，这辆车每天来，接她去跟司空南墨见面，到晚上十一点多的时候，再送她回白家。

白墨菲是拒绝的，可他总是有办法胁迫她答应。

今天她似乎想通了，不再浪费彼此的时间，一出校门看到这辆车就上去了。

圣彼街歌剧院。

偌大的歌剧院空荡荡的，只有他们两个观众。

一个主事的人在介绍：“普契尼的《图兰朵》和《蝴蝶夫人》，十分经典。还有《托斯卡》，描写爱情，经典唱段《星光灿烂》；《波希米亚人》，经典唱段《冰凉的小手》；莫扎特的《魔笛》也不错，不过德语版本居多。还有《弄臣》……”

“你想看哪个？”司空南墨询问她的意见。

白墨菲无所谓地说道：“那就《蝴蝶夫人》吧。”

没过多久，大舞台亮起，场景布置好，演员一一就位……

昏暗环境中，司空南墨坐在她身边，大手握着她的小手，十指松松地相扣。一旦她想把手抽走，他的手便握紧了，不让她逃走。

舞台的光打过来，照着他英俊的侧脸、挺拔的鼻梁。

白墨菲哪有心思看歌剧，看着身边的男人若有所思。

白家的处境需要他，而且她也找不到比他更好的人选……虽然他霸道狂妄，不尊重她的意愿，但她也暂时找不到他的别的缺点……

她的第一次给他了，便宜都被他占了，她答不答应有区别吗？

白墨菲竟在瞬间妥协了，原来她也向金钱低头了啊。

“别这么看着我，我会受不了。”司空南墨低沉的嗓音在她的耳边响起，眼神炙热，嘴角带着一丝调侃的笑意。

白墨菲回过神，马上把视线转开。

司空南墨的手一用力，就把隔壁位子上的她带到了他的腿上坐着。他一只手按着她的肩，不许她起身离开，垂下脸，深深地吻住了她的唇，品尝着她的味道……

白墨菲能感觉到，他每次吻她的时候，气息都会变，身体硬邦邦的。

纯男性的气息在她的鼻前萦绕着："你有心事。"

这女人今天异常温顺、乖巧，很不像她。

白墨菲沉默了片刻才问："你很富有？"

"毋庸置疑。"

"我这个乐子，你什么时候才会玩腻？"

"等你的心为我准备好……"

"我不可能会爱上你。每天带我吃饭，约会，制造小浪漫，你以为我会动心？"白墨菲认真地说，"我跟别的女孩不一样。"

司空南墨粗糙的指腹摩擦着她的脸："不着急，我有很多的时间慢慢让你心动。"

白墨菲并不像往常那样躲避、嫌弃他的亲昵举动，而是安静地任由他摩挲了一会儿。她忽然伸手拉住他的领带，从他敞开的衣襟探进去——

司空南墨的眼神深沉起来。

她软软的身体靠过来，靠他极近地呼吸。当她那顽皮的小手慢慢顺着他结实的腹肌……

司空南墨一把扼住她的手腕："你明白你在做什么吗？"

"当然，我在做你期望的事，"白墨菲笑得很坏，"你不是喜欢吗？"

"……"

"得到我，是不是你就会对我失去兴趣了？"

司空南墨捉住她的小手贴在他的唇上，亲吻着她的手心："不会。"

白墨菲皱起眉。

"你这么有趣，我怎么会轻易感到腻？"

"你是只想玩玩我，还是……想娶我？"白墨菲深深地盯着他问。

司空南墨笑了起来："你想嫁给我？"

他在嘲笑她？她的眼神发冷。

"我想结婚了，对象不是你，也会是别的人，反正是谁都一样。"不是莫流原，那不管是谁都一样，她再也不会爱上任何人。

司空南墨眯起危险的眼："是吗？"

"如果你只是打算玩玩，我不是你玩得起的女人。"

"我还没想过结婚。三十岁以前，我不会有结婚计划。"他的手指习惯性地抚摩着她的头发，他们认识不过半个多月，谈婚姻过早。

白墨菲也笑了，眼神凉凉的。所以，他终究还是想玩玩她……

以他的身世背景，他当然不可能会娶她的。

虽然她还不清楚司空南墨的身份，但从他出入的场所、出手阔绰的程度、他送的昂贵礼物，都可以看出他绝不简单。

“在你眼里，我是可以被随便玩弄的女人？”白墨菲想要起身离开。

司空南墨的手禁锢住她：“我从没想玩弄任何女人，我的时间很宝贵。”

“可你现在就是想玩我。”

“跟着我，我可以给你你想要的一切东西。”他不会让她吃亏。

如果换作以前，听到这样的话，白墨菲会端起一杯酒泼过去让他醒醒。

可现在白父躺在医院里命悬一线，白家也游离在生死存亡之间。

白墨菲闭上了眼。她的爱情死了，身体也脏了……她还在坚持什么？

“我要钱，很多钱。”

他的皮夹里有数十张白金卡，任何一张都可以帮助白家解除危机。

司空南墨嗅着她身上的香气，嗓音彻底哑了：“你想跟我做交易？”

“是。”她努力说服自己，多脏几次又有什么区别？

司空南墨根本不打算放过她，她何不自己把握好，利用好这资源？

“要多少？”

说完一个数字后，她顿了顿，补充道：“不只钱，我还要你帮白家。”

司空南墨嘴角掠过一丝玩味的笑：“你凭什么以为我会答应？”

或许他的声音里还夹杂着嘲笑、讥讽，甚至别的情绪……

白墨菲的心被刺了一下，她回应：“当然，你有选择权。而我，也有无数的备胎。”

她的话，让他嘴角的笑敛去。他是备胎？！

“找谁？”

“任何可以跟我交易的人。”

“你是交际花？”司空南墨的脸色变得十分难看。他最不差钱，但当她把自己摆出来明码标价时，一切就变了味道。

白墨菲笑了笑：“本来不是，被你用过后，是与不是都没有区别了。”

司空南墨猛地攥住她的胳膊，全身散发着强烈的怒意。难怪这女人早上还表情厌恶地说出那些话，晚上就一反常态地想嫁给他。

原来，在她心里，他和众多男人一样，是她可以利用的角色。

“我倒要看看，谁肯跟你做这笔赔本的买卖。”

“那就拭目以待。”白墨菲再挣扎时，他松手了。

她离开他的怀抱，拿起自己的小提包，清冷地问道：“我最后问你，你拒绝了是吗？”

司空南墨紧咬的牙关显示他的怒气不小：“你一文不值。”

白墨菲点点头，掏出墨镜和手套戴上：“记住你今天对我的羞辱……你现在彻底出局了。”

司空南墨没有开口。

“即便白家破产，我也不会做你的女人。就算我饿死街头，也不会嫁给你。”

脖子上挂着他强行给她戴上的项链，她摘下来，像扔垃圾一样扔回给了他。

白墨菲离开歌剧院，竟有种心酸的感觉。她真傻，竟会对这个男人有所期待。也许他是拿走她的第一次的男人，她才会差点想要信任他。

经过这次，她再也不会相信他了……

就算白家很差钱，她也不会欠他和莫流原一分一毫的。

司空南墨坐着没动，黑暗中，双眼泛着野兽般的光芒。

多年以后，他每每想起此时，都后悔不已，曾经他有一次轻松娶她回去的机会，却没有珍惜……

白墨菲端起酒杯，几双男人的手递过酒瓶给她斟满酒。

她已微醺，双颊酡红。男人不断地前来搭讪，都会被她毫不留情地骂走，偏偏总有那么几个贼心不死的人想碰碰运气……

“古龙香水也掩盖不了你身上的人渣味儿，要我给你老婆打电话吗，秦先生？”白墨菲懒懒地开口，慢吞吞地拿起手机。

“不，不劳烦白小姐，我这就走。”

“说你是垃圾，不然我就把你刚刚对我说的情话发给你老婆。”白墨菲笑着说。

“我是垃圾，我是人渣。”男人边说边给了自己两个耳光。

这已经是白墨菲今晚拒绝的第十个人了，她惩罚男人的手段千奇百怪，竟收获了不少迷妹，大家聚在一旁笑得前俯后仰。

“哈哈哈，他好惨，但是我笑得好大声。”

“前面那个色眯眯、恨不得将裤子都脱了，结果真的被要求脱了裤子整场跑的人才叫惨……”

“所以这些男人来，就是为了跪在她脚前送人头吗？”

“有一瞬间，我怀疑我的性别了，我也配跟她一样称作女人？我配吗？”

“嗯……幸好我们市就只有白小姐这一个尤物，该焦虑的是那些富太太。”

“都别顾着笑，看紧自家的老公。”

…………

今晚来酒吧的女人本就不多，遇到白墨菲这样的对手，她们都很服气。

白墨菲身边从不缺男人，他们都喜欢环绕着她，哪怕只是跟她说几句话，偷看她几眼，被她骂着让滚。

以前碍于有莫流原，他们肖想了她很多年却不敢有动作，现在终于有一丝机会……呼吸着有她的味道的空气，那都是香的。

白墨菲弹着烟灰，几个男人立马上前接烟灰。

又一个大着胆子的男人去搭讪了……

大家都开始好奇，今晚被白墨菲看上的会是谁？毕竟这酒吧非同寻常，英文名叫“猎色”，是S市比较有名的情人酒吧，来这儿的男女都是准备猎奇的。

白墨菲连着来了三天，每天都会带走一个男人。

据说，前两夜的男人，才出酒吧就被她踹走了，也不知道哪里做错了，不合大小姐的意？

总之，她今晚又来了，证明她还没选到理想中的男人呢。

因为她的出没，今晚的猎色酒吧人特别多，男人的档次也都上去了，什么秦少、刘少的，这些贵公子都不往上流宴会钻了，通通聚到酒吧里来，场面空前绝后地热闹。

放眼望去，全是熟面孔，男人们相互见了，尴尬地打招呼寒暄……

老实说，白墨菲也没想到她的名声这么大。眼见着今晚酒吧爆满，人头攒动，老板开始考虑要不要提高入场的价格。

“少爷，没想到白小姐的行情这么好。”马丁看着热闹，忍不住啧啧出声。

至尊包间里，司空南墨坐在深色沙发上，荧屏中实况直播着酒吧里的盛况。

“她这算是公开招标了吧，压根没把少爷你放在眼里？”马丁瞅了司空南墨一眼，这女人连着几天玩疯了，越来越离谱。少爷这几天也没去找她，两个人好像闹了矛盾……

司空南墨一只手懒散地搭在沙发靠背上，英俊的脸上没有一丝表情。

这些垃圾货色连他的脚趾都比不上，他自然不信能有她看得上眼的人。她想胡闹，他何必跟着浪费时间？

司空南墨拿起外套，起身离开。

“白小姐好像有目标了。”

短短几个字，让司空南墨停住脚步。

白墨菲在攒动的人影中，忽然瞥到一个人。

她端起香槟，拨开身边的人，朝那个方向走去——

整个酒吧的焦点都在她的身上，所有人的目光跟着她移动着，大家都特别惊奇，能让她主动走过去的男人会是谁？

角落的休息椅上，一个男人局促不安地坐着，似乎对这种场合很不适应。

白墨菲刚走过去坐到他身边，他就迅速起身想要离开。

“嘿，”白墨菲叫住他，“去哪儿呢？”

男人二十岁出头的年纪，一米七八左右，瘦瘦的，戴着一副金丝眼镜。

他的长相说不上帅气，斯文书生那一挂的，整个人有点怯怯的。

可在场很多人认出了他——李家独子李英豪，S市排行第三的富豪，主营珠宝生意。

白墨菲见他起身想逃，一把抓住他的胳膊：“你在怕什么？我长得很丑吗？”

李英豪脸颊通红，不安地推着她：“不丑。”

她非但不丑，还漂亮得像个仙女，这辈子他从来没见过这么漂亮的女人。

他的眼中，有着丝毫不掩饰的对她的惊艳和爱慕之色。

白墨菲笑得妖娆，今晚来这里的男人，都是对她有兴趣的。她没想到李英豪也会在。

这个男人，她还是略有所闻的——人品不错。

白皙的食指抬起他的下巴，她的目光迷离，整个人微醺：“那你为什么要跑？你讨厌我？”

她身上的香气在空中散开。

她说话时，淡淡的气息混着酒香，喷在他的脸上。

“白小姐……我……”他的心狂跳着，不知如何应答。

周围发出失望的声音，大家没想到会是这个胆小鬼，白墨菲是抓他来挡枪的吧？

虽然李英豪身家背景不错，可他这懦弱的性格怎么可能得到女神的喜欢？

白墨菲勾勾唇，笑容能迷住在场所有男人的心神。

她伸手拉住他的领子，迫使他贴近自己：“不讨厌……那就是喜欢了？”

酒气喷在他的脸上，他的脸瞬间泛起红晕。

“你是不是喜欢我？”白墨菲靠向他，懒洋洋地说，“我有些醉了，你抱我回家好吗？”

群众一片哗然。

李英豪哪敢拒绝，但他个子纤瘦，抱她是个难题。

白墨菲顺势让他搂着，靠在他的肩上：“我的头很疼……送我去休息的地方好吗？”

李英豪硬着头皮说：“好的，白小姐，你的家在哪里？”

白墨菲迷离一笑："傻瓜，当然是酒店了。"

所有人快抓狂了，她这是玩真的？两个人都搂上了，还要去酒店！

这一切场景，自然没逃过暗处的眼。

冷漠嗜血的光芒在眼底滋生，司空南墨差点捏碎酒杯。虽知白墨菲是在作秀，但她随意让别的男人触碰她、抱她，就是让他很不舒服。

猎色酒吧在地下一层，往上四楼都是酒店房间，李英豪带着白墨菲进了其中一间。

几个人跟踪到这里，就被隔绝在门外了。

第四章

莫少爷回来了

白墨菲走后，整个猎色酒吧炸开了锅，有跟着去看的人回来反馈说，确定白墨菲进了酒店里的房间，没有半途把李英豪甩了，这次可能是真的……

在场的男士听了这消息无一不痛心疾首，带刺的玫瑰被猪拱了啊。

“这人跟莫少爷比起来是天上地下吧？”

“我打赌他撑不到一个星期。”

“哪能啊？天一亮他就被踹到沟里了。”

“还等得到天亮？说不定是白小姐跟莫少赌气，欲擒故纵。”

“该想想我们怎么办？明天传出去，我们来过猎色酒吧……”

他们羊肉没吃到，还惹来一身膻。

最后，这些少爷统一口径，通通保密，大家都是有头有脸的人物，为了个女人扎堆来了酒吧，这事传出去……

至尊包间里，司空南墨点了雪茄，才抽了几口，烟盒就被他蹂躏在手心里。

他明知不可能发生什么事，但想到白墨菲和陌生男人共处一室，万一……这女人从来没按照正常的套路出过牌。

二十分钟过去，似乎再也无法忍受，他猛地从座位上起来，大步朝外走去。

如果被他抓到她胆敢跟别的男人亲热，他会掐死她，亲手给她写墓志铭。

带着杀人的怒气，他走进了电梯。

马丁接到手下的电话：“少爷，白小姐出来了，在二楼喝酒。”

司空南墨：“盯着她。”

白墨菲只用了很短的时间把李英豪推倒在床上，用药物迷晕他，并且脱光了他的衣物。

她只需要在第二天他清醒过来时，出现在他面前就可以了。

走到酒店二楼的吧台前，她点了一杯酒，坐在高脚椅上慢慢地喝着。

白墨菲不知道自己正被人盯着，一杯接一杯地喝着酒，却头脑清醒，如何都喝不醉。

她紧紧地蹙着眉头，似乎在想什么难过的心事，表情看上去那么忧伤。

只要能救白家，她嫁给任何人都可以，却独独不想对方是莫流原，因为他是自己爱的人。

她欠谁也不想欠他，被谁瞧不起，也不能是他。

将苦涩的酒一饮而尽，她拿出烟和打火机。

啪，红色的火星、缭绕的烟雾、白皙修长的手指、巧克力色的指甲……白墨菲坐在那里，画面美得无与伦比，几个手下都看呆了。

一直在酒吧坐到破晓时分，白墨菲不知道喝了多少酒，抽了多少烟。

烟灰缸里全是烟头，而她的喉咙被熏得嘶哑，她低声咳了起来。

以她的个性，她绝不愿意这样逆来顺受地过完一生……

她不能眼睁睁地看着白父因为缴不起医药费用而离开人世。连家人都保护不了，她会怪罪自己一辈子的。

见时间差不多了，她拿起大衣，走回四楼的大套间。

其实，这时候的房间，已经被司空南墨的人偷偷潜进去，装了窃听器。

李英豪感觉有人拍打着他的脸叫他，迷迷糊糊地睁开眼，就对上了一双灵动的眼眸。

“天亮了，亲爱的，该起床了。”白墨菲坐在床头，用被子盖着自己，一脸似笑非笑的表情。

李英豪看看她，又看看自己，吓得连滚带爬地掉下床，捡起裤子就要穿上，却因为紧张，三番五次提不上去。

白墨菲淡淡地笑了笑，从床上起身。

她整个人妖媚、性感。她迈着修长的腿走到男人面前，拎住裤子的两端，帮他提上去，又拉好拉链。

李英豪整个都是呆的，像被打傻了一样，呆呆地看着白墨菲：“你……我……你……”

“你想对我负责吗？”白墨菲不以为意地笑了笑，在床边坐下，漂亮的长腿以一种很优雅的姿势交叠着。

“负责？”这句话仿佛点醒了李英豪，他呆呆地说，“我会负责。”

白墨菲饶有兴趣地望着他：“你昨晚说要娶我，是真的吗？”

李英豪的脸再次涨得通红，他不知所措地站在那里。他昨晚真的说了这种话？

“五天后是我的生日，我们在那天结婚——不许问我为什么。”

李英豪脑子一片空白，像被从天而降的大奖砸晕了头。

白墨菲，这个全市的男人都觊觎的女人昨晚选了他，还愿意嫁给他？！

“五天？这……根本来不及筹备婚礼……”

“婚礼尽量简单吧，我不喜欢人太多。”

“你是认真的吗？”

“难道我的样子像在跟你开玩笑？”

白墨菲对李英豪做过调查。他的身家很好，公司业绩稳定，因为他是独子，家里人万分疼爱他，任他予取予求。

他虽然长相不帅，但能带出去。

重点是他的品行，他除了呆一点、内向一点，没有任何不良嗜好。他的情商很低，至今为止还没有恋爱过，但是脑子并不笨，能将公司打理得井井有条。

他基本上就是新时代的好丈夫。

尤其是，这样的男人，她可以淡定地拿住他，不会没有安全感，也不会自卑，虽然代价是牺牲掉自己的爱情。

从浴室里走出来，白墨菲看见眼前摆满了食物。

李英豪局促地站在食物前面：“我不知道你喜欢吃什么，所以各种口味的早餐都点了一份……”

白墨菲扬唇笑了笑：“谢谢。”

“对了，我刚刚叫人去拿来了这个。”李英豪快速地从裤袋里掏出一个盒子，“这是我祖上传下来的……希望你会喜欢……”

盒子打开，里面躺着一对戒指。

李英豪跪在地上，满脸期待神色地问：“你喜欢吗？”

见白墨菲蹙起眉似乎不太喜欢，李英豪紧张得结巴了：“你不喜欢没关系，我们可以再去挑……只要是你喜欢的，都可以买下来……”

白墨菲不过是个缺爱的孩子，只想要一份安宁、简单、被宠爱的生活——不是莫流原的忽冷忽热，也不是司空南墨的霸道专横。

她迟疑着，朝李英豪缓缓靠近。刚洗过的发还没有擦干，披在两侧，她走到他面前，身上萦绕着沐浴露的气味和体香。

微抬起下巴，挺直了背脊，她下定决心："给我戴上。"

雕着繁复花边的壁炉里，熊熊烈火燃烧着，驱逐着窗外天寒地冻的冷气。

餐厅铺着厚厚的红地毯，每张餐桌上都垂着白色蕾丝桌布，精致的陶瓷餐具倒扣着。司空南墨靠在二楼走廊上，架起一条腿，闲散地喝了一口热气萦绕的红茶。

当白墨菲挽着一个男人的手从玻璃推门进来时，他抬起了眸。

这是李氏旗下的餐厅，白墨菲今天在这里订了餐位。

她出门时特地乔装打扮过，竖着遮住脸的大风衣领子，大大的阔边帽子，除了墨镜外，还戴上了口罩，仿佛明星私下出行一样裹得密不透风。

即便她这样精心遮掩，司空南墨还是一眼就认出了她。

她绝对没想到，他早就掌握了她的行程，早她一步等在了餐厅里。

落座后，白墨菲这才摘下大帽子、墨镜和口罩，她长长的头发在脑后绾起一个繁复华丽的发髻，露出白皙修长的脖子。隔着些距离，他也能看出她化了精美的妆容，很美，艳光四射，美得明目张胆。

司空南墨眯起眼睛，她打扮得这么美，为了取悦她对面的男人？

此时，李英豪果然看呆了，尽管不是第一次见，但每次看到白墨菲，他都会呆住。

那一瞬间，司空南墨的手指拧了拧，他想要把某人的眼睛挖出来。

"这里安全吧？"白墨菲脱下外套，四处打量着，一路还算顺利，没有看到司空南墨的人。

李英豪点点头，保证道："这是我们李家的餐厅，你放心，他们找不到的。"

如果让楼上的马丁听到这句话，他一定会嗤之以鼻地笑出来。

白墨菲拿出一份文件，商量着结婚计划。

她跟李英豪谈好，结婚这日尽量低调，只邀请双方的家人便可。教堂也是选的S市里很小的一座，不用太过用心地布置，也以低调为主。

对白墨菲来说，婚礼根本不重要，就是走一个形式。

她担心司空南墨会突然出现，破坏她的婚礼。

虽然李英豪想要给她一场盛大的婚礼，但他更尊重她的意见，全听她的安排。

白家已经打点好了，白父被转移到了高级医院里，医药费也由李英豪支付了……

隔着一段距离，司空南墨听不到白墨菲说话的内容，但是，她认真看着李英豪交谈着什么，谈到高兴处还露出一丝浅浅的笑意。

司空南墨第一次尝到一股很酸的味道，啧，茶叶一定是过期变质了。

“先生，请问要不要续杯？”

司空南墨转过脸，凌厉的视线扫过去，吓得侍应生连连后退。

这个该死的女人竟敢对别的男人笑，还笑得这么招蜂引蝶、勾人！

李英豪温柔、绅士，因不知道白墨菲的口味，各种菜都点了一份。

帝王蟹、冬阴功汤、蜜汁叉烧、卤水牛展、金枪鱼沙拉、脆皮烧鹅、咖喱皇炒大虾、广式牛腩煲……

由于是富有情调的四方小桌，摆不了那么多菜，无奈之下，他让店员加了一辆餐车在旁边。

这样奢侈的吃法，当然会引起其他顾客的观望。

而且，餐厅是李氏旗下的，见到李家少爷过来，起码有三个服务生和一个领班候在一旁招待。餐厅里的女人都很是羡慕。

白墨菲却习惯了男人们对自己献殷勤：“不用点这么多。”

李英豪局促地说：“我不知道你喜欢吃的口味……每一样你都尝尝。”

“谢谢。”

进食间，李英豪根本没吃什么东西，一直用一种迷恋的目光看着她。

白墨菲由于从小受过良好的家庭礼仪教育，用餐时高贵优雅，背脊挺直，喝汤不发出一点声音，抬手低眉间，也充满着贵族味道。

就算有一双眼睛在旁边盯着，她也丝毫不会觉得不自在。

食物的味道很好，她吃得很尽兴。

“我什么时间去接你？”李英豪体贴地递上纸巾。

“明天早上八点，你带好有关证件，来我家门口接我，我们直接去民政局。”白墨菲微笑。为免夜长梦多，她打算不等生日那天了，提前领证。

就在这时，一道刺耳的椅子摩擦地面的声音响起，侧边有个身影坐下来。

白墨菲诧异地扭头，看到不知道什么时候出现的司空南墨落座了。

“白小姐，你可吃好了？胃口还不错啊。”马丁扫了一眼盘子，笑着招了招手。

倒是他们家少爷心情不好了，这几天胃口也跟着不好，吃得少。

白墨菲的背脊僵了僵：“你！”

“民政局？”司空南墨显然听到了她的话，一脸讳莫如深的表情，“你要结婚？”

白墨菲紧紧地抿着唇，李英豪不是说都布置好了，不会被司空南墨的人跟着？这怎么他本人到她眼前了都不知道？

“这位是？”李英豪也感到诧异，毕竟从未见过司空南墨。

“我在问你话，你要结婚了？”一只手猛地掐住了白墨菲的下颌。

“是啊，我要嫁人了，司空先生想要赏脸参加吗？”白墨菲冷笑，躲不过，只好硬着头皮面对。

李英豪震惊，没想到他的情敌竟是这样英俊优秀的男人。他只从白墨菲口中听说有个男人纠缠着她，但眼前这个男人，还用得着去纠缠女人吗？即便是她，司空南墨也足以匹配。

“放手！”白墨菲的下颌被捏得生疼，她能感觉到他的怒气。

李英豪马上从座位上站起来，但还没靠近，就被一拳打中面门。他只感觉脸都像要裂开，身体朝后飞出去，撞倒桌椅，被他扯落的桌布弄翻餐具发出稀里哗啦的声音。

李英豪痛得蜷起来，鼻子、嘴角溢出了血。仅仅是一拳，对方差点打掉他的半条命。

司空南墨眼神很冷，手指轻轻地揉搓了一下，仿佛对方微不足道的性命，他轻轻就可弹落。

马丁立刻拿出一张手巾：“少爷，你看看，总是把我要做的活干完，手都被弄脏了。”

白墨菲皱起眉，生气的嗓音很是尖锐：“你凭什么打人？”

餐厅里的保安正在赶过来，却被司空南墨的保镖隔开。

“每个人心中都有恶的火种，我所做的就是不去点燃它。”司空南墨擦着血渍，轻轻地冷笑起来，“墨菲，是你偏要点燃的。”

她想嫁给别人，他真的发火了。

白墨菲也冷笑了起来。她是合法公民，想嫁给谁是她的自由。他凭什么插手？

在歌剧院，她给过他机会，是他自己放弃了，还狠狠地羞辱了她，现在还来纠缠她做什么？

“那又怎么样？我一定会结婚的，不是跟他，也会是别的男人，总归不是你。”白墨菲穿上大衣，拿起她的手提包、帽子，起身要走，肩膀却被一只手压回去，钉回椅子上。

司空南墨半个身体越过餐桌，一只手按着她的肩，眼神狠狠地盯着她，近在咫尺的那张脸可怕极了，每次呼出的热气都喷在她的脸上。

白墨菲仰着头，无所畏惧地盯着他，眼神比他更凶。

马丁已经好多年没有看到少爷这么生气了，也只有白墨菲能惹得他这么大动肝火。

白墨菲嘴角噙着冷笑，仿佛在说：你看不住我的，除了李英豪，S 市大把男人愿意娶我，我想结婚就结婚。

“你不怕变成寡妇？”司空南墨磨着牙齿冷声问。

“怕什么？寡妇也可以再嫁啊。”白墨菲眨了眨眼，笑得很欠揍。

按在她肩上那只手终于放开，他站起身，浑身的杀气散出八百米：“我等你来求我。”

丢下这没头没尾的一句话，他冷冷地走出了餐厅。

白墨菲看着他大步离开的背影，不明白他的话是什么意思，就看到几个保镖把李英豪打晕了架着带走。

马丁拦住想追上前的身影：“白小姐，事情再清楚不过了，想要少爷放人，你就带着你满满的诚意亲自去求他。

“哦，对了，如果你够狠心，转身去嫁给别人，你知道李先生会遭遇什么吧？”

今年的冬天似乎格外冷，院子里的玫瑰渐渐枯萎了，不知是不是照料不佳的关系，恐怕熬不过这个凋零的冷冬。

白墨菲放下手机。她已经接到第五个李家打来的电话，求她救救李英豪……

揉了揉眉，一向淡定自若的她也没了耐心，烦躁起来——司空南墨，她到底是多倒霉才会惹上这个家伙？

电脑屏幕上，正显示着一个网页。

白墨菲查到资料，S 市最可怕、最不可招惹的男人是谁？

那是一个外号叫魁达的男人，臭名昭著的恶人。据说，这家伙性情暴躁，背后的势力不小。

司空南墨也不是什么好东西，让他们黑吃黑，狗咬狗，她不算太过分吧？

白墨菲又翻了翻资料，魁达很好色，想要勾上他是轻而易举的。

她利用魁达的势力帮她逃出 Z 国就好了，他不像李英豪那么弱，完全保护不了她。更重要的是，他不像李英豪那么善良，万一她逃走后，司空南墨发火报复，那也是他活该的。她还算做了件好事，为民除害了。

至于李英豪，司空南墨抓他是为了要挟她，她逃跑了，他自然就会被释放。

三天过去了，白墨菲丝毫没有要来求饶的动静——

这也就算了，让马丁不可思议的是，这个不要命的女人转头就搭上了魁达——S 市地下赌庄的龙头老大，一个长相不堪入目、卑鄙下流的家伙。

看到手下传来的资料，他瞪大了眼，再三确认着，以为是哪里出错了。

这应该是他人生中眼睛瞪得最大的一次。

“少爷，你说这女人是怎么想的？她放着玉树临风的型男不要，一头扎进了牛粪里。”

司空南墨揉碎了魁达的档案纸，似乎是气笑了。

她果然做到了，S 市所有男人都可以娶她，但她就是不要他。

下一秒，射靶场里传来砰砰几声枪响，每个立着的靶心上都留下了弹孔。

司空南墨脸色发寒。

马丁扯唇，不怕死地又补充道：“明天是白小姐的生日，身在英国的莫先生刚订好回国的机票……”

司空南墨并未接下话茬。

“怪事，这个莫家少爷不是取消婚约了？他还特地赶在白小姐生日这天回来，怕不是后悔了？”

马丁竟有些幸灾乐祸，多年来从未见着司空南墨吃醋的表情，但最近见到了，还想再多看几次是怎么回事？实在不是他欠揍，这位少爷只有在面对白墨菲的时候，情绪才变得丰富多彩，像个正常男人。一物降一物，少爷是真的遇上对手了。

此刻，司空南墨的眼神不只是用可怕来形容，眼底简直掀起了一阵腥风血雨。

白墨菲坐在赌桌前，一只手撑着下巴，懒洋洋地玩着一块筹码牌：“你真那么厉害？”

“当然。”魁达气息有些不稳，那双不协调地凸出来的大眼睛，一眨也不眨地盯着她，“整个 S 市都是我的地盘，亲亲宝贝，只要我帮你解决掉那个司什么空的玩意，你就真的愿意做我的女人？”

“嗯。”白墨菲微微一笑。

魁达的心都化了，可怕的脸抖动着，浑身纠结的肌肉也在轻轻抖动。

“你放心，玩狠的，没人是我的对手。”魁达阴险地笑了笑，早就听说白家二小姐美艳不可方物，今日一见，果真名不虚传。

“据说你很会打架，打给我看看。”白墨菲目测这个狗熊般的男人有两米高，膀大腰粗，胳膊比常人的大腿还粗，光从体格上看就很凶猛了，她若带着他出门就像牵着一头巨型藏獒，路人远远见了都要掉头跑，再配上那张凶神恶煞的脸，胆小的人怕是当场就会被吓尿了。

他跟白墨菲站在一块儿，妥妥的美人和野兽的既视感。

赌庄的十个手下围着给魁达练手，他一拳一个。

魁达眼睛发红，一看到血就兴奋，残酷地蹂躏着对手。跟他对打的也都是一米八几的壮汉，却脆竹似的被他吊打。

听着凄厉的哀号声响起，白墨菲心里不由得开始同情司空南墨……

“够了，住手吧。”

“这就停了？我才使出我十分之一的力量都不到。那司空什么玩意的如果敢出现，我把他揍成孙子吊着给你玩。”

白墨菲皱起眉，司空南墨不会被打死吧？

“是谁想要吊着我们少爷玩的？”一道慢悠悠的嗓音传来。

马丁带着几个保镖出现在赌场大堂里，悠闲地笑着，明明举止有礼，但脸上的刀疤和嘴角恶毒的笑容，让他看起来就像个恶棍。

白墨菲冷着脸，司空南墨的人真是无孔不入啊，不管她在哪里，他们都能找到她。

不过，她现在身边有了魁达，不怕他们了。

“白小姐，说你什么好？这种地下赌场脏得很，你不该来！”

“你倒来得真是时候，魁达，不是没打过瘾吗？‘下酒菜’已经给你送过来了。”白墨菲扬唇，“下手轻点，别闹出人命了。”

魁达却从马丁出现后就愣在原地，高大威武的身体竟害怕得缩了缩：“马爷，是什么风把您给吹来了？”

马丁皮笑肉不笑地说：“少爷的女人，你也敢惦记？”

“没有的事——我怎么敢——”别看魁达一脸蠢样，机灵得很，“少爷的女人？这位白小姐？我可没碰过她，一根手指头都没碰过！”

白墨菲愣住了。

马丁不吃这一套，铁钩手开启了暴风模式，就像碎肉机一样高速旋转：“她人是上午来的，你是下午死的。”

魁达吓得脸都白了，两米高的身体重重地跪了下去：“我真不知道她是少爷的人，什么都没来得及干哪……在场所有人都能为我做证！”

“那是自然，你躺进墓地的时候，在场的各位没一个是无辜的。”马丁意有所指地瞥了白墨菲一眼，拎起魁达的领子。

“白小姐救我——”魁达哀号求救。

白墨菲这才慢吞吞地从椅子上站起来：“废物。”

她还以为找到一只嗜血狂兽，结果是只丧家犬。

“你瞎了眼，少爷的女人也不认识，这双眼睛长了没用，就先拿了吧。”马丁旋转的铁钩手凑近魁达飙泪的眼睛。

“不要让我见血！”白墨菲喊道。

明明这个魁达作恶多端，被惩罚也是自作自受，可看他哭得脸皱成一团，她到底还是于心不忍。司空南墨到底是什么人，连S市最坏的恶人都怕他？

马丁瞟了白墨菲一眼："也是，总不能影响到你待会儿用餐的胃口。"

"谢谢白小姐。"魁达跪着在地上移了几步，颤抖不止地磕了磕头。

"少爷还等着你，跟我走一趟吧？"马丁笑容可掬地问。

白墨菲深深地吸了口气："李英豪呢？"

原本她以为司空南墨只是抓了人，不会真的干什么，可见马丁刚刚对付魁达的手段，真怕他们会丧心病狂……

"白小姐这记性，我还以为你忘记这号人物了，三天了，你不闻不问。"马丁关掉铁钩手的开关，笑眯眯地说，"放心，人还活着，死不了。"

死不了？白墨菲的心都跟着提起来了："你们做什么了？"

"走吧。你可以亲自去看看。"马丁做了个请的手势。

白墨菲咬紧下唇，没有第二种选择。

这就是狗仗人势吧，马丁那一脸嚣张的样子，像极了司空南墨。

"少爷火大着，你可要小心了。"马丁招招手，几个保镖过去捆起了魁达。

魁达嗷嗷号着求饶，马丁咧嘴一笑："你不是要吊着少爷玩？我就满足你的心愿。"

魁达瞬间噤声了，腿颤抖着，站都站不稳地软了下去。他从没见过司空南墨，毕竟那是活在传说中的狠人。

海湾浅水区，木桥横架在水面上，别墅错落有致地分布着。这些大大小小的别墅一般不住人，司空南墨建了收藏用，平时就空着，偶尔有帮佣过去打扫。

湛蓝的海面、插着阳伞的私人沙滩，这里仿佛Z国版的马尔代夫。

司空南墨常住的是一座四面都是玻璃的双层别墅，他亲手设计装潢的，面朝大海，地势和采光最优，院子里种着两棵大型海棠木。正是寒冬，白雪铺满枝干，在风中窸窣而落。

司空南墨浮在水面上，双臂半搭在岸上。波光粼粼的水面晃动着，整个院子都是蓝色水光，让人感觉仿佛去到一个水中世界。

池边的沙包被打烂了，这会儿魁达正被绑成人形沙包，可怜兮兮地吊在架子上晃着。

"少爷，这个新型的沙包皮糙肉厚，应该很耐打。"马丁一脸满意的表情。

司空南墨最近心情不好，火大无处发泄，沙包都被打坏几十个了。

魁达被封着嘴巴，瞪大眼看着从水中上岸的男人。司空南墨身材高大，肌肉结实，也是威猛型体格，但跟魁达的块头比起来，他显得太过俊美单薄。

可是很快，魁达面目扭曲起来，司空南墨一拳打来，他痛得五脏六腑都翻搅起来。

似乎是难以相信司空南墨的拳头如此有力量，魁达都快将眼睛瞪出来了，痛却号不出声。

司空南墨几拳下去，魁达的脸拧成了麻花，又被打出泪水。

然后，这个两米高、犹如狗熊的男人，无声地痛哭着，哭得悲痛欲绝，惨不忍睹。

连白墨菲都不忍地别开了眼。她也没想到，司空南墨这么能打。

“这就晕过去了？”马丁啧啧出声，“白长个子，就是个饭桶。”

仅仅几分钟，魁达被打到面目全非，脸高高肿着挂着血水，五官都分不清了。

“表演完了没有？”白墨菲的身体一阵阵发冷，他是打给她看的，她懂。

司空南墨的后背微微一僵，他转过头，仿佛这才发现她：“你来了。”

因为她出声及时，救了魁达一命。

司空南墨下水清洗了一下，再回到岸上，接过帮佣递来的浴巾：“过来。”

白墨菲站着没动，在场所有人都能感觉到少爷的怒意。马丁对她打眼色，她偏偏无动于衷。

司空南墨在泳池边的躺椅上坐下，冷冷地说道：“怎么，要我亲自过去请你吗？”

“白小姐，我劝你最好乖乖听话。虽然我们少爷不打女人，但你的朋友可就没这么好运了。”马丁提醒道。

白墨菲皱着眉，咬着牙，每一步走得很不情愿。

在距离他只有半米的地方，她停住脚步，再不肯前进一步。

司空南墨拿起一个苹果，扔到她的脚前：“捡起来。”

白墨菲仿佛受到侮辱，紧紧地蹙着眉，朝一旁的帮佣说道：“捡。”

司空南墨嗓音低了几度：“墨菲，把它捡起来。”

“我不是被随意使唤的小喽啰。”

马丁突然按下对讲器的扩音键，李英豪惨叫的声音传来……

“等等。”白墨菲胸口剧烈起伏了一下，“我捡！”

明明他只需站起来，朝前走两步，就可以捉到她。但是，他似乎就喜欢欣赏猎物挣扎着，主动走入他的魔掌中的表情。

白墨菲刚弯腰捡起苹果，一只有力的手臂便攥住她的胳膊，她跌到了他的怀中。

司空南墨的力量那么大，轻松禁锢着她就让她逃脱不开，就着她的手，他一口对着苹果咬下。

他吃着她手里的苹果，眼睛却看着她，眼神带着那种令她讨厌的野兽的气息。

仿佛他吃的不是苹果，而是她。

白墨菲紧抿着嘴唇，小脸上满是不服气的倔强之色。

司空南墨笑了，他生气起来的笑邪恶得令人发指，换作寻常女人，早就被他吓到晕过去，可这个女人……真的是胆大包天。

“你不怕我。”他盯着她说。

“怕能解决问题？不能。所以我为什么要怕你？”白墨菲淡淡地看着他，“你想怎么折磨我，尽管出招好了。”

司空南墨偏头看着她，如果他舍得动她，也犯不着把火气撒在那些小人物身上。

“我想你了。”

莫名其妙的一句话，让她愣住。

“几天没见，你不想我吗？”

“啊！不敢劳烦您这样的人物想我，毕竟我可是一文不值的女人。”

司空南墨拿起她那只手，与自己的手十指相扣。

他的手掌那么大，而她的手那么小。在他的眼里，她纤细的指骨和身段是那么脆弱，他只需轻轻一捏，就可以把她折断。

可在这个瘦弱的女人身上，潜藏着一个如此强大、高傲的灵魂。

“明天是你的生日，”他扬唇道，“我允许你有一个愿望。”

马丁诧异，少爷都气成这样了，竟然还主动搬台阶给白墨菲下？

偏偏她不识抬举：“你离我的生活远远的，让我再也看不到你，就是我的愿望。”

司空南墨危险地眯起眼睛：“我给你机会重新许愿。”

“那就放了李英豪，别再横加阻挠我们。”

“你让他昏睡，让他误以为碰了你……”

“你怎么知道的？你跟踪我？”

不对，就算跟踪，他也不可能知道得这么详细。

“如果他知道你接近他，急着结婚，不过是看中他的背景，”手抓住她的下巴，他冷笑，“他还会娶你吗？”

“如果他愿意，你是不是就会成全我们？”

“你是我的，敢惦记别的男人？”

“你实在太幽默了。我们不是夫妻，也不是情人，甚至没有任何关系，我想要嫁给谁是我的自由。”

“我们发生过关系了，还叫没关系吗？”他恨得咬她的耳朵。

“成年人的世界，司空先生不会以为有过关系就要为彼此负责一生吧？”

“如果他知道，你其实已经被我……”

“谁没有过去？我想他不会介意的，而且从今以后我跟你不会再有联系。”

“有没有联系不是你说了算的。”他恨得想要把她的耳朵整个咬下来，她竟敢这样急于跟他撇清关系，“我们还会有很多亲密的关系。”

白墨菲按住他的手：“我警告你，如果你以后再敢对我有任何纠缠行为，作为李太太，我有权利告你骚扰！”

司空南墨大笑起来，眼神却像带了毒：“还没嫁过去，你就把自己当作李太太了？”

“放开我！”

“这么不死心。那我就让他看看，你在我身边是怎样辗转承欢——”

“你想干什么？”意识到他想做什么事，她淡定的脸上终于掠过一丝慌乱之色，“这样毁掉我的人生，对你来说有什么好处？嗯……”

她的唇被狠狠吻住，她用力咬向他。

鲜血在他的唇瓣间散开，他深深地吻她，血腥的味道在彼此的口腔里蔓延着，他吻得像是要把她吃下去。

“真美味。”他舔着唇瓣上的血迹，银色的线沾着红色的血，在空中牵连起来……

她听见院子里的门被推开，两个保镖架着李英豪走了进来。

飘落着雪花的庭院里，躺椅上坐着个极英俊的男子，刀削的面容，赤裸着的结实胸膛，身上散发着一股兽的野性和华美贵族的味道。

他怀中抱着白墨菲，两个人姿势那么亲密，甚至他的一只手已经抚摩着她如白雪一般的肌肤。

李英豪遍体鳞伤，脸色十分怪异。他就像一个旁观者，用分外古怪的目光看着两个人。

司空南墨说着话，便将头埋在她的颈间，肆意地呼吸她身上的香气……

他渐渐往下吻住她的颈部，她不敢动，他一用力就会咬死她。

忽然裙子被撕开。

他抱着她，在李英豪的面前……

意识模糊中，她似乎看到一个人影，冷冷地站在海棠树后望着她。

松软的土地上落满海棠花瓣，那人从海棠树后走出来，修长的身形，尊贵的气质，下巴线条俊美如欧洲王子。

他笔直地站在那里，看她的目光空洞、麻木。

白墨菲微微睁大眼睛，不禁叫出声：“莫流原……”

莫流原，救我……

司空南墨的脸色猛然一变，手掌用力地掐紧她："你叫谁？"

疼痛让白墨菲从幻觉中回神，她定睛一看，海棠树下只有薄薄一层白雪，哪里有人？

"总有一天，我会把你脑子里想念的那个人给挤出来！"司空南墨双手按住她的头，像是要把莫流原从她的脑海中挤出来一样。

天色渐暗，院子里亮起大灯，暖色的灯光衬着司空南墨英俊分明的脸、他浓密的睫毛、他耳轮到下巴的俊美曲线。

"爸……爸爸……"

白墨菲的梦里下着蒙蒙的雨，她跪在墓地前，亲眼看着白父下葬。

她打着寒战，蜷缩着单薄的身子，哭得像个孩子。

一双手突然抱着她轻轻拍着，摇醒她："是噩梦，墨菲，醒醒。"

白墨菲啜泣着醒来，发现自己被司空南墨抱在怀里，他轻轻安抚着她，眉宇微皱。

快速擦了一把泪，她挣扎着想从他的怀里离开。

"现在还早，再睡会儿？"

"你又想做什么？给我滚！"白墨菲的吼声都是嘶哑的。

"嘘，别怕。"他语气温柔，完全不是下午时那魔鬼般的状态……

他按住她的身体，将瑟瑟发抖的她搂在怀中安抚了好一会儿，再抱回大床上。

"你把李英豪怎么样了？"她别开脸，冷冷地问。

"李先生已经被安全送回。"司空南墨倒了杯温茶递给她，"看了这么久的表演，他也累了。"

"我不信！"白墨菲皱紧眉头，怒气高涨。

"只要你乖，他就会很安全。"他黯下眼神，"否则，我会让李先生失去男性象征，后继无人。"

他变成一个不男不女的怪物，她还会嫁给他吗？

闻言，白墨菲颤了颤，想到下午发生的事。为什么是她遭遇这些？为什么她会遇见司空南墨？就因为她长得美……所以她的人生都不能由她做主吗？

白墨菲拉高被子盖着身体，整个身体退到床头。

司空南墨往前，她便后退，双手紧紧地攥成拳头。

"你会怕我了？"

白墨菲闭上眼，似乎连看他一眼都嫌多余："我是嫌你恶心，你走远点！"

"白家的事为什么不早点告诉我，你何至于大费周章？"司空南墨沉声说道。听到她在噩梦中哭着喊"爸爸"，他才意识到白家可能出事了。他派马丁去调查，果然白老爷病危住院。

原来白墨菲急着要钱，是为了救白老爷。

白墨菲内心一动，可是很快冷笑起来。她不需要迟来的关心……

身体好酸好痛，白皙的肌肤上布满被他折磨过的痕迹。她现在像破碎的布偶，连动一动都没有力气。

起居室里一阵沉默。

“你赢了，我答应。”司空南墨站在窗前，拿了雪茄点上。

英式墨蓝色衬衫外披着貂毛领长款大衣，鸢尾花图腾的大饰针别在胸前，有着长长金链的一头悬在肩边，他盯着窗外的风景，似乎是人生中第一次感到挫败：“白墨菲，你是第一个让我低头的女人。”

本以为这段关系的掌控权在他手里，但原来他早就输了。感情里，谁先动心，谁先输……

“你想要的钱，外加让白家恢复往年的风光。”他说，“你想要的交易，还有什么条件？”

呵，白墨菲心里发出冷笑。他以为他是谁，一切只凭他说了算吗？他说她一文不值，她就一文不值；说她值，就要肆意地摧毁她的人生？

“不过，你一旦成为我的女人，就要遵守我的规则。”

“规则？”她从鼻子里发出一点声音，连骂他都没力气。

“不允许接触除我以外的男人，不许对他们笑、说话，哪怕在你可爱的小脑袋瓜里想想也不行，我要身与心的忠诚。”他的眼神比夜还幽暗，“一旦发现你背叛了我，你要面临的将是比下地狱还可怕的酷刑。”

他的眼神阴森得让人忍不住打哆嗦。

“可惜，我改变主意了。你的钱留着以后传给你的子孙后代吧。”她淡淡地答道。

他这样伤害她，还想她做他的女人？痴心妄想！

司空南墨没有想到她会拒绝：“你做我的女人，比做李夫人的身价高千万倍。”

“那又如何，你以为我稀罕？”白墨菲淡漠地盯着空气。

如果她是个只看钱的人，用心讨好莫流原就行了，何至于去求他司空南墨？

追求她的富家公子也不少，为什么她千挑万选找了李英豪？正是因为，她希望找到一个品行善良正直、值得托付终身的男人。显然，司空南墨不在其中。

司空南墨冷声说道：“他保护不了你，保护自身都成问题。”

“他有真心和善良就够了，你有什么？”

“你在我身边，我给你所有你想要的东西，还不够？”

“晚了……”白墨菲露出一个滑稽的笑，“你知道什么叫多余？夏天的棉袄、冬天的蒲扇、风雨后的雨伞、心凉后的殷勤。放我走吧，像你这样的男人，什么女人都不缺，为什么要和我这样一个小小人物过不去？我自问也没有得罪过你，如果是白芸芸的事我误解你了，让你心怀恨意，我道歉。”

他和莫流原一样，再不是她想选择的男人。

司空南墨以为他听错了，第一次听到这个高傲的女人低下头来认错。

她眼底骄傲的光像熄灭了，她低声下气地求他放了她？

“对不起，司空先生，放了我，对我们都有好处。”

司空南墨就像胸口被狠狠打了一拳，震得浑身都在痛。他第一次尝到心被震得裂开的痛感。

白墨菲求他放过她，是因为她想嫁给李英豪。她就这么想嫁给别人？

司空南墨拿着雪茄，好久才回过身盯着她：“休想。”他咧嘴一笑，眼底受伤的神色让他像个恶魔，“你胆敢嫁给他，我会让他付出最惨痛的代价。”

晚上十一点，马丁驱车将白墨菲送回了白家。

白家人休息得比较早，可是今夜，整个白家灯火通明，连院子里的灯都亮着，还开了喷泉。

白墨菲双腿发软，脖子上都是司空南墨的吻痕，她拉高领子下了车。

“白小姐，我们少爷只给你三十分钟的时间收拾行李。如果到时间你还不出来，我们就去抓你。”

白墨菲一声没吭。

“走得动路吧？要不我扶你进去？”马丁调侃地问。

白墨菲狠狠地关上车门，倒抽着气走了两步。

“我看你要多锻炼身体了，不然，这身子骨哪里受得住少爷？”

“闭嘴！”白墨菲愤怒地喊道，他的每句话都在提醒她自己的身体不洁……

别墅一楼大厅开了所有的大灯，水晶吊灯闪闪发光。白飞飞和张妈都坐在沙发上等着，帮佣列队站着。一见她回来，白飞飞娇笑起来：“今天是你的生日，我们准备了相当丰盛的晚餐——可寿星不在家，我们所有人都不敢吃。”

难道是司空南墨让人布置的？

“我累了，”白墨菲疲惫地往楼梯走去，“有什么事明天再说。”

“莫少爷回来了。”白飞飞面带嘲笑之色。

白墨菲的步子一顿，心差点跳出胸膛。

她捏了捏手，手心里全是冷汗，极力保持着镇定，说：“哦，他今天来过了？”

“莫少爷一回国就来了，就为了给你庆贺生日。”白飞飞酸溜溜地说道，“他等了你大半天，你却在外面勾引男人，到现在才回来。

“白墨菲，你到底去哪儿了？”

“你不是说了，我在外面勾引男人。”白墨菲面带讥笑地说，“除此之外，我还能做什么？”

实在是心情糟糕，没有心思跟白飞飞吵，白墨菲就要上楼，却听到楼上传来一阵动静。

两个脚步声，一个稳重从容，一个亦步亦趋。

“哦，我忘了提醒你，莫少爷还没走，在楼上你的房间里……”

白墨菲一顿。死女人，她故意的！

抓着扶栏的手不自觉就握紧了，她的面色越发苍白。她抬起头，看着二楼的方向，表面从容镇定，可是心不受控制地狂跳。

莫流原和一个管家模样的男人出现在楼道上。

他站在外廊式楼道上，看着楼下的白墨菲，俊美精致的脸上表情冰冷倨傲。

他身后跟着的，是几乎对他寸步不离的赫管家。赫管家穿着英国式的管家制服，表情和动作恭敬，手里拿着一份包装相当精美的礼物。

修长的手指裹着纯白手套，莫流原的手随意地扶着栏杆，眼睛盯着白墨菲，一步步往楼下走来。

白墨菲看着他，而他也看着她。

他琉璃一般的黑瞳里，是一片麻木而空洞的光芒。

莫流原就是这样，深不可测的黑眸望着谁，谁都会有种从脚底蹿上来的凉意。

现在，白墨菲就有种身体发毛的感觉，似乎他的目光会透过她的眼睛，直达她的心底，看到她内心深处所有的秘密……

她完全没有做好心理准备，没想到莫流原会在今晚回来。

莫流原一直不疾不徐，直到走完最后一级阶梯，站到她面前了，她才终于敢相信这不是幻觉。

莫流原——回来了！

第五章

答应

“莫少爷好。”

“……”

“莫少爷贵人事多，我以为您暂时没有回国的计划。”白墨菲淡淡地笑，脱口而出的是她自己都没想到的生疏、客气话语。

她知道，这样的她是莫流原最讨厌的。那就让他讨厌吧。

“时候不早了，莫少爷旅途劳累辛苦了，记得早点歇息。”

从始至终，他就用那种空洞冰凉的目光看着她，就像一个被雕刻出的绝美玩偶，没有灵魂。

白墨菲下意识地裹紧了大衣，遮住自己遍布吻痕的身体，从他身边经过，走上楼去。

身后是赫管家叫住她的声音：“白二小姐。”

白墨菲停下脚步：“还有事吗？”

赫管家几步上前，将礼物盒子递过去：“这是少爷为你挑选的礼物。”

白墨菲接过盒子，脸上礼貌的笑容不变：“谢谢。”

见她又要走，赫管家问道：“白二小姐……你不拆开看看是什么吗？”

白墨菲靠在栏杆边，望了一眼莫流原。他是背对着她的，背影高大沉默，身上透出来的尊贵气息要压得所有人窒息。

要是以前，莫流原纡尊降贵地回来了，白墨菲也应该低头，给他一个台阶才是。只要她态度温柔，他们就可以当作什么都没有发生过，和好如初。

可是……一切都太晚了……

白墨菲按着隐隐作痛的心，似笑非笑地说："无非都是那些礼物，洋娃娃、发卡、项链或胸针？"

"白二小姐。"

"好，我打开。"白墨菲无所谓地拉开丝带，打开礼物盒子，看到盒内躺着一枚很漂亮的蝴蝶胸针。小小的胸针缀满了五颜六色的宝石，在灯光下，闪烁着奇异的光彩。

"看吧，我就没有猜错。"

她的脸上毫无惊喜的表情。以前她就没惊喜过，可是每当收到他的礼物，不管是什么，她都会表现得很开心。

她的冷漠让赫管家皱眉："白二小姐喜欢吗？"

"你以为呢？"

赫管家暗暗使着眼色，意思是让白墨菲讨好莫流原："白二小姐的表情看起来是相当喜欢的啊。"

白墨菲嘲笑出声："我不喜欢。"

这四个字扔出来，让气氛本来就凝滞的房间，更陷入诡异的状态。

莫流原身影一动，僵硬地回过头望着白墨菲。

白墨菲目光坦然地回看着他："我不是小女孩了，已经过了收到礼物就很开心的年纪。这枚胸针并不适合我。"

在她平静的表情下，心抽痛得无以复加……

她的身上还残留着司空南墨的味道，在回白家以前，她是怎么被侵犯、打上属于他的印记的，每一个画面都清晰无比。

只是站在这里，面对着莫流原，她要多么努力地克制住，才不会落荒而逃。

赫管家不知道白墨菲今晚怎么了。

因为两个人的个性，他们每次和好，都是他在中间充当和事佬。事实上，他的一言一行完全都是莫流原的意思，如果莫流原还在生气，是不会如此来讨好白墨菲的。

可现在，白墨菲在拒绝赫管家的讨好言行。

这也就意味着——她在拒绝莫流原。

白飞飞突然从沙发上站起来，走到白墨菲面前打圆场，大为夸赞道："好漂亮啊，莫少爷真有眼光！”

平时她就很巴结莫流原，毕竟他是白家的靠山，更何况……她对他有特别的情愫……

“你喜欢？”白墨菲合上礼物盒，随意地递了过来，“那就送给你好了。”

“你说什么？”白飞飞简直不敢相信自己的耳朵。

白墨菲已经把礼物放在了她的手中：“大家晚安。”

白墨菲转身上楼。

“白二小姐……”

赫管家没想到事情会这样进展，转过头去看少爷，莫流原脸色冰冷，眼瞳更黑了。

他身上带着重伤，这些日子一直在治疗，等待恢复。

本来以他的伤势他还不可以出院，医生也不建议他回国，怕伤口感染复发。

少爷执意回来，晚上抵达后，脚不沾地地就来了白家。谁知道白墨菲不在家，白家的保姆打去电话，白墨菲的手机也一直处于关机状态。

等到现在，整个白家的帮佣战战兢兢，陪着莫少爷一起连晚餐都还没有吃。

他们好不容易等到白墨菲回到家，却是如此场面……

“少爷，你的伤不要紧吧？”

看着白墨菲头也不回地上楼，关上卧室的房门，赫管家长长地叹了口气：“时候不早了，我们先回去吧？”

“是啊，是啊，莫少爷今天赶回来，旅途劳累，应该早点回去歇息……”白飞飞趁机说道，“其实莫少爷根本犯不着跟她生气，你不在的这三个多月，她丝毫没有把你放在心上，整天在外到处乱晃，参加各种宴会……前几天，还有个叫李英豪的男人找来白家说要娶她，怎么都轰不走……”

莫流原紧抿着双唇，脸色更显苍白。

“白大小姐喜欢挑拨，少爷，你不必将此话放在心上。”赫管家连忙安慰。

白飞飞咬了咬唇，指着窗外说：“我说的都是实情。你们要是不信，莫少爷，你看，送她回来的车还停在白家门口呢。这辆车来了好几次，白家上上下下的人都可以做证。”

张妈立即点头：“对，对，我可以做证。”

莫流原身体僵硬，转头看向窗外。

夜色下，一辆黑色房车亮着车灯，显然在等人的样子。

莫流原的眼神在瞬间变得幽暗起来——

马丁靠在车头叼着烟，一边朝蓝牙耳机报备着什么，一边转过头来透过窗户正好看到莫流原。

然后，烟从马丁的嘴里掉了下去，他诧异地说：“少爷，我明明把莫少爷订的那趟航班在临出发时拦截报故障了，按理他现在才出发啊。”

马丁昨天就查出从英国飞往Z国的飞机只有一趟航班，为了让莫流原赶不上白墨菲的生日，花钱打点过了。

司空南墨的嗓音发寒：“说人话。”

“我的意思是，我在白家看到他了……”马丁硬着头皮，准备接受王之盛怒。死了，死了，他就要变成一宗惨案的主角了。

赫管家也抬头看到了马丁，低声说：“少爷，你应该对白二小姐多加信任……”

莫流原安静地站着，浓密的睫毛和英俊的脸部轮廓映在窗玻璃上，仿佛一张颜色浅的画像。

因为太在乎，害怕失去，所以没有安全感，他做不到毫无芥蒂地信任她。

如果白墨菲是一个平凡的女人，他或许可以夺去她的骄傲，安心地将她藏在口袋里，就算被外人窥见到了，也不担心她会被抢走。

可是偏偏……

马丁与莫流原对视着，几年不见，莫家少爷还是老样子，像活在欧洲古画里的忧郁贵族。他确定莫流原没有认出他，毕竟像莫少这样倨傲、清高的人物，眼里从来没有别人。

“少爷，你先消消火，我保证把白小姐带回去。”马丁这边也在宽慰着司空南墨，却发现电话早被挂了。

他在心里暗叫不好，少爷不会要赶过来吧？少爷要是和莫流原碰面岂不是天下大乱？

马丁心里很清楚，莫流原不好招惹，这因为莫家和司空家族的渊源，说来就话长了。

马丁再打电话过去，司空南墨没接。

他只好打电话给白墨菲，看能不能让她把莫少爷赶走。电话响了很久，白墨菲才接起，态度比少爷还差……

白墨菲坐在梳妆台前，看着镜子里自己苍白的脸，身体止不住地发抖。

她竭力克制着自己，抬手将溢出眼眶的泪水擦干……

偏偏马丁不识时务地给她打来电话，她正好没处发泄火气，于是全部撒给他了。

马丁不等她发泄完，插嘴道：“少爷正赶过来，要是让他碰上莫先生……以他的性格，什么事都可能发生。”

白墨菲的心一下子凉了半截，她想起了李英豪和魁达的下场——

赫管家正要敲门，猛地听到一个东西被砸在门上的声音。

他愣了愣，紧接着，又听到房内接二连三地响起砸东西的声响。

赫管家转过头，无措地看着莫流原：“少爷？”

莫流原沉默着，抬手敲门。

敲门声刚响起，里面的声响就停了。

赫管家跟着敲门，好一会儿才从里面传来白墨菲低低的声音：“我睡了，谁都别来吵我。”

赫管家出声：“白二小姐，是少爷。”

房内又是长时间的静默。

直到赫管家以为白墨菲睡着了，门才终于被打开。白墨菲靠在门口，身上披着一件睡袍，嘴唇苍白，脸色也十分不好看。

如果仔细看，他们会看出她的眼睛有点红红的痕迹。

“我已经睡下了，你们怎么还没有走，有事吗？”

“少爷等了你一晚上，到现在还没有用餐。”

白墨菲的身子颤了颤，长长的睫毛垂了下去。为什么莫流原要在这时候回来，不是早一天，不是晚一天，为什么要是今天？

偏偏在她最不需要他的时候，他回来了。

“我不知道莫少爷今天会回来，所以没有留在白家恭候你大驾光临，实在很抱歉。”

“少爷亲手为你做了生日蛋糕，下去一起用餐吧？”赫管家邀请道。

“我以为在电话里，已经将我们的关系说得很清楚。我不是已经被你甩了吗？婚约也取消了，现在白家也跟莫家没有关系了，我应该不再欠你什么才对。”白墨菲别开脸，“以后莫少爷再也不用做这些糕点给我，不必送我礼物，不用等着和我一起吃饭。我的生日，我会自己过，你的人生，也应该有你的精彩。”

莫流原静静地听她说着，好像没听懂，眼里的光却越来越黯。

“晚安。”

她就要关上门，一只修长的手却撑住了门。

莫流原盯着她，低低沉沉的嗓音终于问道：“发生了什么事？”

“没有，什么事也没发生。”

“你骗我。”莫流原推开门，根本不顾白墨菲的阻止，走进了房内。

化妆台处一片狼藉，空气中还有一股淡淡的烟雾，是烟草的味道。

赫管家皱起眉：“白二小姐，你会抽烟？”

“我要休息了，请你们出去。”

赫管家诧异，今晚的白墨菲不正常，不正常得可怕。

莫流原仿佛没有听见她的话，走到一张沙发前坐下。

深色沙发包围着他，他不管出现在哪里，整个环境都会变得黑暗，仿佛油画里浓墨重彩的一笔："我们谈谈。"

"还有什么好谈的？"白墨菲关上门，走到书柜前打开一把锁，拿出烟和打火机，"有些烦，想抽烟，莫少爷介意吗？"

莫流原微微蹙眉，没说什么，赫管家不赞同地说道："作为名门淑女，你怎么可以抽烟？"

"我从来就不是什么名门淑女，以前不都是沾了莫少的光吗？"将烟叼在嘴里，白墨菲点燃了烟，喷出美丽的烟圈。

她就这样抽着烟，慵懒地靠在书柜上，望着莫流原，连她自己都不知道这样的她更是美得惊心。

"想谈什么？先说好，我只有十分钟，谈完你们就马上离开吧。我不想明天又有我们旧情复燃之类的新闻报道，这对我们的名声都不好。"白墨菲看了看钟表，说。

在司空南墨来以前，她必须尽快把莫流原赶走。

莫流原眼神森然，维持着那个姿势靠在沙发上，眉眼极其英俊。

"莫少爷不喜欢说话，那么，赫管家，按照以往的方式，所有的交谈都由你代替他发言。你们想问什么，都一口气问完。"白墨菲讽刺地笑了。

赫管家已经震惊得张不开口。的确，在莫流原跟白墨菲谈私人问题的时候，他从来不避开，甚至充当他们之间的翻译机。

明明两个人说着同一种语言，却需要一个人去翻译莫流原的思想，这不是很可笑？

"你在气我？"莫流原开了口。

"没有。"

"气我抛下你去了英国？"

"那都是过去的事了。"

莫流原拾起落在地上的一个相框，原本他的照片被换下了，这个房间里所有他送的礼物都没了踪影。

"你的东西，我都打包放在一号咖啡馆里了，电话里告知你了。"白墨菲望向漆黑的窗外。

莫流原握着相框的手一紧，半晌，他才抬头看了赫管家一眼。

赫管家马上拿出一个盒子，漂亮的红色锦盒系着绸带，还没打开，白墨菲就知道盒了里装的是什么……

白墨菲有些难以呼吸，她难以置信地盯着那个盒子，更加不敢呼吸。

“白小姐，打开看看。”

白墨菲摇了摇头，忽然失去勇气：“我说过，你不用再送我礼物，我通通不喜欢……”

“你一定会喜欢。”赫管家郑重其事地说，这是戒指盒，自然装的是……婚戒。

莫流原送过白墨菲很多饰品，独独没有戒指，成年人都明白送戒指意味着什么。

白墨菲长长的睫毛微颤，当时他们约好，在她生日这天订婚。

她以为等不到订婚了，可他这天回来了……还带着戒指。

“莫流原，我不懂你是什么意思。”白墨菲喉咙发紧，像有绳子勒着她。

他是想向她求婚吗？不，一定是她自作多情了……

她说了这么多绝情的话，他怎么还会愿意娶她？

莫流原脱去右手套，接过那只盒子，慢慢打开。

经典的戴安娜王妃款戒指，深蓝色宝石仿佛海中之泪……

白墨菲被戒指的光芒刺得眼睛发疼，难受地别开眼：“我不要。”

莫流原下巴的线条绷紧了。

“莫少爷失忆了吗？我们都分手了，你为什么要送我戒指？”

“少爷从来没想过跟你分手。”赫管家急道，“少爷这段时间在国外很忙，现在回来了，你们有什么误会，都可以解释清楚。”

他忙到音信全无，电话也没一个……

尽管到了这个时候，他也并没有放弃他的尊严开口挽留这段感情，不是吗？所以，在他的心里，她其实根本没有那么重要。

她这样自我解嘲着，心还是无法抑制地疼啊。

“我们以后都不要再见面了。”白墨菲忍着剧烈的痛，声音低低地说，“我今晚是回来收拾行李的，我要离开白家了。”

“你要去哪儿？”赫管家焦虑地问，明白白墨菲的话是认真的。

“去一个……没有莫少爷的地方。”白墨菲的眼睛里闪着泪光，“不回来了。”

她故意这样说，其实是不想莫流原再来找她，不想司空南墨对他出手。

“为什么？”莫流原嗓音嘶哑地询问，眼神里再没有往昔的平静。

“我有新的幸福了。”她撒谎道。

“是谁？”

白墨菲第一次看到他的眼睛像要裂开似的，眼圈发红，搭在沙发扶手上的手紧攥着，轻轻发着颤：“楼下在等候你的人？”

从来不露喜怒痕迹的他，此时似乎处于情绪崩溃的边缘。

他以为这只是他们众多冷战中的一次，和以往一样，吵过，赌过气，最后都会和好。他从没想过，她会离开。

白墨菲的脑子里一片空白，她第一次看到他露出这样的神情。

“白二小姐，你千万不能赌气啊，你跟少爷这么多年的感情……”赫管家声音颤抖地说。

“可都结束了，是莫流原你亲手结束的，不是吗？”白墨菲哽咽了一声，“你为什么不早点回来，为什么不早点告诉我？那天我给远在英国的你打电话……为什么……你不说？……”

如果是那一天他回来，就来得及吗？白墨菲的脑子乱了，她不知道……

莫流原怔了怔，慢慢起身走过来，握住她轻轻发抖的肩膀：“我现在回来了，墨菲。”

“晚了……”白墨菲垂下头，眼泪在眼眶中弥漫。

“不会晚，以后我们不吵架。”他轻声承诺，想要握住她微微发抖的手。

“我已经不清白了，回不去了……”白墨菲说着，崩溃的泪水决堤一般疯狂地涌出，“你还会要我吗？”

像一枚重磅炸弹炸开，莫流原浑身僵住。

“我有过别的男人，不止一次，满意了吗，莫流原？你可以放手了吗？我们回不去了……”白墨菲轻轻地抽着自己的手。

莫流原仿佛被她的泪水烫到，猛地松开了手。

他们只三个多月不见，他再回来已经物是人非。

莫流原从来没想过他会弄丢她。他看着自己空了的掌心，好一会儿才反应过来朝外走去。

他的脚步很急，像在逃避什么，在下到最后一级楼梯的时候，他一脚踏空，手下意识地去抓栏杆，却因为用力过度，打在铁质栏杆上。

手上传来剧痛，他的表情却是麻木的。

“少爷，你的伤口流血了！”

赫管家扶住莫流原，看到他胸口的衣服上沁出鲜艳的红色痕迹。

莫流原紧抿着唇，站稳身形，继续朝前走去。

张妈和白飞飞快步出来，等在门口送他离开。

“莫少爷走好。”

“莫少晚安。”

“莫少爷早点休息……”

“莫少爷……”

莫流原往前走着，不停有帮佣向他致意，包括张妈和白飞飞。

从来都是这样，虽然莫流原并不属于白家，但只要他出现，就像是白家真正的主人，哪怕以前白老爷和白夫人都在的时候，也对他敬畏三分。

莫流原神色木然地走过这些人身边，走出白家。他从不搭理任何人，来白家的目的只有一个——找白墨菲。

莫流原眼神空洞，裂开的伤口加上受过激的情绪冲击，他才走出白家大门，就体力不支地晕倒在地……

听着莫流原离开后引起的骚动，白墨菲站在窗前撩起帘子一角，目送他被赫管家扶着送上车，眼泪一泻千里。

大概她从出生到现在都没有哭得这样撕心裂肺过。

有人把心都掏给你了，你假装看不见，因为你不喜欢；有人把你的心掏空了，你假装不疼，因为你爱……

马丁从后视镜里观察到白墨菲的状态，十分诧异，他的印象中这个女人性格骄傲、逞强，就算刀架在脖子上都不会落泪的。

“少爷……我接到白小姐了，现在正开车回浅海湾。”

司空南墨站在巨大的落地窗前，看着海上漫无边际的星空。

他身后的大床上铺满了玫瑰花瓣，整个卧室点着蜡烛，布置得相当温馨浪漫。

白墨菲回到浅海湾时已经不哭了，但是眼睛红红的、肿肿的，双眼空洞无神。司空南墨跟她说话，她也没有听见。

直到她的胳膊被狠狠地抓痛。

司空南墨一分钟也受不了她的心思在别的男人身上。

“哭过了？”

“没有。”

“莫流原回来了，你是为他哭的？”司空南墨瞪着她，语气充满妒忌之意。

他明明应该高兴，白墨菲哭得越凶，证明她跟莫流原之间发生的事越不愉快。而她现在回到了他身边，说明她放弃莫流原了。

可同时，她为了莫流原哭得如此悲痛欲绝，这是他做梦也奢望不了的待遇……怎能不嫉妒？

“我跟他分手了，你不要再去打扰他。”白墨菲疲惫地说道，今晚都说清楚了，骄傲如莫流原，怎么会要一个被弄脏的女人？

“如果他还来找你呢？”

“他不会。”

“捧在心尖上十几年的女人，他都舍不得碰一下，如果不是想要和你在一起一辈子，何至于此？”司空南墨冷笑，“他不会就此放手的。”

白墨菲的心，仿佛被匕首狠狠地捅进去，痛得要滴出血来。

司空南墨说的不是真的，莫流原如果那么珍视她，怎么会对她不闻不问？明明是他先不要她的，才会发生后来的一切事情……

她的脑海中又出现他的身影——

黑暗的阴影勾勒出倨傲冷漠的男子的身影，他双唇暗红，身着米色羊毛背心，颈子处和袖口有一圈微微蓬松的金边，充满了欧洲的贵族感。

年老的管家陪伴在他身旁：“白二小姐，少爷生性孤僻，是个很怕跟人联系的人。如果他主动找你，那是因为你在他心里占据了很重要的位置。如果他哪天不找你了，不是因为你不重要，而是他不知道在你心里他是否重要。”

他一直是一个倨傲如神祇，从不肯低下高贵的头颅去接近别人的男人。

这么多年了，莫流原对她忽远忽近，忽冷忽热……她从没看透过他的心。

司空南墨没再过多地争论这个问题。他看得出她是真的伤心，眼睛哭得那么肿，就暂且放过她，牵着她的手走进餐厅。

趁她回白家收拾行李的时间，整个别墅布置过了，装饰着气球和彩带，还有多层大蛋糕和香槟塔，俨然一个生日派对的样子。

“再吃几口，你今天都没吃晚餐。”

“吃不下了。”

“白墨菲，至少把这块蛋糕吃掉。”

白墨菲一点胃口也没有，勉强吃了几口蛋糕都吐了出来，是真的脸色很差劲，看起来就像刚刚大病过一场。

司空南墨的脸色又变得满是忌妒，一副想要冲她发火，又竭力按捺下去的模样。

今天是她的生日，他原本想给她过一个让她高兴的生日，让她永远都忘不了他，可一切跟他的预想背道而驰。这女人，竟有轻易控制他的情绪的能力。

“今天是你的生日，我不计较。”司空南墨扯了纸巾擦了擦她的嘴，“但过了今晚，你必须把莫流原忘得干干净净，不许再为他黯然伤神，听懂没有？”

白墨菲目光空洞，也不知道听进去没有。

司空南墨咬着牙，像一拳打在棉花上：“白墨菲，我在跟你说话！”

白墨菲看了他一眼，胃部翻涌，又要吐了。

司空南墨马上拿了垃圾桶给她。

白墨菲吐了个干净，一整天都没吃什么东西，胆汁都快被吐出来了。

吐完，她整个人已无力，蔫蔫地靠在椅子上，脑子又开始放空。

司空南墨拿了顶皇冠给她戴着，抱着她拍照。

这女人不拒绝，也不动弹，就蔫蔫地蜷在他的怀里，无精打采，像刚出丧一样……

马丁举起相机照了数张照片都不满意：“白小姐，笑一下。”

司空南墨很想摇醒白墨菲，她满脸都写着心事，不是在想莫流原，还能在想谁？！

白墨菲长长的睫毛垂着，她稍一低头，皇冠就要掉下去。

司空南墨扶正了皇冠，捏起她的下巴，扳过她的脸吻了一下。

马丁就趁这时赶紧咔嚓照了一张照片，也不管少爷会不会满意，总算可以交差了。

果然，最后司空南墨就选了这张照片，其余全部删了，白墨菲哭丧的表情看着就碍眼。

“那就把这张洗出来，二十寸拉米娜，挂在少爷的床头？”马丁询问着。

司空南墨冷冷地应声，原本床头那块的墙就空着，早想挂一幅画，一直没挑到满意的。

几千万大师的名画，都没让少爷满意……

司空南墨扣着白墨菲的手指，今后，她就是这个家的女主人了。

“白墨菲，这是送你的生日礼物。”

一个礼物盒被塞进她的手里，她眼神空洞，没有看一眼。

至于她是什么时候被司空南墨抱着上二楼的房间，抱在浴缸里清洗干净，又抱上床的，她一点印象都没有。

司空南墨把她洗干净盖上被子，才下楼去拎起她的行李箱。

他早说过，缺什么东西，他可以给她买，她却执意回白家收拾行李。他打开箱子看了看，就几套简单衣物，他拿出来，一件件给她挂好。

纯男性的衣柜里专门被划分出一个区域，挂着白墨菲少少的几件衣服，他打算让人照着她的尺寸多添置一些。

为了迎接白墨菲住进来，别墅里已经多了一些生活物品了。

司空南墨今晚沐浴的时候用上了新牙刷和毛巾，跟白墨菲的是情侣款，一白一黑的漱口杯并排靠在一起。

床单换过新的，还喷得香香的，白墨菲枕在干净的枕头上，睡梦中也蹙着好看的眉。

司空南墨拿出她的生日礼物，是一条嵌有他的照片的宝石项链，他趁她睡熟了，挂在她的脖子上。

手指轻轻滑过她蹙起的眉，司空南墨垂眸："从今以后，你就待在我身边。"

不管她愿不愿意，都是他的女人了……

白墨菲微微动了一下，翻了个身。

司空南墨掀起被子在她的身侧躺下，一只手伸过去圈着她，心满意足地把她搂在怀里，一根硬硬的东西却抵上他的腰，立马电流遍布他的全身。

白墨菲手里拿着根迷你电击棍，防色狼专用。

司空南墨没来得及发火，电流就让他眩晕了。迷糊中，他被捆了起来，嘴里还塞了东西。

白墨菲今天提出要回白家收拾行李，就是为了带绳索、电棍、身份证等东西，装在她随身携带的手提包里。刚刚趁着司空南墨洗澡，她就悄悄把东西都拿出来了——

她已订好机票，打算连夜逃到英国去。

在英国有芭蕾梦，她早就办好了签证，只是碍于莫流原，才一直没有去。

现在她跟莫流原的关系结束了，她再也没有什么可留恋的。

等她把司空南墨捆好，嘴巴里也塞上布条，他已经逐渐清醒，睁开一双恐怖的眼盯着她。

"怎么就醒了，是电流不够强吗？"白墨菲皱起眉，"看什么看？再看我，你此刻也是我的阶下囚。"

司空南墨被捆得紧紧的，别说身体动弹不了，连手指头都软软的，无力至极。

白墨菲见他没有力气挣扎，稍稍放心，开始收拾自己的东西。

护照之类的，她早已拿好了。在白家，她就想找机会逃的，没想到莫流原突然出现，打乱她的计划。

"这是我们最后一次见面了。"她不会再回国。

司空南墨眼底似有黑色火焰燃烧着，这辈子也没有女人敢这样对他。

"世界之大，总有一片净土是没有你这种害群之马的。"她马上要自由了。

司空南墨咬牙，她敢走！

"哦，对了，临走前，你还欠我几样回礼。"白墨菲想起什么似的，靠近他，狠狠一巴掌扇到他的脸上。

这一巴掌，她忍了好久了。

她下了最重的力，打得手发疼，于是揉了揉手心："这是你弄脏我应得的教训。"

"还有——"白墨菲抬起腿，狠狠地朝他的某处踹去。

司空南墨痛得脸扭曲，嘴里的布条却让他发不出声音。

白墨菲冷冷地看着他："这一脚，是你欠李英豪的……也该让你尝尝痛苦的滋味。”

“你应该感谢我，没有让你后继无人。”白墨菲咬着牙，她的心还不够狠，没能踹到他不能人道。

司空南墨用要杀人般的眼神瞪着她，如果不是被捆着不能动，他可能会立马掐死她。

白墨菲从来没有这样厌恶过谁。

她眼中的恨意清晰地传达给了他，他神色发沉，他到底做错了什么？他对她还不够好？这个该死的女人为什么这样对他？

她随手拿了只袜子盖在他的眼睛上，不准他再看她。

白墨菲万万没想到，司空南墨的这栋别墅建在他自己的私人沙滩边上。不只这块海域，连同这附近的整片地都归他所有。

她要离开别墅必定要经过一片黑色森林。

此黑色森林是禁地，外人不可随便闯入。黑色森林的地形复杂，到处布满机关，进来的人凶多吉少，基本逃不出去。

这是司空南墨做的防卫措施之一，保证他的住处的安全性，还从来没有外人闯进来过……白墨菲，是第一个走进黑色森林的人。

这个女人，自寻死路！

两个小时后，司空南墨身上的电流感消失，他才得以脱身。手腕因为挣扎得太用劲，被勒出深深的血痕，但他丝毫无所觉，只担心白墨菲的安危：“马上带人去黑色森林找人！”

“白小姐去了黑色森林？”半夜被拉起来的马丁倒抽一口凉气，那个鬼地方……别说白墨菲一个女人，不熟悉地形的人进去都是寻死。

离开的路只有那一条，她想走，必须经过那条路，森林两边都是茫茫大海，没人游得出去。

所有保镖带上了探照器和求生包出发。

司空南墨上了直升机，大大的灯向下扫射，寻找她的身影。

夜色里，整个森林黑漆漆的，像墓地一样死寂。

马丁熟悉唯一一条进出之路，平时驱车经过无数次，但走到这森林之中来，倒是头一次。

这个白小姐，要害死人哪。

保镖分了十支小队，四个人一组，从各个方向小心翼翼地寻找着。

该死，他要是抓到她，绝不会轻易饶过她。

司空南墨起先是愤怒，可随着时间一点点流逝，他心里那团怒火熄灭了，取而代之的是担心……

他从未害怕过什么，但这是第一次，尝到了怕的滋味。

他怕白墨菲遇难，怕她真的从这个世界上消失。

他怕他好不容易找到的人生乐趣，不复存在。

尽管腹下被她踹的地方到现在还隐隐作痛，但他已经原谅她了，只要她好好地出现在他面前。

“白墨菲……我不许你有意外。”他拿着望远镜，看着脚下黑漆漆的森林，不错过任何一个角落。

直升机的螺旋桨转着，巨大狂烈的风吹得他的头发飘扬，黑色大衣翻飞。

他的脸上是从未有过的凝重神色。

由于天色太晚看不清，已经接连有保镖触到陷阱，好几个人受伤了。

距白墨菲离开已经三个多小时，早就错过最佳救援时间。

司空南墨的心像掉进了岩浆里，快被熔化了……

他一遍遍拨打着白墨菲的手机，打不通，也不断地重复按键。

森林里的信号微弱。在这样寒冷的天里，昨天还下过一场小雪，就算她受伤倒在哪里，也会被冻死。

“少爷，已经有九个保镖受重伤，还有个从陷阱裂缝里掉下去了，下落不明。不如等天亮了，我再多安排一些人手过来找？”马丁小心翼翼的声音从蓝牙耳机里传来。

司空南墨的脑子嗡地一响。

“继续找，”他嗓音森冷地命令道，“仔细找，不许停！”

马丁被吓到，光听声音都足够可怕。

不知道又过了多久，漆黑的森林里偶尔有探照灯灯光闪过，搜索队像探险一样小心翼翼，但还是免不了触发机关而受伤。就在所有人都快绝望之际，司空南墨反复拨不通的电话，突然……奇迹般……通了。

白墨菲并没有接电话，手机传来嘟嘟嘟的声音……

司空南墨的心脏骤停了几秒，他立刻打开笔记本，在附近搜索——很快锁定了范围。

搜索的范围一下子缩小，保镖提着心都集中往那处寻找，总算有点希望了。

众人找到白墨菲的时候，她的腿被藤蔓缠住，身上有多处被荆棘划破的伤口，人掉进了一个被灌木掩藏的陷阱里。

陷阱里也不知道布置了什么东西，马丁本来要让保镖吊绳索下去找，无奈少爷跳下直升机，坚持要下陷阱，任马丁怎么劝都劝不住——

还好，当司空南墨从陷阱下抱着昏迷的白墨菲上来时，他们都安然无恙。

一同前来的医生当场就为她做了检查，身上多处皮肉被划开了，生命体征正常，只是由于天寒地冻，她被冻得浑身僵硬，发起了高烧。

司空南墨小心地把她抱在怀里，将大衣脱下来包在她身上，乘坐直升机返回海边的别墅。

他们难以想象，白墨菲是靠怎样的聪明才智，竟走到了黑色森林的中心位置。

常人只怕是在森林边缘区域徘徊一阵，就要身受重伤了……

马丁以为她走不远，让保镖主要搜寻着森林外围。

这个白小姐，还真不简单。

回到别墅，医生又仔细为白墨菲做了检查，确定她没有生命危险。

由于她受伤的地方大多在大腿和肚子上，司空南墨不许别人碰她，就亲自为她擦药膏……

看着她白皙细嫩的肌肤上布满大大小小的伤口，他又一次想掐醒她。

白墨菲烧得很重，昏迷了一天一夜，第二天晚上都没醒，身体的温度不降反升，身体滚烫滚烫的，把搂着她睡在一起的司空南墨都烫醒了。

他拧开台灯，发现她苍白的小脸上都是泪痕。即便处于昏迷的状态，她也一直在掉眼泪。

“流原……”

司空南墨的脸色猛地变黑了。

“对不起，我脏了，配不上你……对不起……”

白墨菲梦见自己还在那片黑漆漆的森林里，尖锐的灌木和荆棘划破她的手脚，疼得颤抖。她每走一步，都像踩着刀子，举步维艰。

聪明的她意识到森林里危险性，而且几次踩到陷阱，差点被射过来的竹箭插成筛子，就知道这里布满机关。

但她没有返回去，没有退路了，单是她临走前对司空南墨的所作所为，即使回去，她也会被他折磨死吧……

掉下陷阱的时候，她才终于想到求救，拿起手机第一个想联系的人，竟又是莫流原。

在她的潜意识里，最信任的还是他。

可是，令白墨菲绝望的是，森林里的信号断断续续，电话打不出去……

司空南墨又气又恨，狠狠地攥着她的肩：“被我碰过就脏了？他莫流原就很干净？！白墨菲，你竟敢在梦里都喊着他的名字，宁愿死，也不愿留在我身边？！”

他看到她皱紧的眉、因为痛而苍白的小脸……

她在发高烧，卸下了所有的高傲和坚持，就像最单纯的孩子。

她痛叫着：“痛……好痛。”

司空南墨骤然放手。

“莫流原，是你吗？……”她在黑暗中，仿佛看到莫流原来救她了。

“醒醒，给我醒来！”司空南墨又怒了，从未有过如此大的挫败感。他要什么女人没有？除了她，白墨菲！

她越是骄傲，他越要征服她，在她的心里刻下他的名字。

白墨菲被用力地摇着，好像无尽的委屈情绪都倾泻而出。

泪水一颗一颗地滚了出来。

看到她的泪，司空南墨怔住，浑身的肌肉线条僵硬得像是水泥浇灌而成。

温热的泪水，大颗大颗地砸在他的手背上。

“不许哭！”

却有更多的泪珠掉下来，濡湿了她的脸。

司空南墨再次怒道：“你敢为别的男人流泪？你不想活了？”

白墨菲皱着眉，眼角的泪像碎钻一样闪烁着光。每一颗泪水，都像是掉下来的星星……

司空南墨的心抽紧，居然有一种被揪住的窒息感。

“纸巾！”他阴沉着脸朝帮佣命令。

赶来的帮佣立即去找来一盒纸巾。

司空南墨手忙脚乱地扯了几张纸巾来给白墨菲擦泪。她的泪水那么多，纸巾才碰到她的脸，就被打湿了。

他慌忙扯出更多纸巾，因为太大力，纸盒里的纸巾一大半都跑出来了，弄得一床都是。

司空南墨起初是愤怒地擦。

他擦着擦着，眼神变得柔软和疼惜起来，而手里的动作，也越来越慢，越来越柔。

该死，那种一揪一揪的疼痛感是怎么回事，好像有一只手不停地在拧着他的心脏。

是她的手。

该死的，这个女人把手伸到了他的心里，正在折磨他。

“你敢一直病着，我不会放过莫流原！”他一把扯过白墨菲的胳膊，将她用力地箍在怀里，让她的泪水都流在自己的胸口。

他没有想到，白墨菲对莫流原的感情有这么深……

什么时候，她的心里才会有一点他的位置，她才会为他伤心掉泪?

“白墨菲！”他攥着昏迷的她摇了摇，她却像深陷噩梦中醒不来，嘴里不时呢喃着莫流原的名字。

每次他听着从她嘴里叫出那个名字，感觉都像钢针插进他的心。

“司空南墨。”他咬着她的耳朵纠正，“我的名字叫司空南墨。”

他紧紧地抱着怀里的女人，沉声说：“你给我记住了，我叫司空南墨。从今往后，你的脑子里只能刻着我的名字！”

他没得到回应，怀里的白墨菲昏迷地呓语着。似乎是哭得累了，她闭着眼，睫毛卷翘着，还沾着些未干的泪水，仿佛清晨的露珠。

窗外的雨滴滴答答的，夜再次变得沉寂……

司空南墨凝视她的眼里有某种复杂的神色，他微微垂首，吻住了她的眼睛，吻干了所有的泪，心里生出一种从未有过的渴望。

他想她记住自己的名字，想她梦见的是他，想她想念的人也是他，想她无法自拔地爱上他……想她人生中的所有关联只有他……

司空南墨每天都很忙，是真的很忙，但依然知道海棠树什么时候枯的，第一场雪是何时下的，也知道……他什么时候爱上了一个人。

天色渐暗，又下雨了。

园里的玫瑰在雨中摇摆着，灯亮起来，暖暖的橘色光笼罩着白家的别墅。

白墨菲靠在大枕头上，长发蓬松，嘴里叼着温度计，又一次接受了检查。经过几天悉心的照料，她的病好了。

确切地说，白墨菲被送回白家后心情大好，不用再见到司空南墨那张脸，病已经好了一半。

她被送回白家后，司空南墨派来了医生跟进她的病情。

每次接到他的电话，白墨菲感觉就像上刑一样。听他讲话，她如同听和尚念经一样左耳进右耳出，态度更是敷衍至极，每次都能惹得他很不高兴。感觉到他有发火的预兆，她马上说头疼，还病着，想睡觉，挂电话比谁都快。

现在惨了，她病好了，再没有借口了……

白墨菲皱起眉，想着对策。

果然，医生离开卧室不久，就有帮佣来敲门：“二小姐，晚餐已经准备好了。家里来了一位客人，大小姐让你务必下去吃。”

“知道了……”白墨菲懒懒地靠在床头，一想到马上要见司空南墨，她的头就开始发沉。

在床上睡了一天，她没什么精神，只穿着睡衣和软拖鞋就下楼了。

宽大的餐桌上摆满了美味佳肴。

只有在白家处于巅峰期，或莫流原来时，白家才会做这么多菜。

而现在，坐在上首的男人，自然是司空南墨。

十几个保镖列队站在他身后，两个帮佣伺候着他用餐，马丁门神般站着，吃顿饭都好大的阵仗。

白墨菲紧皱着眉，好不容易降下体温，看到这男人，又要发烧了。

白飞飞难得老实，司空南墨强大的气场让她不敢造次。

“二小姐，你终于下来了。”姆妈看到白墨菲，仿佛见到大救星。

白家人不敢得罪司空南墨，眼下白老爷还在住院，家里没个主事的人，他们只能谨小慎微。

司空南墨蹙起眉，目光投向白墨菲，那紧皱的眉宇舒展开了。

她的脸色挺好，精气神也恢复不少。想起几天前她剩一口气快死了的样子，他终于还是大发善心地送她回白家了，只因她病恹恹的样子看得他很不舒服。

这些天，司空南墨很关注她的病情，一天打三个电话，但每次她都很敷衍。他说过来看她，她就以生病要静养为借口拒绝……

他不想她生气，影响病愈，只好忍着。

“二小姐，司空是我们白家的贵人，就在今天，他帮白家还清了所有债务——另外，他已经跟老爷签了合作协议，现在他手里有‘白梦仕’百分之五十三的股权，是‘白梦仕’最大的股东。他就是我们的老板了。别说我们白家的这栋房子，就是整个企业，都属于他……”张妈使着眼色，这就是整个白家的人战战兢兢的原因。

司空南墨看着她惊讶的样子，抬了抬下巴，富有磁性的嗓音说道：“是不是要感激涕零了？从来没有人在我这里享受如此待遇，你是独一份的。”

白墨菲确实是独一份，她那一脚踹得他到现在伤势都还未好。

还好白墨菲下手不算重，倘若他真的因此不能人事，那是……她毁了自己下半辈子的幸福。

白墨菲冷冷地哼了一声，这不是他们交易的条件吗？他帮助白家，她做他的女人，她也付出了代价，何必感激他？

经过黑色森林这一劫，大难不死，她想通了，不如答应他，利用他，再一脚踹了他。

“白小姐，你不愿意搬过去，我们少爷没办法，只好搬过来。”马丁补充道，“这么尊重你，你不用太感动。”

白墨菲脸色发白，什么？司空南墨要搬到她家里来住？

马丁的铁钩手指了指大厅，她这才看到十几个行李箱排排放着，这阵势，司空南墨不住三五个月，看来是不会走。

“谁允许你住进来的？我没有答应！”

“你大概忘了，这栋别墅在我的名下。”司空南墨提醒。

白墨菲一时语塞。

“而且，爸爸也答应了司空先生的要求。”白飞飞插嘴道，其实让司空南墨住进来挺好，等莫少爷发现白墨菲跟别的男人同居了，就有好戏看了。

白墨菲想到以后要跟这个男人朝夕相处，身体抖了抖。

他可不是李英豪那种“小奶狗”可以任她拿捏的，他很难缠的。

“冷吗？怎么穿得这么单薄？”司空南墨对身后的帮佣吩咐道：“给她拿件外套。”

他坐在那里命令着帮佣，完全就是一副白家主人的样子。

白墨菲心里憋着气，转身就想上楼。

司空南墨起身，走过去把她拽到怀里，抱到餐桌前。

白飞飞忍不住偷看着，司空南墨有着全世界最帅的侧脸，好长好长的睫毛，长也就算了，还那么浓密、那么卷，难怪显得他的眼睛特别有神、特别迷人。

“你还生着病，气太多对身体不好。”司空南墨接过外套披在白墨菲的身上，将她圈在怀中，用手臂牢牢地困住她，为她盛汤，又夹了菜到她的碟子里。

“你不知道这世界上有一种筷子叫公筷？”白墨菲偏偏就是不吃，“口腔里的细菌有六百多种，一毫升口水里有一万到五万多个细菌。”

司空南墨坏坏地笑了笑：“正好，我喜欢跟你交换细菌。”

“你真脏！”

“你也要习惯。”他说着，吻了她一下。

白飞飞差点被食物呛到，白墨菲跟莫流原十来年的感情，两个人也没有这么亲密无间，但是，看他们这样子，应该是发生过关系了……她心里又嫉妒，又有点幸灾乐祸，让莫少爷知道这事的话……

“你别碰我。”白墨菲敷衍地吃了几口菜就想了事，结果被司空南墨一把抓回来，逼着再多吃了一点。

她不肯吃，他就用法式长吻荼毒她，直到她口中的最后一丝氧气都被他掏空。她从来没试过这样的吻法，就像在水里要窒息了一样。

他捏着她的下巴，逼着说：“好好吃饭，不许挑食，你太瘦了。”

白墨菲气结地瞪着他。

司空南墨笑了，抓起她的手放在他的胸膛上摩擦着：“以后每天都要按时吃饭，我不喜欢看到你病恹恹的样子。”

她可以感觉到他胸膛上细细软软的绒毛、他有力跳动着的心脏、他身体里透出来的健康而野性的气息。

几天不见，他似乎很想她，眼里都是浓得化不开的宠溺之意，看她吃几口饭，就在她的头上揉几下，仿佛爱抚心爱的宠物的主人。

一干女帮佣看得心都酥麻了，如果能被司空南墨这样看着，她们会软得化成水的。

但是白墨菲就不同了，她讨厌被一个男人圈在怀里逼着吃东西，讨厌他这样盯着她，更讨厌他那只动来动去的手……

直到监视着白墨菲把盘中的食物吃得光光的，司空南墨才放过她，将她抱起，上二楼去了。

第六章

和他的同居生活

白墨菲靠在书桌上，看着帮佣陆陆续续地进来把东西放下。

衣柜里，她的一些不常穿的衣服被帮佣收起，放到另外的房间里，腾出三分之一的空间放司空南墨的衣物……

“白家有那么多房间，你不住，非要挤到我的房间里来，到底想干吗？”

司空南墨将她搂在怀里，肆意地嗅着她头发上的香气：“真香。”

白墨菲狠狠一脚踩在他的鞋面上：“撒手！”

“别忘了，你答应做我的女人，你住哪儿，我当然住哪儿。”几天不见，他对她亲热得过分。

他想她了，但显然她很不想他……

她被他搂搂抱抱了一会儿，他检查了一下她的伤势，本来就只是皮外伤，用的是最好的药膏，现在还有点浅浅的痕迹，医生说再过个把月就能痊愈。

司空南墨看着这些伤痕，感觉十分碍眼，握着她的拳头，包在手心里：“以后不许再添一点伤，但凡进行有一丝危险的运动，你都要问过我。”

白墨菲一副看傻瓜的表情看着他。

“我罚你写的字，练得如何了？”司空南墨抱着她坐在沙发上，环视着她的房间。

这几天，她休养的时候他不来打扰是有条件的，让她每天写一页他的名字，她不写，他就威胁马上过来看她。她没辙，只好每天写一页，医生给她看过病后，将那页纸带回浅海湾给他过目。

今天他亲自过来了，所以没有让医生带字过去。

“拿给我检查。”司空南墨要求。

白墨菲叹了口气，去床边拿来一个写生本。

司空南墨翻开写生本看着，上面都是他的名字，她亲手写的，他十分满意。

“怎么只有半页？今日份还没写完？”

“你人都来了，还写什么？”白墨菲一脸嫌弃的表情，“不写了。”

她已经写了五六天了，也够了吧。她不懂他怎么会有这种奇怪的嗜好？

司空南墨扬眉，将那一页纸撕下来，小心地折起收好：“我希望你不仅仅是写在纸上，还已经把我的名字写到了你的心里。”

“呵，”白墨菲讥讽地笑了，“你想得美。”

“司空南墨、白墨菲，”司空南墨念着他们的名字，“我们的名字都有个‘墨’字，你中有我，我中有你，我们就该是天生的一对。”

白墨菲从来没这样讨厌过她的名字……让她跟司空南墨沾上半点关系，她都觉得恶心。

司空南墨似乎对她的房间很感兴趣，环顾一周后，就开始搜刮她的照片。

只要是夹有她的照片的相框，都被他抽空了。

白墨菲的起居室很大，是两个房间打通的，连着一个大露台，摆设也是整个白家最精致豪华的，每个家具都很考究、复古，具有浓郁的欧洲皇室风情，是莫流原从英国运过来的。窗户一角立着画架，旁边摆放着钢琴、小提琴和鼓架，还有雕刻着繁复花纹的化妆桌。因为一楼有书房，她的房间里没有另外放书桌了，化妆桌便有一半被她堆放着书籍。

白墨菲喜欢看书，沙发、床、茶几、窗台等地，都放有厚皮书籍。

床边有个很大的玻璃橱窗，里面摆放着各式的古玩、布偶，都是莫流原从小到大送给她的。

白墨菲把值钱的东西已经还给了莫流原，这些不值钱的手工小物件就留着做纪念了。如果都要还给他的话，那整个白家的一砖一瓦都是他的，她得直接搬走。

“这些都是他送的？”司空南墨终于看出不对劲了。

正在翻书的白墨菲从鼻子里哼出点声音，不想说话。

司空南墨一把抽走她的书，她看的书都是厚书皮的珍藏纪念版，他冷声说道："我在问你话！"

白墨菲皱起眉，仿佛他在问什么废话："所有人都知道白家是靠着莫流原活着，当然这房间里的每一样都是他送的，不然呢？"

"他真的很宠爱你，给你用的一切东西都是最好的。"司空南墨随手拨着一个风铃，金色铃铛纹路精致，随着它旋转，玻璃里流动着白絮般的雪花，发出丁丁当当的声音。

他忌妒得无法自控，强忍着一把将风铃拽下来踩碎的冲动。

"是啊，以前莫流原对我是很好。"白墨菲面无表情地说。

"这幢房子，我要处理掉！"他会给她一个更精致奢华的新家，在搬走的那天，他会亲手点火烧了这所房子。

"随便你，反正你是户主，你想怎样都行。"白墨菲眼神黯然，心隐隐作痛。

比起卖掉这幢别墅，她其实更不愿司空南墨住进来。

这别墅里处处充满她和莫流原的回忆，她不想司空南墨弄脏了这里。

"你不喜欢住浅海湾？"

"浅海湾太偏远了，我去学校上课很远，出行都不方便。而且我讨厌那片黑色森林。"白墨菲睨了他一眼，"反正我不要住那里，其余的，你看着办吧。"

司空南墨不止在浅水湾有产业，在S市其他区都有豪宅，但他偏偏就是要搬到白家来住。

他仿佛发现她在想什么，冷冷地笑了笑，说："我会让人选购新的住处，不过在布置好新家这段时间，我陪你住在这里。"

白墨菲握紧手指："住在莫流原布置的房间里，你不介意？"

"不介意。"

"你可想清楚，就连床、被单、枕头都是他买的。"白墨菲故意激他。

司空南墨捏起她的下颌，说："那不是正好？我住在他买的房子里，抱着他的女人，享受着他梦寐以求的生活。"

"等哪天他后悔了来找你，让他气到吐血。"司空南墨故意说着，有种报复般的快意。

白墨菲的手指抽紧了："司空南墨，你脑子有病的话，我建议你去看精神科医生。"

"你叫我的名字了。"他的关注点却很不一样，嘴角扬起一丝笑意，"不错，看来我的名字已经印在你的脑海里了。"

白墨菲真的很想拿书砸他啊——

"你要是能忍的话，慢慢忍着，我反正住这么多年了。"白墨菲咬牙，就不信司空南墨这个小心眼的人忍得住，他一脸妒忌的样子，其实心里很介意。

司空南墨的确介意得快发疯了，这房子里的每一样东西都碍他的眼睛，但又有什么关系？反正这一切东西迟早都要毁在他手里。在摧毁以前，他更愿意硌硬莫流原，欣赏对手追悔莫及、痛苦挣扎的样子。

另外，白家是白墨菲从小生长的地方，司空南墨希望摧毁这座房子以前，她对它的记忆也会拥有和他的一段相处场景。

以后只要她想起白家，都不只有她和莫流原的回忆了。

“司空南墨，我知道你在打什么主意，”白墨菲猜透他的用意，“你想弄脏白家。”

“弄脏？在你眼里，我就这么不干净？”他的手指一一触碰过柜子上摆放的物件。既然白家和莫流原在她眼里这么纤尘不染，就让他来好好将其染黑。

“你——”

“我要洗澡了。”解开两颗扣子，他朝浴室走去，顿了顿，想起什么似的，问，“想一起洗吗？”

“给我滚！”想到他要用她的浴缸、马桶、洗漱台……她觉得更脏。

司空南墨扬唇一笑，将浴室门关上，里面传来流水声。

白墨菲的脑子很乱，她不知道要怎样把这头狼从家里赶出去。

“把我的睡衣、内裤拿过来。”浴室里传来他懒懒的声音。

“你自己没手？”

“我倒是不介意现在就出去。”

“等等！”她真怕他裸着身子就跑出来，只好走到衣柜前，随手拿起一条内裤，大拇指和食指捏住一点点，仿佛拎着不干净的东西，火大地敲了敲门。

“门没有锁。”

白墨菲开了一条门缝，捏着内裤的手从缝里递进去：“快点，你再不拿，我扔到地上了。”

一只有力的大掌攥住她的手腕，她整个身体差点被拽进去。

还好白墨菲躲得快，关键时刻还一脚踹了上去。

只听司空南墨闷哼一声：“你这女人……”

白墨菲简单收拾了一下，摸黑下楼，此时白家的其他人都已休息。既然司空南墨赖着不肯走，那她搬走好了，不信他还会一个人住在白家。

没承想，白家门口守着保镖，她才打开门，就被拦住了……

白墨菲被保镖送回卧室时，司空南墨已经洗完了，穿着黑色浴袍靠在沙发上。

他慵懒地斜靠在沙发上，半干不湿的黑发微卷，唇红齿白，就像一只幻化成人形的黑豹。

白墨菲被一把推进来，身后的门被关上，响起了反锁声。

“我暂且允许你活动自如，但你若想逃跑，我就把你拴上链子。”他吹了一口香气萦绕的红茶。

白墨菲一眼就认出，那是她的茶杯，莫流原送她的。

“我是答应做你的女人，但不喜欢你逼我做我不喜欢的事。”

“你不喜欢的事？哪种事？”司空南墨从沙发上起身，慢悠悠地走过来。

他与生俱来的强大气场，让他行走时都有种鬼魅般的危险味道。

白墨菲背贴着门，直到他的影子彻底笼罩着她。他捏起她的下巴吻了吻她的唇，坏笑着问：“是这种事？”

“还是这种事？”他的唇慢慢下移，吻着她的下巴。

白墨菲一把攥住他的头发，可惜他的头发太短了，不然她要一把揪下来。

司空南墨坏笑起来，用额头抵住了她的，试了试温度：“嗯？不烧了……”

白墨菲真的很讨厌他这样亲近她，可他力气太大，她的挣扎显得微不足道。

“我昨晚梦见你了，不知是你想我了，还是我想你了。”他笑得更坏。

“反正不是我想你。”她咬牙，抬手就想打他。

“难怪你今晚这么有力气，原来是病好了。”司空南墨的黑眸亮亮的，他似乎很高兴，又将她拦腰抱了起来。

“你想干什么？”

“发泄你多余的力气，让你累一累，免得这双小腿总是乱跑。”司空南墨理所当然地说道。本来他没打算碰生病的她，是她一再挑战他的权威。

白墨菲抗拒得浑身都在发颤：“你敢……你敢碰我试试！”

“嗯，没什么我不敢做的事。”他把她放到大床上，一把攥住她又想踹过来的脚，按住她挥过来的拳头，三两下将她制服。

这男人本就松松地穿着浴袍，只扯了腰带，黑袍就敞开了。所以，根本是猝不及防，她就把他的身体全部欣赏完了……

白墨菲皱紧眉，瞬间把脸转向一旁：“你！”

“对你看到的身体还满意吗？”他咬着她的耳朵，气息变了，嗓音也嘶哑起来，“不过，用起来会更满意。”

“变态！”超级大变态，她从来没见过这么变态的人。

白墨菲极度后悔，黑色森林那晚……怎么没有对他下手重一些。

阳光透过窗子洒进来，照在有着维纳斯雕像的床头上。

白墨菲长长的头发像深水中的海藻，缠在男人伟岸的胸膛上，他单手搂着她，她靠在他的怀中，美得玫瑰都要黯然失色了。

白墨菲长长的睫毛颤动了两下，他是在悠扬的音乐中醒来的——

那是她的手机铃声，她迷糊地伸手摸向床头的位置——一直习惯在睡前把手机放在那里。

她却摸到一个烫烫的身体，一瞬间被吓得清醒过来。

白墨菲睁开眼，看见睡在身边的司空南墨。他显然也被铃声吵醒，睁开一双深沉的眼，正盯着她看。她才发现她的手——居然摸到了他的胸膛上。

“早，”司空南墨顺势拿起她的手，在她的手心上落下滚烫一吻，“昨晚睡得好吗？”

白墨菲狠狠地抽回手，强忍着扇他的冲动，爬起来找手机。

司空南墨却已抢先拿起了她的手机。

“给我！”

“早安吻。”他扬起浓眉等待着。

白墨菲索性拉高了被子，背过身去，大不了不接，反正也不会有重要的电话找她。让她吻他？他痴心妄想！

司空南墨的手在她的背上画着：“不接吗？”

“再碰，我剁了你的手、你的脚，将你丢去江里喂鱼。”白墨菲把被子裹在身上，捡起凌乱地掉在地上的衣物，就要进卫生间。

“他的电话也没兴趣？”司空南墨盯着手机屏幕上跳动着的“莫少爷”的字样，黑眸变得深沉极了。

白墨菲背脊一僵。莫流原……他一向高傲，基本不会主动打电话找她，每次都是赫管家……

白墨菲内心苦涩，突然转过身扑向他去抢手机。但晚了，他已经先她一步接过电话，放在耳边：“找谁？”

“你还给我！”

司空南墨仅用一只手就按住白墨菲的肩膀，让她不能抢到手机。

白墨菲的脑子嗡嗡作响，也许是太生气，气到失去理智，所以她狠狠一口咬在他的手臂上，花了所有的力气，恨不得把他的肉咬下来。

直到她真的尝到鲜血的味道……

司空南墨皱起眉，俯视着她：“他挂了。”

这是莫流原的作风……听到接电话的是男人，他当然会很生气地挂掉电话。

白墨菲怅然，被他捏起了下巴。

司空南墨的手臂上，有深深的两排血牙印。

白墨菲擦了嘴角的血渍，眼神变得空洞，语气冷淡地说：“手机还给我。”

“我说过他不会放弃。”他眼神发冷。

“我人都在你身边了，你对自己这么没有信心？”白墨菲讽刺地笑了笑，“你怕他把我抢回去？”

司空南墨嗤笑了一声：“他敢。”

“既然如此，你紧张什么？不就是一个电话。”

司空南墨咬了咬牙：“让我知道你们私下联系，重归于好，你知道我会怎么办。”

“神经病。”

白墨菲穿着衣服，不知道是紧张还是手抖，几次都没拉上拉链。她只觉得脑子一片空白……莫流原还打电话来干什么，那天他们不是说清楚了吗？

一只大手代替她抓住拉锁，把裙子的拉链拉好了。

“你在担心他？”他的醋味好浓。

白墨菲轻声说：“不要找他的麻烦。我跟他已经分手了，我答应你，不会接受他，这还不够吗？”

司空南墨双手按着她的肩，迫使她转过身面对着他。

“你为了他咬伤我，我很难受。”他伸出带着她的牙印的胳膊。

白墨菲长长的睫毛垂着。

“吻我，”他要求，“你吻我，我就原谅你。”

莫家花园里弥漫着一阵馥郁的香气，花香带着雨后特有的泥土气息。

一个身影立在喷泉池前，喷洒着的细细水珠像无数细碎的光斑，落在他白皙的手上。

他攥紧了掌心中的戒指。

遇见她，他才知道，“无可取代”四个字是什么意思，才知道她一出现，别人都显得“不过如此”……

“流原哥哥，你是在哭得最伤心的那个晚上，成长为大人的吗？”

“不是。”是他忍住没哭的那个晚上。

他从那天学会坚强，也学会了冷漠，喜怒不形于色。

可是，面对白墨菲，他这颗心从未平静过……

手突然感到疼痛，他一松，割痛他的掌心的戒指掉进喷泉池，激起一朵很小的浪花后，很快沉底了。

莫流原绷紧下颌，漆黑的眼定定地盯着那池水。

从那晚回来，他就在养伤，但不管睁开眼还是闭上眼，脑子里都是白墨菲的脸，在莫家的每一处地方都有她的身影……

他自闭症很严重，在他的世界里，只有白墨菲和其他人的区别。她是唯一能自由进出他的世界的人，哪怕是她的幻影。

“流原哥哥……”远远地，他又见十岁的白墨菲笑着走来，长长的头发绑着公主的发髻，“你的伤还疼吗？这是我亲手做的，送你……”

一颗包装着彩纸的糖出现在她的手心里。

莫流原沉默地望着她。

她弯起红唇，笑容更显灵动：“这世界很苦，我想做你的那颗糖。”

莫流原的心脏仿佛被炸开地疼痛起来，她说过要陪他一辈子的，可在半路她就抛下他了。没有她的余生，他该怎么办？

他莫流原这个人格是因为白墨菲才存在于这个世界上的，不然早就被黑暗的西原吞噬了。

白墨菲是他唯一的希冀和救赎，如果她也不要他，就再也不会有莫流原了……

“少爷，你与其这样折磨自己，不如找白二小姐说清楚？”赫管家轻声劝道，“也许她有苦衷，她那晚哭得很伤心。”

莫流原慢慢回过神，她哭了……

他终于拿出手机，不用调出白墨菲的电话号码，就拨出那唯一烂熟于心的数字。

屏幕上跳动着“菲”的字样……

这次他买的婚戒，准备订的婚礼，主题叫“‘菲’你不娶”。除了她，他再没有别的想娶的女人。

手机鸣叫的每一声，都像野兽紧紧抓住他的心脏。

他从不主动，是因为害怕被拒绝。他装作不在意，才能显得云淡风轻。

过了好久，电话被接通，那头传来陌生男人低沉的嗓音：“找谁？”

莫流原的眉宇紧紧皱着，脸色变得古怪起来。

赫管家十分害怕这样的莫流原，每次他被白墨菲刺激出双重人格之前，这种样子就是前兆。

莫流原突然头痛欲裂起来。

“少爷！”赫管家吓得扶住他。

莫流原按下手机，又看了看屏幕上的号码，他没有拨错，那么……接电话的男人是谁？

那天晚上，白墨菲决绝的眼神告诉他，她有了新的幸福，她不清白了，他整个人都像要撕裂开了。那一晚，蛰伏在他的身体里的西原几乎就要抢夺他所有的神志……

但奇迹的是，他的意志力从未如此坚强过，为了让自己清醒，他一次次用头撞坚硬的墙，撞得头破血流，也不知疼。直到黎明到来，他才神志渐稳。

他留下来的唯一原因，是害怕被西原占据身体，他再次陷入昏睡后，白墨菲就真的离开，去到一个他再也找不到的地方。

“少爷伤势未好，不能受到刺激，还是等病情稳定一些再找白二小姐问清吧。”赫管家拿出镇定药给莫流原服用。

其实，什么药物都没有白墨菲的一个笑容来得有用……

什么伤害，都没有白墨菲口出恶言来得让他痛……

莫流原慢慢让自己情绪稳定，不让另一个人格有可乘之机。

可一想到白墨菲有了别人，一种可怕的感觉就攫住了他的心。他就这样站在喷泉池前，不动、不说话，眼神空洞、木然，就像是没有灵魂的精致玩偶。

在附近伺候的帮佣看到少爷这个样子，心生同情——因小时候的经历，莫流原有很严重的自闭症状。这么多年了，除了赫管家和白墨菲，还没有其他人能进入他的内心世界。

而每当他跟白墨菲吵架，这种自闭症状又会加重。

“我弄丢她了。”莫流原很久才从嘴里吐出这几个字。

赫管家怔然。

“连她也离开我了。”他的眼神灰暗，“她不会回来了。”

“少爷，不会的，白二小姐或许是迫于无奈才会这样。”赫管家宽慰道，“你们在一起这么多年，感情怎会说没就没了？”

莫流原的瞳孔骤然一缩，他突然就走进喷泉池，不顾冰天雪地的时节，寻找着那枚被他扔掉的戒指。

赫管家怎么都劝不住，只好叫了莫家所有的帮佣一起找。

唉，少爷为什么不把双重人格的事告诉白小姐？

想起另一个主人西原，那个邪恶得令人发指的大魔王，赫管家忍不住哆嗦了一下。莫流原为了保护白墨菲，才会每次都失踪，为的是不让西原和她碰上面。

少爷要逃避到什么时候？西原是一道永远横在他们之间的难题。

白墨菲在下楼的时候，发现白家多了许多新面孔，一问才知道，竟都是司空南墨调过来的人，包含厨子、门卫、园丁、保镖、造型师、家庭医生、营养师……他甚至另外聘请了一个管家。

那是个四十多岁的中年女人，语速极快，雷厉风行，像个训导主任。

一看到白墨菲下楼，她立即迎上来自我介绍：“二小姐，我是少爷专程调过来伺候你的，我姓明，你以后可以叫我明婶。”

所以，白家现在除了张妈、姆妈兰姨，又多了个明婶？

白墨菲扬扬眉，没有多说什么，看到帮佣们全都列队在大厅里站好。

白家的大厅本来够大，可是此时站满了人，立即显得拥挤了，黑压压的一片。

帮佣们全都穿着统一的藏青色服装，因为人太多，名字不好记，每个人胸前都别着序号牌，做事也是根据序号分工。

如此大的阵仗，令白墨菲不惊讶都不行。

司空南墨正迈着步子从楼上下来，穿戴整齐，脚步略显急促，见白墨菲站在那里还没走，步子就放慢了，变得沉稳威严起来。

明婶看到他，立即恭敬地行礼道："少爷好。"

所有帮佣整齐地喊道："少爷好！"

问好声震得水晶吊灯都在抖。

司空南墨仿佛没有看到这些帮佣，悠闲地下楼，走到白墨菲身边："给她问好。"

"二小姐好！"又是整齐的声音响起。

如此磅礴的气势，引得兰姨和张妈站在二楼不住地往下偷看。

"少爷，我现在就安排人开始干活了？"

司空南墨颔首，明婶立即击掌三声，帮佣们作鸟兽散，按照自己的分工去干活了。

"你请这么多人来干什么？"白墨菲白了他一眼，"我们白家没必要养这么多闲人！"

"老板是我，你不必紧张财务状况，以后各项生活开支都有管家记账。"司空南墨搂着她的肩，在她的额头上吻了一下，"有这么多人服侍你不好？"

"可家里住不下这么多人。"白家不过是一幢建筑面积达五百多平方米的三层别墅。

"这白小姐就不必担心了，附近几幢别墅，少爷都买下来了，这些人干完活会离开的。"答话的是马丁。

白墨菲不说话了，司空南墨喜欢折腾就由着他去吧，他反正人傻钱多。

"去哪儿？"见白墨菲要走，司空南墨牵住了她的手。

"我已经好多天没去上课了。"她想要甩开他的手。

"不去医院看看白先生？"司空南墨挑眉，"什么时候重新把我介绍给爸爸认识？"

"什么爸爸？"白墨菲怒道，"那是我爸爸，你别随便乱叫！"

司空南墨咧嘴一笑，似乎很欣赏她奓毛的样子，眼里有止不住的笑意："我给他请了最好的私人医生和看护，他不久后就能出院，你要怎么谢谢我？"

"我没时间了，赶着去上课。"白墨菲不想浪费时间跟他闲扯，"你很闲，不用上班吗？”

司空南墨牵着她的手不紧不慢地走着：“我顺路，送你。”见白墨菲张嘴，他又强势地补充道，“不许拒绝。”

她在玄关处换鞋时，听到司空南墨吩咐马丁到了学校后要跟着她的声音。

白墨菲黑了脸：“你要派人跟着我？”

“白家的家规，你没看？”

大客厅里贴着的那个？她大概扫了一眼。

家规好长，罗列着有关门禁、禁足、奖罚分明什么的一大堆规矩，帮佣一边干活，一边照着背，连白飞飞都印了一份手册，闲着的时候坐在沙发上看。

其中有一条规矩，就是他们出门都要向司空南墨请示，得到批准后，为了确保安全，至少要带上两个保镖。

听完马丁介绍的规矩，白墨菲哑然失笑。她以后连出门都要向司空南墨请示，上课都必须带着保镖？他说是为了保护她的人身安全，其实是一种变相的监视，怕她逃跑。

“司空南墨，你到底想怎样？”

“你是我花重金得来的女人，我怎么能让你跑了。”司空南墨戏谑地说道，“万一你趁我不在，跟你的莫少双宿双飞，我不是损失巨大？”

她就知道这男人心眼比针还小，不好对付。

“让我带着保镖出门也可以，”白墨菲沉默了几秒才说，“不过，我不要那个铁手！”

马丁听到白墨菲指明不要自己，脸色有些难看：“为什么？”

他可是少爷的御用左右手，派他保护白墨菲是出于重视，少爷才会放心。

司空南墨说道：“给我一个理由。”

“他长得丑，我带不出去，这个理由够不够？”

她没说错啊，马丁的脸上有长长的刀疤，还有半只铁钩手，看着都吓人。

他跟着她出现在学校里，会引起恐慌。

司空南墨应道：“够了。马丁，你留下。”

马丁的脸色更加难看了。他丑？他哪里丑？

白墨菲还嫌他受的内伤不够重似的，瞥了他一眼，疑惑地问：“你叫马丁，是因为你长着一张马脸吗？”

马丁今天真的要吐血了：“我姓马！”

司空南墨笑了，显然多年没听过这么好笑的事，笑得很大声。

上车后，马丁坐在副驾驶座上，百思不得其解什么是马脸，忍不住问白墨菲。

白墨菲窝在司空南墨的怀里翻书的间隙瞟了他一眼：“马脸又方又长。”

马丁打开后视镜看了看自己的脸，又找出一卷软尺，量得正起劲时，发现司机达里一脸惆怅地看着他……

然后他颓丧了，脸长二十六厘米，加上头顶一起三十厘米，少爷的整个头都没他的脸长。

他明明也有一米八几的身高，但是顶着一张长脸显矮不少，硬生生被折算成六头身。

而少爷就不一样了，窄脸小头，直逼九头身比例。

原来九头身的终极奥秘不是身高，而是头小。

司空南墨接收到来自后视镜里的哀怨目光，抬手按下开关，将隔离板升起。

“你又想干吗？”白墨菲瞪着他问，他一上车就把她按进怀里，现在又开始翻她的肩包。

“检查。”

“你别碰我的东西！”白墨菲想要去抢包，他却放到另一侧，让她根本拿不到。

他将整个包一倾，东西全被倒了出来，什么乳液、保湿霜、湿纸巾等女性用品一堆，还有他见过的防狼喷雾和电棒……

“我长得这么好看，夜里走在街上多危险，不应该多点提防吗？”白墨菲看他拿着电棒研究，想起那晚用电棒对付过他，开始心虚。

“有防护意识很好，我没说不对，但以后不要再用到我身上。”

司空南墨遂又拿起一盒避孕药，问：“这是什么？”

这个该死的男人，从来不做安全措施，还敢问她？

“你不识字吗？上面写着呢。”

“你一直在吃避孕药？”司空南墨的脸色有些怪异。

他对血脉很看重，所以从不乱玩男女关系，对于白墨菲，他也不知道出于什么心理，竟不想采取避孕措施。

似乎他在潜意识里并不抗拒她为他生孩子，她貌美又聪慧，和他的孩子也必然是个极品……

所以，他顺其自然，有一些放任、纵容的味道。

她竟一直在服药避孕。

他打开车窗，将药盒准确无误地扔进了路边的垃圾桶。

白墨菲恼火起来：“你凭什么扔我的东西？”

“以后不准再吃药，吃多了伤身体。”

白墨菲讥讽地说：“那你能答应不碰我？流产更伤身体。”

司空南墨捏起她的下巴："不能，有了，你可以生下来。"

"……"

"生多少，我都养得起。"

"你的梦想很美，不过永远都不会实现。"白墨菲将身体探过去，想要拿回包，他却顺手托住她的腋窝，将她整个都放在他的腿上。

他修长的手将她的下巴拧过来，跟他的脸相贴着，靠得极近。

白墨菲很想揍他："你又想干吗？"

"别乱动，一会儿就好。"一只手已经拿起她的手机，他打开相机的自拍模式，对准角度。

白墨菲不愿配合，才不要跟他照亲密合照："我警告你，马上放开……我……"

白墨菲脑子一片空白，忘记动，就听到了咔嚓声。

镜头没有晃，角度、采光都很好，照片完美极了。最让司空南墨满意的是，相机将两个人的脸都拍到了，而他吻她的画面，也被捕捉得相当精准到位。

他发了一份照片给自己，调成两个人的屏保画面。

"你的生日照，我很不满意，这是补偿。"

他将手机和化妆品一起收进包里，将包还给白墨菲。

白墨菲拉开包链，就要掏出手机删掉那张照片……

"你敢删，我便把它公布到网上。"

白墨菲的动作顿住。

"很美的，墨菲，你这个表情很美、很生动。"他扬起手机屏幕给她欣赏。

于是，她就看到屏幕上一对俊男美女正在荡漾地亲吻……他侧脸高贵俊美，眼神略微迷离，睫毛浓密悠长……

白墨菲背脊一僵，脸颊红了："变态啊。"

"你以后会越来越喜欢我的变态。"

把白墨菲送到学校门口，司空南墨看起来还打算下车送她到教室门口。

白墨菲皱眉："我希望你能懂得适可而止。太过分了，我会反感。"

刚刚打开的车门，又缓缓地被合上。

司空南墨脸色不悦……他这么"温柔体贴"，做好男朋友的角色，却惹来她嫌弃。

"少爷亲自送你上学，你应该觉得很荣幸。"马丁从车窗探出那张马脸说道。

随后从后边的保镖车里下来两个保镖，黑衣服，墨镜，铁塔一样跟在白墨菲的身后，打着保护她的名义监视她的一举一动，实时向司空南墨汇报。

于是，那一天，久违地出现在学校的白墨菲引起一阵轰动。她在上课时，两个保镖就站在教室外的走廊上守着；她去练习室教学生跳芭蕾时，两个保镖就坐在练习室的椅子上等——甚至，她去上厕所时，两个保镖都一左一右地站在门口。

众人纷纷猜测白墨菲是不是跟莫少重归于好了……带保镖来上课，也太霸气了吧。

傍晚，白墨菲疲累地回到家，刚在沙发上坐下，楼上就传来脚步声。

司空南墨从书房里出来，脸上还架着一副金边眼镜。

戴上眼镜的他并没有一种斯文儒雅的气息，反而更显邪气。

他朝楼下走来，问："怎么不接我的电话？"

"两个保镖监视我还不够，你还要查岗？"白墨菲气都气够了，倒了杯茶喝。

"有两个男人对你献殷勤。"司空南墨眼眸发黑，他派了保镖跟着她果然是对的。

白墨菲翻了个白眼："跟我说话就是献殷勤？那恐怕你以后要常常吃醋了，我不管在哪儿，都很受异性欢迎。"

今天要不是有司空南墨的保镖守着，恐怕不只是两个男生接近她跟她说话。

司空南墨眼眸里闪过冷光，他捏起她的下巴："你若想好好念完大学，就别背着我勾三搭四。"

白墨菲无奈，他和莫流原的行事作风完全不同，本质上却没有太大区别……

莫流原也不喜欢她接近别的男人，虽不会横加干涉，却经常吃醋，生闷气，与她冷战。司空南墨倒是直接，不爽就说出来，还制定了一堆这不许、那不可以的规则。

"你们男人都这样小心眼？"

"我们？还有谁？"司空南墨一把将她抱在怀中，窝在沙发上，玩弄着她的头发丝，也不顾周围来来往往忙碌的帮佣。

她真希望司空南墨吃醋的表现也是别理她，让她好好静一静。

偏偏他用胡楂扎她的脸，用额头蹭她的额头，把她禁锢在怀里，不许她逃开。

如果她还不乖，他就用法式长吻荼毒她，直到她妥协："够了，你别再惹我了……"

"下次不许不接我的电话。"他警告道，热热的气息喷在她的脸上。

白墨菲叹气："知道了。"

然后，司空南墨手里多了个笔记本，他将其塞进她的手里——

"这里面有我的所有喜恶和禁忌，我希望你尽快记下来。"

这可是马丁根据多年来对司空南墨的了解搜集到的信息。

“别闹。”白墨菲推开笔记本，“我每天的功课很多，你能放过我吗？”

“我不如你的功课来得重要？白墨菲，我是你的男人，你却对我一无所知。”

这么好的了解他的机会，他亲自送到她面前，她竟然不珍惜？

司空南墨恼火，将她圈在怀里，拢着她打开了那个笔记本。

姓名：司空南墨

性别：男

身高：一米八八

星座：摩羯座

生日：十二月二十五日

…………

白墨菲只是扫到生日这处，就忍不住抽了抽眉毛：“圣诞节过生日？”

“以后的圣诞节，都有我陪你过。你不需要圣诞老人，有我就够了，想要什么礼物，我送。”

白墨菲的眉头皱得更厉害，这世界上本就没有圣诞老人，所有礼物和惊喜都来自爱你的人。

可因为司空南墨在这天过生日，她再也不会有开心的圣诞节了。

“我给你十天时间将这些信息，背下来。”见她敷衍地扫了两眼就不肯看了，他皱起浓眉。

白墨菲学习了一天很累了，为什么回来还要应付这个神经病？

“我也在了解你，想知道更多跟你有关的信息。”司空南墨扬唇，打开他的一个同款笔记本，白封皮上贴着金色的“菲之物语”字样，而她手里这本黑封皮上贴着“墨之喜恶”字样。

晚餐时，马丁就捧着“菲之物语”在一旁朗读着：“白小姐的生日是二月十五号，水瓶女非常有个性，特立独行，我行我素，不在乎世俗的眼光。”

白墨菲面无表情地吃着饭，这对主仆真是闲。

“水瓶座的人智商非常高，外表冷漠无情，内心热情似火，只对感兴趣的事物在乎，其他一贯不理。”

…………

“水瓶座的人也很闷骚、腹黑，话不多，都在心里，是那种低调实力派，默默看着别人犯二。”

马丁念到这里，果然发现白墨菲一副看傻子的表情看着他。

马丁也很想流泪啊，为什么要由他来念这东西：“水瓶座的人喜欢自由，不喜欢被束缚，尤其在情感上，是很注重隐私的一个星座。”

“太吵了，能让你的小马闭嘴吗？”白墨菲叹了口气，饭桌边的人都要跟着受罪听这些。

司空南墨夹了虾仁到她的碗里，挑眉问：“准不准？”

他让人念给她听，就是想经过她本人确认。

白墨菲撇了下嘴：“大概吧。”

“水瓶座的人不容易保持新鲜感，但如果喜欢，就是一辈子。”马丁顿了顿，才又说，“这还不错，我们少爷也很专一。”

“再念下去，我要消化不良了。”白墨菲放下筷子，“你对星座这么有兴趣，可以自己研究啊。”

司空南墨抬了抬手，马丁这才合上笔记本。

他对星座从来没兴趣，和她有关，他才赏脸看几眼。

白墨菲通常吃过晚餐后做题，复习好功课就去健身房做半小时的拉伸，再回到自己的房间练习钢琴、萨克斯等乐器。然后，她会舒服地泡在浴缸里听一段舒缓的音乐，偶有创作灵感了，会把音符记下来，睡前做面部保养，再躺在床上看书。

十几年如一日，她都是这样自律而枯燥地生活着，莫流原在的时候，他们会安静地做各自的事。

莫流原不喜欢说话，大多时候沉默地聆听，或看着她画画、弹琴。

白墨菲觉得这样相处很舒服……互相尊重，互不打扰，却没有缺少陪伴彼此的时间。

但司空南墨完全是莫流原的反面，他话多、黏人、霸道、强势。

“写得如何了？”忽然一双胳膊从身后伸来，将她圈在怀中。

白墨菲只侧头，就跟抵在她的肩窝上的那张脸撞到。鼻子擦到他的脸，她下意识地把脸转开：“你怎么又来了？”

她做一会儿题，这男人已经过来三次了。

司空南墨勾唇：“大学还要做题？布置作业的是哪科的教授？”

“这是我自己买的习题册。”

“很难吗？要不要我教你？”司空南墨就要把她抱起来教她。

“你很闲？能不打扰我学习吗？”肩膀往下一塌，她推开他的脑袋，“别靠在我的肩上，很重。”

司空南墨不满，白天他已经给她一整天时间学习，她竟还把作业带回家？他已经把工作都处理完了，回到家还要等她学习完？

一把抽走她手里的习题册，他扳过她的脸，说：“以后习题必须在学校写完，你是我的女人，回到家的时间都属于我。”

“凭什么？”

“未来有的是时间让你学习，你喜欢看书，可以看一辈子，但不是现在。”他炙热的眼神看着她，“现在多花时间陪陪我。”

“为什么？”

“我对你兴趣正浓，喜欢跟你待在一起。”他霸道地说着，就一把抱起她上楼。

可她不喜欢跟他待在一起，讨厌被他打扰。

“我还没做拉伸运动……”白墨菲很想打他，他要把她的生活节奏彻底打乱吗？

司空南墨低沉地笑了笑：“每晚我都给你那么大的运动量，你还做什么拉伸？你喜欢什么姿势的拉伸？今晚我帮你练。”

回到起居室，她才发现，刚刚在她做习题的时候，司空南墨又扫荡了一遍她的房间。

窗边那幅完成到一半的画作被他拿走了，她手工课上做的几个摆件不翼而飞，相册摊在床上，里面的照片已经被拿空了……

司空南墨一定翻过她的每个抽屉，她忍着火气：“你动我的东西了？”

“这别墅里的所有东西都是我的，我不能碰？”他一把将她扔到床上，舔了舔唇爬上来。

这座别墅不久后就会被他一把火点燃，烧成灰烬，有关白墨菲的东西，他自然要收好。

“你懂不懂尊重人的隐私？”白墨菲厌恶地说道，他拿走了她从小到大所有的照片……好在之前她就把莫流原的照片都清理过了，不然他见了又要大发雷霆。

“你是我的，还要什么隐私？”

白墨菲瞪着他，他简直不可理喻。

司空南墨已经在解衬衣扣子，白墨菲倒抽一口冷气，吃过晚餐到现在不过一小时，这么早他就要她上床睡觉？

“我还没洗澡。”白墨菲躲开，往床下跑。早知道这笔交易这么亏，她就不该答应做他的女人了。

司空南墨已经把她抱住了，垂下的短发微微散乱，样子性感又慵懒：“宫子华代言，不想要？”他蛮横地抱着她按在怀里，靠着床头的大抱枕，她的长发散乱地贴着他的胸膛。

连这他也知道？白墨菲的确在想办法联系宫子华的经纪人，想让他出面代言白家公司的品牌。

虽有司空南墨的融资，但这治标不治本，根本问题还是出在白家公司只是个皮包，以前全靠莫流原贴钱经营。白家公司想要起死回生，还得让白家的品牌打出去，有了实际销量，经营步上正轨，以后就能脱离司空南墨的掌控了。

她不想像以前莫流原帮助白家那样，一直受控于司空南墨，重蹈覆辙。

“一线明星，怎会接你的三流品牌？”司空南墨吻着她，手指在她还没完全复原的浅浅伤疤上抚摩着，这些伤太碍眼。

然后，他的身体猛然僵住，本来一脸拒绝表情的白墨菲，突然仰起小脸主动吻了他。

他的胸口重重地震荡着，明知道她是为了代言，他却因为她难得主动而欣喜若狂，吻得难舍难分，心里像爆开了火花。

什么时候他把一个女人看得如此重要了？这绝非好事。

可他完全无法自控，吻得更深了。

白墨菲舒服地翻了个身，撞到坚硬的下巴，睁开眼就见司空南墨单手支着头，斜卧在她身边瞪着她，眼里有恼怒的火光。

一大早他就发什么神经？

“他送的？”他没头没尾地问了一句。

“墨菲，醒醒。墨菲，该起床了……”

白墨菲猛然意识到什么，果然见闹钟被狠狠地摔在地上，已经四分五裂了。

闹钟被砸坏了，却还在响，司空南墨更为不悦了。

“他送的？”修长的手指将闹钟捡起来，他更用力地朝地上摔去。这回闹钟彻底碎掉，弹出来一堆散乱的零件。

闹钟的确是莫流原送的，他亲手制作，录制了他的声音……

白墨菲无语：“是你自己调了闹钟吧？关我什么事？”

司空南墨并不知道这闹钟还有玄机，十分火大：“你不想让宫子华代言了？”

这个男人……昨晚明明答应了帮她，现在因为一个闹钟就开始变脸。

白墨菲脸色略僵：“随便你！”

她的态度更是让司空南墨怒火中烧，她却裹上睡袍进浴室洗漱了。

早知道这样，她昨晚就不要讨好他，简直是浪费表情……就算他不帮忙，她也会争取让宫子华代言。

等白墨菲清洗完换装出来，司空南墨也醒了，背对着她站在落地窗前。

他似乎一直在等她出来，门一开，他就转过身，露出胸膛——没有扣扣子，一副“快求我，快哄我，让我高兴，我就帮你争取代言”的表情。

“过来，给我系上。”

白墨菲没动。

“我叫你过来！”他在给她台阶下。

白墨菲拿起自己的手提包，连一眼都不想多看他，转身摔门而出。身后传来他怒吼的声音：“白墨菲，你敢走！”

男人真是不能惯，越惯越浑蛋。

白墨菲都没有心情吃早餐，上了车。

司空南墨派了两个保镖给她，其中一个就是司机，车才开出别墅，司机就接到电话，应付了几声，准备掉头回去。

“把手机给我。”白墨菲用脚指头想都知道是司空南墨吩咐的。

果然，电话那头传来马丁的声音：“白小姐，你没吃早饭，少爷特地吩咐厨房炖了滋养的补汤。”

“我没胃口。”

“我已经联系了宫子华的经纪公司，合约今天上午就签，你要不要一起过去？”

白墨菲的心情这才算好了许多：“你安排就行，合约不用我亲自过去签吧？”

“倒是也不必你亲自为这事走一趟……”马丁迟疑着，好像是在询问司空南墨的意思。

下一秒，手机就被易主了：“回来吃早餐。”

“我不饿。”

“白墨菲。”司空南墨咬牙威胁。

“我下午没课，早点回去。”

闻言，司空南墨才算消了火，不出声了。

白墨菲就要挂电话，他又闷声问：“几点？”

她下午没课，他还有工作。

“你不是派了保镖跟着我吗？我的实时动态，他们都会向你汇报的。到时候你不就知道了？”白墨菲好笑地说，“挂了，我要去上课了。”

司机正把车靠边停着在等安排，白墨菲把手机还给他：“去学校，不用掉头回去了。”

第七章

礼物引发的醋意

白墨菲前脚刚到学校，司空南墨后脚就派了保镖送来早餐。

保温壶里有热气腾腾的虫草花炖乳鸽汤，营养滋补，还有她爱吃的法式鹅肝和芝士卷。

他大概是从姆妈的口里问到了她的饮食喜好,昨晚的菜品也都是她爱吃的。

白墨菲心中微微一动，没想到他还挺细心。

她这人一向嘴硬心软，想着他都帮忙拿下代言了，她是不是要表示感谢？

下午没课，她也停了学校的培训班，毕竟司空南墨给了白家一大笔钱，白家暂时没有财政危机。而且她教人跳芭蕾舞挣的那点钱，杯水车薪，补贴生活费都不够。

在经过一个繁华的街区时，她看着窗外林立的商场，忽然想到了什么：“停车！”

保镖疑惑地问道：“白小姐有事吗？”

“我要去逛街。”

“少爷吩咐过，放学后就直接送你回白家。”

“我要买点礼物送给他，他会高兴的。”

闻言，两个保镖对视一眼，噤声了。

马丁特别交代过不准跟丢了她，而他们也见识过她的小聪明，目光也一刻不敢离开她。

可令他们奇怪的是，白墨菲走到商场里的一个男士专区，竟真的悠闲地挑起商品来。

“你们少爷平时都穿什么品牌的衣服？”

“少爷的衣服都是纯手工量身打造，有专业的设计师设计……”

白墨菲皱起眉，看来至少要买一线品牌，要破费了。

不过，如果是她自己去谈宫子华代言的事，那就不是一件衣服可以解决问题了，至少上千万元起。

这钱花得很值得，毕竟接下来，她还要司空南墨帮她更多忙。

“他的尺码是多少？”白墨菲走进阿玛尼的专柜，挑选着衬衣，“以什么颜色为主？”

这可为难两个保镖了，要说颜色，他们倒是知道少爷的衣服以黑、白两色为主，尺码却是不清楚的。

白墨菲想起自己曾穿过司空南墨的衬衣，大概的尺寸，她还是记得的，于是脱了大衣和外套，把衬衣穿在身上试。

“他更喜欢哪个款式？”

一件叠领，一件立领；一件有口袋，一件没口袋。

保镖按着蓝牙耳机说：“少爷说他喜欢叠领。”

白墨菲难以置信地问：“你告诉他了？”

事实上，在白墨菲说要逛商场的时候，保镖就发消息过去了……

“少爷说他正好在这附近，已经到商场了，亲自过来试！”

白墨菲无语。

售货员小姐其实从白墨菲一出现就着迷地看着她。

她这样的身材、长相，穿着男人的衣服性感极了……

世界上怎么会有这样完美的女人？没有男人配得上她。美女要是配野兽，就是一朵鲜花插在牛粪上，可惜……

忽然，那售货员小姐的眼睛更亮了，她震惊地盯着白墨菲的身后——

司空南墨出现，身形高大，面容英气逼人，同样是走路，他却浑身散发着咄咄逼人的气场。

附近的人都朝他投去目光，以为是哪个大明星。

白墨菲在架子上选着一排排衬衣，一双手突然从后面抱住她，她微微蹙眉，抬头见镜子中多了一个男人——英俊的眉眼，混血儿浓颜。

司空南墨下巴抵着她的肩窝，嘴角扬笑："我差点以为是我听错了——你要给我买衣服？"

听到这个消息，他很震惊。这女人又想玩什么花样？

急于想知道答案，他就直接赶来了现场。

远远地，他就见她背对着他站在那里试衬衣。

高挑纤细的她因为衬衣太过宽大而显得格外瘦小，但那股性感的诱惑力更添了几分，让他差点按捺不住自己，在这种地方就兴奋起来。

"显而易见，我是要给你买衣服，不喜欢吗？"

司空南墨玩味地扬唇："白墨菲，你爱上我了？"

白墨菲无语："给你买衣服就是爱上你了？你眼里的爱未免也太廉价了。"

"口是心非，你果然是爱上我了！"

白墨菲翻起了白眼："我只是想谢谢你帮我谈下代言，想着送你件礼物。"

司空南墨捏起她的下巴："值上千万元的代言，你买件衣服就想把我打发了？"

"你不要？那算了。"白墨菲就要放下手。

司空南墨按住她的手，饶有兴致地盯着她："要，你给我选。"

"你喜欢哪款？"

"只要是你选的，我都喜欢。"既然是她送的礼物，选择权当然是在她手上。

白墨菲拿起一件竖细条纹的衬衫递给他："这件可以。"

司空南墨扬着眉，笑容邪气，很快换上衬衣走出更衣间，衣服却只是披在裸着的上半身上，并没有系扣子……

售货员正要上前为顾客服务，看到这种情况，脸瞬间爆红起来。

"你能别在商场里耍流氓吗？"白墨菲还在挑衣服，转过头就看到这幅画面。

司空南墨勾着唇，笑得都快飞起来了："过来，给我系上。"

换作平时，白墨菲怎么可能会乖乖地来给他系扣子？

可是今天，她犹豫了一下，居然真的乖乖走到他面前，一颗颗地帮他系着扣子。

他垂首，看着她的睫毛、她下移的视线、她认真帮他系扣子的专注模样……胸口居然传来一股异样的感觉，被一种叫幸福的东西击中。

直到系上最后一颗扣子，白墨菲抬起头来，给他整理领子。

因为他个头很高，她需要稍稍踮脚，仿佛是怕她累了，他自动朝前倾了一下身体。

白墨菲怔了怔，很快地把领子抚平：“你看看。”

毫无疑问，司空南墨的身材穿什么衣服都是合适的。只要大小可以，整个商城的衣服，他都可以穿出自己的风格。

“帅吗？”他问她。

看在他今天帮了大忙的分上……白墨菲违心地点了点头。

其实也不算违心，他帅得这么明目张胆，有眼睛的人都知道。

司空南墨笑着说：“我想听你说。”

这人真是得寸进尺啊。白墨菲极不情愿地从唇缝里挤出声音：“很帅。”

她说“帅”，还加了个“很”字。

司空南墨弯下腰，捧着她的脸重重地亲了一口：“白墨菲，你最好每天都让我这么喜欢。”

呵，让他喜欢有什么好处？她才不希望被他喜欢。

“还有没有？”司空南墨似乎换衣服上瘾了，“就只给我选了这一件？”

白墨菲又陆续从架子上拿出五件看中的衬衫：“这几件也不错，你都试试。”

结果就是不管穿哪件衬衫，他都很帅，各有风格，选不出最好看的来，他就是标准的衣架子——

马丁已经多年没有看到少爷买衣服买得这么开心了，他有私人形象设计师，衣服都是按照他的尺寸量身定做，每个季度都去拿一些定制新款。

可是此刻，他仿佛心心念念盼着过节的小孩，终于穿上第一件新衣。

白墨菲也对他的开心感到十分诧异，她看中的六件衬衣，他都喜欢，眉眼间全是霸道的“一件也不许少”的样子，她只好让售货员将衣服全部打包下来。

靠在柜台上，白墨菲拿出钱包，却见一只修长的手夹了银行卡递过去。

白墨菲挡住他：“既然是我送你的礼物，怎么能让你付钱？”

司空南墨微微勾唇，回味着这句话：“礼物？”

她能陪他选购衣服，他已经很开心。

“我听说你的衣服都是手工做的，你会不会嫌弃这牌子廉价？”

“你送的怎么会廉价？”

“一共三万六，刷卡吗？”收银员嗒嗒嗒地在电脑上输入总额，忍不住偷偷看着眼前这对俊男美女，两个人像从画里走出来的。

“打折吗？”白墨菲的手指在钱包卡那一层停留了一下。她不知道卡里的余额够不够，原本只打算买一件的……

“你好，小姐，我们这里是会员制的，除非有商城会员卡，否则不打折的。”

白墨菲皱皱眉，最终抽出一张商城 VIP 卡。

S 市的几个大型商城，莫家都有股份，所以每次商城开业，他都会送她会员卡。

卡里有预存金额，具体多少，她不知道，只是莫流原说够她买任何衣服，无限刷，并且打五五折……

白墨菲以前用不着，今天情况特殊，只好动用了这张卡。

只要事后她把钱补上去就行了吧？就当是借的。

她这样认为，但没有想到的是，卡里的支出情况全都有记录……

卡在刷卡机上扣下货款的同时，另一边，手机发出嘀的短信提示声。

莫家。

宽阔的起居室里有一个巨大的收藏柜，柜子上摆放着成百上千的木制工艺品。船、房子、飞机……全是纯手工制作。

莫流原戴着单片放大眼镜，金色眼镜链子垂在耳后，手里正用木料制造着一艘豪华级的游轮。

游轮设计精致，巧夺天工，里面有小人、灯光、餐具和食物，仿佛一个缩小版的游轮世界。

长长的睫毛低垂着，他的神情是那样专注。在他认真做一件事情时，任何人都是不可以打扰的，除非是有关于白墨菲的消息——

“少爷。”赫管家不知何时走到他身边，轻轻叫他。

莫流原抬起头，见赫管家手里拿着的手机，眼中闪过一丝高兴的情绪。

他取下手套，准备接听电话。

“不是，白二小姐并没有打来电话。”

莫流原的动作一顿。

“你给白二小姐在金荣商城的至尊VIP卡刚刚发来了意见反馈信息……你知道，这张卡只有金荣商城持有股份的几个股东才有。”所以，卡和莫流原的身份是绑定在一起的，一旦有什么消息，会直接发过来。

莫流原瞬间明白，淡淡地问：“她买什么了？”

“六件阿玛尼男式衬衫。”

莫流原的脸色陡然一变。

“我打电话去询问过了，专柜小姐……说是一位极其英俊尊贵的男人与白二小姐一同去的。他们看起来感情很好，十分相配……”后面的话，赫管家不敢再说下去，怕刺激到莫流原。

莫流原瞳孔紧缩，好像在承受莫大的痛苦。

赫管家马上宽慰道：“白家这些天进入巨额融资，又请了当红巨星宫子华担当品牌形象代言人，我想白二小姐是迫不得已，为了帮助白家，才与那位神秘人物在一起的。”

莫流原一直都想知道，白墨菲待在他身边，到底是因为白家，还是因为喜欢他。

所以，这三个多月他消失，去了英国后，也断了对白家的所有经济支持。

不管白墨菲是因为什么而与他在一起，她生日那天，他都会回到她的身边，与她订婚。既然结果都一样，他为什么非要执着于一个答案？……

莫流原紧紧地闭上眼。他为了这个答案，竟然付出了这么大的代价。

“少爷，不是每个人都会一直停在原地，等你什么时候后悔了，回头就能找到她。”赫管家小心注意着措辞，“她心里有没有少爷，不需要考验。”

人性最经不起考验……这次考验，彻底让两个人走散了。

莫流原紧紧地抿着唇，拿起美工刀，继续手里的动作。

可他居然忘记戴上防护手套，还未完成的木船表皮是粗糙的，尖锐的边缘刺痛了他的手。他狠狠一划，刀片就不小心割破他的手指，鲜血滴在轮船的甲板上。

赫管家慌神了，掏出手帕摁住他手指上的伤口：“你别太伤心，现在还来得及。”

莫流原空洞的目光转了一下：“他是谁？”

“相当神秘，财势强大，以至我查不出与他相关的半点信息。”赫管家小心地包扎着莫流原的伤口，“不是李英豪先生，白梦仕集团的高层没人见过他露面。”

几天后，S 市国家音乐大剧场。

白墨菲背着小提琴包，将长发扎成丸子，羽绒服里穿着刚刚表演还未换下的芭蕾舞服，随着一群一同演出的女孩从偏门走出来。她身形修长，大羽绒服也遮掩不住瘦瘦的身段。她一向性格孤僻，独来独往，此刻正形单影只地走下台阶……

曾经，莫流原的车风雨无阻地开来接她，羡煞旁人。

婚约被取消后，她已经习惯了身后众多奚落的视线嘲笑她，看着她打出租车离去。

车鸣笛了几声，一辆房车冲破人群停在她面前。她抬头一看，竟是司空南墨的车。

从车里下来两个保镖，他们弯了弯腰，打开后侧车门——

司空南墨斜靠在车座上，上下扫视她一眼：“上车。”

这高调的出场方式立即惹得附近的行人观看，包括走在白墨菲身后的几个一同演出的女孩。

“你怎么来了？”白墨菲诧异地问。

一只男人的手伸出来，拽住她的手腕，强势地将她扯了进去。

白墨菲扑进车里，被男人的怀抱接住了，连高跟鞋掉在车外都没顾得上……

“嗯……”白墨菲被火热的吻堵得说不上话。

车开出好远了，她才从吻里解脱，软软地靠在他的怀中，却挣不开他如铁一般的手臂。

“你有病？”她大口喘着气，“我的一只鞋都掉了。”

“喜欢哪个牌子，我给你开家鞋店？”

白墨菲无语，有钱人就是这样财大气粗？

司空南墨抱着她，头埋在她的肩窝处：“让我闻闻，有没有男人的味道。”

他在她身上嗅着，肆意地闻着她的香味。

“你难道没有闻出来吗？我刚刚去见你爸了。”白墨菲无语，“我跟他喝茶了，他跟我谈到你……我们聊得很不愉快。”

司空南墨全身绷紧：“你说什么？！”

白墨菲吃惊于他的反应。

她的双肩被用力地攥着，他的脸色是从未有过的恐怖：“他找你干什么？！”

他的手指的力道，差点要把她的肩掐碎。

白墨菲痛得脸色都白了：“我是在讽刺你，你听不出来？我没有见他，我连你是谁都不知道，怎么会见到你爸爸？”

“你骗我，该死的女人！”

“放开我，疼！”白墨菲揉着自己的肩，意外地看着司空南墨，为什么提到他的父亲，他会这样激动？

司空南墨轻轻地揉着她的肩膀，眉宇微皱，难得严肃地说：“以后不要提到那个人，懂吗？”

“没看出来，你也有害怕的人？”他居然会害怕他父亲？

他的黑眸里掠过一丝阴鸷之色，他嗤笑了一声：“这世界上会有让我害怕的人？今天表演累不累？”

白墨菲从小就开始练芭蕾，登上世界剧院舞台是她的梦想，追逐梦想怎么会累？

“表演不累，看到你我就累了。”她叹了口气。

司空南墨把她的小手摊开，放在他的大手上：“看看你手上的纹路，即便不需要拼命努力，将来你也会成为一流芭蕾舞者。”

白墨菲笑了：“你还会看相？”

“有一个贵人会帮你实现你所有的心愿，”司空南墨挑起唇，手指在她的掌上滑动着，“你只要乖乖听他的话，就能轻易实现梦想。”

白墨菲醉了，他就是那个贵人？好无耻……

“你的命格还告诉我，你二十岁前的烂桃花全都枯萎，在你二十岁后，真命天子出现。”

白墨菲闭上眼，由他胡扯吧。

“你的真命天子近在眼前……”他的指甲划着她的手掌，弄得她痒痒的，“你睁开眼看看。”

白墨菲被痒得发笑，忍不住睁开眼瞪他。

“看见了吗？”

“你的脸皮真厚……”

“你这辈子多子多福，儿女双全，如果你乖乖听话，生十个八个孩子也不会多。”司空南墨还在给她看命，“命挺长的，活到一百岁还没死。”

要是让白墨菲给他生十个八个孩子，她宁愿现在就死去。

“给我生个孩子，我送你去英国皇家剧院。”司空南墨扬唇道。

“不用你这位贵人，我自己也能达成愿望。”白墨菲冷冷地把自己的手抽走，“我看我这命格，这辈子无儿无女，孤独终老。什么贵人、真命天子，我都没看到。”

司空南墨的脸色蓦地黑了：“你瞎过？眼角膜是谁捐的？！

“有一样礼物送给你。”

司空南墨拿出礼物，白盒子上面系着红绸带，还别着一朵漂亮的雏菊。

白墨菲扫了一眼礼物盒子，没有兴趣地别开脸，看着窗外的景致。

司空南墨扳过她的下巴，让她看着那礼物：“拆开看看。”

“没过节，怎么突然送我东西？”白墨菲不解，“无功不受禄，我不要。”

生怕他又想跟她做什么交易，她绝不会给他生孩子的，他怎么讨好她都不行，休想！

司空南墨淡淡地说道：“我帮你拆。”

修长的手指扯开红绸带，雏菊还是新鲜的，他摘下来插在白墨菲的丸子头上。

她马上把雏菊扯下来，将花攥在手里揉成一团。

司空南墨蹙眉：“你这臭脾气最好给我改改，将来孩子的性格会遗传你的。”

孩子，孩子，又是孩子……她听到就心烦意乱。

司空南墨三两下拆掉盒子，拿出一个全手工制作的玻璃闹钟。

闹钟设计成了玻璃瓶形状，里面装着水一样流动的闪光液体，恍若星辰大海被收纳于此，背部的齿轮是一朵朵花的形状，转动着，灯光明明暗暗地闪烁。

在瓶子中央嵌着一只大角羊，却长着层层叠叠的鳞片的鱼尾，一副准备战斗的威武样子……

水瓶座和摩羯座的寓意吗？

司空南墨转动发条，摁下开关，和他的行事风格相似的命令式口吻出现：蠢女人，再不起床，我就吻你了！我数三声，一、二、三……

哪怕是闹钟的声音，他都要设置成威胁语气，让人听着很是不爽。

“喜欢吗？”

一点也没想到会是这么幼稚的礼物，她还以为是珠宝之类的东西……

司空南墨把闹钟放在她的耳边，嘴角还有得意的笑容：“它的意义是‘时间从来不语，却回答所有问题’，只有时间会为你留下最真的人。”

他说得那么好听，明明是他小心眼，对莫流原送她的语音闹钟耿耿于怀……

“莫流原送我闹钟，你也送？连送礼物，你都要抄袭吗？”

司空南墨冷着脸：“时间会证明你离开他有多明智，遇见我有多幸运。这个闹钟将陪伴你度过今后每一秒有我相伴的日子，它叫‘墨菲的幸福时光’，将会见证你在我身边幸福生活的漫长岁月。”

“我看叫‘墨菲的地狱时光’还差不多。”

“以后我要看到它放在你的床头，每天叫你起床。如果我发现它哪天不在了，你知道后果。”

送礼物都送得这么强势蛮横的，大概只有这人了……

“东西既然送给我，那就是让我自由处理的，我想放在哪里，你管不着吧？”

“你试试看！”他又是恶声威胁。

“少爷为了这个闹钟，花了很多心思。”马丁从副驾驶座探头过来，“他在录音棚里录了一下午……我从来没见少爷这么上心过。”

“闭嘴！”司空南墨冷冷地说道，下颌冷漠地绷紧了。

白墨菲倒是接过闹钟，在手里把玩地看了看，又听见司空南墨说道：“从今往后，每天说晚安的是我，早晨叫醒你的也是我，不要太感动。”

一想到她的生活彻彻底底被他掌控，她真的烦透了，拧动闹钟发条的手就不自觉地用了劲，狠狠地转着。

“今天没有忘记吃叶酸吧？”他问。

白墨菲的脸色唰地就白了，叶酸是为了备孕的，她清楚。他现在每天都逼着她吃，还扔了她的避孕药，每天都会检查她随身带的包。她去哪里，也有保镖汇报，他想把她禁锢在身边做情人就算了，休想她给他生孩子。

还好她聪明，让姆妈兰姨偷偷帮她买了避孕药，平时就藏在洗漱柜里，事后她会马上逃进卫生间吃一颗。他不会想到的，更不会搜查。

突然，咔的一声，白墨菲因为太用劲，发条转到底了，还被她拧着，彻底断了。

司空南墨脸上一片风雨欲来的恐怖之色。

白墨菲却满不在乎地说："什么劣质产品，随便转转就坏了，还给你。"

"白墨菲！"司空南墨冷声说道，他送的东西，她竟如此不爱惜。

"你送垃圾给我，还怪我吗？"白墨菲冷笑。

司空南墨的脸色如墨，垃圾？她敢说他精心制作的礼物是垃圾？

"你故意拧坏的。"他咬着牙，一个字一个字地吐出。

白墨菲大方承认："我确实是故意的，怎样？你不也打碎了莫流原送我的礼物？既是赔给我的东西，支配权当然在我手里。司空南墨，我也想以此告诉你，我不是你的玩偶，任由你玩弄，不会给你生孩子，你做梦都别想。"

司空南墨不悦到了极点，眼里就要喷出火来："你以为你有的选？"

马丁吓得赶紧升起隔离板，生怕怒火会殃及他……

司空南墨那恼火的样子，仿佛下一秒他就会打死她。

白墨菲不怕地回视他："我有！"

马丁搞不懂了，这对冤家明明上一秒还在腻腻歪歪、亲亲热热，残忍地发着"狗粮"，下一秒就战火硝烟、腥风血雨，彼此不理地闹起了别扭。

回到白家后，司空南墨拎着那个坏掉的闹钟火大地进了书房，一路上杀气腾腾，吓得帮佣们退避三舍。

而白墨菲，丝毫不在意他生不生气，淡然地用餐、做题、做拉伸运动、看书练琴……

没有司空南墨时不时来骚扰，她觉得安静多了。

"少爷到现在还把自己关在书房里，晚餐也没吃。"马丁按下琴盖，阻止她练琴，"你去哄哄？"

白墨菲坐在钢琴前，闻言不可思议地瞪大眼，她去哄他？

他多大的男人了，还要一个女人哄？何况她没错，巴不得他别来搭理她。

"你在想什么呢？闪开，别挡着我。"白墨菲冷漠无情地说。

"你把晚餐送过去，你去了，少爷一定吃。"马丁拦住她。

"你不是他的贴身下属吗？你不会送？"

"少爷在气头上，连我都不让接近。"马丁还是第一次见到这种情况，原来司空南墨这样叱咤风云的男人，也会赌气闹别扭，陷入恋情。

"那就让他饿着，饿一晚能死？"白墨菲轻飘飘地说着，绕开他走了。

白墨菲准备洗漱睡觉的时候，面前突然多了个男人。

她坐在马桶上，看着站在面前的人，一张脸仿佛地狱恶魔般幽暗、冷酷。

白墨菲被吓了一跳，他什么时候进来的："你站在这里，我要怎么上厕所？"

"……"

"出去。"

"……"

"算了，我不上了。"白墨菲认输，司空南墨却一言不发地走出去，关上了厕所门。门是磨砂玻璃做的，她可以看到他在门外等候的背影。

白墨菲沉默着，不知道他突然想玩什么花样。

他因为那个闹钟生气，却也没有像以前那样用变态的手段折磨她、教训她，让她吃苦。可要说他并不是很介意，他的脸色却极度难看……丝毫没有原谅她的迹象。

这种感觉让人惊悚又无措。

他听到水流声，就将门打开了，然后走了进去——

白墨菲呆呆地靠在洗漱台上，手里拿着一瓶清新剂："你进来做什么？"

为什么盥洗间的门没有锁？她真的很想安把锁。

司空南墨冷着脸，还是一言不发，走到浴缸前就开始放水。

意识到他可能要用浴室，她简单收拾了一下，想把空间让给他。白家有几间客房，他非要跟她抢一间浴室？她今晚住在别的房间好了。

白墨菲刚走到门口，腰上就多了一只大手。

下一秒，她被抱起来往浴缸走去……

白墨菲怔了几秒钟，完全不明白这是什么情况："你要干什么？我现在不想洗澡。"

他依旧不说话。

"我说我还不想洗，你是耳聋了，听不到吗？"

司空南墨猛地低头瞪着她，低低沉沉的嗓音终于响起："什么时候洗？"

"等一下。"

"等多久。"

"我才用过厕所……肯定要等一下。你放开我，我要下去！"

司空南墨抱着她，将她放回起居室的大床上。

"现在不洗，就等到十一点。"丢下这句话，他转身离开卧室，摔上房门离开了。

白墨菲瞪大眼，总算松了口气，一直被他这样游魂一样跟着，压力很大。

正常人生气就索性不理人了。

这个男人够变态，又理又不理的，堵着她，慌死她，真是折磨人。

白墨菲怕他回来后还要折腾自己，就自己进了卫生间把自己洗洗干净，敷好面膜，再躺在床上看书。快到十点半的时候，她听到门外传来脚步声……

白墨菲慌忙闭上眼装睡。

开门声之后是脚步声，那人走到床边停了一下，似乎是确定她睡了，然后是衣柜被翻动的声音、浴室门被关上的声音、水流声。

白墨菲睁开眼，看着浴室里亮起来的灯光，心里又开始莫名地焦躁起来。

其实他搬来白家也才一个星期左右，为什么她却觉得两个人已经在一起生活很久了？

他真的要一直这样住下去吗？他什么时候才会放过她，离开？

等司空南墨洗完澡，白墨菲还是毫无困意，高大的身影在她的身边躺下。

自从他住进她的卧室后，她就习惯侧着身子睡，背部对着他。

她不喜欢他靠近，不喜欢被他触碰。

她以为今天他不会靠近她，但感到他也侧着身子，一如既往地贴了过来。他的气息完全将她笼罩住，胸口的汗毛蹭着她柔嫩的肌肤……

白墨菲将身体蜷缩起来，让他没有办法贴着她睡。

可这个浑蛋居然也半屈着腿，膝盖顶着她，手搭在她的腰上，以完全和她贴合的姿势睡着。

早晨，她睁开眼，发现自己不知道何时是面对着司空南墨的。

晨曦在他的脸上镀了薄薄的一层光，他看起来睡得很熟——又卷又长的睫毛翘着，薄唇轻抿，哪怕是睡着的模样，都散发着一股薄情野性的味道。

还好他没醒。

白墨菲轻轻地动着，刚要起身，一只胳膊却搂住她的腰，又将她拉回他的身上。

司空南墨抱着她，胸口上的汗毛蹭着她。

“墨菲。”他用早晨特有的磁性嗓音叫她，微哑的声音像指甲划过她的心脏，“对我道歉。你道歉，我就原谅你。”

“你也打碎我的东西了，没有对我道歉，凭什么要我对你道歉？”

“墨菲。”他这次叫她，声音里带了一股怒意，“我再给你一次机会，对我道歉。”

“我要是不道歉呢？”

司空南墨眼神黯了黯，又不说话了。

冷战持续到第二天，他们还是没有和好。

这天，白墨菲在学校里都没接到他的电话查岗，明明是该感到轻松的，却总觉得好像少了点什么，不时会拿出手机来看看。

习惯真是可怕，渐渐地就把她原本的生活改变得面目全非……

仔细想想，司空南墨搬到白家也不过半个多月，他们认识到现在两个多月，但这个强势的男人无孔不入地渗入她生活的所有细节。

“白小姐，你就低头哄哄少爷吧，他今天又不肯吃东西。”

晚上放学回到家里的白墨菲有些讶异。

“昨天晚上少爷已经没吃了，今天一整天也没吃。”

白墨菲故作漠不关心的样子：“等饿得受不了，他就会吃了，不要来吵我。”

想让她妥协、低头认错，这辈子也别想。

她靠在椅子上转着笔，苦思冥想，草稿纸上写了一大片运算过程，第一次被难住。

今晚的脑子有点堵塞，一片空白，她时不时就发起呆来。

白墨菲甩了甩头，怎么就集中不了精神呢？

突然，一只手伸过来，抢走她手中的笔，在运算到一半的解题过程上打了一个叉。

白墨菲一偏头，就看到司空南墨正俯身拥着她，一只手按着书桌，唰唰唰，十分流畅地把解题过程写下来，附上了答案。

白墨菲蹙眉看着……他竟然解对了？！

嘲讽的嗓音贴着她的耳朵响起：“显然你不适合学习，专心伺候我算了。”

白墨菲的脸瞬间冷了下来，她是公认的高智商，还没被题目难住过……

但是，这道教授都解不开的题，他不到一分钟就解开了。

不得不承认，他确实有个好脑子，但他这样目中无人地评价她，让她十分恼火。

她一把撕下他刚刚解出答案的那张纸，狠狠地揉成一团扔出去：“麻烦滚远一点。”

他不是在生气吗，又跑过来烦她。

“还是满脑子想着我，所以你写不出来？”

“你这么喜欢自作多情？”她以为这次冷战可能要持续十天半个月呢，今天才第二天，他就受不了弃械投降了吗？

司空南墨一把将她面前堆叠的课业、习题本等全部扫落在地，将一页纸按在桌上：“抄写一百遍，睡前我来检查。”

他又发什么疯？

白墨菲瞥了一眼，只见白纸中央有才打印出来的一段话，墨迹还未干——

恋爱不吵架的秘诀：两个人懂得互相服软，轮流低头就不会走散。这世界没有天生契合的人，只不过一个懂得迁就妥协，一个懂得适可而止。如果你不会游泳，换泳池有用吗？

字下面还有浅浅的某度图库的水印。

白墨菲扬眉，他不会还专程去网上搜索吵架了要怎么办吧？这就是他搜来的答案？

“抄不完，你今晚就别想睡了。”司空南墨恶狠狠地咬着她的耳朵威胁。跟女人吵架……他确实是第一次，不知道要怎么应付。

白墨菲哪有空天天做这种无聊的事？之前他罚她写他的名字还不够吗？

“我不写，我没这个闲工夫。”

司空南墨一把将她打横抱起，就往床上丢去：“那就让我身体力行地教你。”

白墨菲一脚踩在他俯身靠过来的胸膛上，气得喊道：“你不是还在生气，干吗要来理我？”

“我不想让你的气又留着过夜。”热热的气息拂过，他握住她的脚，吻着她柔嫩的脚趾。

白墨菲的心被触动了一下，但她依然倔着：“你的意思是，你受不了，来向我低头认错？”

“我会学着迁就妥协，白墨菲，你也要学会适可而止！”他咬牙。他认错？这件事明明是她错了。

“可我根本不想理你，你给我走。”

“今天没给你打电话，你在学校有没有想我？”他握起她的一只手亲了亲，问。

“没有！”

“承认你想过我有这么难？！”司空南墨一边吻着她的手心，一边用深沉的目光定定地看着她，仿佛想看到她的心里去。

“我真的没有。”

“承认吧，我就原谅你。”

“那你最好一辈子都别原谅我。”白墨菲抽着自己的手，他这样吻来吻去真的超恶心的。

司空南墨不放手，仍然眷恋地吻着她的手心，好久了都没松，她怎么都抽不出来。他的吻从手心到手背，顺着她的胳膊一直往上。

“你干什么？这么吻来吻去的，你恶不恶心啊？放开我的手！”

“说你想我了，后悔惹我生气，很想跟我和好。”

“这样强逼而来的有意思吗？我才不想跟你和好，你最好一辈子都别理我。”

她的话惹得司空南墨脸色一黑，他忍了又忍，才舒展了眉头：“没关系，你喜欢说反话。”

这个男人，真是够可以的啊，怎么会自恋到这种程度？

她一脚朝他的腹部踹去，用了很大的力道。在他稍微松手时，她爬起来就要下床。

她的腰却又被搂住，整个人落回他的怀中。

事实证明，司空南墨不是莫流原，他厚颜无耻，根本不知道“羞耻心”三个字怎么写。

怕他对自己如何，白墨菲下意识地用冰冷的背部对着他——

修长的手指滑过她柔软的身体……白墨菲推拒着，小小的身体却被困在他怀里逃脱不开。

身体丢失了城池，她一定要守住自己的心……

月光从窗口洒进来，照在床上纠缠的一双人影上。

一旁的床头柜上，水瓶闹钟安静地走动着，时针的尾端是“SKNM”的字母，而分针是“BMF”。发条部分已被修好，看不出断裂过的痕迹。

早晨，闹钟发出司空南墨富有磁性的嗓音：“蠢女人，再不起床，我就吻你了！我数三声，一、二、三……”

白墨菲伸手按掉闹钟，晨光从窗口洒进来，新的一天开始。

床边的男人早已起床了，他有晨练的习惯，起床时通常动作轻微，不会吵醒她。果然，等她洗漱完下楼经过健身房时，几个帮佣偷偷聚在门口探头张望着，盯着他的身材大流口水，见她下楼，吓得马上散了。

白墨菲瞥了一眼健身房里那对主仆的身影……

“少爷，为什么同样是练举铁，你就有八块腹肌、人鱼线、大长腿，还有着矫健结实的身姿？为什么我多年以来跟你一同锻炼，却练出了虎背熊腰、肌肉发达，整个身体横向发展，越发壮实？”马丁实在想不通，“难道是饮食方面出了问题？”

除了他吃的东西跟少爷不一样，两个人都是一起运动的。

司空南墨从拉臂健身器上走下来，一针见血地说：“出厂配置不同。”

闻言，马丁想起自己的长脸，默默地流泪了。

“二小姐早上好，早餐已经做好了。”帮佣对白墨菲打招呼。

司空南墨隐隐听见了，身形一转就迈着大长腿出去了……

白墨菲还未在餐位上坐下，一只长手拉住她的胳膊一拽，她就靠到男人结实的胸膛上了。她诧异地抬起脸，正好被盖下来的那张俊脸吻住了唇。

一个缠绵的早安吻，白墨菲好不容易才挣开，手捶在他满是汗的胸口上：“你别碰我！”

司空南墨只穿着一条运动裤衩，裸着矫健的上半身，邪肆地扬唇一笑：“早。”

仿佛昨晚的不愉快，他都忘了。

白墨菲挣扎着："你脏死了。"

随后跟过来的马丁已经套上外衣，并带来毛巾给少爷擦汗。

白墨菲看到他就没胃口，匆匆喝了半杯牛奶，拿了块三明治，就准备走人。

"白小姐，"马丁趁司空南墨还没发火，赶紧说道，"斯米兰是你一直很欣赏敬佩的大师，聘请她做白梦仕的服装设计师，你意下如何？"

白墨菲脚步一顿，诧异地看向马丁。马丁咳嗽了一声："是少爷的意思。"

白墨菲微微咬了下唇。她的确想为白家换个设计师了，这么多年来，服装销量不好，没有起色，根本原因是服装款式太过老套，没有抓住主流市场。

那些衣服的款式，就连白飞飞都嫌老气过时了，一件也没穿过……

白墨菲这些天一直在找合适的设计师，翻看了很多资料，就这也没逃过司空南墨的眼睛？但斯米兰可是国际设计大师，白墨菲根本没妄想过能与之合作。

"白小姐，如果感兴趣的话，坐下来吃着早餐，跟少爷慢慢聊一下。"马丁使着眼色。

司空南墨披了件睡袍，拉开主位餐椅已经坐下了，指了指自己的腿："过来坐。"

白墨菲在心里叹了口气，放下三明治，慢吞吞地走过去。

为了白家，她牺牲一下又有什么关系？

她坐到男人的腿上，一双手臂立即将她圈在怀里，他热热的气息喷在她的耳朵上："还在生气？"

白墨菲别扭地推着他的脑袋："没有。"

"那为什么对我这么冷淡？"他不满意，捏起她的下颌迫使她看着他。

白墨菲好笑，她对他难道热情过？

"你怎么知道我敬佩斯米兰大师？"她扯开话题问。

司空南墨空出一只手盛汤，又夹了肉片塞在蛋卷上："你那点小心思，我会不知道？"

"……"

"你想要什么，跟我提，我说过，可以实现你的一切愿望。"

白墨菲也想利用他，可她性格倔强，不喜欢有求于人……

"你真的能帮我达成与斯米兰大师的合作？"

司空南墨还未开口，马丁笑出声了："你在怀疑我们少爷的能力？只要少爷想要做的，没有什么事能难倒他。"

到底他的权力有多大？

白墨菲瞪大眼，司空南墨吻了吻她皱起的眉头："以后必须吃完早餐才去上课，否则，你敢营养不良给我看，这学就不用念了。”

“我哪有营养不良？”白墨菲一向早餐吃得少。

他扬唇坏笑起来：“你体力不好，每次不到半小时就气喘吁吁，大汗淋漓……”

白墨菲的身体僵住了，她知道他在暗指什么。

“多补充营养，我让厨房炖的汤全是滋补的。”

白墨菲的脸颊不自觉地发红，这跟体力和补充营养有什么关系？

她的身体好得很，从小就学跳舞，每天也做拉伸运动。

明明是他太强悍了……

大清早她不想继续这个尴尬的话题，为了堵他的嘴，只好多喝了几碗汤，也答应他以后都会乖乖吃早餐。

天下着点小雨，白墨菲走在林荫小道上。两个保镖紧跟身后，替她撑着一把黑色大伞。

来往的学生纷纷侧目，白墨菲的颜值本来就让她在学校是个话题人物，自从司空南墨给她安排了这两个保镖，她更是被抛上风口浪尖。

她试过一次逃跑，结果被保镖抓住，在大庭广众之下扛出学校塞进了车里。那样丢脸的事情直到现在还沦为同学们茶余饭后的谈资。

唯一的好处就是，再没有男生对她献殷勤，少了那些爱慕者骚扰她，她耳边清净多了。

白墨菲走出学校，就要上白家的车，耳边却响起另一辆车的喇叭声——

莫流原的专车是一辆黑色林肯，插着蔷薇标志的莫家族徽旗帜……

以前莫流原常常来学校接她，不少学生见过，也都认识这辆车。

白墨菲怔了怔，见赫管家下车走来：“白二小姐。”

他几乎是片刻不离莫流原身边的，现在来了，那也就意味着……

白墨菲的眼睛紧紧地盯着那辆车，双腿顿住，喉头抽紧：“有事？”

“少爷不在车里……他失踪了！”

“失踪？”白墨菲惊讶。

“昨天他就一个人离开了莫家庄园，我找遍了他可能去的地方……”赫管家急得面色发白，“但一无所获。”

白墨菲沉声道：“我和他已经分手，你来找我有什么用？”

“你了解少爷，应该知道他会去哪儿？”

“你是他的贴身管家，你都不知道，我又怎么会知道？”白墨菲隐藏着心里生出的担忧，故作不关心地说道，“他失踪，你们应该去警局报案。”

赫管家拦住她，苦着脸说道：“少爷身受重伤，惊险地闯过鬼门关，才捡回一条命。他昏迷了整整三个月，不想你担心，才没告诉你。”

白墨菲胸口被堵住，莫流原身受重伤？昏迷了三个月？

“少爷即便在昏迷中，也没忘记白二小姐的生日……靠着顽强的意志力抵抗病魔清醒过来。他醒来的第一件事，就是回国找你，赶着为你过生日……”

白墨菲皱着眉，表情空白，仿佛每个字都听不懂。

她从没想过莫流原撇下她不管的背后，有这样的隐情——

“为什么他不告诉我，什么也不说？”她的嘴唇发着抖。

“现在说这些也来不及了，我看天气预报，再过两小时会有一场龙卷风，不知道少爷身在何处，还带着未愈的伤……我怕……”赫管家擦了擦湿润的眼眶，“怕他想不开。”

白墨菲的双眸一下子变空洞了，脑子里也空白一片。

痛的感觉攫住了她的心脏，为什么赫管家要在这时候来告诉她这些？

“白二小姐，你一定要救救少爷！”赫管家红着眼睛说，“看在你们相识多年的分上……”

“我知道了，我会去找他。”白墨菲看了看身后的两个保镖，不管去哪里，他们都一定会跟着。

但此刻她也顾不上那么多，弯腰上了莫家的车，两个保镖果然也跟了上来。

她把几个她和莫流原的秘密之地告诉了司机，车速加到最大，在S市飙着，去往一个个目的地，结果都没有找到莫流原的踪迹。

眼见着时间一点点流逝，天色越来越暗，雨点变大。

“赫管家，他走之前说了什么？”白墨菲的脑子很乱，手指甲深深陷入肉里，她没有头绪了。

赫管家想了想说：“少爷从来都很安静，没什么话……对了，他走的前一天晚上，收到你在商场的消费记录。”

白墨菲背脊僵住，完全愣住了。

那消费记录会发送到莫流原的手机上吗？卡是他的主卡附属卡，她怎么大意到忘记这一点了？

“少爷非常痛苦绝望，整晚都没睡，盯着你送他的那幅《半海之夕》的油画看了好久……”

白墨菲回过神，猛地大喊道：“我知道他去哪里了！”

赫管家被她激动的声音吓了一跳，充满希冀地擦着眼角的泪。如果这次去的地方还找不到少爷，暴风雨就要来袭。

半海之夕，是她为一片海滩命的名。

这片海滩在山崖下，因为地势，不好开发，鲜有人到访，维持着原生态的样貌。

直升机卷着狂风飞过山崖，离海滩越来越近……

雨势已经很大了，直升机上的人隐约看到一个人影坐在礁石上，背影在灰蒙蒙的雨雾中显现。

莫流原眼神寂静地看着翻滚的海面，眼前的海水灰暗淡黄，和画中澄澈、深蓝色的海水截然不同。

莫母第一次带他来时，看着灰黄的海面，年幼的他很是失望，只望了一眼就要走。

她告诉他，等暴雨结束后，会涨潮，海浪一层赶着一层涌来，大雨冲掉污浊的东西，随后海水会展现最清澈晶莹的蓝色样子，像宇宙般平静浩瀚，他会很喜欢的。

莫流原没有耐心等待下去，瞬间对大海失去了向往。

直到莫母离世多年，他又被白墨菲带到这里，看着翻涌的海浪。

那天正逢涨潮过后，雨过天晴，海浪轻轻冲刷着礁石，深蓝澄澈的水面泛着波光，那是一个被洗干净的湛蓝世界，他们看了很久很久，直到夕阳半落……

“流原哥哥，这是我的私密之地，我伤心难过的时候就会来这里，看着清澈的大海，就觉得一点也不难过了。

“流原哥哥，这片海大多时候是灰暗混浊的，不漂亮，所以很少有人会注意它。但是，我只要等待得够久，美好景致就会来是不是？

“也许生活就像这片海，有太多痛苦、灰暗的部分，可只要我们耐心等待，希望会如期而至。黑暗只是这世界的一半，还有一半是光明啊。所以我给它起名叫‘半海之夕’……”

白墨菲从直升机上下来，看着莫流原如雕塑般坐在那里，浅色西装被划烂了，有斑斑驳驳的脏痕。他因为极其爱护手而戴着白手套，可指套和袖口也沾着血迹。

他坐在黑色礁石上，修长的腿微微弯曲，被磨破的膝盖上有脏泥。

白墨菲无法想象他是怎么攀越过那些悬崖，徒步来到这片礁石区的……

风雨将他的头发吹得凌乱不堪，刘海耷拉着，遮住了清秀英俊的眉目。

莫流原的脸像纸一样苍白，嘴唇干裂着，不知道在这里坐了多久，一副守望的姿势。

听到身后响起脚步声，他没有回头，盯着翻涌怒吼的海潮。

白墨菲停下脚步，嗓音卡在喉咙里。

海风太大了，吹得她撑不住手里的伞……

“回去吧，莫流原。”

“你告诉我，只要等待得够久，希望就会如期而至。”他低低地咳嗽一声，笑着时皲裂的唇沁出点点血迹，“墨菲，你来了，我等到你了吗？”

白墨菲的泪水疯狂地流了下来，跟雨水混合在一起。

“一切过往，皆为序章，”她战栗着嘴唇，慢慢地说，“所有未来，皆可盼。”

他们明明都知道，回不去了。

不管莫流原是因为什么错过她，她……都不是以前的白墨菲了啊。

“莫流原，放下吧。已经发生的事，就是过去了……”

莫流原被暴雨冲刷的单薄身影颤了颤，他沉声问：“他是谁？”

“赫管家，带莫少回去。”白墨菲硬起心肠，却连再看他一眼的勇气都没有，转过身去。

赫管家在大雨中擦拭着眼，闻言，马上喊了两个保镖上前。

既然找到了人，莫流原是安全的，白墨菲就放心了……

她手脚冰冷，摇摇晃晃地朝前走着，手机一直在她的口袋里鸣叫着，司空南墨打来的电话有三十多个了。她有点后怕，如果让他知道她跑来见莫流原了——

突然，她身体一紧，被一个异常滚烫的怀抱紧紧地拥住。

莫流原从身后紧紧地抱住她，浑身颤抖得厉害：“墨菲……不要离开我……”

白墨菲大睁着眼，滚烫的泪水滑了下去。

“我答应你……什么都答应……”他语无伦次地说着，“以后，你怎样，我都好。”

白墨菲的鼻子酸得厉害：“我不清白了，也没关系吗？”

“嗯……”他的气息烫得不寻常，喷在她的后颈上。

白墨菲沉痛地闭上眼。可是，她觉得有关系，无法再用这副肮脏的躯壳面对他。

“莫流原，你的身体好烫啊，你是不是在发烧？”

莫流原只是紧紧地抱着她，十指因为扣得太紧，指关节泛出清白的颜色。

他像个执拗的孩子死死地抱着她，生怕她再走掉。

白墨菲用力大吸几口气：“你松手吧，赫管家说你身上还有重伤，要马上回去治疗。”

“我不放手……”他孩子气地喃喃，“我不放墨菲走……”

从脚底冲上来的眩晕感却让他眼前一黑，他两天没有进食，伤口感染引起的高烧让他嘴唇发白，眼圈瘀青，毫无知觉地栽倒下去。

看着晕在沙滩上的莫流原，白墨菲捂住嘴，哭得不能抑制。

第八章

被撕碎的“墨之喜恶”

…………

看着手里鸣叫的手机，白墨菲全身心涌来无力感……

来这片海滩之前，她让赫管家帮忙，甩掉了司空南墨派给她的两个保镖，想必，保镖第一时间告状了，不然司空南墨的电话不会打得这么勤。

“白墨菲，你竟敢不接我的电话？”

“莫流原别想活过明天！”

“死女人，敢甩掉我的人跟他旧情复燃……”

“我给你机会后悔，现在你求我，我从轻发落！”

“很好，这就是你的答案？我让整个白家受罚！”

…………

一条条威胁的信息塞满了她的短信箱，还“从轻发落”“让整个白家受罚”，他当他是古代的君王吗？

白墨菲没有心情将信息全部读完，每句话刺眼得很，她是他的囚犯吗？一点人身自由都没有？

她跟莫流原并没有旧情复燃，司空南墨就是横在他们之间最大的障碍。

一想到是这个男人霸道地闯进来，控制了她的人生，她又恨又气。

“白二小姐，你真的不跟我回莫家？”赫管家擦拭着莫流原脸上的水珠，第一时间拿了大毯子包住少爷。

白墨菲看着直升机经过的城市，无力地摇摇头，说：“找个空地把我放下吧。”

“少爷一直是爱你的，从没有想过跟你分开。”

“我知道……”白墨菲眼睛湿润，“你好好照顾他，他会忘记我的。”

她才知道莫流原的心意，可知道得太晚了……

赫管家没有想到白墨菲这么绝情，再三劝着，她却执意要走。他知道她的性格有多倔，决定的事她就不会改了，只得临时找了个空地把她放下了。

出租车开到白家时，已经彻底入夜了，还没下车，她就看到一群帮佣站在院外淋着暴雨。

三月天，风寒刺骨，不知道这些帮佣在外面待了多久……

白墨菲皱起眉，司空南墨迁怒了整个白家的人，两个跟丢她的保镖已经遍体鳞伤。

“二小姐，你可算回来了。”姆妈兰姨哭哭啼啼着，跪着都不敢起来，“司空先生发了好大的火，你帮我们求求情啊。”

大厅里，东西摔得一地狼藉，能打碎的都被摔碎了，不能碎的也没几样好的。

司空南墨坐在大厅中央的墨色沙发上，脸色难看到极点，一只手放在扶手上，手指一根根有节奏地叩着，一双鹰眼泣血般盯着从门口进来的白墨菲。

马丁反常地大气不敢出，在一旁萎靡得像个孙子。

显然，他也极少见到少爷发这么大的脾气……

白墨菲轻飘飘地扫了司空南墨一眼，当他不存在似的，拖着疲惫的身躯就要上楼，一个阴鸷讽刺的嗓音响起：“你还知道回来？”

白墨菲懒得理他。

司空南墨蓦地站起，长腿几大步跨过一地的碎裂物品，如鬼魅般闪到她面前，一把扼住她的肩：“白墨菲，你真是找死！”

白墨菲的肩被攥得生疼：“我不知道你是哪根神经不对，才会发疯。”

“是我对你太宠爱了，你才敢戏弄我，在我的眼皮底下跟莫流原双宿双飞！”司空南墨咬牙切齿，妒意横飞，恨不得一掌拍死她。

“那你眼睛有问题，我若跟他双宿双飞，现在怎么会在你面前？”她仿佛在看一个傻瓜。

司空南墨沉下脸，咄咄逼人地问：“为什么还回来？”

“我答应做你的女人了，我有诚信。”

司空南墨难看的脸色好转了一点，但他完全不信她：“你们去哪儿了？”

“莫流原失踪了，我只是陪赫管家去找他。我跟他虽然分手了，但我们就算只是朋友，有着十多年的情谊，我也不能见死不救。我不该去帮忙吗？”白墨菲不认为她做错了。

司空南墨古怪地笑了：“你还想跟他做朋友？白墨菲，你连头发丝都是我的，我不许你再接近他！”

“知道了。”白墨菲难得乖乖的，没有继续跟他对着干，“我已经跟他说清楚，他不会再来打扰我。”

司空南墨怔了怔，死死地盯了她几十秒，仿佛在确认她的话语的真实性。

“那些帮佣，你打算什么时候让他们进来？外面的雨很大。”

“你现在自身难保，还有心情管他们？！”司空南墨冷声说道。

“他们也没做错什么，你有什么冲我来，何必迁怒无辜的人？”白墨菲低低地咳嗽了两声，“到时候闹出人命来，你就满意了？”

“因为你，他们才受罚。白墨菲，我希望你记清楚，你敢背叛我，我不会轻饶所有人。”

“嗯，放他们进来吧。”白墨菲温和地说。

司空南墨冷着脸，一言不发，白墨菲望了马丁一眼，马丁这才去放人进来收拾房子。

白墨菲浑身湿透，只觉得浑身冷得哆嗦，哪怕屋子里有很足的暖气，但湿答答的衣物紧贴着身体，她感觉手脚冰凉。

“我要去洗澡了，放开我。”白墨菲又咳嗽了一声。

司空南墨一把将她打横抱起，走上楼去。

他第一时间放着热水，将她丢进浴缸里，把浴室里的暖风器开到最高温度，等不及慢慢蓄水，马上脱了她湿淋淋的衣服，给她冲洗着身体。

该死，她的手脚冰冷得刺骨。

整个清洗过程，这男人黑着脸，一句话也没说，看着她因为冷而抖得厉害，却不忍责骂。

等到水蓄满了浴缸，她被烫烫的水包围着缓过劲来，他开始发泄怒气：“你们去了哪儿、做了什么、说了什么，一个字都不许撒谎，我全都要听。”

白墨菲靠在浴缸上，叹了口气。她如果不想说，就算撒谎编造，他也不知道啊。

“既然我回来了，就是最好的答案。你何必知道过程？”

“说。”他咬牙，接着脱了自己的衣服，迈了进来。

偌大的浴缸因为他的加入，水溢了出去，淌得一地都是……

白墨菲被他拉过去圈在怀里，他将她腰以下的地方都夹在他的腿间压着，那只大手挤了沐浴露，搓出泡泡，在她的身上搓来揉去的。

白墨菲的脸颊微微发红，她怕他做坏事，只好都说了。

她没有撒谎的必要……只不过把莫流原抱住她的环节省略了。

以司空南墨小心眼的性格，如果知道她被莫流原抱过，他又要大发雷霆，今晚她怕是别想睡了。

司空南墨听完她的话后，却冷冷地咬牙："你骗我！"

"没有。"

"他没有抱你、吻你？"他介意得要死，"跟你做更亲密的事？"

白墨菲有些生气："在海边下那么大的雨，他疯了才会做那些事。"

"你以为谁都像你这样卑鄙下流，满脑子都是乱七八糟的事？"白墨菲恨道，"莫流原是正人君子，不是你想的那种人。"

她在莫流原身边那么多年都干干净净的，遇到司空南墨才几次，就被他吃干抹净了。

司空南墨这回信了，如果莫流原是那种人，早就轮不到他："白墨菲，你记清楚，你已经是我的了，你的身体只有我能碰。懂吗？"

"你把白家的东西都砸了。"

"莫流原送的东西，我砸了，你心疼了？"司空南墨不以为然地嗤笑，"我会让人添置更好的东西。"

"你火气这么大，每次生气都爱砸东西？"白墨菲很讨厌这点，他连基本的情绪管理都不会？

司空南墨眼神极深："那要看是什么事，是为谁。"

他从来没有被谁惹火成这样过，她是第一个。

奇迹的是，她只轻轻说几句话，他的火就灭了……

淋雨受了凉，白墨菲有点咳，觉得喝碗姜汤睡一觉就好了。

司空南墨非得叫来医生给她检查，确定只是小感冒才肯罢休。

他逼她吃了药，又让医生给她扎了一针，真是大惊小怪。

白墨菲趴在床上，不知道是不是吃药的缘故，困得眼睛都不想睁开，但长发还包在干发帽里，她懒得动弹。

她迷迷糊糊间就要睡着，被一只大手拽了起来。

"别吵我。"白墨菲懒懒地推开他的手。

"头发还没干，想老的时候犯头疼病？"司空南墨皱眉。

"那也是我头疼，要你管？"白墨菲撇开他，钻进被窝里。管他呢，反正干发帽能吸水，她睡一晚，头发就干了。

她抱着枕头找了个舒服的姿势，困倦地闭着眼，就要进入梦乡……

身体又被那只手拉起来，靠到男人的怀里，她睁不开眼睛，只想发火。他今晚难道还想折磨她，不让她好好睡吗？

干发帽却被轻柔地打开了，她湿湿的长发微卷着披散而下。

司空南墨打开吹风筒，调的是温风模式，一边吹，一边用手指轻轻拨弄着她凌乱的湿发。

白墨菲打了个大大的哈欠，吹风机的噪声干扰着她，她忍不住抱怨："明天去剪个短发好了……"

冬天洗头太烦人了，她的头发又长又浓密，半个多小时都别想吹干。

司空南墨的嗓音暗含恼怒之意："没有我的同意，你敢动一根头发试试！"

"我剪头发，你也要管？"白墨菲闭着眼懒洋洋地任他吹着，"你也管得太多了。"

"一根头发丝都不许少，听见没？"他霸道地命令，用手指梳理着她的头发，动作更轻柔了。

"洗头发很麻烦。"

"我请个专门的护理师，以后你的头发都不需要自己洗，让护理师打理。"

这个主意倒是不错，白墨菲没有意见，他的手指摸得她好舒服，她忍不住拉了被子，蜷在他的怀里，就这样靠着他的胸膛睡着了。

司空南墨看着怀里像小猫一样蜷着的女人，吻了吻她的额头，耐心专注地继续吹着一缕缕长发，动作很是爱惜。

白墨菲醒来时是翌日下午了，靠在床头上，偏过脸看着窗外，脸色十分难看。

姆妈局促不安地站在床边，地上是被掀翻的午餐，精致的餐具和食物弄脏了华贵的地毯……

"你再说一遍。"白墨菲嗓音清冷。

"司空先生吩咐过，从今天起，二小姐不必再去学校上课，他会聘请家庭教师过来为你辅导……"姆妈蹲下去收拾着地板，"二小姐也不能再随意出入，卧室的门被从外面锁了，由我留在房内照顾你，到了餐点时间，会有人把饭菜从窗口递进来。"

白墨菲扬起绯红的唇露出一丝奇异的笑来。

她被软禁了？他以为……就凭他，能困住她吗？

"二小姐，午餐你好歹吃点？要是让司空先生知道你没吃饭……"

"闭嘴，我不想再听到他的名字。"白墨菲赤脚下床，踩过厚厚的地毯，走到露台上。

白家大门处添加了十个保镖，守在各个方位，她一出现在露台上，那些保镖就警惕地发现她了。

姆妈急道：“二小姐，你要是逃了，我会被问责，整个白家的人也要被惩罚。”

白墨菲攥着栏杆，嘴唇负气地紧抿成一条线。

司空南墨浑蛋，昨晚他什么也没说，她以为这茬过去了，却没想到他小心眼地介意到底。现在软禁她，不让她去上学，他以为这样就能阻拦她跟莫流原联系？

白墨菲的太阳穴突突地跳着，这男人委实过分了，她已经答应不会再跟莫流原联系，他还搞这么多小动作……他根本就不信任她。

白墨菲躺回床上，心烦意乱，想要点根烟抽，翻了几个柜子都没找到她的烟包。

她一问姆妈，得到的回复也是烟被司空南墨收走了……

“司空先生说，抽烟有害健康，你要戒了。”

白墨菲哈哈笑出声来，她偶尔抽一根解愁，并没有烟瘾。

司空南墨的烟瘾那么大，他却要干涉她，太双标了。

白墨菲又将目光落到枕边的厚笔记本上，皱眉拿起来——“墨之喜恶”。

“哦，对了，”姆妈看到这个笔记本，想起来道，“司空先生临走前吩咐，二小姐要是醒来无聊，就看看这个笔记本，对他多加了解一些，尽早把他的喜恶记下来。”

“你到底是我的姆妈，还是他的人？”姆妈怎么张口闭口都离不开司空先生？！

看着白墨菲越来越难看的脸色，姆妈也不敢再吱声了，默默地把地毯擦洗了一遍。

白墨菲越想越气，从抽屉里找来剪刀……

厚厚的笔记本被她一页页撕下来，再剪成无数的碎片，雪花般飘满房间。

姆妈见此，马上奔向衣柜，将几件衬衣取下来抱在怀里。

白墨菲不解地瞪着她：“你干什么？”

“司空先生再三警告我，一定要保护好这几件衬衣，”姆妈咽了咽口水，“他说万一你因为被关了起来生气，情绪失控发火砸东西……”

他以为谁都是他，发火就砸东西？

“除了这几件衬衣，其他东西，你随便砸、随便破坏，什么都行。”

随便砸、随便破坏？想起司空南墨送她的礼物，她就如他所愿，砸掉那个闹钟好了……

然而，令她失望的是，闹钟被提前收起来了。

等等，白墨菲回过神，盯着那几件衬衣——

既然这是司空南墨在意的，她就要毁掉。

"二小姐，你可千万别让我为难啊，这衬衣，我要是保护不周，司空先生不会放过我的。"姆妈脸色煞白，紧紧地护着衣服。

白墨菲哼了一声，这几件衬衣是她在商场买给司空南墨的，他似乎特别喜欢，每天换穿一件，每件交代人干洗、熨平整后都要亲自检查。

"行了，我不会让你被罚。"白墨菲放下剪刀，冷笑着想，司空南墨以为搬出姆妈就可以挟制她了吗？她等他回来，当着他的面剪掉衣服，他不就怪罪不到下人身上？

姆妈小心翼翼地观察了白墨菲一会儿，再三确认她不会动手，这才把那五件衬衣挂回去，看到起了一些褶皱，还担心地去拿挂烫机过来熨。

白墨菲看她那谨慎的样子，心里很不舒服："你为什么那么听他的话？"

"唉，他惩罚人的手段太吓人了。"姆妈摇头，"惹不起。"

白墨菲没再说什么，拿起一本书翻看着。

以她的个性，她才不会甘愿乖乖被关着做他的金丝雀，他得罪她，她也不会让他舒服。

傍晚，司空南墨回来了。

房间里飘了一地的碎纸片——白墨菲特地吩咐过姆妈不许收拾。

司空南墨的脚踩过一地的碎纸，纸上密密麻麻的字记录着他的所有喜恶和禁忌……只要看完这本笔记本，她就了解他一大半了。

他从不会给任何女人靠近他的机会，更别说让她们了解他的内心世界，她是第一个，可这该死的女人，竟如此不懂得珍惜。

白墨菲此时坐在鹅蛋形的吊椅上看着书，不时拿一颗草莓吃，很是惬意的样子。

"白小姐，我是少爷为你聘请的家庭教师，全面负责你的学业和生活，二十四小时跟随你。"

跟在司空南墨身后进来的，是个穿着教师职业装、戴着黑框眼镜的御姐型女人。

她手里拿着细长的黑色教鞭，微微一笑："天使或者恶魔，都在我的管教之间，少爷，把她交给我，我会好好调教出一个温顺的天使。"

白墨菲把书放下来，冷冷地扫了这两个人一眼。让人二十四小时跟随她？呵呵。

家庭教师翻开小黑本，轻声说着："不听话的女人有七宗罪——"

静静地听完家庭教师的话，白墨菲的脸一点点冷了下来，七宗罪……她可是全犯了。

司空南墨在沙发上坐下，脸色黑沉、威严，很是恐怖：“既然你不听管束，她就会好好调教你。”

那女人微微欠身，朝白墨菲行了个礼：“那么，倘若今后对白小姐有所冒犯，请多多指教。”

白墨菲下午憋着的一肚子火还没发出来，他又在这里做戏了？

司空南墨捡起被撕得只剩下个外壳的“墨之喜恶”，是她自找的。

“等你学会乖顺，你就毕业了。”那女人缓缓地朝白墨菲走来，“哦，对了，我跆拳道黑带，也会空手道和柔道，不要试图反抗我。”

司空南墨抬了抬手，这女人又行了个礼：“是的，少爷，我先行退下，从明天起正式为白小姐上课。”

门被关上后，房间里一下子静默了……

司空南墨鹰一样的眼盯着她，他冷声问：“你都听清楚了？”

白墨菲坐在鹅蛋形的吊椅上，轻轻地晃着，仿佛什么也没听见。

司空南墨的眼神黯了：“你这个性，看来你只会吃更多的苦头。”

白墨菲旋转的鹅蛋形吊椅停止，她轻轻跳下地，赤脚踩着厚厚的地毯走过来，却在司空南墨以为她妥协了，要对她张开怀抱的时候，她仿佛没看见他，径直走了过去，一直走到衣柜前，拉开柜门……

司空南墨蹙眉，就见她手边寒光一闪。

白墨菲咔嚓一剪子下去，上好的衬衣被剪了个大口子。

“白墨菲！”

司空南墨炸雷般的嗓音响起。

白墨菲却仿佛没听见，咔嚓咔嚓，每件衬衣都下了一剪子。

等司空南墨几大步冲到她面前，扼住她的手腕时，她送的衬衣有五件都已经被剪坏了，最后一件穿在他的身上才得以幸免。

司空南墨太阳穴突突地跳着，他将几件衬衣拿下来查看着，剪的口子很大，根本无法修补了。

“你根本不配穿我送你的衣服。”白墨菲轻声说着，又揪住了他身上的衬衣要下剪子。

司空南墨伸手去挡，剪刀卡在他的手上，鲜血几乎是瞬间就流了出来，一滴一滴地往下落……

白墨菲愣了愣，看着鲜血顺着剪刀流到她的手上，也染红了他的袖口。

“你这个死女人，现在满意了？！”司空南墨吃痛地握住受伤的手，眼里全是火光。

白墨菲朝后退了两步，咬了下唇："那也是你活该。"

他活该？他那么爱惜她送的礼物，现在衣服却变成了废料。

司空南墨死死地看着她，眼里翻涌着的是那么浓烈的失望和痛苦之色……

"你会为你的所作所为后悔，"他冷冷地吐出森然的话，"白墨菲，你会后悔！"

"我是后悔，"白墨菲嗤笑，"后悔我就不该答应做你的女人，后悔不该让你帮助白家，我好后悔遇见你——"

司空南墨高大的身形顿住，比起被剪刀弄伤手掌，她的话更锋利，字字诛心。

"如果以前我只是对你无感，从现在起，我憎恨你、厌恶你。"白墨菲的厌恶情绪从眼底冒出来，像针一样扎在他的心上。

"……"

"司空南墨，你别妄想我会成为乖乖听你的话的温顺女人，我就是死，也不会让你得逞。"白墨菲冷冷地说着，一把抓起她的头发，就要一刀剪下去。

他不是说最喜欢她浓密馨香的长发吗？她就要毁掉。

司空南墨猛地抓住她的手腕："你敢剪！"

"我自己的头发，我想剪就剪，除非你砍掉我的手啊，"白墨菲瑰丽地笑起来，"不只头发，还有我的脸……你不是很喜欢吗？但凡你喜欢的，我都要毁掉。"

司空南墨古怪地看着她，为了逃离他，她不惜自残？

他的手抓得那么用力，鲜血从裂开的伤口中疯狂地溢出，将她的手腕染红了。

"你疯了？"他的黑眸里冒着雾气。

白墨菲神色冷漠，好冷漠，看他像看陌生人。

司空南墨的心紧缩着，他毫不怀疑，以她这倔强的个性，她什么都做得出来，但他竟然找不到法子治她……第一次，他对一个人束手无策。

"行了，我允许你继续去学校上课，也不派家庭教师控制你。"他妥协了。

白墨菲站着没动。

"你也答应我，不许再跟莫流原联络。"

她没说话。

"把剪刀放下。"

她冷冷地戳在那里，死死地攥紧手里的剪刀，鲜血顺着刀尖一滴滴地落着。

"墨菲……"司空南墨伸手去夺剪刀，也不顾是否会再被弄伤。

白墨菲僵硬的身体动了动，她终于松手，剪刀落到地上。

司空南墨顾不上自己的伤势，用纸巾轻轻擦掉白墨菲手上的血渍，检查她有没有将自己弄伤，确定没事，这才将她拉进怀里。

白墨菲的身体僵硬得就像一块木头，径自被他抱着。

“你这脾气比我还暴，”他轻轻拍着她的背，“这么倔强，你就一点点都不能认输？”

他承认被她吓到了……第一次见识到她脾气爆发的样子，真可怕。

从来都是他被别人顾及情绪，从来都是他吓唬别人，这次角色对调了……

“我都如你的愿了，你还要气到什么时候？”他咬她的耳朵。

白墨菲挣扎着从他的怀抱里出来，他又按住她的背抱紧了她，安抚了几句，她还是不理，他捏起她的下巴就去吻她。

她别开脸，他就一次次地扳回来，她紧闭着嘴巴，他就耐心地撬开她的牙关……

她咬他，他任由她咬，软磨硬泡、死皮赖脸地赖着她。

终于，白墨菲僵硬的身体在他火热的攻势下逐渐酥软下来。

司空南墨舔了舔她的唇瓣：“真的讨厌我了？”

白墨菲别开脸。

“我的手被弄伤，礼物也被你毁坏了，这样的惩罚还不够？”司空南墨的面色发寒，想到那几件衬衣，他强忍着将疼痛的心绪按了下去。

白墨菲的头轻轻地转了一下，她瞥了一眼他还在滴血的手。

她是个吃软不吃硬的人，看着地上的刺目血渍，终于还是心软了……

“墨菲……”见她不理自己，司空南墨将头埋在她的颈窝里，拱来拱去，声音低低沉沉地叫着她。

仿佛是来自胸腔的声音，带着一种暧昧而深情的情绪。

这种呼唤，是只属于情人间的。

白墨菲全身一僵，心里沉甸甸的，就连自己也不知道为什么，一肚子的气和恼火情绪，居然被这一声叫唤给弄没了。

轻轻叹了口气，她低声问：“你的手打算什么时候包扎？”

他微微抬起俊脸，盯紧她：“你在关心我？”

“你的血滴得地毯、我的衣服上都是。”

司空南墨敛下嘴边的笑意，脸又变得冰寒、冷酷起来。

“你还不去？”白墨菲推了推肩上的脑袋。

“衣服你给我买新的。”

他还敢跟她提条件？那几件衣服花了几万块钱，她哪里有那么多钱再买新的？

“不买，”她咬牙，“我再也不想送你礼物。”

司空南墨就把那只受伤的手抬了起来。

白墨菲才不接受威胁，受伤的是他的手，她干吗要管他？

白墨菲找来医药箱，又拨了内线电话，叫帮佣上来收拾房子。

司空南墨将那只鲜血淋漓的手搁在沙发上，人坐在沙发上，看她走来走去，为了他忙碌，似乎很是满足。

“把地板收拾干净，那一堆衣服也处理了。”衣服已经被她剪破了，还沾上了司空南墨的血。

司空南墨阴沉的嗓音响起：“别动！”

帮佣吓了一跳。

“滚出去。”

帮佣们本来就怕司空南墨，吓得立即跑出了房间。

白墨菲皱起眉头：“你又发什么神经？”

“我的东西不用你处理。”

难不成他还要将衬衣缝缝补补继续穿吗？

白墨菲拎起药箱搁在茶几上，准备为他包扎。她就不该管他的，为什么没忍住？

司空南墨眯起眼盯着她：“你果然还是关心我。”

白墨菲将拿起的一瓶碘酒放了回去，选了另一瓶刺激伤口的酒精。叫你嘴贱！

她将消毒酒精对着伤口淋下去，司空南墨的大掌微微缩了一下，俊脸上的表情却逞着强。

白墨菲用镊子夹着棉花轻轻将血迹都擦干净，伤口不小，有半指长，好在伤得不深，这个位置也不便缝针……

“伤处不能碰水，以免感染。”白墨菲擦着药，嘱咐道。

“你帮我洗澡？”

“在伤好以前，你就别洗澡了。”

“我不洗澡，你不嫌脏？”他盯着她问。

白墨菲知道他在想什么坏事，眉头狠狠地挑了一下：“这些天也不许碰我，你睡客房。”

让他不碰她……怎么可能？！

“手很疼，吃饭也需要人喂了。”他一脸享受的表情说道，这次受伤很划算。

白墨菲偏偏见不得他高兴，在给他包扎时，狠狠地拉紧纱布两端，打了个结。

司空南墨看着被她亲自包扎的手，十分满意地问：“没有为别的男人包扎过吗？我是第一个？”

白墨菲收拾着医药箱，不知道他在兴奋个什么劲。然后，她又被他揽过去抱着。

“喜欢什么车？我给你买台新的。”他讨好地问。

白墨菲没说话，在他的怀里被紧紧地抱着，男人的下巴抵在她的发上，轻轻地摩擦着。

他的气息，随着他的每一句话传来，就像情人在激烈争吵以后，一方示弱地诱哄另一方。

她和莫流原，永远都是她先示弱。现在享受到这样的待遇，她一时有些愣怔。

“说话。”长时间得不到回应，难得温柔的男人又变回那只豹，狠狠地掐住她的下颌，迫使她抬起头看着他的眼，“你在想什么，听到我说的话了？”

“没有。”

他的双眼里立即充满了妒忌之色：“你在我的怀里，却想着别人？莫流原？李英豪？……还是哪个我不知道名字的野男人？”

“神经病，去看医生。”

晚餐，白家又做了满满一大桌子的菜。

饭桌前，有众多帮佣列队等着伺候，端茶的、递毛巾的、盛汤的……

自从司空南墨住进来，她就很少见到白飞飞了。

姆妈说，白飞飞被要求搬出去住了，司空南墨给白飞飞买了辆小车，每个月给的零花钱也非常多，还弄了间离学校很近的豪华别墅给她住着。据说她高兴坏了，三不五时地在别墅里办派对、聚餐，过得乐不思蜀。

也难怪她被命令搬出去也毫无怨言，现在的日子过得更惬意了。

白父还在高级医院里治疗着，司空南墨一拖再拖，不肯把他接回来……

其实，司空南墨就是想留着私密空间，和白墨菲过二人世界。

这会儿，马丁站在司空南墨的身后，一边伺候着少爷用餐，一边低声说道：“少爷，白家大小姐刚刚打电话来，说零花钱又不够用了。”

这个白飞飞当少爷是提款机？这个月才过去十来天，她已张口要了三次钱。

司空南墨正在欣赏手上包扎的纱布，今天心情不错，淡淡地说道：“给她。一次多给点。”

“少爷，这给多少都填不满她的欲望，不能太惯着。”马丁倒不是心疼钱，就是觉得太夸张了。

白墨菲听着这话，诧异地问：“她花多少钱了？”

“十几万元了。”马丁说道。

白墨菲诧异地看了一眼司空南墨，他对她很小气，根本不给她钱用。如果她要买什么，他倒是会让下人添置给她，但她没想到他对白飞飞这么舍得。

“不能让她花这么多钱，把她惯坏了。”白墨菲蹙眉，“我听说你给她买别墅、豪车了。”

为什么她在白家受苦，好处反而都落在白飞飞的身上了？

司空南墨拿过白墨菲的一只手把玩着，毫不介意地说：“她喜欢钱就让她用，我养得起你们一家人。”

“那我呢？”

“你有我了，这是全世界最贵的。”

“那你还是给我钱吧，你把自己打包寄给白飞飞。”白墨菲没好气地说，是真想调换。

司空南墨的眼睛就冒火了，俊脸也沉了下来：“我好不容易心情好，你就要惹我不高兴？”

白墨菲抽回自己的手，见最后一道汤也上桌了，她这一天都气饿了。

“喂我。”司空南墨提出过分的要求。

“你是三岁小孩，吃饭还要人喂的？”

司空南墨伸出那只包扎着纱布的右手：“别忘了，这都是拜你所赐。”

他的手受着伤，而且被包扎成这个样子，的确是拿不起筷子的。

“你不是有小马吗？让他喂。”

“白小姐就别消遣我了……我一个大男人喂少爷吃饭，这画面想想都辣眼睛。”马丁抽了抽眉毛。

“那还有这么多人可以喂呢。不然，你安排这么多帮佣在家里做什么？装饰吗？”

“叫你喂就喂。”司空南墨霸道地咬牙。

“我要是不喂呢？”

“我就不吃。”

白墨菲差点笑出来，这么幼稚的要挟话语？但凡幼儿园毕业的人，都不会如此发言吧。

“那你就看着我吃吧。”白墨菲夹了一块红烧肉，放进嘴里慢慢咀嚼着，“真香。”

司空南墨气极了。

他不吃，饿的又不是她的肚子。

白墨菲拿起遥控器，打开墙上的嵌入式超大电视，看着电视新闻，美滋滋地吃着饭。

马丁劝道："白小姐别这么小气，就喂少爷吃几口吧。"

司空南墨还真的干坐着，黑眸深沉地盯着她，根本不动筷子。

白墨菲仿佛没听见，换着电视台，突然神情僵住了——

"蓝宝石，作为色彩宝石家族中的贵族，传说它好看的色泽，是来自神的恩宠……

"昨天下午，莫氏集团被曝出丑闻，以坦桑石冒充蓝宝石售卖，被消费者检举，已进入司法程序……"

白墨菲看着事件爆发的时间，昨天下午五点四十分……她五点下课，随后在校门口被赫管家带走。时间巧合地重叠。

"是你干的？"白墨菲感觉背脊发冷。

多年来，莫家从来没有被曝光过丑闻，她相信莫流原的人品，他绝不会以次充好，拿坦桑石去冒充蓝宝石，而且公司从生产线到出售的每个步骤，都有严格把关。

司空南墨微微眯起眼，答非所问："你很担心他？"

"司空南墨，你怎么会这么阴险？"白墨菲吸了口气。

他动作还真快，在短短的时间内就给予莫氏重击报复，不敢想象她那天要是晚点回来……

司空南墨从鼻子里哼出一声："我已经很客气了。"

如果白墨菲没有乖乖回来，那接下来莫家要面临的是一次接一次的重拳打击，他会用尽所有的力气把莫家击垮。

白墨菲感觉嘴里的食物不香了，整个人都失去了胃口。

她的怒意那么明显，司空南墨自然看出来了……

他伸手搂了搂她的肩，安抚道："既然你回到我身边了，我一个电话就能让这起风波平息。

"我的女人，谁碰都要付出代价。"

"那你什么时候打这个电话？"白墨菲关了电视，偏过头瞪着他。

司空南墨微微勾起嘴角："你喂我吃饭，我吃饱了就打。"

"你还有没有对他下别的黑手？"

"方案倒是有了，还没来得及实施。"

这男人果然阴险、腹黑，不好招惹。

白墨菲恨不得把盘子里的食物全都塞进他的嘴里。她强忍着发脾气的冲动，夹起肉片送到他的嘴边，他立即配合地张嘴吃下，得意之情溢于言表。

"少爷不能吃辣的东西，你少喂辛辣的食物给他。"马丁趁机说道。

"……"

“少爷不吃芹菜、香菜，哪怕被这两种味道沾染了的东西也不行。”

太烦了，她养条狗都没有这么麻烦的……

院子里亮起宫廷灯，暖暖的光芒罩下，花香四溢……

整个花园翻修了一次，装饰打点得更漂亮。快枯萎的玫瑰被铲掉，种植了更名贵的品种，搭起玻璃花房遮蔽着寒风，鲜花在温室里美丽娇嫩地绽放着。

草坪和花圃里的植物一看都是连土带根移植过来的，中央的洒水系统里射出水花，浅浅的一层。几个帮佣欢笑打闹着，看到主人来了，立即吓得收住笑声，行礼过后匆匆地跑开。

白家没有一个帮佣不怕他，见了他能跑就跑、能躲则躲。

所以，司空南墨走到哪里，哪里就会很快没人。

他这一路下来，每个地方都从喧嚣变得寂静，仿佛整个白家就只剩他们两个了，安静异常。

“你很不受欢迎。”白墨菲被他牵着手，拖着散步，“白家没有一个人喜欢你。”

“猛兽都是独行的，只有牛羊才成群。”那些一文不值的喜欢，他不需要。

这个狂傲自大的男人，向来不需要去迎合别人。

司空南墨在一张石椅上坐下，伸手拉了她，让她横跨着坐在他的腿上，以抱婴孩的姿势抱着一个成年的女性，这很别扭啊……

“你怎么这样？！”白墨菲脸颊微红，他的大掌却箍住她的腰，不让她逃离。

他将她摁在自己的怀中，不留一丝缝隙地贴着他，她几乎可以感觉到他的心脏贴着她的脸颊跳动。

“墨菲，人人厌恶我也无妨，我只要你一个人喜欢我就够了。”

“我也不喜欢你。”白墨菲别开脸。

“迟早会的。”

静静地被他抱着，她闻着他身上传来的男人味道，听着草丛里时高时低的虫鸣，空气里传来淡淡的花香和青草气息，宫廷灯射出温暖的光芒……

整个画面，就像一幅古老的画卷。

这一刻，白墨菲有一种从未有过的安心和踏实感，竟会觉得，如果能这样过下去，感觉也不差。

如果不会时不时发疯、变态，他不失为一个好伴侣，只可惜……

等等，她才不要对这个恶魔有幻想。

“你答应我的事打算何时做到？”她一静下来就担心莫家。

司空南墨闻言，脸冷了下来：“你越担心他，他就越危险。等你的心里彻底没有他，才是他从我的黑名单里被画掉的那天。”

“你想反悔？”

“既然答应你了，我就自然会做到。”

白墨菲没再说话，垂着头在他的怀里漫不经心地盯着自己的脚，他的长指顺着她的头发：“又不高兴？”

他变得越来越小心翼翼，越会察言观色，但凡她有丝毫不高兴，他都会想尽办法地哄她。

爱，就是自尊节节败退。

“我不明白，你为什么就这么介意他？”

“介意。”司空南墨的手指缠绕着她的头发，承认道——从骨子里介意，他很介意。

“为什么？”

“他拥有我不在的这十几年跟你相处的感情，他比我先遇到你，在你心里住了下来，他领先我太多，而我……除了用强势的手段把你扣在身边，没有别的资本能与他抗衡。”他自嘲地说着。

白墨菲更诧异了，他心里对什么事都很清楚……

“原来你也有不自信的时候，”她笑了，“你害怕我被他抢走？”

他这么意气风发、自信满满，竟会这样介意莫流原？

散步结束回到起居室里，白墨菲看到化妆桌上堆放着大大小小的礼品盒，精致的包装盒叠得像小山似的，桌子上都快挤不下了……

司空南墨放开一直牵着的那只手，在她的屁股上拍了一下：“去拆。”

白墨菲瞟了一眼，就懒散地窝在沙发上了。

司空南墨平时在礼物方面毫不吝啬，隔段时间就会让下人购置一大堆的东西给她，护肤品、衣服、包包之类的，全是奢侈品牌。

诚然，他司空南墨的女人，怎么能打扮得廉价？吃穿用度当然是最好的。

“我的手机呢？”她发现搁在床头柜上充电的手机不见了。

“旧了，我给你买了部新的。”

白墨菲抬眼就要发火：“你处置我的东西时能不能过问我的意见？”

“难道你还想跟姓莫的人旧情复燃？”司空南墨递过来一个手机盒，“他再打电话找你，你想怎么解决？”

“那换个手机号就可以了，为什么连手机都要换掉？”

司空南墨挤到她的身边坐下，说这是他旗下电子公司研发出的定制款手机。SK 手机是目前市场上的高端电子产品，手机中的贵族。

这部手机在线上专柜并没出售，很快白墨菲就知道了原因……

“手机有个特殊功能，只要我打过去的电话，自动接听。”

“什么？！”

“还有定位功能，不管你去哪儿，实时监控。”他再也不怕她失踪了。

白墨菲在研究手机的动作彻底顿住，就这玩意能上市，谁买？侵犯隐私啊！

这手机果然是他做的定制款，就为了控制她……

白墨菲脸色很难看：“我不要！”

“墨菲，只要你乖，我也会顺从你。”司空南墨抽走手机，翻到背面，几笔素描浅浅勾勒他的轮廓，高挺的鼻梁、薄情的唇、根根分明的长睫毛，在灯光下还似嵌着细小的钻，闪闪发光。

“这是我的。”他说着拿出自己的手机，与她的并排放到一起，“我的手机上是你。”

司空南墨换了和她同款的情侣机，两个人的手机一黑一银。

他的手机背面浅浅地刻着白墨菲的侧脸轮廓，浓密蓬松的发随意勾勒，小而挺的鼻子，没几笔却栩栩如生，仿佛王妃的肖像，同样也嵌着细钻，显得很高档。

“你给我打电话，我也自动接听，你同样能监控我……公平？”

公平个鬼！

白墨菲才不想知道他在哪儿，也绝不可能主动给他打电话，这些功能对她都是多余的。

“司空南墨，你别欺人太甚。”

“那就禁足，你不用去上课了。”

“你心理变态，请你去看医生，我不是你的犯人！”

“点燃莫家庄园只需要一把火。”

“你威胁我？”白墨菲瞪着他，最讨厌他威胁她。

“等你们断干净，我会撤销对你的一切监控。”

“我和他已经断了，到底要怎样你才会信？”她回到他身边，这不是最好的证明吗？

“既然如此，你还怕我监视？”司空南墨眼眸如鹰，“一个月内，你们私下没有联系，我不再监视你。”

一个月？白墨菲犹疑了……时间倒是不长，如果能换来以后长期的自由生活，忍忍也未尝不可。

而且她有的是办法应付这部手机，这难不倒她。

见她不说话，司空南墨亲了亲她的脸颊：“我尽量少给你打电话。”

白墨菲推开他的脑袋，气闷。

司空南墨替她开了机——开机动画竟是他们亲吻的视频。

“心动给你，眼里的星光给你，临睡前的吻给你，耳鬓厮磨的亲热给你，炙热怀抱给你，殷勤和等待给你，深情给你，还有我，全给你。墨菲，看看我……”

他竟还用他的声音录了开机语音，好尴尬啊，以后开机她都要把声音关掉才行。

开机屏保更是司空南墨各种耍帅的照片，每隔十几秒自动切换一张……

“这些照片系统自带的，删不掉，也不能换。”他知道她会干什么，早留了后手。

白墨菲气得胸口痛：“你无不无聊？”

“我的手机里也有你的，想看？”

“不想看！”白墨菲头痛欲裂，他真不是一般女人受得了的。

到底要等多久，司空南墨才能玩腻她？她上网查过，男人对女人的新鲜期靠荷尔蒙激发，一般不超过三个月，最多半年也就淡了。

他现在对她是兴趣最浓烈的时候，天天黏着她无可厚非。

她只要忍过这段时间，趁机利用他把白家的企业扶上路，等他腻味了，一脚踹掉她那天，他们就分道扬镳吧。

第九章

她被宠得尽人皆知

白墨菲明明记得昨晚气得去了隔壁客房睡觉，等她醒来，却又窝在了司空南墨的怀里。

这男人像是完全失忆了，忘了昨晚她因为手机的事还在闹别扭，对她亲亲热热一如往常。

但这不代表白墨菲忘了，她的脸还冷着呢。

“女人，我好像发烧了。”靠在床头，他举着那只包扎着的手晃了晃，一副可怜相。

白墨菲敷着面膜，不理他。

“白墨菲！”

他几大步冲到她面前，她无视他，他就用高大的身躯挡着她。她刷牙，他抢走牙刷；她洗脸，他抢走毛巾；她上厕所，他按着门不让她关……

没辙，白墨菲找出一支温度计塞进他的嘴里：“你去床上躺几分钟。”

司空南墨这才在床上躺下来，叼着温度计嗤笑着说：“我的体质一向很好，几年没病过，摊上你这个女人，又是手受伤又是发高烧，一定是你把我气成这样的。你就是这么照顾你男人的？”

“闭嘴，别说话。”白墨菲洗干净脸，再回来，见他拿着温度计在研究。

她想起他今天反常地没有早起去锻炼身体，而是陪她一起睡到现在，难道他真的病了？

“多少摄氏度？”她故作漫不经心地问。

“看不清。”都什么年代了，她还用温度计，现在都是用电子体温计……

白墨菲拿过温度计看了看：“没怎么烧。”低烧。

“我觉得我发烧了，烧得厉害。”他恶狠狠地说，“今天哪儿也不许去，留下来照顾我。”

“37.5℃……”白墨菲无语，“四舍五入为三十七摄氏度，等同于没发烧。”

“四舍五入不是38℃？”司空南墨蹙起眉，“烧了！”

白墨菲不理他，去擦护肤品了。今天周末，她倒是也不用去上课。

“给我拿一块退热贴……”司空南墨很是不满，就差在脸上写“快哄我、安慰我、照顾我”的字样。

“你自己有手有脚不会拿吗？”白墨菲快被气笑了，见他黑着脸又要发火，拿出一块面膜扔过去，“这个贴着也能物理降温。”

“该死的女人，你敷衍我？”司空南墨咬牙，几大步过去捞起她扔到床上，用有点热的额头抵着她，像头小公牛似的顶着她。

“我病了，你就是这么对我的？你一点也不关心我，死女人，你就恨不得我烧死。”

就这点低烧，他还能被烧死了？他体质这么好，说得自己弱不禁风似的。

白墨菲被他折腾得没法了：“我下去给你拿退烧药。”

“退烧药没用，我是被你气得发烧的，”他狠狠地瞪着她，“你对我好点，我就不发烧了。”

果然他小题大做就是为了求和的……

白墨菲伸手拨了拨他的头发，无奈地说道：“这部手机是我最后的底线了，你接下来不要再踩我的线……司空南墨，你应该学会尊重别人。”

司空南墨勾起嘴角，得逞了……

他吻住她的唇，一阵热烈地索吻：“你安分守己，我不会越过你的底线。”

就连马丁都没想到，他们家少爷表面上冷酷无情，而内里狂野、邪魅。

白墨菲越倔强，他就越折腾……

这不，一大早，他们家少爷就让他亲自带人去机场把敞篷车给接回来。

二十世纪的欧洲复古款跑车，全粉色，长长的车头和超大的车灯，充满那个年代独有的欧洲贵族味道。据说这车当年服务于皇室，是某届国王买给他挚爱的情人的，历经岁月却被保存得很好，现在被拿来拍卖，引起不小的轰动。

司空南墨只在报纸上看了一眼，就觉得这车跟白墨菲极其相配，花了不少代价，才从几个富商手里抢拍过来。

只是拍卖地在法国，司空南墨将车买到手还要空运回国，还得完成缴纳关税等一系列烦琐的程序，这才耽搁了时间。

帮佣们都拥出来看，站在窗边、挤在露台上，啧啧地赞叹着。

由于年代久远，古董车大多躺在博物馆和富豪的私人车库里，偶尔在电影里才能看到踪迹，现实里难以寻觅。

白墨菲也是第一次见，这台敞篷车底盘很低，窄小的驾驶室和复古范十足的折叠软顶，车内所有的配饰皆是真皮的，夸张的造型有点像赛车，但要豪华得多。

“是法拉利的牌子！”

“传说中的老爷车！”

“司空先生对二小姐太宠爱了……”

帮佣们挤着看着，羡慕得大流口水。

这种顶配级别的法拉利跑车，还是绝版古董，只怕价值连城。

马丁也感叹，少爷自己的坐骑都没这么奢侈。

“喜欢？”司空南墨高大的身形立在白墨菲的身后，两只手越过她，撑着窗棂。

白墨菲抿了抿唇：“这很贵吧？”

“如果你喜欢，价格就不重要。”他笑道。原本他认为她一定会喜欢，可现在又开始没底气了……她太难讨好，他摸不准她的脾气。

白墨菲嘴角浅浅地勾起了笑容：“还不错。”

“只是还不错？”他挑眉，“跟莫流原送你的小破车相比，这叫还不错？”

他查过了，莫流原原本送她的是一台几百万元的玛莎拉蒂。

婚约被取消后，白墨菲就把那辆车还了回去。

现在她出行时比较常坐的是白家一台几十万元的保姆车，有时不想麻烦司机，就自己打出租车。她以前开几百万元的跑车，突然落差这么大，背地里少不了被人奚落嘲讽。

她曾是莫流原捧在手里的明珠，突然跌落凡尘，嫉妒她的人谁不看笑话？

“嗯，我喜欢。”白墨菲不虚荣，但这辆车没有女孩拒绝得了。

司空南墨笑了，一把牵起她的手：“带你兜风。”

“你不是还在发烧吗，现在不烧了？”白墨菲被拽着朝前走，看见他兴致高昂。

司空南墨随手扯了件外套搭在她的身上："没有情趣的女人！"

马丁候在车边，见少爷拉着白墨菲走出院子，拍起马屁来："少爷，这车也太漂亮了，不愧是少爷的女人，幸福都是独一份的。白小姐，这开出去独领风骚啊！"

"钥匙。"司空南墨将白墨菲塞到驾驶座上，系上安全带。

马丁看了看车子只有两个前座，看来他是要被撇下了。

"少爷打算去哪儿，我随后跟上。"

"不用跟。"司空南墨坐上了副驾驶座。

"白小姐驾驶？"马丁表示怀疑，"她会开车？"

白墨菲考过驾照，但还没机会自己开，以前有莫流原接送，有白家司机，现在有司空南墨安排的保镖……

"会吗？我教你。"司空南墨将一只手搭过来，扶着她的手摸上方向盘。

"白小姐，你可悠着点开，少爷把命都交给你了。"马丁不放心，犹豫着要不要悄悄尾随。

白墨菲坏笑了一下，什么话也没说，一脚油门踩到底，老爷车如箭一般开了出去。

不愧是法拉利超跑，哪怕是有了年代的车子，引擎一样咆哮如豹……

莫流原不让白墨菲开车的原因，正是她喜欢开快车，喜欢狂野奔放、奔驰的感受。

一路上，这台复古车拉风极了。

风刮得白墨菲的脸颊生疼，她拿起墨镜架在脸上，瞥了一眼身侧的男人。她开得这么快，简直是不要命一样横冲直撞，他没有阻止，甚至神态自若。

"你就不担心我一脚油门把你送进地狱？"她挑眉问。

司空南墨的短发被吹得凌乱不堪，脸色淡漠如常："没有把握的事，你不会做。"

这种不假思索的信任话语，让白墨菲愣住……

莫流原非但不喜欢她开快车，根本就不让她碰车。他把她保护得太好了，养在温室里，但她是一匹不羁的烈马。

跑车汇入车流，前面是拥挤路段，白墨菲被迫降下车速，渐渐感到无趣："我还等着你求我呢，真是没意思。"

司空南墨笑了，也戴上了墨镜，薄唇勾起狂傲而邪魅的笑容："下次带你去赛车场，让你见识一下我的技术，看看到底是谁会求饶。"

"那可未必，如果我会赛车，能赢你。"

“输了如何？”司空南墨按着车载的音乐播放器，“给我生个孩子？”

“那要是你输了，就放我走吗？”

司空南墨的眼眸里闪过一道危险的冷光，他拿起一张老式黑色唱片放进卡盘里：“没有人能赢过我。”

“但我要是赢了呢？”她执着地问。

司空南墨按着按键，悠扬的旋律流淌出来。

马路两边的建筑越来越多，行人和来往的车辆都在看他们，她不想太惹眼，将软顶的敞篷升了起来。

司空南墨不停地切换下一首曲子，明明都是世界名曲，却没有一首能进他的耳朵。

“既然你这么有自信，敢不敢跟我赌一把？”白墨菲知道他在隐隐发怒。

司空南墨倏然眯起眼，嗓音微寒：“我送你礼物，你就是这样回报我的？”

“车我只是借着开开，新鲜劲过了就还给你。礼物这么贵重，我消受不起。”白墨菲不以为意。她不会欠他的，将来分手，属于他的东西，她都会还给他，就像她跟莫流原划清界限一样，“你可以送给你的下一任情人，或者卖了，古董车转手、收藏都有价值。”

司空南墨攥紧的拳头上浮出青筋：“你是怎样用肉做的嘴，说出比刀子还尖锐的话的？”

“是你对自己的车技很有自信，我在给你赢我的机会。”白墨菲见他马上就要发飙了，缓和气氛。

“你赢不赢我，都必须给我生孩子，没有选择的余地！”

白墨菲哑然，也难怪，他不知道她一直在偷偷服用避孕药。

大概是经过白墨菲的提醒，司空南墨非要去药店拿药，一进门就问店员有没有助孕的药。

店员看看司空南墨，又看看白墨菲，被这对俊男美女的颜值冲击着：“什么？”

“助孕药！”隔着墨镜也遮不住他的帅气，他迈着长腿先进店一步。

店员这才反应过来，咳嗽两声：“有紫河车粉、红花、红参……”

“紫河车粉？”

“就是人出生时所脱落的胎盘，经过加工干燥而成，是大补之物。”

白墨菲很想装作跟司空南墨不熟，停在门口不想进去，但这男人哪肯给她落跑的机会？

自从白家换过厨子后，她没少被迫吃补品和营养物。但有什么用？问题根本不在这里。

“除了补药，还有别的？”司空南墨站在货架前，长手接过店员给的药盒，翻看着说明。

“还有促排卵药，例如克罗米芬、促性腺激素药，但这些都是激素类药物，不建议使用……”

司空南墨认真地听着，权衡利弊，然后买了测孕纸之类的东西……

如果以前他只是嘴上说说，并不介意她什么时候怀孕，那么现在，他是在用实际行动告诉白墨菲——他真的很期待这个孩子。

白墨菲把外套上的连帽也戴了起来，恨不得将整个脑袋都藏起来。

司空南墨倒是大大方方，很快就把小篮子都塞满了药。

回过神来看到她一副随时想要遁地而逃的样子，大总裁不满地蹙眉：“你躲什么？觉得丢人了？”

白墨菲没搭理他，只庆幸自己下车的时候戴上了大墨镜。

司空南墨一把将她拽到身边：“给我生孩子让你觉得很丢脸？”

“放手。”白墨菲发觉几个店员都在朝他们看来，“你发神经不要拉上我！”

“结账。”司空南墨拽着她来到收银台前，将购物篮往台上霸气地一放。

来药店买避孕药之类的产品的小年轻倒是不少，但像司空南墨这样来买助孕药的，除了夫妻，真没见几个。

“白墨菲，这回你逃不掉了，得乖乖给我生孩子。”司空南墨一只手搂着她的腰，箍着不让她逃，墨镜也挡不住他脸上扬起的得意笑容。

一直到他们离开药店，身后还有店员尾随的视线，她们欣赏司空南墨负责任、有担当的同时，非常羡慕白墨菲的好运……

白墨菲却很恼火，狠狠地踩了他一脚：“你很自豪？”

“我很快就要做爸爸了，不该自豪？”他笑了一声，还没影的事仿佛就要成真。

“你做不做爸爸，我不知道……不过，不知道的人还以为你不行。”白墨菲故意激他。

“我不行？”司空南墨坏笑，“我的身体素质有多好，你每晚感受不到？”

“既然你身体很好，为什么还要我吃药？”

“我是怕你身体不行。”他原本也没想要借助药物生孩子，并不着急要孩子，但他们在一起这么久，她的肚子丝毫没有动静，他怕她身体太虚弱了，多给她补补。

“你为什么非要我给你生孩子？三十岁之前你没有结婚的计划，怎么突然想要小孩了？”白墨菲越发不理解。

司空南墨垂下头，靠在她的耳边轻语，那邪魅的表情引得路上行人侧目："你和莫流原没有的，我都想要有。"

这绝对是她听过的最不负责任的理由。孩子是生命，什么时候成为他争风吃醋的道具了？

"所以，你就为了把我从莫流原的身边抢过来，才要这个孩子？"她明明对他没有期待啊，听到这样的答案，为什么心一直往下坠？

司空南墨也不明白，他从没考虑过婚姻和孩子的事，遇到白墨菲以后……他都开始想了。

"司空南墨，你想过孩子降生以后怎么办吗？"

"我司空家族未必养不起孩子？"

可孩子不是你提供物质就可以的，你要给他满满的爱，孩子还应该在父母的希冀中降临。

白墨菲估计跟他也说不通了，所以她避孕完全是合理的，对这男人不能心存幻想。

司空南墨搂着她在街上双腿带风地走着，拐进一家商场："我的衣服都被毁了，白墨菲，现在轮到你送我礼物了。"

"没钱。"她回答得干脆利落。

司空南墨脸色微沉："我借你。"

"我借你的钱给你买礼物？"白墨菲嘲笑起来，"你不如给自己买？"

司空南墨攥紧她的手腕："这是你欠我的，你敢不给我买，今天别想回去！"

白墨菲叹了口气："有你这样逼着人送礼物的吗？"

"我不逼，永远等不到你自愿送的那天。"

"那我买什么是什么，你不许有意见。"白墨菲抽了抽被攥痛的手腕。

商场都进来了，她不买，他是不会罢休的。

闻言，司空南墨嘴角才露出一点笑容："行。"

"那你放开我，给我五分钟。"

几分钟后，白墨菲牵着一只氢气球回来了，透明的米奇头形象，球内注入了无数亮片，闪着五彩的灯光。

司空南墨斜靠在那里点了根烟，脸一点点黑了起来。这该死的女人，把他当三岁孩子打发？

"只有小孩才会吵着妈妈买礼物，你既然这么想要……拿好，给你。"白墨菲一脸嘲笑的表情。

司空南墨捏着烟，一个拿着气球的孩子牵着妈妈的手正好经过，好奇地看着他。

他忍了又忍，就要发作：“白、墨、菲。”

“不要吗？是你说我买什么就是什么，不许有意见。”

下一秒，她被抱起来扛到他的肩上，司空南墨朝她的屁股上重重地拍了一掌。

于是，商场里的人就看到一位高大英俊的男人，嘴里叼着烟，戴着墨镜，像个黑社会大佬，扛着个女人招摇地离开。

翌日，白墨菲开着绝版古董车去学校，十分拉风，引起一阵轰动，还上报纸了。

一时间，她成为全城人艳羡的女人，大家纷纷猜测她身后的人是谁。

这天一大早，姆妈就激动地喊着：“二小姐，你快打开手机看看，你上新闻头条了。”

能造成这么大的影响，是白墨菲万万没想到的……

她只上过两次新闻头条，一次是莫流原宣布在白墨菲二十岁生日时要与她订婚的采访之后，一次是在他单方面宣布解除婚约后。

而这次，她因为一台古董老爷车，再次变成话题女王。

白墨菲懒散地走下楼，烦闷起来：“早知道这样，我就不开那辆车了。”

她不喜欢被议论，网上说什么的人都有……

“二小姐，我劝你还是看看吧，趁司空先生还不知道……”

这又关司空南墨什么事了？

白墨菲拿起手机翻到今天的新闻，“二十岁女大学生开上亿元豪车出行”“古董法拉利绝版跑车惊现S市”“白墨菲法拉利豪车”……

十条新闻和她有关的就占了三条。

白墨菲大致浏览了一下新闻内容，让她瞬间出名的除了这台古董车的价值以外，还有她的美貌，她第一次在公众平台上露面了。

有一张她刚从法拉利上下来的动图，她穿着米色长款风衣，鬈发披散，脚上是黑色马丁长靴……

她的皮肤奶白如瓷，是正常人涂抹最白的粉底也比不上的。她白得发光，偏偏五官艳丽大气，唇红齿白。

她迈着长腿下车走进学校，身后停下的保镖车上紧接着还下来两个保镖，尾随在她身后。

这排场、这气势、这美貌，再配着上亿元的法拉利古董车做背景，她不上新闻头条才怪。

白墨菲皱着眉，以前莫流原将她保护得很好，不会让任何有关她的照片泄露在公众媒体上，一旦有人偷拍她的照片、视频发上网，消息很快会被他的团队处理掉。
所以，白墨菲的绝世美貌被传得神乎其神，却鲜少有人见过她的样子。
现在她被曝光了，虽然图片压缩了，像素比较低，但……
“二小姐，你看评论，”姆妈在一旁提醒道，“司空先生看了一定要发火。”
白墨菲刷着评论。
有人夸她长得美、顶级容颜，果然不愧是莫流原相处多年的女人……
有人骂她不要脸，是心机女，还占用公共资源带坏风气……
有人羡慕她是人生赢家，小小年纪拥有平凡人梦寐以求的生活，是老天的宠儿……
有人骂她不过是上流社会人士的“玩物”，外表光鲜，迟早会再摔下来。
而更多的人是在猜测她背后的人是谁，出手阔绰买得起这台古董豪车的富豪不多。所以，莫流原的名字频频被提出来……
热度最高的评论，也全都跟莫流原沾边。
“莫少与她复合了，据说这辆豪车是道歉的礼物。”
“我跟她一个学校，早几天还看到莫家的车开来学校接她，很多人看见了。”
“我能做证，那台车是莫少的专车，车牌号 ×××××××，以前两个人好着的时候，他就经常接送她。我还拍照留证了，不谢！”这人还附上了一张图片，是莫流原失踪那天，赫管家去学校门口接她的照片。
“都相处十几年了，还没腻？看来这是真爱了……”
“这个白墨菲是真的美啊，也难怪莫少对她念念不忘了，他根本就找不到更美的替代品，我有幸见过她的真人，比这照片上的样子美几十倍！”
…………
“二小姐，你快想想办法啊，司空先生发起火来真的挺吓人的。”姆妈紧张得攥紧了手，“他会不会怪罪到我们身上，又罚我们？”
白墨菲叹了口气，连帮佣都摸透了司空南墨的脾气，知道他一定会发火。
明明是他送的豪车，别人却以为是莫流原送的，他能不气？
现在全世界的人都以为她跟莫流原复合了，就差他们站出来官宣领证了。
以司空南墨小心眼的个性，她真不知道他会不会情绪失控，做出什么事来……他不会又怪她和莫流原吧？

“今天醒得这么早？”司空南墨从健身房出来，刚刚运动结束，结实的身体上滴着汗。
姆妈一见到他，马上闭了嘴，溜得比鬼还快。
“在看什么？”他盯着她手里的手机，大长腿迈得更快了。

白墨菲连忙把网页关了，目光忽然落到他的脑袋上戴着的一条头带上——为了防止汗水滴到眼睛里、头发掉下来遮挡眼睛的运动头带，今天恰巧是绿色的。

这男人头顶绿光，却浑然不知。

“你……喜欢绿帽子？”白墨菲越看越觉得发带碍眼。

司空南墨怔了怔，瞬间将那条头带扯下来，扔到身后跟着的马丁脸上：“下次再敢选这个颜色，我就赏你一条，给你自尽用。”

“去吃早餐吧。”白墨菲扫了马丁一眼，看来主仆二人都还没看到网上的消息。

他们往餐厅走去，整个餐厅里连个帮佣的人影都看不到。

大概整个白家的人都知道那几条新闻了，但还没有一个人敢通知司空南墨。谁那么蠢，敢自动往枪口上撞呢？

司空南墨也察觉不对劲，微微蹙眉：“人都死哪儿去了？”

平时起码有十几个帮佣站在旁边伺候他用餐。

白墨菲淡淡地说道：“我嫌他们吵，让他们下去了。你吃个饭要那么多人候着？”她想着一会儿司空南墨发火，别波及无辜的人才好。

只要有白墨菲陪着，他倒是没有多大异议。

“手伤好些没？”白墨菲难得主动关心地问，“没有碰到汗水吧？不然伤口要感染发炎。”

司空南墨难得被关心，眉头高高地挑起：“你很担心？”

白墨菲没说话，主动拿了海苔片给他卷了几个寿司：“吃吧。”

司空南墨眼神怪怪地看着她，她今天不正常。

“我搜搜看，为了防止伤口感染，得有什么忌口。”白墨菲拿出手机，故作严肃地说。

其实，她是进入短信箱，编辑了一条信息发给马丁：“看新闻，别告诉他。”

“嗯，除了牛肉是发物不能碰，今天的早餐食物都可以放心吃。”白墨菲收起手机，余光瞅见马丁纹丝不动地站着。

司空南墨吃着寿司，她又在帮他把鹅肝切成薄片。

“白墨菲，你是不是爱上我了？”

他的声音冷不丁地在她的耳边响起。

白墨菲无语，没搭理他，而是对马丁说：“你开手机看看，今天天气怎么样？”

马丁终于掏出手机，她松了口气，只要他查看手机，就会看到她发的信息……

“没有爱上我，那就是你做了什么对不起我的事？”司空南墨捏住她的下巴，让她看他。她今天一反常态，对他太好了，让他有点毛骨悚然。

白墨菲翻了个白眼："对你好点不行？你欠虐？"

"你最好没有事瞒着我，否则……"他皱着眉，然后就被一块水果堵住了嘴。

"多吃点，增加抵抗力。"白墨菲连着喂了他好几块水果，又看了马丁一眼，见那厮神色越来越复杂，也是一副头疼、伤脑筋的样子。

"否则你要怎样？你的脾气是不是很差、很暴躁？"

"谁敢乱散布谣言，我缝了他的嘴。"

他这还不叫脾气差？

"在你很生气的时候，我怎么做，会让你情绪好点？"她倒不是怕他，只是不想那些无辜的帮佣跟着战战兢兢的，受到连累。

司空南墨深深地看了她一眼："吻我，抱我。"

白墨菲腾出一只手拿着手机，在餐桌下打字："速战速决，把新闻压下去。"

趁司空南墨还没爆发，他们干净利落地把事情解决掉最好。以马丁的能力，他压下几条新闻不成问题。

她才将信息才发出去，突然被一只大掌扼住了，手从桌下被抓了出来。

她不时往桌下偷瞟，以为他瞎了，看不见？

"你果然有事瞒着我，在偷偷跟哪个野男人联系？"司空南墨扬起剑眉，怒意横生。

白墨菲的手被攥得好痛，手机已经被他夺了过去……

马丁苦了脸，白小姐，你这是要害我啊！

司空南墨死死地盯着手机，那张脸表情阴晴不定。

白墨菲赶紧多吃了几口早餐，怕待会儿要被他折腾，再没有心情吃东西……

马丁张了张嘴巴："少爷，白小姐瞒着你也是怕你生气，我也是才知道。"

司空南墨眼神冷峻，越看那神色就越诡谲，他甚至发出阴恻恻的冷笑声，直笑得白墨菲全身发寒。

莫流原这个名字在他这里都是禁忌，除了他，任何人都不敢提。

现在整个网络上都是莫流原的名字，还跟白墨菲捆绑在一起。

司空南墨手指机械地滑着，每一句评论都刺着他的眼。

他才是白墨菲背后的男人，却毫无姓名，莫流原什么也没做，却博了个好名声……

"少爷，网上的人胡说什么的都有，你不必跟他们一般见识。"马丁额头冒汗。

"过来。"司空南墨沉着嗓音，脸上闪过一丝血色的杀意。

马丁慢慢地挪过去，眼睛却看着白墨菲，仿佛在无声地求救。

他挪到司空南墨的身边，弯下腰，把脸了凑上去……

马丁的领子被一把揪起，司空南墨几拳重重地捶过去，打得马丁鼻青脸肿，叫苦不迭。紧接着，马丁又被一个过肩摔狠狠地砸了出去。

马丁摔出很远，撞到餐厅的景观盆栽，鼻子淌出了血。

“谁才是你的主人？”司空南墨最容不得欺瞒、背叛。发生这么大的事，作为他最忠心的属下，马丁竟敢瞒着他擅作主张。

“少爷，你听我说，我真没打算瞒你，也是才知情。”

白小姐，你就是来坑我的啊……

白墨菲第一次看到马丁被打得这么惨，司空南墨的怒火都冲他发泄了，眼见着那男人表情阴狠地往马丁走过去，拳头捏得咯吱作响。

突然，一双纤细的胳膊从身后抱住他的身体……

司空南墨倏然一僵，听到白墨菲轻声叹息：“短信是我发给他的，他什么也没做，你为什么把气撒在他身上？”

“他欺瞒我！”

“大家都是怕你生气，你知道你生气的样子多可怕吗？”白墨菲紧紧地抱着他，“出现问题解决就好，你能不能理智一点？”

理智？司空南墨重重地呼吸着。他从来都是个理智、沉稳的男人，很少被什么事掌控情绪。遇见白墨菲以前，他全身都是盔甲，无懈可击，可现在他有了软肋……

白墨菲把他僵硬的身体扳过来，看他面色冷静不少，微微踮脚，在他的唇上吻了吻。

是他说，他很生气的时候她吻他、抱他会好很多，她也不知道这方法实不实用，试试吧。

奇迹的是，当她的唇小心翼翼地触到他的唇时，他紧绷的身体真的放松了。

“不过是几条新闻，以你的能力，你还怕压不下？”她微仰着头看着他。

司空南墨反手把她按进怀里：“你瞒着我，是怕我生气？”

“嗯。”

“你竟然会顾及我的心情了。”他十分意外，“我以为，你除了故意惹我生气，其他的什么也不会。”

比起网上一大片惹他生气的传言，白墨菲对他这一星半点的温柔，更让他在乎。

他一把将她抱起来，用力回吻了她几下：“你快爱上我了。”

就算她现在还没爱上他，但也快了，她有进步了。

白墨菲被他吻得一阵眩晕，说不出话，搞不懂这男人怎么突然又很高兴起来。

他怎么会这样情绪化？他的脾气，一般人摸不准啊……

马丁原以为今天要完了，至少要被打得肋骨断裂，没想到剧情突然反转了。

“少爷……那新闻？”他擦着鼻血，小心翼翼地询问意见。

司空南墨冷了脸：“压下去，另外，给莫流原加个豪华限流套餐。”

从此，他不想在任何地方看到“莫流原”这三个字。

白墨菲语塞。

司空南墨压这次的新闻就好了，不然以后莫氏集团的宣传怎么办？

“杜绝后患。”司空南墨仿佛知道她在顾虑什么，“我再不想看到你们的名字并排在一起！”

马丁已经速战速决地办妥了这事，安慰白墨菲道：“莫氏集团如果想宣传产品可以有多种形式，不一定非要莫少出面。何况，这限流套餐也是可取消的，等你们彻底撇清关系，少爷不介意了……”

这一点很难，莫流原是司空南墨心里永远跨不过去的坎。

毕竟莫流原可不是简单的白墨菲的前任未婚夫，他经历了她的成长期，陪伴了她十几年，这足够司空南墨嫉恨一辈子。

白墨菲也没多说什么，等她和司空南墨分手了，莫流原就会被解禁吧？

司空南墨抱着白墨菲窝在沙发上，换了台平板电脑继续刷。

那几条新闻都已经被撤下来了，速度好快，但仍然免不了一些网友会继续讨论……

“我还想爆个料，这个白墨菲很是招摇，长得好看不过是照着一流明星整容的，经常参加上流宴会勾搭少爷、公子……”

司空南墨的手指在这条动态上点了点：“记下她。”

马丁拿着个小本子站在沙发后面，马上将这人记录下来。

白墨菲提醒：“不能伤害别人。”

“她诽谤你，你还担心她？”司空南墨一条条翻看着评论，看到刺眼的发言就让马丁把账号记到小本本上。短短一个小时，马丁就记了一页纸。

白墨菲被禁锢在他的怀里，和他一起看着，发现骂她的人真多……

有些人的恨没有原因，他们平庸、没有天分、碌碌无为，于是她的优秀、她的天赋、她的美丽和幸福都是原罪。

“别人骂的是我，又不是你……”白墨菲发现，她都没有他在乎。

“你是我的女人，别人骂你就是骂我。”

“既然这么看不顺眼，你为什么不给我也加个限流套餐？”

“我喜欢看别人赞美你。”他扬唇。

除了那些骂她的评论，还有很多是夸她、赞美她的……

白墨菲以为自己听错了，在他怀里侧过脸，难以置信地盯着他看，发现这男人果然在看到那些夸赞她的评论时，嘴角会扬起得意骄傲的笑容，很享受的样子。而他看到恶意中伤她的评论时，眉头会立即蹙起来，恨不得马上把对方弄死。

她的内心触动了一下，感觉怪怪的……

“你要把所有骂我的评论都删除，留下赞美我的吗？”她轻声问。其实，这些外在的评价，她倒不在乎，如果每个人的看法，她都要计较，早就气死了。

“我见不得任何人说你不好。”司空南墨又点到一条黑评，“记下！”

“你打算怎么罚他们？”

“少爷有的是办法让他们后悔莫及。”马丁边记边说，这些人肯定要惨了。

“不要太过分啊……”

“我有分寸。”

“骂我的，你要罚，夸我的，你不奖励？”她好笑地问，“是不是不太公平？”

司空南墨竟然认真考虑了一下，然后应声问：“给他们发红包？”

白墨菲没想到他真的给奖励，她只是随口说说。

“我这就让人去办，红包金额根据评论的质量派发。”马丁狗腿地说，“少爷，您放心，绝不遗漏一条好评，也不放过一条黑评！”

司空南墨这才算满意，把平板电脑丢到一旁：“晚上再看。”

白墨菲以为，这场闹剧应该就此谢幕。

谁知道到了下午，多家报社、杂志社也开始报道此事，这热度，所有媒体都想蹭一蹭。

马丁拿到新鲜出炉的报刊，匆匆走进厨房，看到腻着抱在一起的两个人，不知道该不该进去——

此时，白墨菲系着围裙站在灶台前，被司空南墨逼着给他做午餐肉。

她不常做饭，偶尔兴致来了，才学做了几道拿手菜。

“那些厨子比我更专业，手艺更好，你想吃什么，为什么不让他们做？”白墨菲瞪他，这男人想一出是一出，突然就发神经说要吃她亲手做的菜。

司空南墨将她的围裙后的绑带系上蝴蝶结：“我要吃你做的。”

“有区别？”

“补偿我。”他扬眉，“这次的新闻让我很不高兴！”

难道她就很高兴？他就是小心眼，斤斤计较。

“我先说好，做出来的口味，你不喜欢，我不负责。”她看他表情执着、不容置喙，看来她不做这顿饭，今天都会被扣在家里，别想出门了。

“只要是你做的，我就喜欢。”他扬眉，“你有没有给他做过饭？”

“他？”白墨菲拉开冰箱，挑选着食材，“你说莫流原？”

提到这个名字，司空南墨就变脸了：“我不想听到这个名字。”

是你自己提起来的，大爷！

“有没有做过？”他又问。

“嗯，做过吧。”白墨菲老实承认，原本这几样拿手菜也是为了讨好莫流原才学的。

闻言，司空南墨的脸黑如墨，一只手握拳，抵在砧板上。

白墨菲看他又吃醋，一副要揍人的样子。他这醋吃得好随意……

“那你还要不要我做？不要，我就回房间了。”

“要，”他冷冰冰地说道，“做他没有吃过的东西。”

这他都要比较？白墨菲不知道说什么好了：“我擅长做的几道菜，他都吃过。”

“马上学，”他狠狠地道，“为我学做新的菜品，专门为我定制的。”

“你要求这么多，自己来，我不是你的手下。”白墨菲可不愿意以后都被他逼着下厨房，洗衣做羹汤什么的，所以从一开始就要断了他的念想。

司空南墨马上把她搂在怀里：“墨菲……”

又开始了，他又用那种情人般呢喃的低语叫她的名字。

“给我做，我就想吃你做的食物。”他软言软语地磨着她，还舔着她的耳朵。

白墨菲背脊发寒，正好看到马丁闯进来又退出去的动作，她马上从司空南墨的怀里挣脱开来，尴尬地咳嗽了一声：“有事？”

马丁只好硬着头皮把几份报刊递上去：“少爷，您看看，这些都是刚刚发行的。”

司空南墨大怒，哪些眼瞎的狗仔报道的？杂志社、报社通通关门大吉！

“少爷，这些杂志发行的时间一致，连新闻稿内容都差不多，像是商量好了的。”马丁低声提醒，“您看这一段——‘有记者联系到莫先生询问，莫先生对于是不是豪掷千金买下豪车送给白小姐以及是不是她身后的靠山这件事避而不提，却透露说，他跟白小姐不存在复合一说，因为他们并没有分手。’”

他们并没有分手……什么意思？

白墨菲的身体颤了一下，她抢过来一份报刊看着，很快就找到了马丁说的那一段话。

“没看出来莫少还挺腹黑，不否认就是变相默认，加上最后这句话混淆视听？”

这回大家看了报刊，更以为白墨菲身后的靠山就是莫流原无疑。

司空南墨的脸上阴雨密布："你说你们已经分手了，白墨菲，你骗我！"

"这些报道也许是记者为了吸引眼球乱写的。"白墨菲的脑子也很乱，"莫流原一向不喜欢接受采访，记者根本联络不到他。"她这样解释着，却连自己都不确信。

记者们如果没有经过莫流原的授意，敢随便发稿？

她待在莫流原身边多年，很清楚这几家报刊跟莫氏关系不错……

如果这是莫流原的意思，那表示他不会对她放手，也会采取行动。

"白小姐确实跟莫先生分手了，"马丁记得那天晚上莫流原狼狈地离开白家昏厥过去的场景，"不过这只是白小姐的想法，至于莫先生……如果他一厢情愿地以为这段关系还没有结束，那也就不难解释这些报道的事了。我查过，这几家媒体多年来跟莫家过从甚密，莫氏集团的很多新闻是在他们几家第一时间宣发的……"

显然这报道就是莫流原授意的，无法辩白了。

莫流原清楚地知道她的身后有人，也知道报道发出来，司空南墨就会压下去，所以发出这些报道不过是挑衅行为，通知司空南墨，他是不会放弃的。

司空南墨的手一紧，将报刊揉成了一团："想跟我抢女人，不自量力。"

"也许就是一场误会，你们不要阴谋论了。"白墨菲喉头发紧，"你要实在不信，我打电话给莫流原问清楚。"

"你敢！"他攥住她的胳膊，"谁允许你给他打电话？"

"不是他授意的。"

"是不是他，很快就知道了。"司空南墨眯起黑眸，"我倒也想看看，他还会有什么动作。"

白墨菲是他抢来的，抢的手段和时机都很不光彩。所以，他一直也很怕她再被抢回去，怕她的心始终不属于他……

但这一天还是来了，他会扼住莫流原的命脉，不给对方喘息的余地。

白墨菲死死地盯着他："你想对他做什么？"

"既然你说不是他做的，那我会耐心地等着看，"司空南墨安抚地拍着她的背，"现在我只想吃你为我做的一顿饭。"

白墨菲一堆心事，她现在哪里还有心情做饭？

"我现在改变主意了，我要吃你为莫流原做过的几道拿手菜。你之前是怎么为他做的，就一模一样地做给我吃。"司空南墨眼中闪过一丝算计之色，他想到怎么回击莫流原让对方最痛了，"作为奖赏，今天的事一笔勾销，我不找莫流原算账，这几家杂志社，我也不赶尽杀绝。"

白墨菲狐疑地看着他，确认他话里的真实性。

“白小姐要为少爷做饭？可是少爷不吃猪肉。”马丁活跃着气氛，眼睛瞟到案板上放的一块猪排。

“还有什么忌口？”白墨菲回神问。

“除了猪肉、鸡鸭的内脏，其他肉类，少爷都吃。他比较常吃的是和田牛肉和海鲜，各种深海鱼……”马丁说道，“少爷给你的‘墨之喜恶’里有记载，白小姐没看？”

说到“墨之喜恶”，司空南墨的脸色阴了下来：“她剪了。”

马丁语塞。

“他有手伤，不能吃牛肉，”白墨菲嗤笑，“不吃猪肉？难道是因为不吃同类？

“还好你们进化得快，不然现在摆在案板上的就是你们了。”

马丁抽了抽嘴角：“这话说得……”

白墨菲转过头看向司空南墨，带着一丝故意地问：“你确定要我做我擅长的菜品？可能都是你不爱吃的。我记得你不能吃辣的食物是吗？这几道菜都要放辣椒才好吃。”

她喜欢吃香辣的口味，有一个中国胃，对西餐不是很感兴趣，偶尔吃吃还差不多。

莫流原跟她在一起生活了十几年，他的生活习性跟她很接近，不过西餐、中餐，他都爱吃……

司空南墨倒是不同，从小在国外长大，从他平时的饮食上判断，他爱吃西餐，不能吃辣的东西，一点点都不行，哪怕摆盘放一个辣椒，他都要避开。

“那白小姐可以不放辣椒，少爷不能碰辣椒。”马丁说道。

“没有辣椒的菜没有灵魂啊……”白墨菲无语，“不好吃，我不负责。”

司空南墨却神色沉沉地看着她说：“你平时怎么做，就怎么做，今天这些菜不必顾及我。”

马丁很是诧异，白墨菲也不理解，司空南墨之前还说要让她为他发明新的菜品，她为莫流原做过的菜，他不想吃，怎么突然又改变心思了？

第十章

糟糕，她对他动心了

…………

傍晚，天际还亮着一丝微光。

露台上临时搭着小桌，点着蜡烛，银质餐具摆在蕾丝桌布上。

坐在这里的人能看到整个后花园的风景，绿树绕着进口玫瑰树，在一棵光秃秃的树上挂着成百上千盏风灯，帮佣正拿着细长的点火器将这些风灯一盏盏点燃。

天彻底黑下来时，整棵树上的风灯都亮起一团团温馨的橘光。

白墨菲围着荷叶边围裙，长发随意地绾着，忙活了一下午，就做了好几道菜……今晚她是小厨娘，成品还不错，色香味俱全。

辣子鸡、火爆毛肚、香辣蟹、手撕鸭，还有连汤的表面都漂着一层厚厚的辣油的水煮鱼片。

马丁看着一道又一道的川菜上桌，全都红红的，只是看着就辣到他吸气。

跟随着司空南墨多年，他也不能吃辣的东西。

“白小姐，你做的这些菜，可以叫全辣宴。”

“这样看着才有食欲啊。”白墨菲坏笑，光是闻着味道就胃口大开。

司空南墨远远地站着，看着红色的辣椒不知道后悔没有……

马丁满脸嫌弃的表情：“我真怀疑白小姐是故意的。”

说了少爷不能吃辣的东西，她偏偏整了一桌子辣的出来，一道少爷能吃的菜都没有。

白墨菲没有吭声。她确实是故意的，因为莫流原中餐和西餐都爱吃，西餐她也有拿手的几样菜，但她偏偏就是想要跟司空南墨对着干。

他不是不能吃辣的东西吗？他不吃，她一个人吃。

“你就不会做一道不放辣椒的菜？”马丁不死心地问，为少爷的胃心疼。

“抱歉，我不会。”白墨菲瞥了某人一眼，“我早提醒过你的，是你说可以。”

司空南墨沉着脸没有说话。

“少爷，要不我让厨子重新做几样清淡的菜？”

“不必。”司空南墨迈步走了过来，眼神如墨，让人看不出心绪，“去拿台相机过来，把每一道菜都拍下来，拍好看点！”

马丁眉头一抽，这还要纪念？

司空南墨又让帮佣拿来笔，把白墨菲按在椅子上，丢给她一个菜品立牌：“写。”

“写什么？”白墨菲一脸莫名其妙的表情。

“致我的最爱——司空先生，署名——甜心墨菲。”

白墨菲一时没反应过来。

“快点。”司空南墨用手指敲了敲桌子，脸上满是威胁之色。

白墨菲不知道这男人为什么戏这么多，他一个人就能分饰多角。

白墨菲不想写，这男人就一个劲地逼她，眼见着他又要亲亲抱抱，她没辙，只好写了。

秀丽的字出现在卡片上，署名她只写了墨菲，“甜心”这个词太恶心了，她下不了笔。

司空南墨却有执念似的，非得让她在她的名字前加上那个词……

在这空当，马丁已经拿来单反相机调节好镜头，把每道菜都拍了特写，当然那张卡片被移动着立在每道菜前面，都留了影。

最后，司空南墨把白墨菲抱在怀里，又与这一桌菜拍了几张合照，背景是白家静谧的后花园，还有挂满风灯晕出一团暖光的枝丫。

不得不说，场景布置好了是成功的一半，照片怎么拍都好看，氛围温馨……

司空南墨滑着相机屏幕查看照片，还算是满意的，白墨菲已经忍不住拿起筷子先吃了起来：“再拍下去，菜都凉了。”

“你故意做了一桌辣的菜来报复我？”司空南墨把相机交给马丁，秋后算账。

“我就擅长做这几道菜，莫流原的口味跟你的不一样。”

司空南墨强忍着一脸妒意：“下次为我学做菜。”

白墨菲不理他。还有下次？他真当她是小厨娘了？

司空南墨拿起筷子，一时无从下手，哪道菜都淋着辣油，剁碎的辣椒铺了厚厚一层。

白墨菲一脸好笑的表情：“奇怪，我的菜没有放醋啊，我怎么闻到一股酸味？”

司空南墨幽幽地盯着她。

他就见白墨菲吃得很开心，仿佛这是什么绝世美味……

换作平时，司空南墨绝不会尝试，但今晚这些菜都是她亲手做的。

他怎么都要尝尝她的手艺。

他用筷子扒开厚厚一层辣椒，把手撕鸭的鸭皮也去掉，挑出一小块肉放进嘴里。

谁知这辣味是入到肉里去的……

司空南墨艰难地嚼了几下，就呛咳起来。

白墨菲看他咳着马上把半杯红酒都喝了下去，失去了往日绅士的仪态，她笑出了声音。

“今晚上床睡觉后，我看你还能笑得这么开心！”司空南墨愠怒地说着。

“是你自己要求的，怪我？！这就是所谓的作茧自缚、自作自受吗？”白墨菲夹了一片毛肚优雅地吃着，许久不曾吃到这么辣的食物了，真是畅快淋漓。

厨房里为了照顾司空南墨的口味，做的菜味道都很温和，而且最近的各种补品，她吃得太腻了。

司空南墨不死心，也夹了片毛肚尝着……嚼了几下，辣到吐了出来。

“不要浪费食物，吃不下，也没人逼你。”白墨菲蹙眉。她也没有做得很辣啊，他就一点都不能吃？她要是做一顿变态辣的菜，他不会吃到生病吧？

司空南墨大力吸着气，薄薄的唇已经红了。

但不知道是出于什么心理，他缓了一会儿，又拿起了筷子……

马丁机智地倒了杯热水给他：“少爷，你把肉在水里涮涮，去掉辣味。”

这主意不错，司空南墨夹了几片毛肚放到碗里，水上肉眼可见地漂起一层辣油。马丁连着倒了几碗水，司空南墨就将这毛肚依次在每碗水中涮一遍……

这男人吃着吃着，脸就开始变色了，从一个白皮肤的人，脸变得越来越红。

“咯，咯咯咯……”

晚饭过去半小时了，司空南墨仍在咳嗽，脸像被烫熟的大虾米。

白墨菲洗完澡从浴室里出来，看见这个男人坐在沙发上嘴里含着润喉药，正闭目养神。

“我嘴里起了两个泡。”他幽幽地控诉道。

这老公鸭似的声音，让她差点没听出来是他在说话。

“你这个恶毒的女人，就是想折磨我。”司空南墨嘴唇微肿，说话的嗓音也变得嘶哑。

“我没让你吃那么多，既然辣，你就不要吃啊。”白墨菲坐在化妆镜前涂抹着保湿乳。她也是搞不懂了，这男人是自虐吗？吃不了辣，他还勉强自己吃了好多，有一半是他吃掉的。要不是吃到后面实在难以招架，他可能会清盘吧……

“你忙了一下午的成果，我能浪费？”他咬了咬牙，嘴唇还辣得发疼。

白墨菲诧异地看了他一眼……他勉强自己吃了这么多菜，是这个原因？

司空南墨又咳嗽了几声，嗓子里好像有几根丝，怎么都咳不出来。他吃坏了身体。

“我的胃也疼，火烧火燎的。”他从桌上拿起胃药，就着水服下。

为什么这女人也吃了不少菜，却一点事没有？

“那……味道，你觉得怎么样？”白墨菲想笑却又有一点同情，“虽然辣，但口味是好的吧？”

“除了辣，还能有什么味道？！”他的味觉都被辣得快没了。

“你尝不出别的味道？”

司空南墨想说什么，眉头却突然蹙起来，然后他几大步冲进盥洗间，接着传来马桶抽水声。

等大总裁拉了第五次肚子，连屁股也辣得疼时，他已经想把她钉在十字架上惩罚：“死女人，你还敢笑？！”

司空南墨不舒服，白墨菲也别想睡好，他就折腾她。

他把她困在怀里，不许她睡，拿了平板电脑让她陪着一起刷网页……把上午看过的那些评论又扫一遍，果然差评都不见了，只留下众多好评。

司空南墨又逼着白墨菲注册了一个微博账号，让她发新的动态。

白墨菲没有私人主页，莫流原不喜欢她与外界交流……

“你就不怕大把爱慕我的男人发私信给我？”白墨菲靠着他的胸口，不理解地问。

司空南墨的嗓音还是沙哑的，他声音低低地闷哼道：“谁敢？”

“白墨菲这个用户名已经被人注册了……”

司空南墨就按着她的手，在昵称前面加上“司空夫人”，变成了“司空夫人——白墨菲”。

白墨菲被这个昵称恶心到，她什么时候成他的夫人了？他又不打算娶她。

还没等她抗议，司空南墨已经按了确定键，昵称生效。

白墨菲："我不喜欢这个名字，这个微博号我要弃用。"

司空南墨哪里会理会她那么多，发了条信息给马丁，在白墨菲写后台资料的这几分钟之内，她就看到自己的微博已经有了橙色的"V"标志。

现在是晚上十一点，这时间竟然还有工作人员加班吗？

她再一看认证的信息介绍：白梦仕集团二小姐白墨菲。

白墨菲的脸黑了，这是她的微博号，可她连取个昵称的自由都没有。显然，这微博的控制权也不在她手里，难怪他不担心会有别的男人找她。

"你慢慢玩吧，我去喝水。"白墨菲从他的怀里爬了出去。

这会儿，马丁也已经把今晚拍的照片传送了过来……

司空南墨一一接收后，挑选了一组满意的照片编辑好，发了第一条动态。

"遇见你以前，我没考虑过婚姻，而遇到你之后，结婚这事，我没想过别人。晚安，司空先生。"

五张菜品图，配上一张他们的合照，发送成功。

那张合照上，他强势地把她按在怀里，低头亲吻着她的额头。

因为拍摄的角度问题，照片只照到他的小半边侧脸轮廓以及在暖光中零碎的短发。

拍摄者将尺度掌握得很好，既没有曝光他的面容，又能让人看出他是个绝色帅哥。

而白墨菲被捏着下巴，一张面庞露出大半，星眸红唇，美得明目张胆。

白墨菲只是下床喝了口水，再回来，这条微博就被发出去了……

她的眉头狠狠一抽："司空南墨，你不要脸！"

这显得她多想嫁给他似的……她的微博都向全世界公开宣布了。

而司空南墨并没有娶她的计划，他发这条微博无非是一个目的，刺激莫流原。

难怪这些菜品是莫流原喜欢吃的，他也非要她照着做。原来，从一开始，他就在算计。她擅长做的菜品，莫流原吃过那么多次，只看品相他就能分辨出是不是她做的。

"你敢删，"司空南墨扼住她的手腕，"我就敢让莫氏集团一夜之间消失。"

白墨菲气得胸口起伏："你好阴险。"

他从头到尾都算计好了，利用她来攻击莫流原，对莫流原来说，这才是最大的痛点。

过分，司空南墨真的太过分了——

"我不过是让他知难而退。"司空南墨眼神深沉地盯着她，"他不肯放弃你，难道你还想跟他有继续交往的可能？”

“可你这样做实在伤人！”

“他对你有感情才伤人，没有感情……又何必在乎？”司空南墨嗤笑了一声，“你也不希望他再对你心存妄想，死皮赖脸地纠缠着不肯放手吧？”

“你以为他是你？他才不会死皮赖脸地纠缠我！”

“你很聪明，那些报道是不是他的授意，你比我清楚。”

白墨菲被噎住，下午的报道绝对是莫流原的意思。她没想到，一向高傲的他会不放手。她也在思考怎么办，才能让他放弃她……

“墨菲，我在帮你。比起让他一直抱着执念，却永远都得不到拟……长痛不如短痛。”他扬起猩红的唇。

白墨菲长长的睫毛微颤，她竟说不出反驳的话。如果莫流原能因此退让，未尝不是好事。

“算了，”她挣开自己的手，“你想怎样就怎样，只要你别对莫氏企业出手就行。”

司空南墨笑了：“只要你乖乖地站在我这边，我自然不会对他出手。”

他很清楚，一旦动了莫流原，白墨菲不会原谅他，他们的关系也彻底完了。

他一把将白墨菲抱进怀里，吻了吻她的脸颊：“还在生气？”

“你为什么非要说我想嫁给你？我们将来又不会结婚。”白墨菲介意，他写什么话都好，为什么非要让大家误解她是什么“司空夫人”。

“不这么说，大家都在传你我是不正当关系。你爱听？”

白墨菲想起早先新闻下面的那些恶评，的确……

“让他们知道你不是被我玩弄的情人，而是我想明媒正娶的恋人，没人再敢口无遮拦。”他是在保护她。

白墨菲失笑，那又怎么样？这些都是假的啊。

实际上，他没想过娶她，他们本就是合约关系……等他玩腻了她的那天，她还是会被一脚踹掉的，到时候这美丽的谎言也会被揭穿。

白墨菲不去想那么多了，外界对她的看法，她本就不关心，等那天真的到来，她早就离开他，去到一个与世无争的地方。

“在想什么？”司空南墨捏起她的下颌，眼神有些许期待地问，“难道你想嫁给我？”

“呵，你早点洗洗睡吧，梦里什么都有。”白墨菲打掉他的手。

司空南墨把平板电脑一扔，将女人压到身下：“总有一天，你会改变主意。”

白墨菲昂着小脸：“才不会！”

她有她的自尊和骄傲，如果他不想娶她，她绝不会求着他娶她。莫流原说解除婚约，她就离开了他的世界……

司空南墨恶狠狠地说：“你会！”

“你这个人也太霸道了！”他不想娶她，还逼她想嫁给他。

莫家。

莫流原坐在书房阴暗的角落里，目光空洞，怀里抱着一只波斯猫，轻轻顺着它的长毛。他的手指上沾着鲜红的血迹，他也毫未察觉……

直到赫管家惊呼出声：“少爷！”

莫流原恍然回神。

他摊开满是鲜血的手，神色怔然……

这只猫是他送给白墨菲的礼物。他们分手后，它也被她送回了莫家。

这是白墨菲最钟爱的宠物，她养了八年，现在却没了呼吸。

“少爷，我马上去拿药！”赫管家小心翼翼地观察着莫流原，确定他不是西原大人，这才准备去拿药盒……

莫流原阴郁地出声：“不必了，我现在很清醒。”

他的病好像更严重了……

在他精神游离的瞬间，那邪恶的人格随时可能冒出来，做出让人惊悚的事。

长期为莫流原治疗的心理医生莫斯先生说过：每个人内心都有阴暗邪恶的一面，莫流原把那一面的自己封起来，形成了另一人格——西原。留下来的莫流原极度善良，内心还保持着孩子般的童真。多年以来，在他黑暗孤寂的世界里，白墨菲是他内心唯一的光……

这次从英国回来，莫流原就一直被白墨菲深深地刺激着。每一次，他的病情都会加重。即便西原没有出现，他也时而产生邪恶的念头，情绪也常常会失控。

所有人都察觉了莫流原的变化，包括他自己。

他害怕自己撑不了多久，就会彻底被西原同化，到时候，世上再没有莫流原了，他会彻彻底底地消失……

“也许，等白二小姐回到你的身边，一切就会好起来了。”赫管家宽慰着莫流原。

莫流原怔怔地盯着猫的尸体。

他后知后觉地开始有了惧意，从脊背处不断往心头涌上恶寒之意，身体也不住地发抖。

倘若……他被邪恶性格彻底支配，也会这样对待白墨菲吗？

不，他不敢想。就算他伤害自己，伤害全世界的人，也不可能舍得伤害她……

赫管家小心地靠近莫流原，瞥到电脑上打开的网页，停留在白墨菲新注册认证的微博页面上，瞬间明白少爷这次受刺激的症结所在。

他马上过去关了电脑：“少爷……白二小姐行事低调，素来不爱张扬，即便是分手了，她也不可能这样伤你。”

“我知道。”莫流原轻轻点头。那条刺眼的微博显然不是白墨菲写的，但菜确实是她做的……菜前立的卡片上，也是她的字迹。

他僵硬地抱着怀里的猫的尸体起身，血迹弄脏了他的衬衣和长裤，他木然地朝前走去。

赫管家紧跟在他身后：“少爷，交给我吧，我一定让人厚葬它。”

“铲子。”

“少爷要亲自……”

莫流原没说话，像个僵硬的提线木偶，一步步走向莫家后花园……

白墨菲又上话题榜了。

她新注册的微博涨粉五十多万，并且还在光速飙升着……

整个白家的帮佣都在刷手机，司空南墨一边晨练，一边刷微博，马丁也在刷，连厨子都在刷。

白墨菲问了姆妈才知道，司空南墨让白家所有帮佣都注册了微博去夸赞她。

这人真无聊！

白墨菲没想到，司空南墨幼稚起来会是这样。

“二小姐，你不看看？你现在是全城最令人艳羡的女人……哦，全国。”姆妈喜滋滋地说。

“反正都是假的，有什么意思？”白墨菲挑了挑眉，看了一眼餐桌，又是营养餐、大补汤。

据马丁说，司空南墨还雇了一批人去各大论坛、贴吧宣传，现在所有人都知道，站在白墨菲身后为她撑腰的男人不是莫流原，而是“司空先生”。

司空这个姓氏并不少见，没有人会把他和司空家族联系起来，毕竟司空家族是隐藏的贵族。

大家纷纷猜测这位神秘的人是谁。

昨天有关莫流原的新闻转瞬间消失得干干净净，网络上所有与他相关的消息都了无痕迹，大家不傻，全都明白他被封杀了。

这位“司空先生”到底是谁，竟有这么大的能力封杀莫流原？

莫流原已经是S市有名的贵族，没有其他财团能与之匹敌……而神秘的“司空先生”兵不血刃，杀人于无形之中。

“网上全在说你势力强大，一手遮天呢……”白墨菲喝着汤，在司空南墨的逼迫下只好也拿出手机翻看起来。

司空南墨冷哼了一声："这是事实。"

"这回你得意了？"白墨菲夹起一颗肉丸，刚要吃下去就被司空南墨抓住手送到他的嘴里。

他靠着椅背，神色邪魅狷狂。

"白小姐，这两天你要不要避避风头，不去上课了？"马丁提议道，大概会有狗仔队藏在学校附近偷拍或围着她采访。

"不要，以他这高调的作风，这风头要避到什么时候？"

按照这趋势，他会想方设法地让她天天上话题榜……

白墨菲想得没错，司空南墨正有此打算。

他举起手机，对着正在吃早餐的白墨菲拍了张照片，配文：我在你身边了，你再也不用羡慕别的女人——司空先生。

这条微博才发出去十几分钟，阅读量就上千万，转发、评论量上万……

这阵势，就是现在的当红流量小生，都没有这么高的关注度。

底下的评论区清一色的迷妹在疯狂夸赞——

"啊啊啊，司空先生，你好帅！"

"司空先生今天没有出境……"

"好美的情话……这是司空先生写的？夫妻俩共用一个微博账号？"

"白墨菲也太好命了吧，羡慕到哭，呜呜呜。"

…………

白墨菲优雅地擦了擦嘴："你这么喜欢发微博，自己去注册一个账号，干吗要用我的？"

司空南墨现在比她还火，有钱又长得帅还深情的男人，谁不爱？

司空南墨淡淡地扫她一眼："我不喜欢被曝光。"

由于宫子华代言了白梦仕品牌，宫子华的微博沦陷了……

斯米兰担任白梦仕的设计大师，斯米兰的官博也被轰炸。

甚至，前几天才签约到白梦仕旗下的几个模特，白梦仕的高层人员、员工，但凡有个人主页的人，网友们都顺藤摸瓜地爬了过去，打探司空先生的消息，试图挖掘到一星半点他的背景。

很可惜，网民们失望了。

"这宫子华、斯米兰也蹭到了热度。"马丁啧啧称奇。

"我去上课了。"白墨菲不想参与这些事。

"白小姐，你若执意要去上学，少爷安排了十个精选的保镖保护你的安全。"

白墨菲皱起眉，正要抗议，司空南墨淡淡地说："等热度下来，保镖会撤离。"

"十个保镖，那也太夸张了！"

"他们不会跟进学校，就守在校外接送你。"马丁表情严肃，现在白墨菲在风口浪尖上，如果遇到狂热分子，可不能出任何意外。

白墨菲想了想，保镖不进学校干扰到大家的话，她倒没有意见。

司空南墨的安排是合理的，那些媒体想要热度，会费尽心思地打探情报。

不过，学校内有安保系统，不会放外人进去，她在校内绝对安全，出了校门可就未必了。

除此之外，白墨菲还有另一层担心……

她怕莫流原会去学校找她。

也许是她多虑了吧，事情发展到如今这样，以莫流原高傲的个性，他绝不会再低头来找她。

三台保镖车送白墨菲到学校，下来十个黑衣墨镜的保镖保护她，学生们都被这气场镇到，纷纷散开，留出宽阔的路给她……

这排场太大了，仿佛女王出行。

白墨菲开始有点后悔，不该来学校的，但她总不能躲一辈子。

都怪司空南墨，彻底打破了她平静的生活，她不知道这场闹剧到什么时候才收场。

把帽檐压低，将大衣领子拉高，白墨菲低着头，一副不想让任何人看到的样子，匆匆进了学校。

除了两个贴身保镖寸步不离地跟着她，其余十个保镖就守在校门口。

白墨菲隐隐看到马路对面停着长排的车，一些记者早就跃跃欲试，看到这些保镖才按捺不动。

手机在兜里响起，她不用想，除了司空南墨，没有其他人会给她这部新手机打电话。

白墨菲戴着黑色皮手套，掏手机的动作不便，只是晚了那么几秒，手机就自动接通了……

司空南墨恼火的嗓音传来："为什么不接电话？！"

白墨菲气得不想说话。

"出事了？白墨菲，回答！"

"没有，"白墨菲毫不淑女地翻了个白眼，"你别大惊小怪。"

"有八家媒体堵在你们校门口，若不是我安排了保镖，你今天会被榨得尸骨无存。"司空南墨冷嗤道。显然，十个守在校外的保镖已经查出了是哪几家媒体。

“要我谢谢你吗？”白墨菲咬牙，“如果不是你这么高调，我何至于落到这个境地？”

“你就该听我的，在家里待几天。”

“凭什么我要为你的行为买单？”白墨菲不服，她明明什么都没做错。

司空南墨沉默了几秒钟才说：“一旦发现异常情况，马上打电话告诉我。”

“知道了。”白墨菲打着电话，走在校内的林荫小道上，两边高大的法国梧桐落光了叶子，挺拔而伟岸。

走在她前后的学生都下意识地往两边躲，让出宽宽的路给她。不管她走到哪里，学生们都给她让路，并且不时偷看她，然后交头接耳。

白墨菲以前在学校里就是名人，可也不至于像现在这样夸张。

好不容易到了教学楼，她进入自己的教室……原本喧哗热闹的空间瞬间噤声了，大家全都装作不经意地看她，并窃窃私语起来。

接着，有人装作经过她身边，拿出手机悄悄地拍了一张照。

然后，各个方向坐着的同学相继拿出手机，有的装作照镜子，有的佯装在自拍，有的则鬼鬼祟祟地把手机从腋下探出……

只是这些手机的镜头都对着白墨菲，默契地关闭了闪光灯，大家纷纷按下快门。

更离谱的是，这一天下来，上课的教授都格外关注白墨菲的一举一动，有叫她回答问题的，有找她谈人生理想的，还有位教授直接要求与她合影。

八卦是人的天性，而好奇心又能杀死猫……

学生们一个个顶着“司空先生是谁”的表情在她面前穿梭着，想要问她什么，又不敢直接问，想要靠近她，又害怕靠近，想要偷看她，又怕被她发现……他们憋得辛苦，而她处在这种环境中，也忍得很压抑。

都是那个男人的错，司空南墨，快出来挨打！

夜里安静。

洗浴结束，司空南墨把白墨菲抱到床上，调了海藻泥，坐在床边给她涂抹。

白墨菲心情不好，是个人都看出来了。从学校回来后到现在，她都一声不吭，晚餐也就随便吃了几口，任司空南墨威逼利诱都没用……

白墨菲看他端着一盒黑乎乎的东西过来，皱起眉就伸手挡开。

可他手指上的那一坨海藻泥已经敷到了她的脸上：“这是天然海藻泥面膜，有清热祛痘的功效。”

白墨菲昨天吃了辣椒，今天额头上冒出了两颗痘痘。

“以后不许吃辣的东西，上火，对皮肤也不好。”他看着这两颗痘痘就觉得碍眼得很。

“我不敷，”白墨菲挡开他的手，“你能不能闪开点？我看到你心情就不好。”

“乖，敷了，明天就会好。”

白墨菲更生气了，他打着为她好的旗号，全方位地控制她的人生。

“你再乱动，别逼我把你的手绑起来。”司空南墨威胁道。

“你有病？”

“听说，人在高兴时会分泌一种物质，可以杀死百分之九十五的癌细胞。”司空南墨取下一条领带，把她的两只小手捆在头顶，“墨菲，你的笑容价值百万，你应该多笑。”

看到他，她真的笑不出来。他当然开心了，毕竟每天被折腾的都是她。

白墨菲咬着牙，看他笨拙地给她涂抹着面膜，这应该是他第一次给人涂海藻泥。

当脸被涂满海藻泥，她就不能说太多话，或者做很大的面部表情了。

司空南墨居然知道这一点，给她敷好面膜后，就叫她乖乖地安静待着，不要说话了……

白墨菲心里郁闷，也不想说话，挣扎着，想挣脱手腕上缚住她的领带。

司空南墨洗干净手回来，放了舒缓的轻音乐，坐在她身旁，按住她的手，不许她再动。

白墨菲像个木乃伊一样躺在沙发上，他计算着时间陪着她，那双漆黑的眼像两盏两百瓦的超级大灯泡，一眨不眨地盯着她。

她就算闭着眼，也能感觉到他的目光，浑身不自在起来。

“你别一直看着我！”

“不看你，看谁？”他扬唇，“墨菲，我怎么都看不够你。”

白墨菲抿了抿唇，别开脸。

“你的指甲很长了，很容易划伤自己。”他把玩着她的手指，当她握拳时，长长的指甲就会在掌心里印上小小的指印，他心疼地揉了揉她的掌心，“我帮你剪短？”

“不剪。”

白墨菲把手抽回去，想了想，他那看着自己的目光实在是瘆人——好像生怕现在不多看两眼，明天他就会见不到她了一样。

“剪吧。”她无奈地将手递出去。

知道她不高兴，这是司空大总裁讨好她的方式，他想让她开心，她懂。

但他就连讨好人，都是这么独断专行、霸道。

有他这样把人捆住手，强制押着敷海藻泥面膜的吗？他绝对是第一人。

司空南墨翻箱倒柜，在梳妆台里找来全套的修甲工具。

“别剪到我的肉了——别剪得太短。”她有些后悔，看他这从来没干过剪指甲这种活的样子，他绝对没有为别人服务过，万一把她的指甲剪得参差不齐……

她的担心多余了，司空南墨当场就拿起手机，搜索了几个修剪指甲的视频，认真地研究着。

“你想剪成椭圆形、豆瓣形，还是你目前这种瓜子形的？”他看了几分钟后，就颇为“专业”地问。

“随便，你能剪出任何一种形状都行，别给我剪坏了。”

司空南墨让她的头枕在他的膝上，微弓着背，执起她漂亮修长的手指小心翼翼地剪下一块半月牙形的指甲，剩下的指甲是漂亮的豆瓣形，长短也合适……

眼前这个仿佛在办公事一样严肃认真的男人，真的是那个魔鬼吗？

“能让我给你剪指甲，这种宠爱，你是独一份。”他帮她一只只剪好，看着成果颇为满意，脸上又扬起那一丝得意的笑容。

白墨菲在灯光下看了看：“就一般般吧。”

“这还叫一般？”司空南墨捏起她的手指，“不会长到再抓破我的背，也不会太短影响美观，这种长度，你以为是谁都能完美地剪出来的？”

什么叫长到再抓破他的背？……

白墨菲脸颊微热，狠狠地抽回自己的手，他确实就剪得一般嘛，不好也不差。可这对司空南墨来说，已经是超不容易的了，实在难以想象，他这样的大男人可以做这种细活。

“白墨菲，夸我！”他不满意她的回答。

“都说一般了，这不就是夸你了吗？”白墨菲白他一眼。

司空南墨捏着她的下巴摇了摇：“现在心情有没有好点？”

他给她敷个面膜、剪个指甲，就指望她能心情好点了吗？

白墨菲不说话，但神奇的是……她好像不知不觉就真的不生气了。

司空南墨把她脸上已经干了的海藻泥面膜弄掉，抱她去盥洗间洗了个脸，又抱着她，将她放在化妆桌前，看着那一堆堆的瓶瓶罐罐问：“这些护肤品怎么用？我帮你。”

“还是我自己来吧。”白墨菲又没有残疾，用不着什么事都让他来。

司空南墨靠在桌边盯着她一步步地涂抹护肤品，仿佛在学习的样子。

“你今晚很闲？”白墨菲瞪他。

“如果这世界真的存在五维空间，在某个平行空间的我，可能已经日夜播种，让你孕育出了许多孩子。而在另一个平行空间的你，可能已经无法自拔地深深爱上了我，也已经如愿以偿地嫁给我了。”司空南墨笑得邪魅，“墨菲，我真替你高兴啊。”

他替她高兴？

白墨菲反驳道：“如果这世界真的有五维空间，我可能从来就没遇见过你，我们就是两条毫无关联的平行线，永不相交。”

司空南墨的脸色蓦然黑了：“你就非要说些扫兴的话？”

谁叫他得了便宜还卖乖……

“现在可以告诉我，在学校里是谁惹你不高兴了？”司空南墨拿起一瓶保湿霜研究着问，“告诉我，我替你做主。”

“没有。”

“撒谎！你今晚回来就像出丧的表情……”司空南墨蹙眉。他问过保镖了，他们都说不出原因。

“你是明知故问吗？明明是你掀起的巨大舆论让我不开心的。”白墨菲把最后一道锁水工序做完，轻轻拍打着面颊。

“就为这事？真的没有别的人欺负你？”司空南墨盯着她，“不论是谁，敢让我的女人不好受，我就让他全家不好过。”

“是你让我不开心，你要怎么惩罚自己？”

“那就罚我做一晚的苦力，好好犒劳你？”说着，司空南墨就欺身上来。他就只穿着一件宽大的浴袍，轻轻一扯衣带浴袍便敞开了，里面还好穿着条底裤。

司空南墨习惯裸睡，晚上只穿一条底裤，要不是碍于白墨菲，这条底裤他都不会穿。

“我来‘大姨妈’了。”白墨菲凉薄的声音响起，像一盆凉水浇在某人的头上。

司空南墨紧紧地抱着她，喘息着，身体僵硬得一动不动。

白墨菲看他难忍痛苦的样子，语气带着一丝讥笑说道：“今晚我睡客房。”

一直胆战心惊怕怀孕，看到“大姨妈”安然到访，她太开心了。

“几天？”他怔了怔，低声问。

“嗯……至少一个星期吧，不过最近太补了，可能来十天。”白墨菲故意地说，其实她通常来三天就结束了。

司空南墨放开她：“有没有不舒服？”

作为男人，他还是知道女人这些天容易生理痛的……

白墨菲看他并没有因为她败了兴致而生气，倒是更关心她的身体，大掌还在她的腹部揉了揉，问：“这里会不会痛？”

白墨菲感觉心脏被触动了一下，垂下长睫毛：“不痛。”

“这些天都不要碰冷水，更不能吃生冷的食物，也不能喝冰冷的饮料。”

“你管我。”白墨菲从他的怀里挣脱，不用再上“夜课”，她可以自由几天了。

司空南墨拿起墙上的室内对讲电话，让楼下的帮佣炖一盅乌鸡汤上来。

经期会造成失血和营养物质丢失，她需要多喝含铁和蛋白质的汤……

“又喝汤，现在每天早上喝，晚上也喝，每餐饭也喝。”白墨菲听到他打电话，忙说道。她本来就不喜欢喝汤汤水水的东西，更何况是这些药补类的汤。

“对你的身体有好处。”司空南墨拿起一支祛痘凝霜走过来，“这个药效好，在你的痘痘上涂抹一些。”

“你比我爸还管得多……”白墨菲烦他。

司空南墨已经撩起她的长发，在痘痘处轻轻涂抹上药，触感清清凉凉的。

为防止头发落下来弄到药，他还贴心地取了发箍，把她的头发固定住。

白墨菲等他擦完了，就拿起床上的一个枕头，抱着往外走。

司空南墨拽住她的胳膊：“你只许睡在我身边，哪都不许去。”

白墨菲迟疑地看着他。

司空南墨抽走枕头，摆回床上，淡淡地说：“我是喜欢你，才对你做这些事的。”他拽了她按在床上，“如果会伤害到你的身体，再大的痛楚，我也能忍。”

有些行为不是必须的……那不过是他爱她的一种体现。

白墨菲半夜醒来，看到司空南墨睡在身旁，立体的轮廓、高挺的鼻梁，那双如星空一样浩瀚的眼眸正温柔地看着她……

温柔，这两个字从来与他无缘。

可是，这一刻，她确实看到了他眼里浓得化不开的温情。

“你……怎么还没睡？”白墨菲被他的眼睛看得心发沉。

司空南墨回过神，恢复平日里狂妄的模样：“怎么醒了？”

“口渴……”白墨菲喉咙干渴，想要喝水。

“别动，我去给你倒水。”司空南墨拿起水杯，想起她只能喝热水，便去楼下接了杯热水上来。

白墨菲喝完水，他接过空的玻璃杯：“才三点，继续睡。”

已经凌晨三点了，他竟然还没睡……难道是生理原因睡不着？

司空南墨将她搂在怀里，他胸前的绒毛细细的、软软的，扫着她的脸。

白墨菲明明很困，但他炙热的气息烫得她睡不着了，她伸手拔了几根他的胸毛……

司空南墨低声问：“你很讨厌？”

好端端的，他的胸毛哪里又惹到这个女人了？

“别拔了，我明天找人处理干净。”

"怎么处理？剃了又会长。"白墨菲闻言，住了手，她不过是无聊……

"激光脱毛是永久性的。"

他居然为了她要去做激光脱毛？

白墨菲睁大了眼，怀疑地看着他。

司空南墨捏着她的下巴，却是极为认真的口吻："还有什么地方是你不喜欢的？"

白墨菲的手指在他英俊的脸庞上滑过："都不喜欢，你难道去整容？"

司空南墨的目光沉了沉："整成莫流原那样的？"恐怕没有那种技术，他跟莫流原的差异太大，要整成那样，他整个骨骼都得打断了重组。

看他纠结的样子，白墨菲笑了起来。她才不相信这男人为了她真会整成别人的样子，不过是哄她开心。

他赢了，今晚她的心情不错，她的确被哄得很开心。

"你笑什么？"司空南墨捏痛她的下巴，眼眸黯黯的。

该死，他是认真的，她却是一副开玩笑的样子。

白墨菲揪住他的短发，一通乱拨："最好把你的头发也一起做激光脱掉，我喜欢光头。"

司空南墨狠狠地在她的鼻子上留下一个牙印："我到底是哪里难看？"

这辈子，还没有人说过他长得难看。

"你哪里都很难看。"

"白墨菲！"

"好了，你一个大男人就不要折腾这些了，不管好不好看，还是原装的比较好。"白墨菲打了个哈欠，真怕他跑去弄得不伦不类地回来，那每天都会碍她的眼，"快点睡吧。"

闻言，司空南墨深深地吻了她一下："你希望我哪里都不改？"

白墨菲没理他，闭上眼酣睡过去，只是这回她没有背过身去，将冷漠的背对着他。

司空南墨薄薄的唇挑起一丝满意的笑，似乎心里郁结的那口闷气跟着消散，他也很快睡熟了。

翌日。

白墨菲破例醒得很早，比平时早醒了一个小时，可睁开眼睛的时候，身侧的男人还是先起床了。他每天都会起很早去晨练？

生活极有规律的男人，果然克制力强啊。

心情意外地好，她踱到楼下，忽然心血来潮，想自己做一顿早餐。

姆妈看到她忙碌的背影时，惊讶极了："白小姐，这是你为司空先生做的爱心早餐吗？"

白墨菲回过神，看到自己做的早点，吓了一跳。

她着魔了吗？她居然用了情侣锅，煎了两个心形的鸡蛋。

"司空先生想必会非常高兴，"姆妈笑得揶揄，"这是为了补偿前天那顿'全辣餐'？"

"我只是随便练练手，谁说要做给他吃了？"白墨菲走到水池前，用冷水快速地清洗了一下自己的脸，整个人有些颓然。

她真是得意忘形，他稍微对她好一点，她就……

她绝不承认自己会犯这种低级错误，绝不承认会对司空南墨动心。

司空南墨结束运动，听帮佣说白墨菲一早醒了，还破天荒地进了厨房做早餐。

他跟着走进来，正好看到白墨菲把两个心形鸡蛋倒进垃圾桶——

"为什么倒了？"男人低沉的嗓音突兀地响起。

白墨菲吓了一跳，没有回头，把空碗放进水池里洗。

一双大掌握住她的肩头，强迫她回过头。

司空南墨看到的依然是往常那个冷漠的白墨菲。

"心形的鸡蛋？"他的目光落在垃圾桶上。

"我看到有心形锅子，顺手拿来试一试。"白墨菲面无表情地说，"练手而已，试验品当然要倒掉了。"

"明明是为我做的。"司空南墨蹙着眉，那样子恨不得把两个心形荷包蛋再从垃圾桶里拿出来。

姆妈生怕他会有这个想法，劝道："都沾了垃圾，已经脏了，不如让白小姐再做两个吧？"

"我不做。"白墨菲别开脸。

司空南墨按住她的肩头："你不做，就把垃圾桶里的鸡蛋洗一洗，一人吃一个。"

白墨菲瞪着眼："你脏死了！"

"那也有你陪我一起脏……"

"我才不要吃垃圾桶里的食物，要吃你自己吃。"

"白墨菲，做不做？"司空南墨威胁道，"不做，我现在就捡垃圾了。"

白墨菲叹了口气。其实她不愿意的话，他的任何逼迫都对她无效……但最终她还是把心形锅放到了灶上，熟练地打下一个鸡蛋。

司空南墨弯起唇，笑了。

看到司空先生高兴，姆妈后怕地吐出一口气，把烤箱里的食物端出来，又端了水果盘，先去餐厅布置餐点了……

司空南墨高兴，整个白家的帮佣都跟着高兴，连马丁都哼起了小曲。

姆妈特地翻出一张黑胶唱片，放在老式留声机上，花形喇叭流淌出悠扬的旋律。

今天早餐的主题：心形荷包蛋的盛宴……

司空南墨捏着一瓶番茄酱，在两个荷包蛋上分别淋出“南”和“菲”字。

“南”代表司空南墨，“菲”代表白墨菲。

“可以吃了。”淋完最后一笔，司空南墨勾了勾唇，说。

白墨菲冷笑：“幼稚！”

她从旁边的餐具里拿出一副刀叉，将“南”字一分为二。

司空南墨挑眉：“墨菲，你虐待我。”

白墨菲切了很多刀下去，一个鸡蛋变成了碎片，直到“南”字再也不见……

“墨菲，你对我真的很残忍。不过，我舍不得如此对你。”说着，他居然把那个有“菲”字的鸡蛋，整个一口塞进了嘴里。

他这是多大的嘴？

白墨菲愣了愣，没过一会儿，就听到司空南墨开始咳嗽——他被噎到了。

俊眉紧紧地皱着，司空南墨拍了几下胸口，严肃地咳嗽：“我噎了。”

白墨菲：“……”

“你想等着我被噎死？咯咯。水！”

马丁已经第一时间倒了水，司空南墨却不接，瞪着白墨菲。

白墨菲只好接过水杯，亲自喂到他的嘴边……

她真是对这男人哭笑不得……他幼稚起来，几岁的小孩都甘拜下风；阴险起来又比任何成人都更有心机。

第十一章

与他许下半年之期

校门口，一辆加长林肯车缓缓停下，正是上学高峰期，校门口涌动的学生在看到这台车的瞬间就都停下了脚步。

莫氏蔷薇花的族徽旗帜插在车门两边的后视镜上，任谁都能一眼认出它的车主是谁。

年迈的赫管家下了车，恭敬地站在一旁，行着宫廷礼，将手臂半弯着。

一双干净锃亮的白色皮鞋踩在地上，紧接着，走下来一个俊美如天神的男人……

没有前呼后拥的排场，莫流原的出场总是低调的，像一阵微风吹过，却丝毫不会消减他尊贵的气场。

挺拔修长的身形，身着高定英伦制服，宽阔的垫肩，银色的胸针链上别着一枚很精致的六芒星徽章，有一种欧洲海军风，又有一种宫廷装的味道。

在场所有的女生，在看到这张脸以后，都再也移不开目光了。

莫流原将“帅”这个字重新定义。

老天也太偏爱他了吧，将所有的优点都倾注在他身上，让人找不到一丁点瑕疵。

不管是从哪个角度看，他都完美得无懈可击。

莫流原单手插兜，静静地站在那里等候的画面，就像一幅油画……

大家都不进学校了，聚在一起陪着莫流原等人。谁都知道他来学校一定是找白墨菲的，而她现在有了新的男友，三角恋的狗血剧情，吸引着每一颗八卦的心。

白墨菲坐在车后座上看书，和往常一样去往学校。直到下车之前，她也没发现异常……

当抬眸发现校门口黑压压地聚了好多学生时，她还奇怪学校里是不是出什么事了。

“白二小姐。”赫管家低沉的嗓音提醒道。

白墨菲背脊僵住，转过身就看到站在梧桐树下的莫流原。

跟着白墨菲下来的两个保镖，在瞬间就被赫管家带来的十几个人包围了……

白墨菲脸色发白，往后退了几步，出于本能就想逃开，手臂却被莫流原抢先一步攥住。

群众发出倒吸气声，传闻莫流原被白墨菲身后的人封杀，难道他是来报复的？

“莫流原，你还来做什么？”白墨菲的脑子一片空白。

“我想你。”

这三个字仿佛一滴水掉进油锅里，围观群众哗然。

女孩们的内心独白：看到这张脸，吵架的时候都想打自己，怎么还会惹莫少生气？我要是白墨菲，绝对不会离开他。她的新男友连正脸都不敢露出来，肯定没有莫少帅吧。

白墨菲震惊得睁大双眼盯着他，以为自己听错了：“网上的新闻，你没看？我现在……是什么处境，你不了解吗？莫流原，我们的事已经过去了。”

他来找她，万一被司空南墨知道，不知道会发生什么。

“我不同意……”他的手从未这么有力，紧紧地攥着她，生怕她逃走一般。

哪怕把她的手臂抓痛了，他也在所不惜。

白墨菲第一次看到莫流原流露出这样偏执的神情，被他镇住了：“不同意什么？”

“不同意分手。”

“恋爱需要两个人点头，而分手只要一方决定。放手！”白墨菲努力去掰他的手。

莫流原攥着她，将她按在车身上，高高大大的身子微微俯下来，将她笼罩在身体和车之间。

他盯着她，漆黑的刘海落下，扫着她的眉目，而刘海下，是地狱般幽冷的双眸。

他径自说道："我原谅你，不管你做错过什么事，我都不介意了。墨菲……"

爱很奇怪，他什么都介意，最后又什么都能原谅，就像泰戈尔说的：眼睛为她下着雨，心却为她打着伞，这就是爱情。

"我们结婚吧。"

挣扎的白墨菲僵住，在场有人惊叫出来。

不知道有多少人拿起手机在拍视频……

前几天还有记者追到学校来，司空南墨好不容易才平息这事，眼见着她的生活要恢复正常，莫流原来了。

白墨菲的脑子嗡嗡作响，当着这么多人的面，他求婚了，他是认真的。

"莫流原……你这样真的很难看，给彼此留下最后一丝尊严，体面地分手不好吗？为什么你……"她的眼睛微微湿润，哽咽着，说不下去了。

赫管家眼见着围在附近的人越来越多，低声提醒："我们找个安静的地方说话吧。"

白墨菲沉默了几秒钟，最后点了点头。

莫流原今天异常执着，她不跟他走，他怕是不会放手。

再待下去，她怕司空南墨收到消息就要带着人杀过来……到时场面不堪设想。

一辆房车静默地行驶着，莫流原那只手始终攥着白墨菲的胳膊，像粘在一起了。

白墨菲的胳膊被攥得麻木，她已没有知觉。

为防止司空南墨查岗，她把手机关机了。

那男人警告过她，不管发生了什么事，二十四小时开机，让他随时能找到她。

两个贴身保镖被莫家的仆人钳制着，暂时也不用担心他们会跟司空南墨通报消息。趁他还不知道，她希望能快速解决这件事。

房车抵达目的地——

"白二小姐，到了。"赫管家轻轻提醒。

白墨菲似乎这才从愣怔中回神，发现房车已经进入莫家庄园，停在广阔的大道上。

两边是绿化做得很好的草坪，中央的洒水系统浇灌着一片绿茵。

不远处，几个帮佣在草地上玩耍，穿着那种很夸张的女仆装，黑色的蓬蓬裙，白色的围兜，背后还系着一个很大的蝴蝶结。

看到房车缓缓驶来，她们收起玩心，站在远处观望着。

莫家没有那么多礼仪和规矩，庄园很大，帮佣都是赫管家从福利院里带回来的可怜孩子，从小受训练。莫流原心地善良，不忍苛责下人，莫家的所有仆人福利待遇极好，有单独的保姆房，平时的工作量也少，还有下午茶、点心，轮班休息。

只要能做好自己的本职工作，她们在空余时间都是开心而散漫的。

眼下，她们都对莫流原流露出无法掩饰的爱慕之情。

莫家是她们最温暖的家，而莫流原，是她们最敬佩的主人。

虽然这个主人冷冰冰的，不喜欢说话，不愿意接近人，但再没有谁愿意这样善待她们。

和莫流原比起来，司空南墨就像个魔鬼，在大发雷霆的时候责罚下人……如果有人犯了错，那他绝不会饶恕。

“为什么带我来这里？”白墨菲轻轻叹了口气。自他们吵架后，她就再也没来过莫家了。

赫管家亲自为她打开车门，恭敬地说道：“少爷新做了一幢木工房子，想请白二小姐一起看看。”

“我只想尽快说清楚，我们不要再浪费彼此的时间了。”

“既是道别……也希望你收下这份道别礼。”莫流原淡淡说道，“墨菲，或许这真的是我们最后一次见面了。”

今天的莫流原格外反常和古怪……

看他朝自己伸出手，她鬼使神差地把手交给了他，被他牵下了车。

远近各有品种不同的树木，因为科属不同，树叶的颜色各不相同。树叶在风中摇晃，红、黄、绿……再往前走，会经过一条种满银杏的林荫道，树木参天。在秋天的时候，树下面会铺满一地黄色的“心”。

这条林荫道上的每一棵银杏，都是莫流原和白墨菲在九年前亲手栽的。

每到秋天，这里是白墨菲最喜欢来的地方。

他坐在休息椅上画画，她则在铺满落叶的小道上跳舞。

那时候她总觉得，这都是他送给自己的礼物，虽然他从来没有说过。

再次来到这里，有轻微的风和暖暖的阳光，他牵着她的手，静静地朝前走着，而身后是亦步亦趋的管家。

碎金一样的光芒穿透树叶闪耀着，莫流原突然就好像变得闪闪发光……

在白墨菲的眼中，他一直是梦幻般不可触及的存在，他的一切都符合一个少女的梦。不想毁了这个梦，所以，她小心翼翼地跟着他的脚步……

她真的很怕梦碎了，回到这个冰冷的现实世界里啊。

白墨菲紧紧地皱着眉，眼睛忽然就有些潮湿。最后放弃这个梦的，是她，是被现实逼得无法喘息的她。

过了林荫道，眼前就是如童话般耸立的雄伟建筑。

这是莫家庄园的主堡，占地面积很大，古堡的设计风格，高大的廊柱，蜿蜒的石阶，繁茂的花园。

罗马式的泳池边用黄金溶入马赛克铺在水边的地上，经过水光反射出一片金碧辉煌的景致。

古堡主楼大得超乎想象，卧室、浴室、书房、厨房等，都有很多间。客厅还分主客厅、会客厅、偏客厅等等。

以前白墨菲来这里，没有莫流原带着总会迷路。由于房间太大，房内没有窗户的房间都是黑暗的，所以，走廊各处都灯光璀璨，昼夜不熄。

住在这样奢侈的城堡里，他除了是莫家少爷，还有一个身份是……

电梯到三楼，穿过铺着红地毯的迂回走廊，他们最后在一间房门前停下。

这是莫流原的卧室。

当然他有自己的收藏室，专门收藏他喜欢的各种手工玩意。而他亲手做的东西，一般都会被收藏在卧室里。

直到站在这门口，白墨菲才仿佛梦游的人般突然惊醒。

她不该进来的……

雕刻着西方女神和蔷薇花纹路的实木门被打开，白墨菲一眼就看到那个巨大的收藏柜。

而在柜子前的白木桌上，放着一幢豪华无比的别墅。

这一看就不是他短时间内可以完成的。

跟其他的工艺品相比，它明显是个未完成品，没有上彩漆，也还有很多小东西没有制作完成。

在别墅上贴着一张贺卡："墨菲，做我的公主殿下，九州江河，我只护你。"

白墨菲内心微微一动，就听到赫管家的声音说："白二小姐，这是少爷送你的礼物。少爷为了这幢房子，制作了相当长的时间，从去年春天就开始了，已经历时整整一年了。"

去年春天？那不正好就是他向她求婚的时候吗？

白墨菲摘下那张贺卡，疑惑地打开，属于莫流原的纤细而刚劲的字赫然入目——

爱你这件事，就像我会呼吸一样，我不知道要怎么停。如果有停的那一天，应该是我死了。

你明知道在我的世界里，只有你和其他人的区别……

一张嘴就是你的名字，一闭眼就是你的样子。

我不善言辞，从来没说过爱你。现在我告诉你，我爱你，墨菲。我有多爱你？大概就是，再遇见你一百次，我也会深陷一百次。你在的时候，你是一切；你不在的时候，一切是你……

我想把全世界最好的东西都给你，寻遍千山万水，却发现这世界上最好的是你。

白墨菲的眼泪几次欲夺眶而出，都被她忍了下去。

她泪眼模糊地匆匆扫了贺卡一眼，不敢再细看。

诚然，莫流原是个不善言辞的木讷男人，从未说过“我爱你”，更别提这些情话……

她知道，这些话他或许也是绞尽脑汁从很多书里翻找来的，以此表达他的心意。

他这样木讷的男人，怎么会想出这些浪漫的表白方式？

但是……白墨菲很感动，很难受，如果当初莫流原能这样表达爱意，她就不会反复猜测他的心，他们也不至于走到形同陌路这一步。

“知道我最想送什么东西给你吗？”莫流原的声音她的耳边响起，像缓缓奏响的大提琴声。

白墨菲怔了怔，却没有勇气回头看他。

“我最想送幸福给你。”

他就站在她身后离她很近的地方。她可以感觉到他的下巴在她的头顶上方轻轻地贴着，却又不是很近，永远保持着疏离而又近在咫尺的距离：“我所认为的幸福，是有一个温暖的家，你是家的女主人，而我……”他停顿了一下，用更沉的声音说，“是宠爱你、保护你的老公。”

白墨菲的身体更加僵硬，一种从未有过的情感冲击着她。

“我想了很久，才想到这份礼物。在属于我们的家里，我们可以养一对可爱的儿女，还有可爱的动物。”

双手搭在她的肩上，他轻轻地将她转过去，那森然空洞的眼里映着她的身影。

从来，他就只有她而已。

“墨菲，我现在将这份礼物送给你，还晚吗？”他有点像孤注一掷的孩子。

“你可以当它是求婚礼物……或者是永别的礼物。”

他的声音里有一种切肤之痛。

似乎他为了今天的见面做足了准备，有故作镇定的淡然，连台词都是事先演练过的。

可当他真的说出这话来，饱含情感的每个字都有了温度，就连声音都沾染着浓郁的痛楚之意……

白墨菲的手在瞬间被一只大掌抓住，也隐隐疼了起来。

对莫流原，她一直没有招架能力，难以拒绝，尤其是当他这样高傲的人以乞求的姿态对她说话的时候……

她发现，只是听了他的三言两语，她的脑子就完全乱了。她无法对他像对待司空南墨那样。

修长的手微微抬起了她的下巴。

“我还从来没有吻过你。”莫流原的手指轻轻摩挲了一下她的唇瓣。他小心翼翼呵护在手心里的女人，他还没吻过、碰过，却被别的男人占有了。

“莫流原……”

“我吻你，好不好？”他的缺点就是太过尊重她了。

什么时候都问“好吗？”“可以吗？”“行吗？”，这样温柔的男人，哪怕在这个时候，也改变不了为她着想的习惯。所以，是他的温柔让他失去了她吗？

白墨菲别开了脸：“不好。”

莫流原怔住。

“今天我来见你，是要跟你分开的。”

似乎再也受不了他那样望着自己的眼神，白墨菲转身就要离开，一双手却猛地从身后环住她。

“先不要走。”他紧紧地抱住她。

白墨菲的心用力一抽，他越是这样，她反而非走不可，否则只会害了他。

她伸手去掰他的手指。

莫流原震惊，似乎没有想到她会掰自己的手……

手指一根一根被强行掰开，她看到他手上有很多大大小小的割痕，心中一痛。

就比如学舞蹈的人很爱惜自己的脚一样，喜欢自己动手做工艺品的莫流原也相当爱惜自己的手。所以，平时外出，他都会戴着手套，将手保护起来……

可是现在，手上那么多的割痕，他最在意的手，他都觉得不重要了。

白墨菲呆呆地站着，热泪落下来，砸在毛绒地毯上。

似乎察觉到她流泪了，他迟疑地抬起手，从身后轻轻地为她拭着泪：“我还有很多话想跟你说……”

“我都不想听，现在说再多话也没意义了。”白墨菲看着时间，只想趁司空南墨发觉这事以前，尽快回到学校，让生活恢复正常。

“我还没告诉你，你对我有多重要。我想让你知道，你是我生命中最重要的存在，是我的全部身家。”

“没有我，这个地球照样转。”她忍着泪水说。

“可我不是地球……”他声音低低地说着。

白墨菲难受得喘不过气来，为什么他现在才来告诉她她有多重要？为什么他不早点说呢？

早知道他原来这样爱她，她就不会患得患失，不会跟他吵架，更不会阴错阳差地遇见司空南墨，又被……

“分别礼物，我收下了，就到这里为止吧……莫流原，你一直尊重我，是个温柔的人，我知道你不会让我为难。”她强硬起心肠，“我要回去了。”

身后的人明显僵住。

就算不回头，她也能知道，他此时的目光是多么空洞，有多么绝望。

漫长的寂静袭来，整个空间在瞬间变得极其压抑和沉重。

白墨菲站在那里，嘴唇苍白地说：“莫流原，从今以后，你不要再来找我了。”

“你爱他吗？”他闭上眼，等待最后让他死心的答案。

白墨菲说不清对司空南墨是什么情绪，过心动，越来越趋于习惯……

她不知道爱情是什么，她跟莫流原很小就认识了，可现在不知道什么才是爱、她到底爱谁了。

“嗯。”白墨菲笑了笑说，“我爱他。”

握在腰上的手终于开始松开，一点一点颓然地放下。

白墨菲动了动，开始朝外面走去。

他没有追过来，就算追过来了，她也没有办法再倒回去——每一步，都是对自己的悔恨，她真的很后悔，很后悔……

她走出房间，走过铺着长长红地毯的走廊，走过一级级阶梯，走在闪耀着明亮灯光的水晶吊灯下……

她不知道走了多久，身后有一个声音响起：“墨菲。”

白墨菲猛地停住脚步，就像有一股魔力定住了她。

她明知道她应该继续朝前走的——

莫流原加大了音量，声音在整个空寂的莫家古堡里徘徊着：“如果你今天离开，或许就再也找不到我了。我怕你过得不幸福，再想回来找我的时候……我已经不在了。”

闪耀着光芒的大殿下，白墨菲动了动苍白的唇，哽咽着，说不出话，也无法回应，只是泪如雨下。

无穷无尽的悔恨朝白墨菲袭击而来，她发现她再也不能装作坚强了，眼泪不是一颗颗，而是连成了线，不停地从她的脸上滑落。

她的身体也忽然像失去了力气，她朝前走两步，身体就开始颤抖起来。

她只好加快脚步，视野却被眼泪冲得模糊。

忽然，从门口进来一个人，迎面跟她撞到了一起，她只觉得一阵天旋地转，跌到地上，一盆鲜花跟着一起摔到地上。

泥土和瓷片四散着，鲜花露出根部。

身后有脚步声快速响起。

白墨菲刚要起身，就被一只手扶住，莫流原低低的嗓音响起：“你受伤了。”

有瓷片割破了她的小腿，鲜血顺着白皙的肌肤落下，滴滴殷红。

那个帮佣吓得立即站起来，不住地赔礼道歉。莫流原没有责罚他，但也没有理会，就仿佛没有看到他：“你的脚在流血。”

白墨菲看了看割伤，刺痛，却没有心那么痛。

她强撑着站起来，拍拍身上的泥土：“没关系，小伤。”

“为什么哭？你现在的样子好失魂落魄……我可以自作多情地以为，是你心里还有我吗？”他盯着她通红的双眼，蹙起好看的眉，问道。

她流了那么多泪水，他看到了，可以感觉到她的苦衷。

白墨菲也觉得自己失态了，站直了身子，擦了擦眼泪，说：“我流泪是因为觉得对你很抱歉，对那段过往经历感到难过，就这么错过，太可惜了……”

莫流原那张忧伤的面孔上，缓缓浮起一丝浅笑。

他……竟然笑了？

白墨菲不解地看着他，他轻轻地拨弄着她的头发，说：“你其实舍不得我，对吗？”

白墨菲张口想要辩驳，却说不出话。

“你从来不善于撒谎，一说谎话，目光就会闪烁。”莫流原垂着长长的睫毛，“他对你不好？”

“不是——”

“你喜欢自由，他却派保镖监视你。你不喜欢被曝光，网上满天飞的舆论却是他干预后的结果。你从来没有发微博的习惯，那两条微博，都不是你的风格……”

十几年的相处，莫流原太了解她了。

“他很霸道、强势，是你最讨厌的类型。”莫流原径自说着，“你说过，你讨厌大男子主义。”

白墨菲喉头哽咽，每件心事都被他说中了……

他说得对，然而，她真的有那么反感司空南墨的强势、霸道吗？就连她也不确定了。

“你说得没错，他的占有欲很强，我怕他知道我们见面了会误解、生气……你也知道他的手段吧？他不会放过莫氏。”白墨菲轻轻地抽着手，“莫少爷，时候不早了，我应该走了。”

“没有你的莫流原，再也不存在于这个世界上。区区一个莫氏，重要吗？”

白墨菲诧异地看着他：“你说不存在于这个世界上是什么意思？”

他刚刚说即便她不幸福想后悔，也找不到他……她以为只是他们彻底分道扬镳的意思而已，难道……

“莫少爷，医药箱拿来了。”帮佣的提醒打破了这压抑的气氛。

白墨菲这才低头，伤口被划得很深，鲜血滑过牛奶般白皙的肌肤，滴滴坠落……

根本不等她拒绝，莫流原已单腿屈起，亲手为她止血包扎。

白墨菲看着他给她包扎的画面……长长的睫毛，高挺的鼻梁，这个角度看他更有一种惊心动魄的美感。

“墨菲，好好保护你的脚。以后没有我在你身边，不许让自己生病受伤……

“否则，我无法放心离开。”

白墨菲僵坐在那里，看着他异常消瘦的身躯，忽然害怕起来：“莫流原，你还没回答我，你离开我以后，要去哪儿？”

莫流原轻轻收拾着医药箱：“我瞒着你一个秘密。”

白墨菲知道他有秘密瞒着她，他常常会无故消失一段时间，有时候一两个月，有时候半年。当他离开时，杳无音信，只有赫管家联系她……

白墨菲当然是介意的，她把他当作最重要的家人，而他对她忽远忽近，始终保持距离。

“你这次离开，跟你那个秘密有关？”

“嗯，”莫流原像在说与自己全然无关的一件事，“在我的身体里，住着两个灵魂，一正一邪。”

白墨菲睁大了眼，难以置信地看着他。

“我从很小的时候，便被诊断出患有分裂型人格障碍。当另一个我出现时，我会陷入黑暗、无知觉的昏睡中。有时候这一觉很短，有时候又很长，渐渐地，我摸出规律，当我的意志力不够强大，想要逃避这个世界时，我的另一个人格就会出现。”莫流原一口气说了很长很长的话，今天意外地健谈，仿佛要把多年来藏在心里的话全都告诉她。如果今天不说，他就再也说不了了。

白墨菲盯着他褐色如琉璃的眼，头皮发麻地问：“你每次消失，都是那个人格出现了？”

莫流原温柔地拨着她的头发，轻轻点了下头。

“为什么你不告诉我？我可以陪你一起治疗啊！”她痛苦地问道。她还以为自己足够关心莫流原，却没想到连他的身体情况也不知道……

“没用的，少爷的另一面邪恶得令人发指，简直就是魔鬼……”接话的是赫管家，他红着眼睛说，“连我都好几次差点死在他手里。如果让他知道少爷的软肋，知道二小姐的存在，他一定会不择手段地狠狠伤害你，因为毁掉你，就是毁掉少爷生存在这个世界上最后的精神支柱，他可以把少爷永久性地赶进黑暗的世界里……彻底占有少爷的身体。”

白墨菲明明听懂了，却仿佛每个字都听不懂……

“少爷每次察觉到西原大人快出现时，就马上离开，离你远远的。”

白墨菲的手指竟开始不自觉地颤抖，抖得很厉害。

她不能释怀的一切……现在都有了解答。

她内心里对莫流原的谴责，变成了深深的愧疚感，那种后悔的情绪快把她击垮了。

莫流原握紧了她发抖的手：“墨菲，这不是你的错。”

“莫流原……怎么办？我该怎么办才好？……”眼泪大颗大颗地掉下来，她语无伦次，像个不知所措的孩子。

“墨菲，你冷静点。”他温柔地安抚着她，她全身发抖的样子让他心疼极了。

他开始后悔，不该告诉她真相——只要她幸福着，不再需要他的守候，他安静地离开这个世界也无妨。

“我是你唯一的精神支柱，如果我不在了，你就会消失……”她哑着嗓音问，“从此，这个世界上再也没有莫流原了……对不对？”

莫流原盯着她一点点变得绝望的神色，无法应答。

赫管家擦着泪答道：“是的，没有白二小姐，少爷活不了。”

白墨菲从来不觉得这世界上谁离了谁会活不了的，但莫流原是个例外。

他本身就是个自闭症患者，精神脆弱，他的世界很小很小，小得只装得下她和赫管家两个人。

白墨菲的手指紧紧地掐住自己的掌心，她不能承受这样的痛。

“如果你爱他，如果你幸福……”莫流原轻轻拭着她的泪水，“就忘了我吧。”

“你说什么？”白墨菲哭得满面是泪，尝到了自己咸涩的泪水的味道。

“我只是睡着了，一点也不痛苦，比起活在这个没有你的孤独世界上，其实我更喜欢坠入虚空中。”莫流原微微一笑，“我活着，是想守护我爱的人。倘若不需要我，你也可以过得很好……”

“我不好——”白墨菲的泪水疯狂地淌着，他来拭她的泪，她便按住他的手，将其贴在满是泪痕的脸颊上，“莫流原，没有你，我一点也不好。”

她不要他消失，如果是因为她他才消失，那是她间接杀死了他。

这份罪，她受不起。

“我不爱他，也不幸福，”她哭得咳起来，“都是骗你的。”

莫流原愕然。

“我跟他的关系，也不过是一场交易。他帮白家起死回生，我做他的情人……”

莫流原的眉头慢慢皱了起来，赫管家喃喃道：“果然，少爷猜得没错……”

“莫流原，你不要消失，我不要你消失！”白墨菲的情绪彻底失控，她哭着被他拥进怀里。

莫流原轻轻拍着她的背：“别哭了，我很心疼……墨菲，你哭得我好难受……”

白墨菲哽咽着，泪水根本不受她的控制：“你别走……”

“那就回来吧，”莫流原长长地叹息，“回到我身边。”

白墨菲空白的脑子却渐渐清晰了，司空南墨如魔鬼般嗜血的脸和他残酷的警告在她的脑海里闪过。

他动动手指就能封杀莫流原，他也说过要踩死莫流原，不过就像踩死一只蚂蚁……

她相信司空南墨能做到。

“不行，他的势力太强大了，你不是他的对手。”白墨菲皱眉思索着，“我撒谎就是想保护你，你还不懂吗？我不想你介入其中，我不能让你受一点点伤害。”

赫管家欣喜地抽泣着：“白二小姐果然有苦衷，少爷，她是为了保护你。”

莫流原握紧了拳头，如果不是他……怎会让她一个人承担这些痛苦？

“不管他是谁，都该由我来应付，岂能让你独自面对？”

“莫流原，如果你还想我回到你身边，就听我的。”白墨菲从他的怀里挣脱开来，“从某种角度来讲，爱是人体分泌的一种激素，这种激素的有效期是一百八十天，就是三个月。过后，对于这个人来说，这种感情就并非爱情，可以是亲情、友情，或者说是一种习惯。”

她和莫流原相处这么多年，早已变成亲人了。

“他对我的兴趣不会很久的，他也答应过，腻了就放我走。”

“如果他不放呢？”

“不会的，任何人都不可能违背天性和自然规律。”

莫流原的薄唇抿成一线，让他远远地看着她在另一个男人身边与之亲密无间，他绝对不可能做到。

但是，他亦不能强行把白墨菲扣在身边，他从来都尊重她的想法。

“墨菲，你让我怎么办才好？”他低声问着，想不顾一切地将她留下来，但怕她讨厌他。

“你给我点时间，我会解决这件事。整个白家都在他手里，我不能不顾及所有人的性命。”

赫管家思索着道：“少爷，既然知道白二小姐的心是在你这里的，我们如今应该考虑怎么对付那个男人。这事不能急，不能让白小姐陷入危险之中，得从长计议。”

思及他的行为可能给白墨菲带来危险，他这才轻声说道：“我想会会他。”

“不行！”白墨菲想也不想地拒绝，“让我回到你身边的唯一条件，就是给我半年期限。”

莫流原转过脸看着窗外。他等不了半年那么长，一天都难以煎熬……但他会尊重她的决定，也会用自己的方法，与那人来一场男人间的较量。

白墨菲离开莫氏庄园后，身体就变得虚脱无力起来，双肩止不住地颤抖。

手里抱着莫流原送她的小木屋，她打开卡片，看着他用心写下的每句话……泪水止不住，打湿了字迹。

她心疼地把洇开的墨轻轻擦去，合上贺卡，用力吸了几口气。她的心痛得抽紧了，连嘴唇都是苍白的。

不知道为什么，她心里有种强烈的预感，她跟莫流原再也回不去了。

尽管她说出了让他等半年的话，但她心里对他们的未来没有底。

正因如此，她才更惋惜、更疼痛。莫流原是个傻瓜吗？他为什么瞒着所有的秘密和痛苦不说？她今后该怎么办？……

此时她坐在莫家送她离开的车里，是她一再坚持，莫流原才没有送她。

两个被打得遍体鳞伤的保镖也被塞到了后座上，此时麻药渐渐过去，他们清醒过来。

“白小姐，你——”其中一个保镖醒转过来时，发现自己的手正搭在白墨菲的胸口上。

她把手机开机，拍了张照片：“如果让司空南墨知道你们想趁机对我图谋不轨的话，你们知道会有什么下场吧？”

她已经擦干了眼泪，换上一脸睿智的冰冷表情。

保镖怔了怔，忙把手抽回来。

“我想，以司空南墨的个性，你这只手肯定得被剁了，留不到明天。”

“白小姐，你这是陷害。”

“即便是陷害，你的手摸过我是事实啊。”白墨菲眼中闪过一丝算计之色，平时这些保镖多看她一眼，司空南墨都会不高兴，“但如果你们乖乖和我配合，我可以让你们免于受罚。”

两个保镖不傻，当然知道白墨菲是想让他们瞒着今天的事……

“你们只要做证，我一直在教室里上课，哪里也没去过，其他的事就不用管了。”白墨菲说道。

两个保镖面面相觑一会儿，其实就“他们看守不力，让莫流原把白墨菲带走”这一条罪状，就足够他们被罚得很严重了。

如果能隐瞒住这件事最好，他们也不想回去领罚。

“只是莫先生去过学校，这么大的动静，现在这事在网上或许传遍了，少爷不可能不知道。”保镖苦着脸，也不知道他们这一身的伤要怎么交代。

“莫流原已经被限流了，有关他的消息根本发不出去。”白墨菲刚刚上网看过了，风平浪静。

距莫流原去学校找她已经过去三个小时了，到现在还没出事，已经过了危险期。

她正说着话，司空南墨的电话又打来了……

她刚刚一开机，就看到数十个他连着打来的电话，短信里质问她为什么关机。

白墨菲吸了口气，还没等那边的人发难，抢先回道：“今天上午的化学课，我在做化学实验，由于有安全隐患，我将手机关机了……”

那边没有声音，只有来自地狱般的呼吸声。

“我马上要上课了，不说了，先挂了。”白墨菲也不管他信不信，马上挂了电话。

两个保镖胆战心惊地拿出手机，发现果然马管家也给他们打了不少电话……

司空南墨联系不到白墨菲，自然就要找两个贴身保镖要人。

“白小姐……这怎么交代？”两个保镖六神无主了。

“就说你们也跟着我进实验室了，”白墨菲指挥道，“你们现在就打电话过去解释，说我们刚出实验室。”

白墨菲以为她计划得天衣无缝。

如果没有意外的话，她的确可以瞒天过海……

偏偏意外发生了，她根本不知道司空南墨送她的那部手机，在关机后会自动变成录音机，进入录音状态……

只要司空南墨想听，按下一个按键，那录音就会自动发送到他的手机里。

也就是说，从莫流原出现以后，司空南墨就能监听他们的所有对话。而他没有立刻出现，也是想考验白墨菲的忠诚度……

“你爱他吗？”

“嗯。我爱他。”

到此为止，白墨菲本可以顺利通过考验——她原本一直在拒绝莫流原。

听到她亲口说爱他，司空南墨笑得很开心很开心，不停地来回听那段录音。

如果司空南墨不是贪心地想要听到她更多爱的告白，就到这里为止，不要再听后面的录音了，那他可以永远都沉溺在她欺骗的假象里。

可是，偏偏……

倾盆暴雨中，六辆黑色的无牌照黑色车子冲破雨幕，车轮压过，水花飞溅。

打头的是一辆全黑色阿斯顿·马丁，超大车灯，扁长的车身，奢华与时尚感同在，霸气外露。

车内，俊美的男人看着被挂断的手机，手机上的定位显示白墨菲的路线是通往学校，他一拳用力地砸在车门上，眼中闪过如狼一般野性、嗜血的光芒……

“我不好——莫流原，没有你，我一点也不好。”

手机里传来白墨菲的录音……

“我不爱他，也不幸福，都是骗你的。”

司空南墨的瞳孔紧缩，心脏痛得拧紧。

“我跟他的关系，也不过是一场交易。他帮白家起死回生，我做他的情人……”

在她眼里，他们的关系不过是一场交易？

他对那女人付出满满的真心，她是瞎了，一点也看不到？她说不爱他，她不幸福……

司空南墨扯开的嘴角渗出一丝鲜血。

“莫流原，你不要消失，我不要你消失！”

“不行，他的势力太强大了，你不是他的对手。我撒谎就是想保护你，你还不懂吗？我不想你介入其中，我不能让你受一点点伤害。”

莫流原是白墨菲不惜一切代价也想要保护的男人。

呵……

“莫流原，如果你还想我回到你身边，就听我的。”

“让我回到你身边的唯一条件，就是给我半年期限。”

她竟天真地妄想着，还能回到莫流原身边，竟与他许下半年之期。

他们把他当傻子愚弄吗？

司空南墨痛恨地笑着，脸上掠过他自己也没意识到的杀意。她永远回不去莫流原的身边了，他会让这个男人从她的世界里永远消失。

马丁胆战心惊地想着，还好白小姐从莫氏庄园离开得早，不然……

白墨菲走进教室，正在上课的教授停了停，又继续讲课了。

但是，班级里的学生无法淡定了，大部分人亲眼见着她被莫流原拽进车里，坐着莫氏的车走了，这才不到三个小时，她又回来了。

白墨菲走到最后一排空的位子坐下。她一向独来独往，性格冷淡，不好相处的样子，没有人敢跟她同桌。

她明显察觉，从她进来后，课堂里交头接耳的学生多了。

坐在白墨菲前面几排的学生，时不时回头瞄她……

那一个个人内心的想法仿佛写在脸上：你跟莫流原和好了吧？快把那个新任男友甩了吧！什么男人比得上莫少？！

白墨菲面无表情，低头拿出口袋里的手机，自从她挂掉电话后，司空南墨就没有再打来电话，不知道他信不信她的说辞。

她又看着窗外的雨，大雨说下就下，阴沉的天气惹得人心情都不痛快起来。

小心翼翼地将被打湿的袋子取下，她拿出莫流原送的小木屋。为防止被雨水淋到，下车时，她便脱下外套，把小木屋的外盒包起来了。

她望着小木屋又开始发呆。如果她无法离开司空南墨，莫流原失去她真的会死吗？

忽然，教室门被一道大力撞开。

正在上课的教授和学生们一起侧头看去——

两队人马走进来，在门口整齐地列队，背脊挺直，仿佛出征的士兵。

门外的水汽扑面而来，教授惊讶地问道："你们是什么人？"

高大英俊的男子出现在教室门口，戴着墨镜，黑色西装微敞，低领的毛衣遮不住结实的肌肉。

他迈着长腿走进教室，保镖齐刷刷地垂下头致敬。

铁钩手马丁走在身后，手里拿着一把全黑的伞，一路滴着雨水……

司空南墨一进来，所有人都不敢大口呼吸了，教授也说不出话了。

这……这男人是谁？

他那样气势凌厉、不可一世的傲然样子，全身散发出的寒气就像千年寒冰——

司空南墨摘去墨镜，露出那张颠倒众生的英俊脸庞，如鹰的眼扫视一圈。在他的目光落向白墨菲的时候，教室的门忽然被风刮得关上。

整个教室安静下来，只听到狂风骤雨的声音——

"这……这位先生，我们这正在上课，请问你们是？"教授正要阻止这莫名其妙地进来的人，看到马丁抬起的铁钩手，立即吓得贴到了黑板上。

女孩们瞪大眼睛，内心又在想：这难道是那个司空先生？天哪，这颜值达到巅峰，不仅帅，还有爆棚的荷尔蒙、成熟的男人魅力……和莫流原完全不同的类型，却更让女人无法抵御。

莫流原忧郁的帅气像浓雾一样让人着迷；司空南墨硬朗的帅气像毒药一样让人上瘾。

白墨菲诧异地看着他，没想到他会亲自来学校找她——

这难道意味着，他都知道了？

司空南墨的脸色绝对难看，身上的杀意似传出八百米。

他朝后排白墨菲的方向走去，每走一步，皮鞋磕在地上发出的声响都让人心惊。

白墨菲脸色微白，却故作镇静地抬着头。

她知道事情泄露后产生的连锁反应，司空南墨会怎样怒火冲天——

“你来这里做什么？”白墨菲蹙眉，“有什么事你不能等我们回家再说？”

“拿出来。”他的嗓音仿佛来自地狱。

拿什么？白墨菲皱眉。

司空南墨已经站在她课桌旁的过道上，嘴角挑起一丝可怕的凌厉笑容：“莫流原送你的礼物。”

白墨菲吃惊，难以置信地看着他……

她原以为司空南墨最多知道莫流原来学校找过她这件事，怎么会连她收了礼物也知道？

就连那两个贴身保镖都不知道礼物的事，他是怎么知道的？

“我不知道你在说什么，什么礼物？”

司空南墨将一只手按在课桌上，低低地冷笑起来：“墨菲，不要惹我更生气。”

马丁咳嗽了一声：“那个小木屋，白小姐，你快交出来吧……少爷的脾气真被挑起来，我都不知道要怎么收场。”

“你闭嘴！”司空南墨炸药般的嗓音响彻整个教室，学生们吓得都不敢动弹。

白墨菲脑子里的弦断了……连礼物是什么司空南墨都知道得这么清楚。

“你以为你有什么事是瞒得了我的？”司空南墨一把掐住了她的下颌，“在我的最后一丝耐心消耗殆尽以前，给我！”

白墨菲用力闭了闭眼，即便她不拿出木屋，他也会马上掀翻她的课桌，找出礼物。

她从抽屉里把盒子拿了出来……

她还没将盒子递过去，就被一只大手抢过，重重地掼在地上。

他把木屋砸碎了，眼睛却是盯着白墨菲的，但凡她脸上有一丝惋惜之色，他都会发疯。

还好，从白墨菲冰冷的脸上，他看不到一丝情绪。

司空南墨的脚重重地踩在盒子上，一脚又一脚，踢着、踹着。

白墨菲只是僵直着背坐在那里，静默地看着他踢踹了好几分钟，直到木屋变得七零八落、面目全非……

他还嫌不解气地死死踹着盒子："我对你这么好，你却背叛我！"

周围无数双耳朵听着他的话，包括教授的表情都十分震惊……

"我没有。"白墨菲搁在桌下的手轻轻发着抖，她并不怕司空南墨打她，只怕牵连无辜，"我们先回去，这里是教室，不要影响别人学习。"

她刚站起来，就被司空南墨一只手按住肩，又坐回了座位上。

"回去？"他仿佛听到了好笑的词，"回莫家、李家？还是，你有更多的家，我还不知道的？"

"我跟莫流原没什么，我都跟他分手了……"

"你还撒谎！"司空南墨恨不得掐死她。

如果不是他能听到录音，他这次估计也要被蒙在鼓里。这该死的女人，利用他对她的感情，将他玩弄于股掌之间。

"你和莫流原说的每句话，我都听见了……你想嫁给他，跟他双宿双飞……"司空南墨的声音，带着从未有过的冰冷、可怕之意。

附近的学生们倒吸一口冷气，仿佛听到什么不得了的世纪新闻。

原来白墨菲要甩了司空先生，想回到莫少身边？这事太劲爆了吧。

"你监听我？"白墨菲手脚冰凉，空白的脑子捕捉到一丝信息，"是那部手机！你给我的手机里嵌入了监听器？"

司空南墨抿唇不语，只是按在她肩上的手更加用力，那力气仿佛能捏碎她的骨头。

白墨菲痛得皱起眉，无比慌乱起来："我没想到你这么卑鄙……"

他什么都听到了，那她要怎么办？

事情远比她想象中的糟糕得多，他什么都听见了，包括莫流原的病情……

"你怕了？"他微微垂下头，将嘴唇凑到她的耳边，"你怕得身体在发抖。"

"你敢动莫流原，我们就完了。"她听到自己冷冷的嗓音这么说着。

"你说什么？"司空南墨的气息喷在她的脸上，他将一个字一个字从唇齿间逼出来，怒意一下子就达到了最高点。

"莫流原死了，我也不会独活。"她扬起唇，冷笑起来。

司空南墨全身都像被点着了，他想要一掌就把她打死。

他盯了她半晌，看到了她眼底不顾一切的决心："活着比死了痛苦，让敌人轻易死掉是对他的仁慈。你放心，莫流原不会死，我会让他活很久……"

他要让莫流原生不如死地活很久很久……

整个教室里回荡着他的嗓音，比看恐怖电影还紧张，所有人大气不敢出……

"你们到底是什么人？放开我的学生。"教授终于缓过神，壮着胆子喊道，

“请马上离开教室！”

司空南墨危险地眯起眼睛，凑在白墨菲的耳边说：“看来只要是个男人，都愿意为你挺身而出。我很想看看，今天愿意为你去死的都有谁！”

“你想干什么？”白墨菲惊惧起来。

司空南墨终于松开按在她肩头上的手，缓缓站起来，像森林里一头准备猎杀猎物的豹，转过身看着讲台上的教授……

白墨菲快步追上去抓他的胳膊，生怕他冲动之下做出不计后果的事来。

司空南墨抬手狠狠地一挥，她被震得朝后退了两步，撞到一张桌子，瞬间，桌子撞到桌子，一下子倒下去好几张。

脑袋用力地撞到桌角上，她痛得差点要昏过去。

书本啪啪掉落，白墨菲的脑袋被狠狠地打了几下，她坐在一堆散乱的书籍中，抬起被撞到的手，手背上留下了一块血渍……

第十二章

插翅而飞

司空南墨停住脚步，盯着她的伤，瞳孔骤然一缩，心中那种揪扯般的痛又出现了。

有两股可怕的势力在他的胸口中碰撞，一个代表邪恶，另一个代表温柔。

最终，他又输给了后者……

就在他要上前扶她起来时，她突然抓起一本书扔过来：“你这个魔鬼，给我去死，你把我的生活都毁了！”

书本被用力地砸在他的身上。

她大声地叫着：“是你强行挤进我的生活，毁掉我的一切，我根本就不需要你……”

她崩溃了，无数的书本飞过去，砸在他的身上，她歇斯底里地吼着。反正生活已经被毁了，她的梦想、她的未来、她的爱情、她的生活……都已被他逼至绝境。

同学们都吓到了，马丁也不知道该怎么处理这种局面。

司空南墨明明可以避开，但就像一块僵硬的石头戳在那里，任由一本本书砸到他身上。

忽然人群里发出倒抽气的声音——

白墨菲愤怒中居然举起一张椅子朝司空南墨扔过去。

但她的动作是迟缓的，在她扔椅子的时候，司空南墨完全有时间夺走她的椅子或避开。

马丁以为他会处理，也不敢在这个时候擅自插手他的事，所以有那么一瞬间的迟疑，却没想到，他不闪也不避，硬生生地被椅子砸到了头。

椅子撞到他，又落在地上，竟然连腿都断了一条……可见撞击的力道有多重。

司空南墨纹丝不动地站着，好像丝毫没有被打到。

可是，一股鲜红的血从他的额头上缓缓落下，染湿了他的发。

“少爷！”马丁大呼。

直到将手边最后一本书也砸了出去，白墨菲这才停下来，大口喘着气，头发凌乱，一身狼狈，全是汗。

司空南墨轻轻抹去额上的血：“我是魔鬼，魔鬼本就生活在地狱里，又怎么会死？”

白墨菲喘息着，绝望地闭上眼：“我累了，这个游戏不玩也罢……随便你怎么样吧……”

司空南墨沉默地看着她，明明是她做错了，是她背叛他，该发怒的人是他才对……在他心里，他把她当作爱人，她却只当这是一场游戏。

现在她说累了，不玩了……他竟然害怕她真的做出极端的事来。毕竟，她是个连命都敢不要的女人。

“没力气了，闹够了？”司空南墨蹲下身，牵起她的手查看她蹭破皮的地方。

白墨菲抽不回自己的手，伸出腿踢了他一脚：“滚，不要你碰我。”

“你在这里，我怎么舍得滚？”

她不想再搭理他。

“你活着，我怎么会舍得去死？是不是啊，墨菲？”

他的声音里有冷冷的笑意，勾起的嘴角显得邪魅，如从地狱里走出来的恶魔。

因为如此邪恶，他才显得更加俊美，俊美得更加肆意，坐在附近的女生近距离看着他，看傻了眼，连害怕都不顾……

司空南墨俯身，一把掐住白墨菲的下颌，忽然用力地吻住她——

白墨菲的下巴被紧紧地掐着。

她抗拒着，她用力地咬他，他任由她咬。

她的拳头落在他的身上，打得拳头都开始发麻、发疼，他也不肯停止这个吻。

修长的手撑在她身后的课桌上，她的下巴被用力地抬起，被迫接受他的吻。一种暧昧的气氛在死寂的教室里扩散开来……

四周的人再次看得傻眼了。

前一刻两个人还互相厮杀，他们以为会闹出人命，现在两个人却激烈地拥吻，画面香艳刺激。

白墨菲仅有的一丝力气都被这个吻夺走……她再没有力气反抗了，就连呼吸都是疲累的。

他终于放过她，修长的指拭去留在她唇边的他的血迹。

“你说不玩就不玩了？游戏一旦开始，只有我才有资格喊停。”

他笑起来。沾着点血的嘴唇艳红，笑容是那么魅惑，吸引女人跌进他的深渊。越坏的男人，越有致命的吸引力。

白墨菲全身无力地坐在那里，再也没有一丝反抗力气，只能用痛恨的目光瞪着他。

身体突然腾空，她被他扛在肩上，脸不断地磕在他坚挺的背上。

司空南墨扛着她往外走：“外套。”

马丁立即脱下身上的西装。

司空南墨接过西装，冷冷地搭在她的身上裹着她。

直到他高高大大的背影离开，树一样站得笔直的保镖撤离，门再次被风大力地关上——

教室里，所有人还是心有余悸的样子，没有人敢先开口说第一句话。

只有暴雨不断地扑打过来的声音——

“少爷，我会派人警告那些学生，让他们对今天的事守口如瓶，绝不会泄露半句……另外，莫先生那边怎么处置？”

楼道间，马丁紧跟着主人，询问着他的意思。

司空南墨看了看肩上这个死去一般再也不挣扎的女人：“半个月内，我要收到他的喜帖。”

马丁萎靡了，让莫少娶别的女人，这比直接杀了他还难啊。

莫流原的喜帖？他想让莫流原娶别的女人？

白墨菲紧绷的神经顿时放松下来，这已经是司空南墨对莫流原最轻微的处罚了。

如果莫流原愿意娶别的女人，对她死心倒也好，她就不用左右为难了……

但是……莫流原那么执拗，怎么可能接受别的女人？

把白墨菲塞进车里时，这女人闭着眼，苍白着小脸，没说话，司空南墨差点以为她真的晕过去了，如果不是她微微颤着的睫毛显示她清醒着，并且时刻在留意他和马丁的谈话。

回到白家，司空南墨将她放在沙发上，第一时间让人拿了医药箱过来。

她手背上的伤口不小，他开始清洗伤口，然后拿着碘酒棉小心地擦着……

白墨菲的手疼得抖了抖，司空南墨的动作就更轻了。

她想起他的手受伤时，明明有碘酒，她不用，非要用酒精淋他的伤口。

司空南墨简单处理了她的伤口，抹了药，又握住她的脚去脱她的袜子。

白墨菲倔强着不肯让他处理伤口，睁开眼看到他正垂着眸盯着她脚底的伤……这是她在莫家的时候受的伤。

司空南墨当时能听到她和莫流原的每句对话，自然知道她受伤这事。

他轻轻托着她的脚，眼神极深："我警告过你，不许让自己受伤的，你就是这么照顾自己的？"

"不用你管。"她咬着牙，弯下腰，想挡开他的手。

"你就不怕我让莫流原一辈子坐轮椅？"

白墨菲张嘴想说什么，司空南墨一边给她的脚上药，一边说："以后你胆敢再让自己受伤，我就让莫流原受十倍的伤。"

"跟他有什么关系？司空南墨，你这个疯子！"

司空南墨冷笑，笑容含着一丝凄艳之意："看到你受伤，我很心疼……他受伤了，你会心疼，我就是想让你尝尝心疼的滋味。"

白墨菲没想到他会这么回答，一时间怔住了。

"从今天起，你休学在家，我不许你再去上课。"

"你——"

"不管莫流原、李英豪……教授，还是别的男人，我通通不许你见。"

白墨菲张了张嘴巴，还没说出话，他又狠厉地说道："还是，我跟莫流原谈谈？"

白墨菲的肩头轻轻一颤，搭在膝上的双手握成了拳。

看到她的反应，司空南墨心里一阵不痛快。

"是他说想会会我，我倒是可以如他的愿。"

"行了……"白墨菲无力地说，"我不去上学。"

其实以她现在的处境她也没办法继续去上学了，只要莫流原再跑去学校找她，场面就会彻底失控。

两个人一阵沉默。

司空南墨给她擦好药，发现她病恹恹的，抬手贴着她的额头探着体温……

平时他有擦伤都是自己涂药，但轮到她，他就心里没底了。想了想，他还是让马丁去叫医生再来看看。

他抱着白墨菲上楼给她褪下了外衣，家里有暖气，很热，她已经憋出了汗。

顾及她身上有伤，不便洗澡，司空南墨打湿了毛巾帮她擦了一遍身体，换上睡衣。

门被敲响，马丁领着个年轻的男医生进来了……

司空南墨顿了顿，盯着她睡衣上的蕾丝花边恼火，拿了件睡袍来给她裹着，警告道："在他面前，你避讳一点。"

看来，他要为她找一个私人女医生。

白墨菲盯着他的举动哑口无言，他这占有欲真的太过分了，医生的醋他都吃。想到今天在教室里，教授只是出于公道为她说两句话，他竟连教授也……他的脑子里全是不干不净的东西。

沙发上铺着纯白色的兔毛毯，白墨菲抬起一条腿，轻轻地交叠着，睡袍开衩的下摆自然滑落，露出她修长的腿，她整个人就像一只幻化成人形的狐狸。

小医生在给她检查的时候，她故意用手去接触他，让两个人的距离靠近。

不用看司空南墨的脸，她也知道他此刻有多生气，因为空气里聚满了可怕的阴暗粒子。

而马丁也频频对她眼神示意，叫她收敛一点。

白墨菲当然是故意的。

医生多看她一眼，司空南墨就不高兴，所以她就让医生不得不看着她。跟医生亲近能让他不爽，她就要惹他发火。

凭什么她要乖乖的，什么都听他的，被他彻底控制？

这口气她咽不下去，她只想找个发泄的途径——

"我漂亮吗？"忽然，白墨菲望着那医生问出这种问题。

医生神色紧张地看了看司空南墨。

他不是白痴，空气里微妙的气氛，他怎么察觉不出？他早就叫苦不迭，想要逃跑了。

司空南墨的黑瞳里结满冰霜，眼里满是警告之色——

你敢说我的女人不漂亮，找死！

你敢说我的女人漂亮，打她的主意，更找死！

他不管怎么回答，都是死路一条。

小医生倒是很聪明，机智地答道："白小姐很美，跟少爷真是天造地设的一对。"

司空南墨幽幽地问："她挑逗你，你心动了？"

他明知道白墨菲是故意惹他生气，可还是控制不住地醋意大发……

"三千粉黛殊绝，无非带皮骷髅。"小医生的额头上满是汗，求生欲很强，

"对我们医生来说，人剥了皮都是一样的。"

司空南墨从鼻腔里哼了一声，这个小医生算是逃过一劫了。

马丁咳了咳，问："白小姐的身体如何？"

"白小姐很健康，只是有些贫血，多注意补充营养。"

话音刚落，司空南墨一刻也等不及："让他滚！"

马丁带着医生刚走，白墨菲就感到手腕上传来一阵痛意。

司空南墨的大手狠狠地攥着她的手腕："你就不怕他被你害死？"

"我就是想让你看清楚，你的醋意有多不可理喻。他一个医生，为我检查伤，靠近我一点，你要吃醋；教授保护自己的学生，为我讲几句话，你要吃醋；你安排在我身边的保镖多看我几眼，不小心触碰到我，你也要吃醋……而莫流原，就因为他是我的前任未婚夫，所以他更是罪大恶极，不可饶恕。"白墨菲声音凉凉地说，"你看不见，最大的问题是你。"

"你犯了这么大的错，我还没跟你算账，你竟敢教训我？"司空南墨的黑眸冒出雾气，他太宠她了，才给她这样大的胆子。

白墨菲别开脸："这样的你，叫我怎么去喜欢？"

"所以，你爱莫流原，尽情地利用我、伤害我。"

"你明知道我是在听到他有病，才改口说那些话的。我听到他离开我会死，才逼不得已……你是选择性失聪，只听你想听的话？"

司空南墨如果真的是选择性失聪，他倒真的想听不见她后面说的话。

他倒愿意自欺欺人，就听到她说她爱他为止。

"我怕莫流原承受不住，才给他一个希望。在那之前，我都没想过跟他和好。我答应了留在你身边，就会做到。但是你呢？你不信任我，在我的手机里装监听器……我是你的犯人，还是你的奴隶？"白墨菲垂下眼，低声说，"我本来对你有一丝丝的好感，都被你毁了……"

司空南墨身体上的每一块肌肉都绷得硬邦邦的。

他的眼瞳里闪着不可捉摸的光："你说什么？"

要不是他的心脏承受力够强，哪里承受得住这大起大落的情绪？

只有这个女人，才可以这样肆意地玩弄他，她说的每一句话，都可以轻易操控他的情绪。

他紧紧攥着白墨菲的肩头，摇晃着她："什么好感？说话！"

"没有了……现在一点点都没了！你听清楚了，我白墨菲不要你，这辈子都不要你。除非我死……不对，就算我死了，也不要你。"

她的话，就像滴着血的匕首，在司空南墨的心间来来回回地划着。

他的身体剧烈地颤抖着。

是被她知道了自己的心思，她才这样肆无忌惮地伤他，让他痛？

他不敢想象，如果让她知道他对她动了情，她会利用这个弱点怎样折磨他。

她是个聪明的女人。

在得到她的心以前，他不能处于弱势，否则只会让她趁机逃走。

司空南墨缓缓勾起嘴角，冰冷的面孔和邪肆的笑容隐藏起心思，他冷声道：“你不要我，无妨，我毫不在意。我要你就可以了。只要我要你，就能够得到你。

“总有一天，我会让你爱上我，再也离不开我……以后，你别为你现在对我不好而后悔。”

白墨菲甜腻地笑了笑：“那可能要让你失望了，我的字典里没有‘后悔’两个字。”

“我会让你换一本字典。”

“是吗？”白墨菲淡淡地说着，眼睛透过他看着虚无的远处，她的身体虽然在这里，精神却已经跑到他捕捉不到的天际。

司空南墨的眸黯了下来，那种任何人和事他都可以牢牢掌控的自信心在瞬间又荡然无存。眼前这个女人是特别的、变幻莫测的，他完全无法预料。

似乎真的害怕她所说的话会变成现实，有一天她会抛下他，头也不回地离开……他忽然将她抱紧。

两只结实的胳膊就像铁，死死地箍着白墨菲，让她差点喘不过气来。

“你是我的。”他霸道的气息吹在她的头发上，“别想着离开我。”

白墨菲被禁足了，司空南墨派人给她办理了休学，据说也已经找好了新住处，在进行最后的布置，明天整个白家都要跟着大搬迁。

白墨菲百无聊赖地躺在床上看着书，心中百感交集。

如果不是为了保护莫流原和白家人，她早就跑了，怎么会乖乖地待在司空南墨身边，由着他控制？他以为他安排的这些人手，关得住她吗？

莫流原……他竟然有双重人格，病情还经不起刺激。

最要命的是，这个弱点被司空南墨知悉了，不知道他会不会趁机耍阴招……

门在这时被姆妈礼貌地敲响：“二小姐，你怎么还不收拾东西？明天一早我们就要搬走，该带走的东西，我都让下人打包好，已经装箱运走几车了……”

白墨菲靠在床头上，懒散地翻着书页：“我没有什么东西要带走的。”

“什么？”姆妈惊讶地瞪大眼，“你这房间里的每样家具，都是最巧的木匠制作，从国外运来，莫少爷亲手设计的样式，你都打算不要了？”

白墨菲眼神黯淡，正因为如此，司空南墨那个心胸狭隘的小气鬼才不会接受她带走这些东西。

他昨晚警告过她，与莫流原有关的东西，一样都不许带走，让他发现的话，他就去炸了莫家庄园。

“不必了，就留在这幢洋房里吧。”这些东西与其被司空南墨毁掉，不如留着，以后这幢房子的主人或许会好好爱惜、使用。

“二小姐，你不知道？我们搬走后，这幢房子就会被烧成灰烬。”姆妈抚摩着做工考究的床尾那精美的雕花，惋惜地摇头，“我恨不得把门窗都拆下来搬走，烧掉太可惜了。”

白墨菲淡漠的脸上终于有了一丝情绪波动：“司空南墨说的？”

“是我听到马管事吩咐下人……汽油都买好了，只等我们走了就浇满房子，一把火烧了。”

白墨菲垂下眼眸，捏着书页的手紧紧地握成了拳。

“你还是尽快收拾吧，哪些家具要带走的，今晚我就让人打包装车。”

白墨菲的嘴角扯过一丝苦涩的笑意：“就算装车运走，被他发现，也会被销毁，你们别忙了。与莫流原有关的家具，一样都不许动，全都摆回原处去。”

姆妈以为自己听错了，简直欲哭无泪：“啊？那岂不是全都完了？”

“嗯，除了你们个人的衣物、用品……”

姆妈的眼泪几乎就要掉下来，她在这栋洋楼住了这么多年，对一草一木都有感情，现在却要眼睁睁地看着它们被销毁……

夜晚，皇家俱乐部。

马丁弯腰拉开后车门，迎接白墨菲下车。

她僵着脸不愿动弹，马丁就态度“温和”地劝道：“少爷还在俱乐部里等着呢，白小姐不愿意进去，恐怕白家的下人们全都要跟着遭殃。”

白墨菲是被保镖强行塞进车里，绑着过来的。

眼见着两个保镖又要来抓她，她凉凉地笑了笑，绝美的脸上满是冷艳之色：“我自己会走。”

她生气了……很生气。

司空南墨这个死男人逼人太甚，是他逼她的。

走进俱乐部，白墨菲记起来过这里，当初白芸芸以自杀相逼的地方，她就是在这里初遇司空南墨的。这里是一切恶的根源……

马丁轻车熟路，领着她到了二楼，除了一圈圈的公众看台，在角落边还有水晶玻璃隔起来的雅座。

才推开门，她就看到那个嚣张跋扈的男人正黑着脸，表情不悦地问：“怎么这么慢？这份工作，你是干腻了？”

“白小姐不想来……”马丁汗颜，要不是他动用了蛮力，估计完成不了这个任务。

司空南墨这才看向白墨菲，发觉她的脸色很难看……从来没有这么难看过。

他蹙起眉，这女人的脾气比他的还差。

“白墨菲，今天是个值得庆祝的日子，你最好不要丧着脸，惹我生气。”

呵，值得庆祝的日子？

她发现雅座里到处摆满了花，粉白、紫白、蓝白，颜色渐变，一簇簇堆着，司空南墨坐的那张沙发上也铺满了，他像置身花的海洋。

白墨菲脚下只有一条窄窄的过道，是由玻璃杯蜡烛拼起来的，两旁也是花的海洋。

温馨的淡橘色光摇曳着，染得花更美了。

那是各品种的蔷薇，白墨菲最喜欢的花。

她皱起眉，瞪着他，问：“你又想怎么样？”

“这家俱乐部是少爷和你初识的地方，白小姐还有印象？”马丁答话道，“今晚为了庆祝搬家，少爷特地把地点选在这里，显得更有意义。”

庆祝搬家？

白墨菲抿了抿唇，想起即将被烧毁的白家洋房，半点高兴不起来。

司空南墨看见她脸色更差了，他辛苦让人布置这些，没换来她的一丝笑容，他低下头来努力讨好她，她连台阶也不给他下。

“白墨菲！”司空南墨几大步走到她面前，伸手掐住了她的脸，拉扯着，“我这样逗你开心，你竟敢不给我笑一下？”

马丁见状，默默地退出去，赶紧关上了门。

这个水晶玻璃的雅座从里往外看是透明的，从外向里却什么也看不见……

“我听说你要烧掉白家的洋房，”白墨菲的眉头紧皱不放，“是真的？”

司空南墨眼神一沉：“谁告诉你的？”

所以……这事是真的了。

“这就是你丧着脸给我看的原因？”司空南墨凝视着她问。

白墨菲紧紧地攥着手指：“这样肆意践踏我的人生还不够，连洋楼你都要烧毁……到底是谁给你的权利？”

“这房子的户主是我，你不是一直很清楚？要卖还是要拆，房子的处置权都在我手里。”司空南墨捏起她的下巴，咄咄逼人的气息喷在她的脸上，“我没权利？”

“即便是从法律层面来看，我也没违法。嗯？”他的薄唇扬起一丝邪笑。

白墨菲瞪大了眼眸，房子是他的所有物，他拆掉或者烧掉都不违法，确实如此……

“你当时明明答应会变卖它，没说过要烧了它。”

“我没记得我答应过，”他无耻地回答，“即便答应了，现在我又改主意了。”

“司空南墨——你——”

“这房子是莫流原送给你的，你舍不得了？”

“那是我从小到大的家，有我的所有回忆，跟莫流原没关系。”

“正因为有你们共同的回忆，我才忍不了。”

“撇开莫流原，那是我童年生活的地方，我的成长之地……”白墨菲喉咙发紧，“你为什么要这么绝情？那不过是一栋老洋楼，留着它碍你的眼睛了？”

“碍我的眼睛了，你现在越舍不得，它就越碍我的眼！”司空南墨微微眯起眼，“我会给你新的家、新的回忆……你不必恋旧。”

白墨菲还想说什么，他用食指按住她的唇，警告道：“今天是乔迁之喜，不要再说不愉快的话题。”

他攥起她的胳膊，将她拉到沙发上坐下，浓郁的香气扑鼻而来……

“你喜欢花园，我可以为你种上成千上万种花。”他握着她的手指头把玩着说道，莫流原送她的那个小小的玫瑰园算得了什么？

白墨菲被强制坐在他的腿上，对周身的花毫不动容。

“我送你的新家比白家好一万倍，光是修整布置就花了两个多月，你会喜欢的。”

“司空南墨，如果你坚持要烧毁白家，我会离开。”白墨菲别开脸，低声威胁道。

司空南墨笑了：“离开？你能逃离到哪里去？”

她的身份证、护照都在他手里，到处是他安排的人手，监视着她的一举一动，她能逃掉？

“你以为你能困住我吗？我留在你身边，不过是遵守协议，倘若我想毁约，随时可以走人。”白墨菲淡淡地说。

白家洋楼一旦被烧毁，莫流原会第一时间知道，万一刺激得他病情恶化……

“是我对你太宠爱了，你才会说出不知天高地厚的话？”

“是我对你太顺从，让你以为我就是乖乖被你控制的羊羔。”白墨菲冷冷地说，“我有一百种逃离你的办法，你信吗？”

“我不信。”

白墨菲沉下脸：“司空南墨，这可是你逼我的。如果我能逃走，你不要痛哭流涕。”

司空南墨把玩着她的发丝，笑得玩味：“你试试？”

她还不知道他能一手遮天，可以阻断她所有的出逃路口。他动动手指就能封锁各大机场、车站、码头，像逮捕通缉犯一样在每个路口设置关卡。他可以查看每段路的监控录像，只要他想，她就被他抓在手心里。

白墨菲僵直了背脊，慢慢从他的怀抱里挣脱，下地：“我如果逃脱成功，你是不是就会认输？”

“等你失败了，就乖乖地待在我身边。”

于是，那一晚，白墨菲为他献了让他永不可忘记的一支舞……

洒满光芒的舞台上，她赤着脚，双足纤细而白皙。她踮起脚，旋转，就像音乐盒里转动了发条的芭比娃娃。修长的胳膊抬起又放下，每一步都显得灵动而圣洁。

光芒越来越亮，似乎从她的眼睛里迸发出钻石般的光辉。旋转的身体就像黑夜里盛放的曼陀罗花，美丽又冷艳。

白墨菲动情地跳着，嘴角勾起冰冷骄傲的笑意，毫无疑问地惊艳全场。

一支舞毕，宴会厅静默了三秒，所有人不约而同地爆发出雷鸣般的掌声。

主持人优雅地鞠躬，对台下的人说道：“在场所有的男士，最激动人心的时刻来了……”

“这位女孩叫夏星，现在被一位男士要挟……她在寻求大家的帮助，只要谁能帮她逃出去，就能获得好处。”白墨菲用了一个假名字。

随着主持人手指的方向——舞台下，司空南墨坐在椅子上，双手交叠。

那是个英俊如神祇的男人，仅是静静坐着，全身就散发出一股尊贵的味道。

啪啪啪——

她跳出精彩的一舞，他没有为她鼓掌，而现在，他终于鼓掌。

望着舞台上的白墨菲，他眼神炙热如火，嘴角勾着一丝让人捉摸不定的笑意。

人们望望司空南墨，又望望白墨菲，发出焦躁的议论声，似乎认为这只是一个余兴节目。

而这时，在某一角，英俊的男子靠在椅背上，睁着一双轻佻的桃花眼。在看到司空南墨那一刻，他就笑了，琢磨着白墨菲刚刚在台上讲的话，他的笑意更浓。

男子的唇是淡紫色的，就像将要凋零的玫瑰，更显妖娆、黑暗：“有趣。”

如潮水一般的人流朝司空南墨涌过去，将他和他的手下团团包围——

司空南墨冷然起身，想要往外走。

人流太密，阻挡着他的视线和去路。

混乱中，不知道是谁拉下了电闸，于是躁动的人群更不安地拥挤着……

等到人群平静地散开来，灯光大亮，舞台上早已没有人了。

司空南墨脸色如冰，这女人竟真的从他的面前逃脱成功。

宴会外，一辆红黑相间的赛车猛然停下，如蝶翼的两扇车门往上打开："少爷，上车。"

身后，十几个训练有素的黑衣保镖跑出酒店……

白墨菲上车，黑色身影紧接着上车，车门降下。

他扬唇望着窗外，询问他的女保镖："有几分逃出的胜算？"

"九分。"

"车子极速一千二百八十一千米每小时，我喜欢听到更鼓舞士气的话，"他回过身，捏起白墨菲的下巴："是不是，尤物小姐？"

他说的是法语，白墨菲没能听懂，只是淡淡地拿开对方的手："谢谢你救了我。"

他仔细地打量着她，就像打量到手的猎物："哦，她很别致。"

这回是带着法语腔的英文，白墨菲听懂了。

女保镖也忍不住看了白墨菲一眼："是个美人。"

"很合我的胃口。"男人一身黑色炫酷的皮衣，戴着银色狐狸面具，笑起来，一边的嘴角微微斜起。

紫色的唇瓣让他像黑暗帝国的王子，英俊十足。

他的声音听起来很年轻，下巴的弧度看上去年纪也不大。

就在这时，赛车猛地一个转弯，两个人的身体被大力一掀，碰撞在一起。

白墨菲很快稳住身体，看着身后十几辆黑色车子紧紧地追着。

那男人有趣道："穷追不舍。我喜欢看到以卵击石的场面。"

从他身上透露出和司空南墨一样的气息——狂傲，贵气，睥睨天下。

"你认识司空南墨？"白墨菲淡淡地问。

那男人微微一愣，没想到被她看穿了……

白墨菲其实在走进那俱乐部第二层的时候，就发现了这男人兴致勃勃的视线。当她在舞台上跳舞，这男人的视线更是毫无遮掩地盯着她，她就知道她逃出会有胜算的。

"我发现，你看司空南墨的视线，比看我更有意思。"白墨菲微笑道，"所以，我猜你们不但认识，还关系匪浅。"

面具男透过面具的眼里满是笑意："你很聪明。"

"比你聪明一点吧。"白墨菲毫不谦虚。

面具男大笑起来："那你以为我跟他是什么关系？"

"这我不感兴趣啊，我只关心……你能不能从他手里把我带走。"白墨菲看着四面八方追来的车辆，惊心动魄得就像好莱坞大片一样。

"那就让你看看我的能力。"他吹了一声高调的口哨，"丝菲，游戏该结束了。"

车开到十字路口，四个方向都飙出黑色的车子来拦截。

叫丝菲的女人立即猛踩油门，将车速加到上限，在四辆车紧紧的夹击中挤出去，如飓风一样突出重围。

过快的车速让人胆寒，白墨菲甚至看不清两边的景物，就像时光穿梭一般，外面的景致迅速掠过。

月朗星稀。

跑车开出市区，在郊外的山坡上停下。

白墨菲第一次坐这么快的车，以至车停下时，感觉整个人都在旋转，一种呕吐的感觉让她难受。

"抱歉，开得太快了。"面具男的嗓音响起。倘若是寻常女人，早就吓得哭喊、尖叫了。

白墨菲无力地扯了扯唇："你这叫开得快？你那叫飞得太低了。"

面具男大笑起来。

白墨菲瞥了他一眼："就你这速度，我已经看到奈何桥了。"

"那你还不怕？"他挑眉问，"你是第一个坐我的快车而没有哭的女人。"

他平时经常开快车吓唬女伴？

"这是开得最快的一次，"司空皓然松松筋骨，一脸好玩道，"我们尽力了。"

白墨菲随意地将散到额前的头发撩到脑后，风情万种："你确定我们现在安全了？"

"当然，这里无监控，四处是荒野……"面具男摩挲着下巴，着迷地看着她，"我把你救出来了，你呢？该是履行诺言的时候了？"

在舞台上，白墨菲可是承诺过，谁能把她带走，她就是谁的女人。

他饶有兴致地靠过来，托住她的面颊，暧昧地抚摸着……

白墨菲风情万种地一笑："毫无疑问，我是你的了。"

面具男舔了下唇，舌微微抵着两只略尖的虎牙，手已经伸到她衣服后面的链子，拉到一半了。

他这动作可真够快的，一看就是情场老手。

白墨菲按住他的手："别急，这里景色这么好，比在车上有情趣多了。"

面具男环顾四周，轻笑："那你是想……"

“我想……玩点刺激的。”白墨菲微笑，食指顺着他的面具轻轻地滑过。

“好，我喜欢刺激！”面具男扯开黑色皮衣，露出结实的身材。

白墨菲看了一眼驾驶座上的女保镖，超酷的紧身皮衣皮裤，短发干净利落，眼中充满杀意。

“你可以当她不存在，她是我的贴身女侍，二十四小时不离身的。通常在这种时候，她不必离开的……”面具男耸耸肩，不以为意道。

白墨菲震惊，跟司空南墨扯上关系的人都是变态吗？这男人……

但她丝毫没有表现出来，从随身包里拿出一支口红补着妆：“我不喜欢被人观看。”

“凡事总有第一次。”

“这会让我放不开。”她轻轻哼笑。

“丝菲，半个小时后见。”

“少爷……”丝菲欲言又止，看了两个人一眼，眼神变得深沉。

车门被大力地关上，白墨菲看着丝菲朝深夜里渐渐走远的背影……

“快点开始吧，我已经等不及了。”面具男一把将她揉在怀里。

白墨菲挑起嘴角，大红色的口红让她看起来魅惑极了，能瞬间抓走男人的灵魂。她用手指绕着嘴唇画了一圈，红色口红涂满边缘，更显得魅惑了。

“要不要尝尝看？”她笑着将自己的手指递过去。

整个车里的气氛格外暧昧。

面具男笑得格外开心，含住她的手指……

几分钟后，车门被打开，白墨菲一脚把他踹了下去。

灰色的脚印正好留在他的胸膛上——当然，这是面具男从昏迷中醒来后才会发现的事了。

他竟然被算计，让女人逃脱，还被一脚踹下车。

这绝对是他司空皓然一生的耻辱。

啪，一份资料散落在地上。

颀长的身形俯下，想要去捡起那本画册。

莫流原坐在椅子上，五官俊美惊人，脸却是冷漠而苍白的……他的手中捏着一张照片，是司空南墨搂着白墨菲下车的偷拍照。

这些天，他派人搜查那个神秘男人的资料，却因对方势力强大而无从着手。

最终，莫流原只好派人潜伏在白家附近，跟踪白墨菲的行踪。

这种行为对莫流原而言是不齿的，换作以前，他绝不会这样做，但现在……

黑暗中，门突然被推开，房里的灯亮了起来，突然亮起的光芒让俊美的少年微微眯起了眼。

赫管家端来一碗药："少爷，这是我抓的中药，说是对咳嗽有奇效。"

莫流原坐在椅子上，手虚虚地握拳抵在唇边，低低地咳嗽了几声。

他的瞳孔中弥漫着一片无边无际的深沉情绪，比夜色还漆黑。

自从那天白墨菲离开莫家庄园，他的状态就越来越差。

就在这时，桌上的手机鸣叫起来，他的身体忽地一僵。

他莫名其妙地有种预感，电话是他一直在等待着的人打来的。

夜是那么黑、那么寂静，白墨菲听到低沉而华美的男性声音传来："墨菲……"

她此刻是用跑车的内置电话打给莫流原的："听着，莫流原，你去英国等我。我不能多说，总之，你现在就把我爸爸接走，时机到了，我会跟你联络的……"

莫流原低声念出四个字："司空南墨。"

白墨菲握着方向盘的手一僵。

莫流原低声说："我查到了，想把你从我身边夺走的那个男人……"

原来是他。司空先生，莫流原早就应该想到的。

"莫流原，你不要乱来！"白墨菲惊愕极了，他查到了？！

"是我没有保护好你，为什么不告诉我？墨菲，我会让他放你自由。"

"莫流原，如果你还想我们有未来，就听我的，你带着我爸爸去英国……我不要看到你和司空南墨正面交锋，听见没有？"

莫流原没有回应。

"我不能多说了，你绝不能贸然行动。我会再联系你。"

白墨菲挂掉电话，心脏狂跳着。她没有立刻回市区，而是把车往乡间小路上开。她知道，一旦上马路就有监控，回城更不行。

她走不远，只能就近找个乡村避风头……

但显然司空南墨也猜到了这一点，如果要避开监控路段，她能去的地方不多。他们本就是对她瓮中捉鳖，所以附近的乡村口也都派人封锁了。

白墨菲远远就见路口有人把守着，每一台经过的车辆都被拦下来检查。

她这台跑车又很招摇，还好之前一直开在郊区的荒凉小路上，路上没碰见半个行人——

看看时间，距她迷昏面具男过去半个小时了，那个叫丝菲的女保镖一旦回去发现出事，就会利用跑车的防盗定位系统找到她。

弃车步行吧，白墨菲下了跑车，打开后备厢找到替换的衣服、一点干粮和水。

乔装打扮一番后，白墨菲把头发全部高高束起遮在帽子里，她个子较高，又穿着中性的机车服，远看像个男人。

至少现在的她走在监控路段上，不会被司空南墨一眼认出来了。

只是，在每个路段都会被拦住查身份证，她走了一段路后，又进入死局。

不能回城，不能去邻市，不能去乡下，更别提去车站、机场了，她难道要躲躲藏藏地生活在森林里，风餐露宿？

该死，她现在能去哪里？……简直是寸步难行。

难怪司空南墨笃定她逃不了，他比她想象中还要厉害。

如果就这样被抓回去，她可以想象到他会多狂妄。那个男人，一定会变本加厉地嚣张，更恣意地控制她的人生。

她绝不认输……

白墨菲思考了一会儿，想到个好去处。不过，凭她的脚力，她走不了多远，必须有代步工具才行啊。

她站在马路边等了不久，拦下一台经过的电动车，用身上仅有的不多的现金与对方达成交易。

四十多分钟后，浅海湾。

白墨菲看着眼前黑漆漆的树林，寂静的夜里，黑色森林宛如死寂的墓地。

她曾经为了逃出浅海湾，差点死在这片布满机关的黑色森林里。

因为差点死过一次，在她被送出浅海湾的那天，她坐在车里一直在记出去的路。迂回曲折、宛如迷宫的地形，即便是马丁，也要走过多次后才熟悉路况……

白墨菲却有异于常人的记忆力，她只看一次就记住了出去的路。

当初，白墨菲是担心有一天还会被司空南墨囚在浅海湾里，所以记住出路，以防万一。

没想到，现在她主动回到了这里。

白墨菲自嘲地笑了一下，浅海湾远离市区，很是偏僻，又因为黑色森林与外界隔开，基本是与世隔绝的一个地方。而且，浅海湾里有许多大大小小空置的别墅，她随便找一间住着，绝不会被任何人发现。

等躲一段时间，风头过去，她再想办法逃吧。

司空南墨总不至于每天浪费资源来找她，总有一天他累了，就会放弃的。

等他把S市掘地三尺也找不到她，他会以为她早就逃到别的城市去了……

反正，就算他想破头，也不会猜到她会躲到他的家里。

打定主意，白墨菲把电动车停在草丛里，找了块干净的石头躺着，静等天亮。

现在黑漆漆的，就算她记忆力再好，看不清黑色森林里的路……万一走错了，就走不回来了，她可能真的会死在里面。上次如果不是司空南墨找到她，她可能……

三天过去了，白墨菲仿佛人间蒸发了一样。

阿斯顿·马丁在暮色中停在一家酒店门口。全黑色四开门房车，车型带着二十世纪的复古特性，低调内敛，并不张扬。

这是S市最高级的酒店SL，一共九十八层。光地下就有八层，五层是停车场，还有三层是S市最大的夜总会。

司空南墨刚下车，就有小厮过来给他泊车。

从车的另一边下来一位个子高挑的美人，唇红齿白，扭着细腰，亲昵地挽着他。

在一楼大厅，他刷了白金会员卡，电梯才往下抵达夜总会。

全场的布置保持着一种旧上海的味道，充满风情。

马丁面无表情地跟在少爷身后，在入口处就有按在墙上热烈亲吻的男女。

服务员全是美女，穿着女仆装，超短裙，露出一双双大长腿。这样的画面，任何男人见了都会血脉偾张……

司空南墨却视若空气一般，径直进了包间，刚关上门就将怀里的女人推开了。仿佛是再也忍受不了她那股香气，他皱起眉擦了擦手。

美人被如此嫌弃，轻启红唇想要说什么，又被他那冷漠可怕的目光吓得闭上嘴。

马丁咳嗽了一声："少爷今天叫你来是做什么的，你别忘了。"

"我知道了，我一定会乖乖照办。"

砰——有人一脚踹开包间的门。

人还未进，妖娆的声音先响起来："啧，兴师动众地锁门，我以为会有刺激的好戏，哥，你真让我失望。"

和声音一样妖冶的少年走进来，一身重金属装扮，黑色皮夹克，嘴唇是淡紫色的。深棕色的瞳仁亮晶晶的，连笑容都充满诡秘的邪气。

少年身后跟着五个以上的保镖，自觉地关上门守在门外。

"这就是你的新欢？"

少年修长的手指挑起那女人的下巴："哥的女人就是迷人。"

"你是谁？"那美人故作震惊地瞪大眼，拿开他的手。

她越是挣扎，司空皓然越觉得有趣："哥，你知道女人像什么吗？"

"水。"

"啊哈，错了，像鸡蛋。"司空皓然滚烫的气息拂过，"外壳很脆弱，蛋清很澄澈，内心却很黄。"

“她很快就会喜欢上我。”

“不要——”女人还没反应过来，就被按住，一把扯下了丝袜。

听到她发出声音，司空皓然无趣地放下手——不是她，一点也没意思呢。

想起三天前那晚，那个浑身是刺的骄傲女人——白墨菲，他笑了。

司空南墨拿出一根雪茄：“你最近很缺女人？”

“倒是不缺，只是对哥的女人特别有兴趣。”

哪怕不是白墨菲，司空皓然依然不肯放过女人，按着她在怀里肆意地把玩着。

司空南墨吐出一口烟雾，淡淡地问：“三天前，你去过皇家俱乐部？”

“嗯？”司空皓然舔着怀里的猎物，仿佛没有听见。

“她在哪里？”司空南墨压抑着嗓音里的怒意，故作平静地问。

司空皓然停了停，闻言深深地看了司空南墨一眼：“我就说哥怎么突然想起我这个弟弟来了，原来特地搞了这么个女人来搪塞我，你的新欢明明另有其人？”

司空南墨眼神发黑，能把白墨菲从他的手里带走，也就只有司空皓然敢这样胆大妄为了。

他从监控录像里瞥到司空皓然的身影，再查了查那台赛车的车主，以及司空皓然这几天的行程……

“你既然查到我了，应该知道，我根本没有带走她。”司空皓然一脸好笑的表情，“我的确从俱乐部里把她带到了郊外……可那只小辣椒算计到我了。”

司空南墨沉默地吸了一口雪茄，如果白墨菲是被司空皓然带走的，他早在当天晚上就去抓人了。

司空皓然调笑道：“我昏迷着，被丝菲扛着去了就近的医院……好惨啊，哥，从小到大，还从来没有哪个女人敢这样对我呢。”

司空南墨转着手里的打火机，这些事他都查到了，当时他就猜到白墨菲阴了司空皓然一把……

可过去三天了，这女人但凡还活着，根本不可能消失无踪。

“哦，这三天，整个S市处处戒严，是哥第一次为了一个女人弄这么大阵仗吧。”司空皓然的眼眸里闪着充满兴味的光芒，“怎么，还没找到？”

司空南墨没说话。

“原来还有我哥找不到的人，太好玩了。”司空皓然的眼神更是充满兴味了。

“真的不是你？”司空南墨沉着嗓音问。

“我想要什么东西，都是明着抢的。是我拿走的，我会承认。”

这一点，连马丁都不会怀疑，小少爷没有必要说谎。

“况且，哥的东西，只要我开口，你向来不会不给。”司空皓然低头看着怀里被吻得唇发肿的美女，“我何必偷藏起来？”

司空南墨按灭雪茄，拿起沙发上的外套。

司空皓然表示很失望：“我还以为哥会留下来陪我一起玩。”

“我还有事。”

司空皓然笑着说：“知道了，等哥什么时候找到她了，记得第一时间通知我。她太好玩了。”

司空南墨脚步微顿，背影森冷：“她不行。”

“哦？”司空皓然的微笑僵住，眼睛轻轻眯起来。

从小到大，他从来没有从司空南墨口里听到过拒绝他的话。

“你要什么样的女人，我都可以给你，除了她。”

闻言，司空皓然发出啧啧的不满声。他用手捏住怀里的女人的下巴，阴鸷地说道：“我就喜欢哥的东西，尤其是哥最心爱的。你想拿替代品来换，不可以哦。”

“痛……”女人的下巴都仿佛要被捏碎了，眼泪冒了出来。

“别哭了，我其实一点也不比我哥差。每个被送过来的女人，最开始都像你这样不甘愿……结果，到最后却是没有我就活不下去。”

马丁的嘴角抽了抽：“别玩得太狠了。”小少爷外柔内狠，对女人也毫不手软。

司空皓然再次笑起来：“再狠，也没有哥把自己的女人送到别的男人手里狠啊。”

昏暗的包间里，他笑起来是一派天真的表情。

可是，他望着司空南墨的眼眸里，有某种锐利的恨意。

既恨着司空南墨，又爱着司空南墨，如此复杂的情绪，让司空皓然变得有些疯狂起来……

司空南墨黯了眼眸，迈步离开包间。

“少爷，要是小少爷也参与进来，事情就棘手了。”马丁跟在身后，忧心地叹了口气。

司空南墨的眉头狠狠地蹙着，他今晚就不该沉不住气，在司空皓然面前表现出他对白墨菲的重视。可他一想到万一白墨菲在司空皓然手里，就无法冷静。

马丁宽慰道：“还好白小姐机智，没有落在小少爷手里，不然……”

“查，”司空南墨眼神嗜血，“掘地三尺，也要把她给我挖出来！”

第十三章

浅海湾的重逢

修长的手按着打气筒，透明的米奇头气球随着氢气的充入不断鼓胀，亮片闪闪地飞扬着。

司空南墨将缠绕的彩灯换上新的锂电池，手指碰一碰，气球又能发光了。

马丁起初不明白为什么少爷会如此看重这只气球，每过几天都要亲自给它打气。

直到一张白墨菲的照片被透明胶粘在米奇气球的脸上——原来这是白小姐送的……

“今天清晨六点十分，在南环郊外的湖里，打捞出一具无名女尸……”新闻播报的声音响起。

司空南墨正在把玩气球的手一僵，咻，长线脱离他的指端，气球飘上了天花板。

“少爷，你别着急，我马上去查清楚状况。”

司空南墨的脸庞紧绷着，身体宛如灌了水泥一般僵硬、沉重。

这一个星期，他连着做噩梦，总预感白墨菲已经遭遇了意外……所以，他开始不停地留意各种新闻，火灾、车祸、谋杀，任何意外，他都担心和她有关。

但凡她活着，就不可能毫无踪迹。

司空南墨拿起平板电脑，将新闻里的直播视频画面暂停，放大无名女尸的画面。

他的手指竟然莫名其妙地发抖。

虽然死者因为长时间被浸泡已经腐烂、臃肿，面目全非，但司空南墨一眼就能辨认出不是她。

这女人即使被锉骨扬灰了，他也不会认错。

“少爷，我问过了，应该不是白小姐，根据调查描述……”

马丁的话才说到一半，司空南墨便冷然地打断：“我知道了。”

平板电脑被扔回桌上，继续播报下一条新闻。

司空南墨揉着涨痛的额头，面容深深陷在暗处，连日来的担心、焦虑让他显得十分疲惫。

马丁看着他，脑海中莫名其妙地闪过一个词语——锤骟。

它的大意就是：对着公牛的雄性象征部位，用锤头狠狠地砸下去，于是，从此之后，这头牛再也不会发情，每天都会顺从而蔫不拉几地乖乖听话。

白小姐分明从来没有对少爷好过，在的时候，整天在精神上虐待少爷，可少爷就像那头被制服的公牛，乖乖地任由她欺负，而除了她以外的女人，他再也没了兴致。

躺在露台的长椅上，白墨菲的膝盖上架着画簿，远处宁静美丽的海岸线尽数进入她的画中。

湛蓝的海水，白色浪花翻涌，天空高远如一块宝石明镜，色调柔和，美得像托斯卡纳……

她选了距离司空南墨那座海棠屋最远的一间小别墅，走过长长的桥，位于末端。这里风景如画，因为太远，帮佣也不常来打理，她进来的时候就发现地板上有一层淡淡的灰。

所有家具都盖着白色防尘布，应该是帮佣偷懒的杰作。

浅海湾大大小小的别墅有几十套，司空南墨只住主屋，另外，靠近主屋的几套别墅有下人、保镖住着，其余的都空置已久。帮佣大概几个月才来这间小别墅里打扫一次。

只有司空南墨住过来的时候，帮佣、保镖才会跟随他而来，浅海湾才异常热闹。

而当他住到别处时，那些随从也会跟着他离开，只留下三五个帮佣照看别墅。

司空南墨的房产应该很多，他住在浅海湾的时间不多，毕竟这里偏远，上下班都很不便，应该只是他作为休息的地方。

而自从他跟着白墨菲死皮赖脸地搬进白家后，这浅海湾就彻底无人问津了。

也难怪留下的几个帮佣会偷懒了，这么大的浅海湾就仅仅他们几人，根本顾不过来……

白墨菲微笑着，所以，她神不知鬼不觉地住进来后，还没被发现过呢。

由于黑色森林与外界隔绝，平时不会有外人闯进来，没人会猜到她已经潜进来住下了。

搁下画笔，白墨菲活动着身子骨，赤脚踩过厚厚的地毯，进入厨房，拉开冰箱……

嗯，就剩一包冻牛肉了。

今晚等主屋的帮佣休息以后，她又要潜进去“借”点食物。

现在的住处，家具一应俱全，但没有吃的，她每过两天都要冒险去主屋取点食材过来。

不敢一次性拿太多，怕被人发现，所以，她每次只拿两天的分量。

还好她吃得少……

房子里也没有网络、电话、电脑，她只能偶尔看看电视。到了晚上，她也不能开灯，所以一旦天色黑下来，就只能点小小的蜡烛看书。

不知道S市是否还在戒严？她失踪十天了，司空南墨一直找不到她，也该放弃了吧？

待在这里的时光太无聊了，她每天只能找点事做打发时间，可不想待太久。

二十六天后。

巨大的无边泳池里传来一阵欢笑的声音，几个美女从水中浮出脑袋，花瓣粘在湿漉漉的发上。

“小少爷，小少爷？你在哪儿呢？”

“这里。”紧接着，从泳池里钻出一个俊美的少年——狭长、上挑的桃花眼，珊瑚红的唇。他左拥右抱着，在水里就跟几位美女一起激吻。

波光粼粼，风吹起海棠花瓣到处飞着……

司空皓然玩了好一阵，见岸边躺椅上的男人依然无动于衷，不免觉得无趣：“哥，下来玩。”

遮阳伞下，司空南墨拿起一部手机在看：“没心情。”

四月中旬，距白墨菲失踪已经过去快一个月了。

“没心情？这都是我让丝菲挑的最正点的女人，身材、样貌都很好，要清纯的，就有清纯的，要火辣的，就有火辣的……”

司空南墨的目光在几个女人脸上扫了一圈，这些的确都是美女，可跟白墨菲比起来，立即显得庸俗，毫无看头。

司空皓然扯起嘴角，笑容妖冶，选了最漂亮的那一个女人："你去，把我哥带下来。"

"好的，小少爷，我一定不负众望。"那女人娇笑一声，从水中浮出，比基尼勉强只能遮住关键部位。她的肌肤白皙，水珠和花瓣顺着性感的身材滑落。

然而，她根本还没靠近司空南墨，就被长腿一脚踹回了泳池。

司空南墨紧蹙着眉，所有的注意力都在那部手机上。

这二十六天里，他几次三番对莫氏集团出手，如果白墨菲看得到他的要挟，绝对会乖乖地回到他身边，可她半点动静也没有。

哪怕他杀了莫流原，她也无动于衷吗？

"一部破手机，有什么好看的？"

忽然，手机被一只手抽去，司空南墨抬头，脸色森然而可怕："给我。"

司空皓然看到手机上的屏保，眼中猛地掠过一丝惊艳神色。

这是他所见过的最美的女人，虽然只是一个侧面的静态图。

"果然你还是对这个女人念念不忘。"他扬起手机问，"哥，你不会真的爱上她了吧？"

司空南墨不语，很快地拿回手机，将其收进口袋，身上散发出的气息相当可怕。

"很美啊，世界上居然有这种货色，我虽然只是看过一次，但也难以忘怀。"司空皓然说着，看了看岸边朝他搔首弄姿的几个女人，"的确，比起来，她们都有点逊色，难怪哥没有兴趣了。"

司空南墨走回玻璃别墅内，停在一个酒柜前。

不知道是不是他太过思念产生的错觉，他竟然似有若无地闻到了一阵白墨菲身上的香味……

他不知道的是，在吧台后的一个大酒柜里，白墨菲靠坐在柜子里，身体因为长时间保持这个姿势而麻痹了。

听到外面响起的脚步和说话声，她渐渐清醒。

昨晚她照例来主屋取食材，挑的是凌晨三点，帮佣休息的时间。

谁知道司空皓然突然开着跑车，旋风一般冲进了浅海湾……

在听到门外的动静的时候，白墨菲第一时间找地方藏起来了。而能够藏身的地方，就是这一个巨大的酒柜……

一晚上她胆战心惊，想寻找机会逃跑，偏偏这个司空皓然精力旺盛，他玩了一整晚没睡。他们不睡，她就只能一直藏在酒柜里。

白墨菲熬了一晚上又困又累，才睡了几个小时，就听到司空南墨的声音——

她浑身所有的细胞都戒备起来。

二十六天了，她逃离他的身边已将近一个月……

她以为再熬几天，就能离开这个见鬼的地方了。

她没想到会这么衰，昨天凌晨司空皓然杀过来，一大早又打电话把司空南墨叫了过来。

“哥，那个叫白墨菲的女人，还真是消失得无影无踪啊。当初你是怎么发掘她的？”司空皓然调笑的声音响起。

白墨菲昨晚听到这个声音就觉得很耳熟，还有那独特的法文腔……

原来那个面具男是司空南墨的弟弟，不过，她并不意外。

“要是找不到她，还挺可惜的。不过，如果找到她了……”脸突然凑近，司空皓然如玉一般的鼻梁跟司空南墨的弧度和高度一模一样，“你不许吃独食。”

白墨菲躲在酒柜里听着两个人的谈话，胃里忍不住冒出一阵恶心感。

司空南墨拿出一瓶威士忌倒满了杯子，他以前对女人没兴趣，所谓的派对，他从未参与其中，而司空皓然与他完全相反，放浪形骸惯了。

司空皓然靠在他身边的吧台上说：“哥，我只看她一眼就有感觉了，真的很想尝尝看她的滋味。”

司空南墨捏着酒杯的手一顿，狼一般的眼神扫了过去。

司空皓然勾起一边嘴角，坏坏地笑道：“哥居然生气了，为了一个女人……哈哈，有趣，你越重视她，我对她只会越好奇。”

“我说过，不准动她，懂吗？”

“我想动的女人，谁也拦不住，”司空皓然嘴角的笑意敛去，“包括哥。”

司空南墨的手指用力地一握，顿了片刻，他忍耐道：“我还没有玩腻。”

“是吗。”

“玩腻了自会送给你。”

“何时玩腻？”

“才刚开始，需要一段时间，”司空南墨铁青着一张脸，咬着牙从齿缝中挤出声音，“不会太久，我对女人的沉迷期很短。”

他对白墨菲的沉迷期有多长？他自己也不清楚。他多久才会腻，他心里也没有底。

这是他第一个迷恋上的女人，她让他寝食难安、魂不守舍。

“我怕等不及，就先出手了……”

司空南墨的眼神充满了警告：“她是我挑中为我孕育子嗣的女人，和寻常玩物不同。这是我找的优良基因，你若想要，自己去找。”

司空皓然一脸惊讶的表情："孕育子嗣？"

"她的样貌、学识，干净的背景、聪慧的脑子，都足以为我孕育后代。"

这一点，司空皓然不可否认，白墨菲是真的基因优良啊……

"我还以为哥你对她如此特别，是爱上她了。"

司空南墨嗤笑出声："爱？女人之于我，不过是个玩物。"

"可是，老头子不会答应她来延续血脉吧？她的身世太卑微……"

"你管好自己，我的事自有主张。"司空南墨抿着薄薄的唇，眼睛望着手里的酒出神。

"行，既然哥都这样说了……"司空皓然舔舔唇，眼里有兴味的光芒闪烁，"不过，别让我等太久，我会很期待那一天的。"

白墨菲咬着唇，眼神痛恨，两个男人的话，她一字不落地全都听进了耳朵里。

玩物……这个词从他的嘴里一再地说出来，刺痛着她的心脏。

她明知道司空南墨不会真心对她，但是当他真的这样说出来时，她竟然痛得心脏像被几百根钢针插进去了。

按住胸口，她喘息不过来，感觉眼睛湿湿的，一片雾气。她抬手一擦，竟擦到了泪水。

为什么……她会掉泪？

白墨菲深深地吸了口气，苦笑起来。

司空南墨平时对她的温柔体贴，她现在想起来，都是莫大的讽刺。

他留着她是为了给他生育，就因为她基因好。

等她生完孩子，他不但会一脚踹了她，还要把她送给弟弟司空皓然？

她真的就是卑贱，在他眼里，就是个生育孩子的机器而已。

白墨菲咬痛了自己的唇，像魔怔了似的，司空南墨说的每句残忍无情的话都在她的脑海中回响。她一直都对他没有期待的，不是吗？那为什么她会感到心疼，为什么会流泪？

难道在不知不觉中，她对这个可恶的男人动了心？

白墨菲狠狠地用指甲掐住了自己的胳膊，掐到青紫，也恍若不知，这是她的自我惩罚。

莫流原比司空南墨好一千一万倍，她怎么会对司空南墨有一丝丝的感情？他不配！

还好，她逃走了……

可惜，这次她临时决定逃跑，没有精密地策划过，才让自己处于被动的处境。

她绝不能被他抓回去，没有退路了，莫流原还在等她。

夜晚，银色的月光洒落，司空南墨衣襟敞开着，从酒柜里拿出一瓶新的威士忌，让辛辣的液体冲淡心中的焦躁情绪。

“少爷，不能再喝了，酒喝多了伤胃。”马丁听到动静，走来一看，好不容易劝少爷上楼去休息，这才过了多久，怎么又见他坐在这里喝酒了？

司空南墨眼皮很沉，却无半点睡意。

只要静下来，他就觉得心烦意乱，仿佛丢失了一件很重要的东西，焦虑得不停地在房间里走来走去，却完全无法镇定下来。

他只有喝着酒的时候，这种焦灼感才能大大减少……

“我闻到她的气味了……”司空南墨执着酒杯，沉声说道，“我总感觉她就在这里。”

马丁一惊：“少爷，你是喝多了，才产生了幻觉吧？”

酒柜里，原本躲在里面想等他们都睡着了以后偷偷逃跑的白墨菲心中一沉。他是狗鼻子吗？这么浓重的酒味，他也能闻着她身上的味道？

“只有坐在这里，我才能闻到那股气味。”司空南墨皱着浓眉说道。

马丁用力吸了几口气：“没有啊，全是威士忌的酒香味。少爷坐在这里喝酒才会有醉意。”

“也许。”司空南墨自嘲地冷笑一声，哪怕白墨菲死了也绝不可能在这里。

白墨菲惊出一身冷汗，差点就以为司空南墨要进行搜索，抓到她了。

“二十七天。”司空南墨眯起眼，看着墙上的时钟已经过了午夜十二点……

新的一天来临，他们分别的时间又多了一天。

从相遇后，他们还从未分开这么长时间。

司空南墨揉着涨痛的头，一瓶威士忌很快见了底，他用开瓶器又打开一瓶。

马丁看着七八个被喝空的精致酒瓶，少爷最近越来越爱喝酒，每晚都要喝到微醺状态，才能睡着，不然就会整夜失眠。

可少爷最近几天越喝越多，再这样下去，会酗酒成性，产生酒瘾的。

“少爷以前说过，患上酒精依赖症的人是废人，酗酒会损坏大脑的部分神经细胞。”马丁小心翼翼地提醒，一向睿智沉稳的少爷，怎么会允许自己沉沦下去？

司空南墨最引以为傲的就是自制力，可面对白墨菲，通通消失了。

为白墨菲喝醉后的第一天，他就看到蛮荒世界，像宇宙初期的混沌世界，第二天看到九宫格，有枯树、干涸的沙漠和沼泽……

最近几天，他开始手抖，拿不稳东西，偶有幻觉，会听到白墨菲说话的声音。

这些都是喝酒过多的后遗症，但是，一不喝酒，他会止不住地心慌、焦虑。

他开始害怕看报纸，害怕听新闻，害怕听到一切天灾人祸的消息……

他怕睡觉，每次睡着都会做噩梦，梦见白墨菲浑身是血，惨不忍睹。

“蠢女人，蠢女人！”司空南墨眼神阴鸷，似乎是近一个月以来压抑的情绪崩溃，愤怒地摔碎了手中的酒杯，“你最好没死，别再让我抓到你！”

他令人胆寒的声音隔着酒柜门也清晰极了，仿佛就响在耳边，白墨菲大气不敢出。

突然，外边传来剧烈的砸东西的声音——

酒瓶不停被砸的声音，玻璃碎裂的声音，柜子、椅子被翻倒的声音……各种声音持续了十几分钟，整个房子似乎都被那巨大的声响震得抖动起来。

白墨菲紧张地蜷成一团，生怕下一秒他就砸破酒柜门。

马丁让到一旁，任由少爷发泄着。

司空南墨不知道喝了多少酒。酒柜里有一层的洋酒都被他喝空了，酒瓶在地上碎裂。

其实，酒量再好的人，酒也不能混着喝，否则容易醉……

马丁还从来没见过少爷醉成这样，真怕他一蹶不振下去。

“少爷，只要白小姐还活着，我们迟早会抓到她的……”

“万一她死了？”司空南墨斜靠在吧台上，姿态从容，看着好像没喝一滴酒，可脸上的表情显示他已经醉得神志不清了。

如果白墨菲死了……这就是他最害怕、让他焦虑不安不停喝酒麻痹自己的原因。

“不会的，没有消息就是最好的消息……白小姐那么聪明，不会有意外的。我先扶你回楼上去休息吧？”

“滚开，别碰我。”司空南墨低声说着，挥手又砸碎了一个酒杯。

他的手不知道什么时候被割破了，手掌加手臂上，起码有四道伤口。手臂上的伤口已经自己结痂了，很是狰狞，而手掌上的，新伤加旧伤，又因为他一直在砸东西，时而流出一些血来。

看到少爷这个样子，马丁的心很痛。

少爷什么时候不是狂放不羁、睥睨天下的？

以少爷的身份，他什么女人会没有？这个白墨菲只是容貌更漂亮些，性子更倔一些，难以驯服。

出于私心，马丁还真的希望白墨菲死了好，省得再出现在少爷面前折磨他，让他遭罪。

司空南墨第一次喝得这么醉，时而觉得自己是清醒的，时而又陷入迷糊中。

他希望自己彻底迷糊，这样就可以停止胡思乱想，心被麻痹，就不会感到痛。

可酒精只是麻痹了他的身体，麻痹不了他的神经。

正包扎着，他忽然清醒，恶狠狠地瞪着马丁。

“少爷？”

“我怎么在这里？……”他支着头，紧紧地皱着眉，“现在几点钟了？”

“少爷，您喝醉了，还把自己弄伤了。这里是浅海湾，今天一早小少爷派人接您过来的，您忘了？”马丁恭敬地回答道，又看了看时间，“现在是凌晨两点钟。”

“凌晨两点钟……凌晨两点钟……”他呢喃着，总觉得有一件很重要的事未完成。

是什么事？

他努力想着，脑海中刚要浮出某个女人的轮廓来，脑袋就开始一阵一阵地痛。

他连自己是谁都忘记了，重重地喘了口气，看着受伤的手上缠着的一圈白色纱布：“我交代你的事，都办好了？”

他想不起交代的是什么事，但是直觉这件事很重要，非常重要。

马丁点了点头：“少爷今天交代我，搜寻附近的岛屿、森林，包括海域。”

“……”

“少爷不必担心，搜捕一天都没有停止，我会尽心尽力，直到找到白小姐为止。”

“白小姐？”司空南墨微眯起血红的眼睛，想起来了。

脑海中，那个模模糊糊的人影彻底现形。白墨菲勾着唇，对着他妖娆地笑……

他下意识地就伸手去抓，却抓到一片虚无，于是心脏的痛又开始无休止地折磨他。

酒柜里，被吵得没法休息的白墨菲愕然，搜捕到现在还没有停止？并且在找到她以前，搜捕还会一直持续下去？

她不打算在浅海湾久留，一个月是她躲藏的极限。

还好她没有提前出去，不然已经被他抓住，也就听不到他跟司空皓然的谈话，看不到他丑陋的真面目了。

白墨菲紧紧地咬着唇，想要让自己的心绪沉淀下来，想要早早睡去，养足精神，明天再想办法。

可是，司空南墨不停发出动静。

他一会儿扫落一点东西，一会儿用拳头砸柜子，一会儿又呕吐，一会儿又不舒服地闷哼，一会儿……害得白墨菲根本没办法睡。

这夜，他们在同一个房间里，隔着薄薄的酒柜门，皆一夜无眠。

一个烦躁不安，生怕自己会发出一丝声音，让他察觉，把自己抓出去；另一个痛苦焦虑，想着要如何才能找到她，让她回到自己身边，再不放手……

翌日，司空南墨因为宿醉，就睡在酒柜边的摇椅上，半步没有离开过。

司空皓然一早醒来下楼，看到客厅的酒柜区沦为战场，司空南墨又烂醉得叫不醒，觉得无趣极了，开着跑车带着女人离开浅海湾，不知道去哪儿厮混了。

可怜白墨菲，被困在酒柜里，哪里也去不了。

她肚子饿，困，又很想上厕所。

该死的司空南墨，如果不是他守在酒柜边，她昨晚早就跑了。

她憋在那样小小的空间里，身体还一直保持着一个姿势，酸疼难忍。

撑到下午，她实在受不住困，打了个盹，醒来的时候感觉更尿急了，而且喉咙像冒着火，像行走在沙漠里干渴了好多天的旅人。

她可以扛住饿，但没有办法扛住渴和其他生理需求。

听着外面半天都没有动静，司空南墨应该是睡着了吧……他喝得那么醉，打雷都吵不醒。

她悄悄地打开酒柜的门，透过门缝观察着外边的动静。

果然，她在褐色的老虎椅上看到了那男人的身影，一双长腿吊着，脚边还丢着几个酒瓶。

一地凌乱的碎物，空气里传来浓烈的酒味。

司空南墨一动不动地靠在躺椅上睡着，一只受伤的手垂下，纱布透出血色，地上也能看到滴下来的血变干了的痕迹。

她依稀记得昨晚马丁找人来收拾，却被司空南墨吼走了。

今天帮佣端来早餐，不小心吵醒了司空南墨，又被吓得不轻。

于是，马丁让帮佣都别再靠近这里，让司空南墨好好睡一天，毕竟少爷多日没有睡个安稳觉了。

白墨菲紧紧地皱着眉，窗外又黑了，看他的样子，一动也不动的，好像睡得很熟……

尿意越发强烈，她忍不住了。

柜门越打越开，不小心发出吱嘎的声音，椅子上躺着的人竟无半分反应。

白墨菲此时真的已经顾不了那么多了，从酒柜里爬出来，麻痹的身体像在被无数蚂蚁啃噬。

她悄声地避开地上的障碍物，以最快的速度冲进了卫生间……

呼。

白墨菲整理着衣服走到盥洗台前，拧开水龙头，就迫不及待地喝了好几口水。

清水润着发干的咽喉，她整个人都活过来了。

她喝得太急，还被水呛着了，喉咙难受，却不敢咳出来。

她按住胸口，憋着脸顺着气。

忽然，她余光看到门口多了个高大的人影。

司空南墨靠在门口，脸色很憔悴，一双深沉的眼带着血丝盯着她。

白墨菲整个死机——

他看着她，她也看着他。

周围在突然之间陷入一片诡异、僵硬的气氛中，谁也不动，也不说话……

白墨菲只听见自己的心在胸腔内死命地跳动着，金色水龙头哗哗地喷着水流。

就在她被这种紧张的气氛逼得窒息的时候，司空南墨终于动了动身体，朝她几大步走来。

“你——”白墨菲顺手关掉水龙头，大步朝后退去。

“你别过来！”白墨菲惊恐地后退着，脑子里一片空白。

可是，盥洗室就那么大，她很快就退到了尽头，身体紧紧地贴着冰冷的瓷砖。

司空南墨摇摇晃晃着，一步步朝她走来。

白墨菲满脸恐惧之色，下意识地伸手去捞东西，想要拿什么充当武器，可是双手徒劳地抓了半天，身边什么东西也没有。

她真的想在这个浴室里和对方厮杀，了结彼此算了。

可是，连这个机会都没有，她有些认命地颤抖着身体说：“我警告你，你再过来，我就杀了你。”

他长手一捞，她被拉进他的怀里。

白墨菲用劲地挣扎，手在他的脸上用力挥了一下。

立即，一道淡淡的爪痕留下……

司空南墨皱了皱眉，毫无波澜的眼如鹰一般盯了她半晌：“墨菲，是你吗？”

“你回来了……”他紧紧地抱着她，双臂就像铁，箍着她，声音低沉地喊着，“我想你，我每天都在想你……死女人，你知不知道我有多想你？”

他说的每一句话，都击打着她的心脏。

白墨菲眼眶潮湿，这二十多天里，她也偶尔会梦见他……

习惯真是个可怕的东西，每天都有他在身边，突然间分别后，她有一段时间真的也不适应。

可是，想到司空皓然和他的对话，她心里的火苗就熄灭了。

“你到底藏在了哪里？告诉我！你每天都来我的梦里找我，既然你不放过我，为什么不给我一点指示？”司空南墨搂紧她，生怕她消失一般。

白墨菲怔了怔，梦里？

司空南墨现在还没从醉酒状态中清醒吧？他迷糊中以为这是在做梦？

“告诉我，你去哪里了？白墨菲，你说！”

他逼问着，双眼发红，想她想得快发狂了。

白墨菲心情复杂，不知道该说什么，下巴就被他抬起。他狠狠地吻住了她的唇瓣……

熟悉的男性气息包围了她，气息浓郁，他吻得很凶。

身体紧贴在他的胸膛上，她能听到他心脏紊乱的跳动声。

他表现出来的样子，好像她是他失而复得的珍宝似的……

可惜，她都听到了，不管他怎样假装，她知道他心底是怎样看待她的。

司空南墨难分难舍地吻着，发泄着他的思念和不安情绪。

白墨菲被他的怀抱烫得瑟缩，又惊又怕，却无力抗拒。

司空南墨逐渐平静下来，慢慢分开被他吻得发肿的唇瓣：“白墨菲……告诉我，你到底死了没有？我每分每秒都在担心你的死活。”

白墨菲别开脸，在他的怀里扭动着：“你放开我。”

哪怕是在梦里，这个女人对他也是冰冷无情的吗？

这段日子，他梦见的她都是鲜血淋漓的，这是第一次她好端端地出现……

“蠢女人，你别给我出意外，赶紧滚回我身边。我警告你，别不知好歹，否则我就跪下来求你。”

白墨菲呆呆地怔了怔：“那你跪啊！”

司空南墨竟真的单膝跪下了。

白墨菲神色恍惚，看着这个男人英俊的面容，不知道说什么好了……如果他不是心口不一，如果他心里是真的喜欢她的，她其实也没那么讨厌跟他在一起……

司空南墨蹙着眉，表情是醉酒的样子，全身都散发着一股浓烈的酒气，目光忽然落在她的双足上，眉头蹙得更紧了：“为什么不穿鞋？”

白墨菲一时没反应过来。

“脚被扎破了怎么办？”

忽然，她的身体被拦腰抱起，这根本是他惯性下的动作。可是，他喝醉酒了，脚步根本不稳，抱着她，有些摇摇晃晃地离开了盥洗室。

白墨菲生怕掉下去，紧紧地环住他的脖子。

现在她可以确定，这个男人是真的醉到神志不清的程度了……

这只是他醉酒中的一种梦游状态。等他醒来后，一定会忘记这件事吧？就算他想起来，也不过以为是一场梦而已。

白墨菲一直被他抱到二楼的主卧，他的房间里。

将她小心翼翼地抱到床上放好，司空南墨捉住她的脚踝查看着，吻着。

他的唇是滚烫的，他带着酒气吻着她的脚趾，让她全身不适。

她用力地挣了挣脚："放手！"

司空南墨低声说："墨菲……好好保护你的脚……

"我知道，你们跳舞的，脚最宝贵……"

不知道为什么，白墨菲听到这句话，心突然像被用力一撞。

所以，上次他在那样盛怒的情况下，看到她的脚指头被割伤了，哪怕是那么一点点小伤，都紧张成那样？他知道她最在乎的是自己的脚？

不，他怎么会知道？他不过是在作秀。

可是，他现在醉成这样，说的话，应该都是心里最真实的想法，他还可能骗她吗？

可他明明跟司空皓然说，女人于他不过是玩物。

看着面前这个男人，白墨菲的心突然堵塞，感觉从未有过的怪异。

她一遍遍告诉自己，不要信任他，为什么还会想要去相信？……

"听到我的话没有？"他掐住她的下巴。

"听到了。"白墨菲假装温顺地说，"我知道了，以后都穿着鞋子就是了。"

司空南墨勾了勾唇，邪魅地笑着："乖。"

他的身形忽然有些不稳，朝她压过来，两个人一起倒在床上。

他那么重，压得白墨菲好痛，差点窒息……

她用力推着他："走开，你很重。"

"白墨菲，抱我。"司空南墨喉结滚动着，嗓音忽而变得沙哑，低低的，像哭声。

白墨菲怔了一下，他的双手紧紧地抱着她，她却始终不肯回抱他。

司空南墨的下巴蹭着她的脸，那一圈没有刮的胡子扎得她嫩嫩的小脸生疼……

"白墨菲，梦里你也不愿让我称心如意？你也要逃避我，不要我？……白墨菲，抱我！"司空南墨哑声低吼，这是他的梦，他的意念应该可以做主。

白墨菲手指微凉，抗拒地别开脸："你睡一会儿吧。"

心里只想快点把他哄睡了，她好逃走。

"白墨菲，你这个坏女人……"司空南墨像是挫败地低叹一声，猛地又吻住她的唇，不甘地缠磨着。

白墨菲双拳抵在他的胸前，却不能动摇他分毫。

他……真的太沉了。

她想要出口拒绝，却发不出声音。

司空南墨强势地抱着她，结实的身躯充满霸道的占有欲，如同森林里猎食的黑豹，沉下身子。

四月，海棠开得最盛，洁白的花瓣在风中打着转……

黑夜中的海浪静静地翻涌着，这座玻璃房是茫茫浅海湾里唯一亮着橘色光芒的地方。

白墨菲被司空南墨揽在怀里，这男人有劲的胳膊横在她的腹部。

她浑身是汗，长发黏在他的胸膛上，抬头就撞到他的下巴。

司空南墨发泄完就睡熟了，她看着他一脸满足地舒展着眉目，好长好长的睫毛还那么浓密、那么卷，难怪显得他的眼睛特别有神、深沉。

白墨菲是一张美丽的东方面孔，司空南墨却有很重的西方混血儿的轮廓。

她根本是鬼使神差地抬手轻轻摸了摸他的睫毛——又长又软，到底是什么基因这么优秀？

如果是他们的孩子，结合两个人的优点，一定是这世界上最美的人。

想到这里，白墨菲轻轻叹了口气，难怪他会看中她的基因。

“我可不是你传宗接代的工具……”

白墨菲用力地推着司空南墨，花了很大的力气，才终于从他的身下挪出来。

就在她起身的那一刻，一只滚烫的手抓住了她的手腕。

白墨菲一惊，看见司空南墨的眼睛又微微睁开了，他定定地看着她。

他的神色卸下了平时的骄傲和不可一世，整个人看起来居然有一种破碎的脆弱感。

白墨菲的心好像被那眼神抓住了，突然疼了一下。

“去哪儿？”他问。

“放开我。”

“别走……”他把她拉了回去，“别离开我，墨菲……”

“好，我不走。”她低声说，“你喝醉了，闭上眼，好好休息一会儿？”

司空南墨皱着眉，还未从醉酒状态中清醒。哪怕是梦见她，都不想她从自己的梦里消失。

“我不会走的，我保证，你闭上眼睡觉，我就不走。”

她以从未有过的温柔嗓音在他的耳边说着话，安抚他、诱哄他……

“不然，等你醒来，梦也就消失了。”

闻言，司空南墨果然乖乖地闭上了眼。

尽管睡熟了，他还是紧紧地握着她的手不放。

走廊外传来说话声……

“小少爷，我还以为你不回来了。少爷到现在还醉着没醒。”马丁说着，“从昨天到现在，他还没吃过东西，您劝劝？”

白墨菲心下一沉，顾不得更多，用尽全力地挣开司空南墨的手，躲进一个衣柜里——

司空皓然摘下墨镜，走进房内，看到一地狼藉的景象，忍不住啧啧起来。

大床上，背朝天躺着的司空南墨就像一具不会动的尸体……

司空皓然走到床边，看着司空南墨那副颓废的样子：“这么颓废？”

“我现在就让厨子去做晚餐，小少爷，您想办法叫醒少爷？”

“是为了那个女人吗？”司空皓然突然坏坏地笑了笑，“我看哥这是欲求不满，我们应该去找几个女人来。”司空皓然挑了挑眉，调侃道。

衣柜里，及时躲进去的白墨菲的心都快跳出来了。

她刚刚躲进衣柜的时候太匆忙了，连贴身衣物都没来得及收走。

怎么办？……万一被发现的话……

“少爷对寻常女人没有兴趣。”马丁接话道。

靠在床柜边，司空皓然懒懒说：“也对，他现在心里只有那个白墨菲。”

那晚被白墨菲设计后，司空皓然也就马上调查了她。

原来白墨菲的美貌在男人圈里非常有名，是很多男人心里的梦中情人……

以前司空皓然就听过她的许多事迹，但并没有放在心上。美女嘛，他见得多了，还真不相信有谁能见一眼就让人心动的，直到……在俱乐部的舞台上，看到她跳的那支让他永生难忘的舞……

可惜……

轻轻地转动了一下大拇指上的扳指，他问：“这世界上还有我哥找不到的女人？”

“但凡是个活人，就不可能找不到……她怕是凶多吉少啊。”马丁愁容满面，“所以，少爷很担心，这样下去也不是办法。”

“基因可以再找，但我哥这模样……他不会是动了真情吧？”司空皓然兴致高昂地问道。

马丁顿了一下，马上机警地回答：“那肯定不会，少爷不过是第一次感到挫败，所以有点不开心。我们还是想办法叫醒他吧。”

“知道了，交给我吧。”司空皓然抱了抱胸，“去打一盆水来，要冰的。”

白墨菲听到这样的谈话，眼神又黯淡了。

司空南墨刚刚对她表现得好像一往情深的样子，让她产生很重要的错觉。如果动了真情，真爱一个人，他会这样伤害她，对她为所欲为吗？

原来他不过是感到挫败。男人都有与生俱来的征服欲，尤其是像司空南墨这样自大的人。

一整盆冰水浇下去，冰冷刺骨，立即让床上的男人从醉酒状态中醒来。

司空南墨的身体动了动，他转过身，愤怒地盯向肇事者——

马丁明哲保身地指了指身边的人：“少爷，不是我。”

司空皓然丢下水盆，微笑道：“哥，你打算睡到什么时候？”

“滚。”

司空南墨翻了个身，又倒下去继续睡了。

司空皓然努了努嘴：“看来还没清醒啊，再去给我打盆冰水来。”

两个保镖对视着，不敢行动。

“纵一次火和纵十次火有区别？”

“……”

“反正哥已经不会饶过你们了，快去打来。”

两个保镖吓得要跪下了：“小少爷！”

司空皓然笑了笑，红唇妖娆：“放心吧，有我在，会帮你们担着。快去！”

两个保镖又火速去打了一盆冰水来，哗——淋得一床都湿淋淋的，佩服少爷还睡得着。

也只有小少爷才敢这么放肆。

这回，沉睡的狮子终于觉醒。

司空南墨眼神幽暗，浑身染着一层浓浓的阴郁之气：“找死？”

“你再睡下去，就真死了。”司空皓然低笑一声，食指钩起一条皱巴巴的男式四角裤，“我送来四个美女任你挑选，你不要，非要在梦里发情？”

司空南墨浑身刺痛，才起身看到眼前的局面就知道发生了什么。他隐隐记得做了个美梦，白墨菲回来了，温顺地躺在他的怀里……

他的怀中似乎还有那女人的香气。

司空南墨手指虚虚地握了握，上一秒他还紧紧攥着她柔软的腰肢。

“哥，你要是再这么颓废下去，我可要告诉老头子你为情所伤了啊。”

司空南墨回过神，寒意刺骨的眼神瞪着司空皓然。

司空皓然拉起司空南墨：“起来，把这一身洗干净，我带你去找你想要的女人。”

司空南墨这才下了大床，顺了顺乱糟糟的头发，抬腿朝浴室走去。

“搞定，”司空皓然对马丁做了个手势，“我在夜总会订了位置，今晚带哥去吃顿好的。”

马丁的眉头抽了抽，恐怕少爷不会想去。

司空皓然吹着口哨走到衣柜前——

衣柜门被拉开，大量的光线射进来，让白墨菲下意识地眯起了眼。

光芒中，一个纤细俊美的少年出现，俊美立体的轮廓，好到不行的五官，银色短发被发蜡定型成一个极具朋克风的莫西干发型。

猝不及防地，司空皓然撞进一双星辰般璀璨的眼眸。

白墨菲瞪大了眼，整个身体下意识地蜷缩得更紧——

她的脑子里是一片白光，她完全没想到衣柜门会突然被打开，而面前会突然冒出这么个陌生的男人。

而在司空皓然的眼里，这是一个如此生动迷人的女人。

就像突破云层的阳光照耀了下来，整个世界都变得亮堂。

马丁的声音从那一头传来："小少爷？"

司空皓然这才从愣怔中回过神，随便取下一件衣服扔过去："你去伺候我哥洗澡。"

"呃，恐怕少爷不喜欢洗澡的时候被我伺候。"如果是白小姐伺候，那就大不相同了。

渐渐暗去的光线中，他和司空南墨有着一样的眉眼轮廓，棕色眼眸中射出充满玩味又野性的光芒。

一个性格倔强、宁死不肯服输的小野猫，美得只要是男人就会着迷的女人……自她出现，打破了哥哥所有的惯例，被其在乎至极。

原来……她是躲在了浅海湾啊……

难怪他们把天翻过来都找不到她，实在有趣。

白墨菲要不是心脏够强，今天真的要被这兄弟俩折腾出心脏病了。

她先是被司空南墨抓包，差点以为自己要逃出无望了，结果对方醉得稀里糊涂……

如今她又被司空皓然抓包，还来不及绝望，对方却静悄悄地放过她了。

白墨菲没有忘记她在俱乐部之夜对司空皓然的行为，这男人不想她被司空南墨找到是什么意思？

司空南墨走到玄关处，一种奇怪的牵绊感却缠住他的脚，让他忍不住蹙眉回望。

不知道为什么，这整栋别墅里，有一种属于白墨菲的气息。仿佛她就在这里，在离他最近的地方……

司空南墨只有来到浅海湾，才能感觉到她的存在。而正是这种气息，逼得他更加心烦意乱。

那个女人直到现在还下落不明。

“哥，还在等什么？”司空皓然催促道。

马丁和保镖们已经列队站好，而在门口，已经停着一排如长龙般的黑色车子。

“走吧。”接过马丁递来的外套，司空南墨往身上一套，用力正了一下领子。

身后的人立即跟上。

他的步伐回归到平时的沉稳，面容冰冷，眼眸却更深沉一些，那么深不可测。

表面上，他好像回到了属于司空南墨的霸气和凌厉样子，可是马丁依然可以感觉到，他那颓废不振的气场。

等外面的脚步声消失了好久，整个空间彻底安静下来，再没有一丝声音，白墨菲才悄悄地推开衣柜门——

不管司空皓然是因为什么帮她隐瞒，很明确的一点是，他站在司空南墨的对立面，想抢夺她。

敌人的敌人，就是她的朋友。

白墨菲如今也想不到怎么逃跑的方法，离开了浅海湾，就会被瓮中捉鳖。

她不能在这里躲一辈子，司空皓然想参与进来，她不如利用这小子……

白墨菲走到落地窗前，拉开窗帘朝外看去，整个院子安静得只有海棠花飘落着……

司空南墨他们离开了，帮佣也都被撤走了，一个都没留下。

白墨菲想了想，应该是司空皓然临时调走了帮佣，好让她不必一直躲着。

直觉告诉她，司空皓然引开司空南墨，就会很快回来找她。

白墨菲找到自己的随身包，将电棒带在身上。呵，司空皓然不同于司空南墨，身边没有太多随从跟着，他这次就一个人，连女保镖丝菲都没带着，那完全不是她的对手。

她可不愿刚出龙潭又进虎穴，被司空皓然囚起来，控制得死死的。

咕。

连着两天没有进食，她饿得腹部空空，收拾了一下，就下楼去厨房找吃的了。

不过，奇怪的是，那被她遗落的贴身衣物不知道掉在哪里了，她刚才在床上翻了半天也没找到。

十几辆黑色车子和一辆绚丽的法拉利盘旋成一条长龙，是那样引人瞩目。

红色的敞篷法拉利是司空皓然的，车顶打开着，风吹进来，抚着他清秀俊美的脸庞。

他转过头，看着越来越远的水上别墅，红唇妖娆地勾起。

小笨蛋，我这么帮你，你可不要让我失望被我哥找到……

接下来，你的表演要更精彩一些才行啊，才不辜负我对你的期待。

美女依偎在他的怀里，迷恋地看着他，只要能待在他身边，让她做什么都可以。

“你昨晚有没有把我哥伺候好？”司空皓然突然捏起她的下巴，问。

“有……”小舞皱了皱眉，心虚地说道，“伺候得他很舒服。”

“那你舒不舒服？”

小舞脸色尴尬地说：“也……很舒服……”

“哦，跟我比，是我哥棒一些，还是我？”

“当然是你……”

“接吻呢？”司空皓然说，“我哥接吻的技术好不好？”

为什么他要一直问这种问题？小舞心情难过地说：“也很不错，但还是你更好一些。”

听到这里，司空皓然的眼神骤然一变，他紧紧地掐住她的下巴，说：“我哥从来不跟女人接吻，他有很严重的洁癖，你在骗我！”

小舞的脸白了。

“你没有完成任务！”司空皓然的语气很不好，“你不但没完成任务，还敢对我撒谎！”

小舞哭丧着脸说：“我错了，求饶恕……小舞已经使出浑身解数，可少爷根本对我没意思……”

此时，阿斯顿·马丁内，司空南墨神色疲惫，眼睛里布满血丝，胸口仿佛有千斤的巨石压着，让他喘不过气。这种压力让他感觉烦躁和焦虑不安起来。

近一个月了，他派出去这么多人手，却找不到一个女人。

“少爷，你脸上是怎么回事？”马丁拿出一罐热茶，递给他醒酒。

司空南墨没有接过茶，随意瞥了一眼后视镜，看到左脸颊上有三道抓痕……

“奇怪，浅海湾没养猫啊。”马丁低声咕哝着。

司空南墨的眼神倏然变得古怪，他扳正了后视镜，认真地盯着脸颊上的抓痕。

他的手指触着那三道痕迹，她抓他的痛感记忆犹新。

是女人的指甲的抓痕，他太清楚不过了，曾经白墨菲在他的胸前和背上留下过不少这样的痕迹。

司空南墨喉结滚动了两下，心脏狂跳起来。

他将手插进西裤口袋里，这才记起洗澡过后换过一身衣服了。

“少爷找什么？”

“我换洗前的裤子，”司空南墨一把揪起马丁的领子，“扔了吗？”

马丁惊愕地瞪着眼：“呃……少爷指的是那件黑色衬衣？你放心，我收拾着带出来了。”

这件衬衣是白墨菲送的，其余五件当初都被剪坏了，这件由于当时穿在司空南墨身上才逃过一劫，所以是仅剩的一件，少爷相当爱惜。

马丁当然知道这点，所以小心地叠起来带着了。若是换作平时，他绝对就将其留在浅海湾或扔了……

司空南墨眼里几乎要喷出火：“我说的是裤子，裤子！”

马丁不解：“裤子？哦，应该在收拾衬衣的时候，顺手也捡到了一起。”

“在哪儿？！”司空南墨几乎是咆哮如雷。

“就在你脚前的纸袋里……”马丁被勒紧的领子卡得喘不过气来。

闻言，司空南墨才松开手，在脚前的车座下找到那个纸袋。

他翻了翻，找到那条长裤，拎出来，将手伸进裤袋中——

“怎么了？”赛车并驾齐驱，司空皓然听到这边的吼声，探头过来问，“哥，你还没醒吗？在发什么酒疯？”

司空南墨沉着脸，从裤袋里掏出一条薄薄的东西……黑色蕾丝边，有珍珠蝴蝶结。

马丁瞪大了眼，这显然是女人的，怎么会在少爷的裤袋里？

司空南墨紧紧地攥着手里的布料，心脏在胸膛中沉闷地撞击得更为剧烈。

他以为那不过是一场梦，现在仔细想想，一切都太过真实。

“哦……”司空皓然的目光也变得古怪起来了，他搂了搂怀里的女人问，“哥，原来你还是享用了啊。我送给你的女人，滋味很棒吧？”

司空南墨嗜血的眼睛猛地瞪向他——

小舞蜷在司空皓然的怀中，惊讶地睁大着美目，张了张嘴巴，想说什么。

司空皓然责备道：“坏东西，还骗我说没有完成任务，这不是成功了吗？”

小舞解释的话涌到嘴边，看到司空皓然脸上的笑意，她就只得咽下了：“嗯……”

司空南墨的脸色骤然变得恐怖。

马丁害怕地张大嘴，只怕下一秒就会车毁人亡，少爷发起火来要人命啊。

司空南墨眼里刮起飓风，怒火燃至全身，眼见着就要爆发。

该死，即便他喝醉了，也绝不会随便碰别的女人。

这上面明明有她的味道，他怎么可能辨认错？

司空南墨拿出手机，调出浅海湾的监控，主卧、客卧、卫生间、客厅……在画面转到厨房的时候，他看到一个晃动的人影。

司空南墨黯下眼眸，将画面放大——

第十四章

纠缠

人喜欢一只猫，就算过敏发炎，也要忍耐……喜欢一个人，却应该把彼此变成更好的人。

白墨菲坐在窗旁，切了刚煎好的牛排放入口中，看着院子里漫天飞舞的海棠花，心神恍惚。

希望这是她最后一次见到司空南墨了，从今以后，他们就再也不会有联系。

趁着她对他的感情只是一颗萌芽的种子，她必须将其扼杀。

不知道莫流原如何了，会不会被司空南墨的怒火波及。她消失前给他打过电话，告诉他别轻举妄动，马上去英国避避风头，因为她在想办法逃离。

躲在浅海湾近一个月，她也不是没想过联系莫流原，让他带她逃去国外。

可不知道是对莫流原的能力不自信，还是怕他被卷进这场风波……受到伤害，她心里犹豫不已。

万一她逃跑不成，司空南墨真的会下狠手吧。

引擎咆哮的声音仿佛重音乐，白墨菲听到车轮摩擦地面发出的声响，耳朵微微动了一下，那个面具男果然回来了。

不对，这是一列车队的声音。

白墨菲马上跑到西边的窗户边，从这个方向能看到唯一进出浅海湾的路，果然十几辆车开了回来——是司空南墨的车。

白墨菲脑子嗡的一声响，他怎么会去而复返，难道是临时改变主意了？

不容多想，她以最快的速度将小桌上的餐盘收了起来，厨房已经没有时间收拾了，不过司空南墨从不进厨房，他应该不知道厨房有被人动过的痕迹。

她躲哪里呢？

她现在出去是来不及了，只会与赶回来的司空南墨迎面撞上。

白墨菲匆匆跑向二楼，比起那个手臂都伸展不开的酒柜，待在大衣柜里更活动自如。

但是，她没有傻到再躲进司空南墨的主卧里，于是选了一间客房。

院门被大力推开——

司空南墨迈着大长腿，踩着一地的落花，宛如归来的王者，身后跟着马丁和几个保镖。

“你们全在外面等着，”司空南墨沉声命令，“谁也不许进来！”

一干人等只好停在院子里，不明白少爷半道突然气势汹汹地杀回来做什么。

司空皓然的跑车停在车队之中，他远远看着司空南墨穿过庭院，走进别墅里的画面，眼瞳里闪过一丝了然的光。

啧，计划落空了吗？被发现了？

脚步声在楼梯上响起，然后是走廊上……

没有那些前呼后拥的保镖，司空南墨是一个人上楼来的。

白墨菲庆幸地想，他应该是忘拿什么东西了，回来取了就走吧。

奇怪的是，司空南墨没有进入主卧，反而是朝她这间房走来。

噔噔……

皮鞋踩在地上响起清脆的声音，让她更为紧张，直到那脚步声停在她躲藏的衣柜前。

白墨菲抱着双膝，用力地咬住了唇——难道他发现自己了？

她的心脏跳得很快，似乎随时会冲出胸膛……

尽管已经做好了被抓到的准备，但她自己也搞不清楚，她怎么会慌张成这样。

她用力地摁住胸口，忍不住急促地呼吸，就像快窒息的鱼……

只要打开这扇柜门，就可以看到那个该死的女人了，他要把她如何？她这样欺骗他，让他心急火燎，为她担惊受怕。

他气得就要把她拎出来狠狠地惩罚。

手搭到柜子的把手上——他忽然改变了主意，又放下了手。

白墨菲听到他在床边坐下，然后响起打开打火机的声音……

烟雾萦绕，司空南墨抽着雪茄，深沉的眼却一眨不眨地盯着那个衣柜。

快一个月了，他差点把天都翻过来，能够查的线索全都查过，但凡她有行动的痕迹，就不可能逃脱他的搜查。他无数次怀疑她已经遇难，原来她活得好好的，甚至就活在他的眼皮底下。

她竟然逃到了浅海湾，在他的地盘上住了下来——

她何等聪明，知道他不可能去查自己的住处。

而这个女人，是怎么进浅海湾的？黑色森林里遍布危险的机关……

司空南墨紧紧抿着唇。找到她，他既感到失而复得的兴奋，又有被愚弄后的愤怒。

他恨不得立即把她从衣柜里捉出来，狠狠地教训她，惩罚她，更恨不得立即把她从衣柜里抱出来，紧紧地搂在怀里亲吻……

两种极端的情绪逼得他窒息。

抽完一根雪茄，他又拿出一根点燃……

白墨菲抱膝坐在衣柜里，只偶尔听到打火机打火的声音，其他时刻都是寂静无声的。

寂静得……她以为是自己耳朵聋了。

他在搞什么鬼？如果他发现她了，不该这样毫无动静的……

难道司空南墨回到这间房仅仅是巧合？好险，他刚刚万一打开柜门，她就要无所遁形。

她还真是倒霉，偌大的别墅，她偏偏挑了这间房躲藏。更要命的是，司空南墨看起来不打算走了。

“哥，锁着门是想干什么？”司空皓然叩了叩房门。

他随后跟着进了别墅，第一时间就去了主卧，可衣柜里已经不见那只小野猫了。

她应该是……逃了吧？

“滚。”司空南墨低吼一声，从震怒的余音中都能判断他是真的很生气。

司空皓然摸摸鼻子，笑了。他哥应该还不知道小野猫就藏在浅海湾才是。

思及此，司空皓然马上掉转方向下楼，打算把浅海湾都搜寻一遍。

他万万想不到，白墨菲根本没走，还留在这栋玻璃别墅里，只不过是换了个房间。

夜越来越深，烟灰缸里堆满了烟头。

房间里没有开灯，司空南墨坐在暗处，只有闪烁的火星和一双如狼一般的眼在黑暗中发着光，不时因为被烟呛到而轻咳几声。

他想等白墨菲憋不住自己出来，她总不至于在衣柜里待一辈子。

可是，越等他就越心慌。

他怕柜子里是空的，她已经不在那里，又怕柜子里的空气不够，她是不是憋死了。

他本来是要惩罚她的，可是，这样对峙，不过是在折磨他自己。

终于，他等不下去，开了灯，拉开柜子的门——

白墨菲蜷缩在柜子一角，小小的下巴搭在膝盖上，睡得正熟。

司空南墨蹙着眉头，简直无法相信这女人竟然睡得着。

白墨菲实在是太困、太累了，昨晚没睡，今天白天又熬着，只在下午打了个盹。

她刚刚吃饱喝足，扛不住困意……

缩成一团的她，看起来更小、更弱……她终究不过是个女人。

司空南墨的目光落在她身上的那一刻，什么怒气都消散了，只剩下……像海浪一样无声起伏的柔软情绪。

快速把床铺整理好，他将她从衣柜里抱了出来。就连他自己也不知道，他的动作是极度温柔的——温柔地将她放在床上，温柔地为她盖上被子，然后坐回原本的位置，温柔却又复杂的目光紧紧地攫住她，似乎不知道该拿这个女人怎么办才好。

白墨菲回到软绵绵的大床上，自动自发地找了个舒服的姿势。她这一觉睡得相当沉，不知道她已经暴露，整整一夜睡在司空南墨的眼前，被那双狼一般的眼睛盯着看。

司空南墨眼神炙热，恨不得把她看出一个窟窿……

别墅里的监控自带录像功能，会自动保存近一个月内的影像，超出时限影像的才会被自动清除。

司空南墨让马丁调出这一个月的监控发过来，于是，这一晚，他快进着多个视频，果然看到白墨菲多次潜入这栋别墅偷取食物的画面……

当看到梦里的画面成为现实，还被录了下来时，司空南墨笑了。

早晨，窗外的光芒柔和地闪耀着，却被阻挡在厚厚的帘布之外。

白墨菲睡到自然醒，睁开眼，赫然对上司空南墨的睡颜——

她还以为自己在做梦，紧紧地皱着眉，盯了他好一会儿，又迅速坐起来，发现她睡在客卧的床上。而她藏身的那个衣柜——柜门是打开的。

她惊得就要下床，一只手伸过来，将她扯了回去。

她落在司空南墨的怀里，鼻子间全是他的味道，还有些许酒味。

“醒了，睡得好不好？”他低沉的嗓音，有早晨刚醒的干涩和沙哑。

为了让她睡个好觉，他等了一晚上都没舍得吵醒她。

白墨菲的脑子还是处于空白状态，下一秒，就有吻落在她的额头上。

白墨菲诧异地盯着司空南墨……他微垂着眼睫，除了脸色有些憔悴，眼中带着一点醉酒的颓废外，与平时无异。

细细碎碎的吻密布在她的脸上，最后停留在她的唇上，他撬开她的唇齿，深吻着她。

一切跟往常的早晨一样。

司空南墨并没有大动肝火地惩罚她，仿佛这二十几天她没有出逃过。甚至，他都没问她是怎么出现在这里的。

“早餐想吃什么？”他吻着她的鼻尖，轻声问。

“你——你知道我是谁吗？”白墨菲的手指在他的脸颊上戳了戳，难不成他醉酒还没醒？

司空南墨握住她的手指，眷顾地吻着：“我很清醒。”

“不可能！”白墨菲浑身震颤起来。

他一定是醉了，如果他没有醉，不可能以这样的态度对自己。

看到白墨菲这样惊慌失措的神色，司空南墨明白了她在想什么。

他轻轻地勾起嘴角，拿起她的手在唇前吻着：“做一顿早餐给我吃，我就原谅你。”

“你是怎么找到我的？”白墨菲喉头微哽，心情说不出地复杂。

司空南墨的眼神微微冷了一下，说起她离开的这二十几天的情形，对他而言简直是地狱般的酷刑。

“应该是我问你，你怎么进得来浅海湾，嗯？”他惩罚性地在她的手指上轻轻咬了一口，“是我低估你了，你是什么时候记下黑色森林的地形的？”

“在那个森林里差点死过一次，你派人送我离开那天，我就特别留意了。我的记忆力很好，过目不忘。”白墨菲的眼神变得黯淡，她真的被他抓到了……

她还在挣扎着，内心十分不甘。

“白墨菲！”司空南墨死死地盯着她，“你知道这些天我过的是什么日子吗？”

“看着我为你酗酒发疯，你是不是很得意？”他咬着牙问。

白墨菲嗤笑出来：“我不在，你过得很好啊，美女环绕左右……不是很惬意吗？”

司空南墨布满血丝的双眼盯着她，他的目光从她醒来后就没从她的脸上移开过：“你吃醋了？”

“笑话，我巴不得你跟别的女人在一起，怎么会吃……”

"醋"字发不出声音了，因为她的唇被他恶狠狠地堵住了。

近一个月，他想她想得发狂，全身上下所有的细胞都在叫嚣着思念她。

他从来没想过自己竟会这样想她，会为了一个女人做出这样疯狂的事情……

他用力地吻她，蹂躏着她，那种失而复得的情绪，让他想要紧紧地拥着她，想要她永远地被困在自己的怀中，再也无法离开……

这个吻太过热情了。

白墨菲根本无法阻挡这样的攻势。

"你走开！"

"我很想你……"他热情地吻着她，"薄情寡义的女人，你就一点都不想我吗？……"

白墨菲的心抽紧了，她害怕他又要把昨天的事重来一遍……

"你……不是说要吃早餐？我现在就去给你做，你再不放开我，我就……"

司空南墨居然放过她，抚摩着她的头发。

白墨菲瞪大了眼，似乎是看不懂地盯着司空南墨。

就在她发愣的瞬间，他又吻住她了，很深很深地吻着，唇齿纠缠，带着浓得化不开的依恋。

他温柔地取悦着她，这个吻也不含任何欲望，缠绵深情，是想念，是疼惜。

白墨菲的心不知道为什么有些酸酸的、柔柔的，抗拒的小手不知何时渐渐放松了，环抱住他的腰……

"你是狗吗？"

白墨菲推开他的脸，在他热情的攻势下渐渐招架不住。

司空南墨眼神深沉地盯着她，道："狗是狼进化而来，作为被驯化的动物，无论是被群体孤立，还是有成员失踪，都是件大事，所以一旦主人离开，它会每天坐在原地等候。"

白墨菲一脸不解的表情。

他讽刺地扬唇："它以为只要坐在这里，主人就会出现并抚摩它，与它玩耍，那是最幸福和快乐的事。"

白墨菲皱眉望着他，他怎么突然谈到狗的？他这意思……难道承认他是一只被她驯化了的"忠犬"吗？

"白墨菲，尽管你狠心丢下我，可我还是每天都在等你。"

白墨菲的心像被蝎子蜇了一下，心底涌起一股说不清的情愫。

"不要再试图丢下我。"他拢了拢她散开的头发，抵在她的耳边轻声说，"再也不许离开我这么久，别说一个月、一个星期，一天都不行！

"如果我有做错的地方，你怎么罚我都行，只要别赌气消失，让我担心。"

白墨菲闭上眼，鼻间全是他的气息。

这个男人真是情场高手啊，说的每句话都这么容易打动人心……

她就是这样一步步掉进他的陷阱的吧，明知道他不是良人，还是忍不住动情。要不是看到了他的真面目，她可能真的会深陷其中，无法自拔了。

司空南墨捧起她的脸，认真地问："听见了没有？"

"我长耳朵了。"白墨菲收起心绪，故作冷漠地说。

她冷冰冰的样子刺痛了他的心："我给你两个选择——一，再也不会离开我；二，选一。"

白墨菲语塞。

司空南墨紧绷着一张俊脸，咄咄逼人地说："不答应，你就别想下床了。"

所以呢？他每次都强势地给她做好选择了，还过问她的意见干吗？

"白墨菲，说话！"司空南墨迟迟等不到答案，攥住她的肩头用力晃着。

白墨菲无奈地瞪着他："你都不让我走了，还让我说什么？"

"我要听你亲口说，我要你说再也不会离开我。"他瞪着满是血丝的黑眸，脸上满是不安的焦虑情绪。

看着他眼底的血丝，他浓重的黑眼圈，白墨菲深深地吸了口气："知道了。"

"知道什么？"他盯紧她的嘴，认真地要听她吐出的每个字。

"不离开你。行了吧？"她有气无力地说道。

"谁，谁不离开我？"

白墨菲更无奈了。她就算说出来，也不是心里话，他怎么就这么偏执？

"我不离开你。"

司空南墨重重地把她按进怀里，如释重负。

她的话很敷衍，但他好像得到了一个承诺，等到了他要的答案，吃了定心丸。

"白墨菲，你记得你答应过我了。你说你是个重承诺的人，说的话就会做到，不许骗我！"

白墨菲深陷在他的怀抱中，感觉到他强烈的情感包围着她。

他的戏演得真好，他演得那么爱她，她好几次都要当真，差点被他的演技骗了。

司空南墨后怕似的身体轻轻发颤，嗓音低沉地说着："当我以为你可能遭遇意外的时候，真的很害怕，第一次尝到这人世间所谓的害怕的滋味。你赢了，白墨菲，我可以不烧毁白家，你想保留你童年的记忆，还是你跟莫流原的回忆，我都让着你，这是我最后的底线——他只能待在你的回忆里，你的现在和未来都是我的，懂吗？"

他让步了，把过去的白墨菲让给莫流原，这对他来说已是天大的妥协。

白墨菲的眼眸染上一层水汽，该死，她这是怎么了？这么容易多愁善感，这不像她。

要知道她一向心狠自傲、冷漠自私啊。

司空南墨生动地证明了——不要轻易和男人说话，因为在他们心里，只要女人没叫他们滚，那就是喜欢他，就算让他滚，那也是口是心非。

“白墨菲，你想不想我？”

“不想。”

“撒谎，你明明很想我，就算逃跑，也要逃到我家里来。你该不会是故意躲在这里，等我抓到你吧？”司空南墨一副无赖的样子。

“你是不是姓赖的？怎么可以理直气壮地不要脸？”白墨菲翻了翻白眼，除了浅海湾，其他地方都有他的爪牙，她被逼得无路可逃，他会不知道？

反正不管她说什么，他都要扭曲她话里的意思。

“从进化的角度来看，男人无赖更有利于繁衍。自作多情和风骚，增加了主观能动性，大大提高了男性繁衍成功的概率。”

繁衍……

所以他说到重点了，就是想抓她给他生孩子？

“白墨菲，你在的时候，你是一切。”他又开始厚颜无耻地说那些腻歪的情话，“你不在的时候，一切是你。”

白墨菲一把将他凑过来的脸推开，下床逃出了房间。

司空南墨很快跟出来抓住她，揽着她的腰，将她抱在怀里：“心疼我了，这是准备去给我做早餐？”

白墨菲：“你想得美呢！”

“我两天没吃东西了，你要好好补偿我。”

他跌跌撞撞地抱着她下楼，一副醉酒而不稳的模样。

白墨菲生怕他摔一跤，两个人一起滚下去，到时候摔个半死不活，这一生多凄惨？

她紧紧地环着他的脖子，慌张地说：“你放开我，我可以自己走。”

“不好。”他还没抱够她。

她真的很想一拳捶死他。

还好安全下了楼，他把她抱进了厨房。

正在准备早餐的仆人看看少爷，又看看他怀里的白墨菲，僵在原地。

“滚出去。”司空南墨那张脸一对上别人，就变得凶神恶煞。

马丁愁眉苦脸的，少爷已经两天没进一粒米，还空腹喝酒，伤胃，伤身体。

真是应验了那句话：无论你多骄傲自大，爱情都能让你卑微如狗啊……

这近一个月来，少爷自我折磨得快不成人样，真不知道如果一直找不到白小姐，接下去会变成什么样子。

马丁正一筹莫展之间，听到厨房里传来说话声，竟像是白小姐的声音？

“司空南墨，你给我滚出去待着，别挡在我面前碍手碍脚的。”

马丁掏了掏耳朵，难道也跟少爷一样出现幻听了？

“白墨菲，对我好点！你每次嫌弃我，一字一句都把我的心刺得似要裂开，我的心都要疼坏了。”

白墨菲发现这次见面后，司空南墨变得更无赖了，说话也更腻人。

他看她的眼神也变了，深深的、沉沉的，满含着情感，炙热如火。

白墨菲被他的眼神盯得有些无所适从，别开脸：“你真的很烦，戳在这里，我手脚都伸展不开。出去！”

“快一个月没见我，你还想赶我走？”司空南墨死皮赖脸地抱着她，“你的心是有多狠？”

白墨菲就像背着个巨婴，他从身后环抱着她，她走一步，他挪一步，她去冰箱拿食材都很费劲。一转身，她发现门口多了个人影在探头探脑。

被白墨菲发现后，马丁尴尬地笑了笑：“白小姐？真的是你？”

“到底是我的精神出问题了要去看精神科，还是……”他不确信地问，触到司空南墨那张阴云密布的脸，识趣地退步，“我马上就滚！”

有白小姐在，少爷的身体状况就轮不到他担心了……

他松了口气，一扫愁容，走着路就哼起了小曲，甚至扭起了探戈。

白小姐回来了，这炼狱般的生活终于到头了。

白墨菲切着新鲜的蔬菜，司空南墨的脑袋就搁在她的肩头上，沉甸甸的。

她恨得咬牙切齿，却奈何不了他，这男人脸都不要了，她怎么都骂不走，能怎么办？

“我不吃辣椒。”

见她抓了一把小米椒又想使坏，他闷声提醒。

“那我做菜就只会放辣椒。”早餐她也要吃辣的东西，没有辣味，她吃不下。

司空南墨沉默了几秒：“只要你愿意常常做给我吃，我会学着吃辣的东西。”

“谁说要做给你吃了？我是做给自己吃的。”白墨菲说着，将面条放进烧热的水中，只放了一个人的量。

司空南墨这个不要脸的，抓起剩下的面条全都扔了进去。

“你放得太多了。”

“我要吃。”

“就算你要吃，这也太多了——”

“你做的，我会吃完。”

司空南墨一边说着话，一边长手一伸，从篮子里取来两个鸡蛋：“我要吃鸡蛋，心形的。”

这里没有道具，怎么煎成心形的？即便有那样的道具，她也不可能会煎的……

“司空南墨，你再指挥我做事，早餐就不要想喝到一滴汤。”白墨菲恶狠狠地威胁道。

她的威胁很管用，司空南墨闭嘴了。可他也没有老实，俊脸埋在她海藻般浓密的长发中，拱来拱去地蹭着，肆意地闻着她的发香。

“你属狗吗？”

司空南墨闷声指控：“你走了将近一个月。”他怎么能不想她？

白墨菲无言，熟练地往锅里倒进去各种配菜、作料，但是并没有加进去辣椒，而是单独放到一个小碟子里，倒上油、生抽之类的，做了个调味碟。

一大盆面条起锅装好，这分量，足够四个人吃的了。

白墨菲擦干净手上的油渍，背上贴着她宛如连体婴儿的男人，还在嗅着她的发香。

“你到底还要不要吃东西了？再不放开我，我就把早餐都倒了。”

“你敢。”司空南墨恋恋不舍地放开她，端起一大盆面条往外面的餐厅走去。

他没有多余的手来控制白墨菲了，走几步，便停下来等着她：“走！”

“你有脚，不会自己先走吗？”她拿了一副碗筷，以及那盘辣椒调味碟，慢吞吞地跟上。

马丁坐在客厅里，正百思不得其解白墨菲是怎么回来的。

思及昨晚半夜少爷突然叫他把监控录像都调出来给少爷，他毕竟也不傻，联想到其中的关系，这会儿正在看录像……

果然，如他所猜测的那样，白小姐一直就躲在浅海湾里。

高明啊，白小姐这智商，少爷碰到对手了。

闻到一阵面条的香味，他回过头看向开放式餐厅：“白小姐做什么好吃的给少爷了？面条？少爷从来不吃面条……”

司空南墨充满危险的眼神投了过去。

马丁噤声，不敢再多说话。少爷习惯吃西餐，这种中式面条，他吃不惯，不爱吃。

白墨菲似笑非笑地看了司空南墨一眼：“不吃面条？那最好了，我一个人吃。”

司空南墨满脸布满冰霜，还没等他发飙，马丁求生欲强烈地喊道：“吃、吃、吃，只要是白小姐做的，不管是什么，少爷都吃。少爷挑食这毛病啊，也就靠白小姐来治了。”

“谁要治他？！”白墨菲自顾自地坐下。

马丁羡慕地说：“真香，少爷就是有口福，有白小姐亲手做的爱心早餐吃。”

爱心早餐……这四个字用得好。

司空南墨的脸色这才由阴转晴，他两天没有吃东西，胃已经麻木到不觉得饿了。

“白小姐，我是真没想到，你竟然会躲到浅海湾里。你是怎么穿过黑色森林的？”马丁手里还拿着手机在看监控录制的视频，“少爷又是怎么料到你藏在这里的？”

“你要是嫌自己多长了张嘴，我不妨帮你割掉。”司空南墨冷冷地说。

马丁立刻摸了摸自己心爱的嘴：“少爷嫌我话多，我绝不多问了。白小姐，回来就好，你可千万别再离家出走了。你离开这段时间，少爷过的真不是人过的日子。”

“不是人？那是狗的日子、猪的日子？”白墨菲毫不领情。

马丁：“……”

司空南墨命令：“滚去扎一小时马步。”

“少爷，真羡慕您啊！”马丁求生欲强烈，“白小姐逃跑都跑到您家里来了，这不正表示她记住了回家的路，只因为心里有您吗？”

这马屁拍得司空南墨很是受用，他意味深长地盯着白墨菲：“这么难的路，你记住了，因为你心里有我。”

白墨菲狠狠地咀嚼着小米椒，真恨方才没有将它一起加进锅里。

“我看白小姐就是乖乖等在这浅海湾，等着少爷来找到她。没想到少爷快一个月了才回家……白小姐这是心里气少爷动作太慢，才故意冷冰冰的。”

司空南墨吃面条的动作微顿，他凝视着白墨菲，问：“你是在气我来得太晚了？”

“我没说！”白墨菲咬牙。

“白小姐害羞了……”

“马丁，这面条的分量太多，我们吃不完，你也盛一份吧。”白墨菲杀人于无形之中。

马丁脸色黑了，果然，就听司空南墨凉飕飕的命令传来：“滚去扎马步，天黑以前不准回来。”

他何必多嘴，去乖乖扎那一小时的马步就好了，现在好了，要扎到天黑，这才上午九点。

白墨菲只要回到司空南墨身边，就能过上女王般的生活，十几个帮佣伺候着她，走到哪儿都有人跟着。她躺在沙发上，有人按摩；看书，有人翻页；洗完澡出来，有人马上去把浴缸擦干净；她穿着拖鞋带出来的水印，有人跟在身后一步一步地擦掉……

她抬抬手指，就马上有人端来吃的喝的东西；咳嗽一声，帮佣们便弓着腰诚惶诚恐；她连手指头都不用动一下，被养得身娇体贵，确实越来越懒散了。

唯一的缺点就是，她要面对司空南墨，如果没有他在身边黏着，那才叫完美。

一晚上司空南墨被她连着赶了十几遍，这女人一旦看到他，眼里就透露出满满的不耐烦之色，嫌弃之情溢于言表。

“白家，我答应不烧了，你想要什么东西，我都满足。你还有什么不高兴的？”司空南墨皱眉问。

“没什么。”白墨菲翻了一页书，不咸不淡地说道。

司空南墨一把将她手里的书扔掉：“白墨菲，你现在像个怨妇。”

怨妇？这个词让她的心咯噔了一下。

她的确对他充满怨气，他跟司空皓然的对话在脑子里挥散不去，心里堵着那口气无处发泄，当然怎么看他都不顺眼。

“我不想看到你。”白墨菲拿下他搭在她腰间的手，“没有原因，就是讨厌你。”

司空南墨的瞳孔收缩了一下，声音发紧：“仗着我在意你，你就可以肆无忌惮地伤害我？”

“司空少爷这样的大人物，怎么可能在意我？区区一个生育工具，哪能有伤害你的权利？”白墨菲是疯了，口不择言，还是把心底话说出来了。

司空南墨眼睛发黯，这女人总是践踏他的心意，说话冰冷、刻薄。

生育工具？他对她这么好，她长了眼睛居然看不到？

“想不想看看我小时候的样子？”他又揽住她的腰，不在乎她冷冰冰的态度，黏上来。

“不想！”白墨菲断然拒绝。

“和我生的孩子绝对漂亮，你不亏。”司空南墨已经看过她从小到大的所有照片，全都搜刮珍藏了。她对他的了解却少之又少，这辈子是别妄想她会主动去了解他了。

帮佣送来笔记本电脑，不管白墨菲想不想看，她都被禁锢在他的怀里逃不开，只能被他逼迫着看了。

电脑里有个盘，专门用来放照片的，各种文件夹——

司空南墨打开文件夹，从刚出生还在襁褓里，到他蹒跚行走一路成长，每个阶段的照片都有。他的童年过得很好，住房全是一幢一幢的城堡，内部建设充满了法国风情，犹如宫殿，地板上贴着复杂的装饰……

小时候的司空南墨完全是个美丽精致的布偶。

西方人小时候都特别漂亮，跟洋娃娃一样，司空南墨的混血儿模样将中西结合到极致，既有西方的立体轮廓，又有东方的优雅清秀。

西方人老得快，但司空南墨作为混血儿，就逃过了“花期短”这一魔咒，二十五岁的他并没有迅速老去，依然帅得无与伦比，颜值超群。

而小时候的司空南墨，眼瞳更像黑宝石，自然微卷的头发黑得犹如绸缎。小家伙穿着各式各样的小西装，对背带裤情有独钟，哈伦的、直筒的、牛仔的。两条黑色细带子，配上各种衬衣，条纹的、方块的……简直像画上的小人。

白墨菲第一眼看去，就想到了VOLKS公司研发的SD娃娃。漂亮的孩子就是讨人喜欢，她竟不由自主地开始联想他们的孩子会长成什么样了……

司空南墨亲了亲她的耳朵，问：“墨菲，想不想要一个？”

“不要！”她违心地说。

“你刚刚看得很有兴趣，我以为你喜欢？”

“还是小时候的你比较可爱，为什么长大就变成这样了？”白墨菲瞥了他一眼，像在翻一本有了年代的精美画卷，在另一个时空，不同年龄段的司空南墨鲜活地存在着。

真心说，司空南墨从小帅到大，简直是老天的宠儿，完美到不似人类。

“变成怎样？”

“狂妄、自大、自傲……目中无人，欠揍！”白墨菲指着长大后的司空南墨，从他到了三四岁，小脸上就是跩的表情，然后越来越跩，跩到十岁还开始凶。十几岁后的他真是跩得上了天，好像瞧不上全天下的任何人，就算看不到眼神的侧脸都能让人感觉到他的高傲、自恋，一脸写着“我好帅，快来看我”的样子……

司空南墨知道她在故意损他，闷声笑了：“就当你在夸奖我。”

“为什么都是你的个人照？一张合影都没有？”白墨菲好奇地问。

“你还想看谁？”司空南墨意外，难得她会对他的事感兴趣。

“你父母啊，基因可是隔代遗传的。”白墨菲挑了挑眉，“要是他们丑，怎么办？”

白墨菲知道，司空南墨的父母不可能丑，能生出他这样的儿子，基因一定很优秀。她只是突然对他的身世好奇而已——

“老头的照片没有，我妈的照片，你想不想看？我长得像她。”司空南墨在她的脸颊上吻了一下，问。

“你叫你爸老头，连他的照片都没一张，你们的关系到底有多恶劣？”

司空南墨只要提到司空老爷就绕开话题，他点开另一个文件夹。然后，白墨菲就看到一个优雅的法国女人，高盘的栗色头发，明眸皓齿，像一幅王妃画像。

让白墨菲惊讶的是，他的妈妈有一双红色瞳孔，像红宝石一样红……红色眼睛稀有至极，一般只会在白化病患者身上出现红色或粉色的眼睛，因为眼睛虹膜缺少或没有黑色素。

但这世界上有个传说——西门家族的人世代遗传着红色的瞳孔。那是个隐秘而强大的贵族，控制着整个欧洲的经济命脉。至于这个家族是靠经营什么为生，为什么那么富裕，无人可知，只知道它传承了十几代，是个很古老的贵族了。

“红色瞳孔？这世界上真的有红色的眼睛？”白墨菲一张张照片点着看，若不是亲眼所见，根本不敢相信这事。

司空南墨将她搂在怀里，淡淡地嗯了一声。

“呵，”白墨菲自我解嘲般笑了，“你别告诉我，你妈姓西门？”

“你知道？”司空南墨热热的气喷在她的耳边。

白墨菲的背脊僵住了：“那传说中的西门家族是真的存在？”

司空南墨玩着她的手指头：“关于我家族的传说版本众多，我不知道你听过哪个版本？”

“我听说有个掌控欧洲经济命脉的贵族，叫西门家族。他背靠着‘十三家族’，是由十三个顶级公族组成，全是君王权贵般的人物，分别控制着世界各国……据说他们住在法国十三橡树。”白墨菲侧过脸看向他，“是吗？”

司空南墨大笑起来：“你还知道我住十三橡树？看来，你知道的消息不少。”

白墨菲：“你是十三家族的人？你妈妈是西门家族的后裔？”

司空南墨轻描淡写地应道：“冰雪聪明。”

白墨菲脑子嗡地一响，她一直知道司空南墨来头不小，但没想过他竟会是传说中的隐世贵族。如今西门家族的掌权人是西门老爷，那是他的舅舅？

“你跟你妈长得很像——果然，遗传学说，男孩一般像妈妈，女孩比较像爸爸。”白墨菲翻着照片，“除了这双红色眼睛你没遗传到。”

“女孩像爸爸？”司空南墨听到这句话，眼神倏然变冰冷了。

“你不是高智商吗？初中的生物知识都忘了？”

“我司空南墨的女儿，只能像妈妈。”司空南墨不接受这样的遗传学。

“你也不难看，为什么非要孩子长得像我？一定要像我才好看？”

“因为是你的孩子，我才喜欢。我想要长得像你的孩子。”

不行，她不能被他的花言巧语骗了，他明明只是想挑个女人给他传宗接代。

“被这么优秀的男人穷追不舍，你是不是很有成就感？”司空南墨靠在她的耳边喷着气，很是臭屁地问。

对他的颜值，他相当自信，毕竟他是从小帅到大的，颜值的优越让他不管走到哪儿，都收获了满满的称赞，耳朵都快听出茧子了。

不过，他还从没从白墨菲的口中听到过夸奖的话，这女人太吝啬，还是审美异于常人？

她在想什么，她在做什么，她喜欢什么，他都想知道。

“有人说过，一个男人追你的时候有多狂热，分手的时候就有多疯狂。”白墨菲的手被迫按着鼠标，他的大手放在她的手背上，压着她的手指一张张地翻着相片。

“你知道就好，你想跟我分开，我会发疯。”

“真正的绅士会成人之美，只有渣男才会死不放手。”

他一时语塞。

“据说，符合以下特征的人，就是渣男无疑了。”白墨菲轻声说道，“讲话极端偏激，动不动就将‘死’‘我杀了你’‘我活不下去’等话挂在嘴上；对女方控制欲强、有暴力倾向；动手打人、用女方的家人或朋友等威胁人；追求女方时曲意逢迎，为了讨好女方而不择手段、没有底线，要离开时要死要活……”

白墨菲说的每个特征，几乎都是朝司空南墨射了一箭。

他的脸色一点点变黑：“我没有动手打过你。”

“谁知道你以后会不会打我？”

司空南墨简直想就地惩罚她，没有发生过的事，她也敢胡说：“我伤害自己，也舍不得伤害你。在你眼里，我是个渣男？”

“是你自己对号入座的。”

“讲话偏激，我可以改，你不喜欢听，我就都不说了。你不也无数次说你想要杀了我，想要我死？”司空南墨捏起她的下颌，“你就是这么双标的？”

白墨菲不想回答。

“你更有暴力倾向，动手打过我很多次。”

白墨菲竟然反驳不了。她确实有几次打过他的耳光，又踢又踹的，还拿东西砸过他……

“你对我这么坏，天生就是来虐待我的。”司空南墨说着，捏起她的手，抚上他的脸颊上的抓痕，“这是你之前虐待我留下的证据。”

白墨菲瞥到那几道抓痕，没个三五天看来是不会好了。

司空南墨坐在软皮老板椅上，书房的窗帘紧闭，整个身体陷在黑暗中，只有荧屏发出的一丝光芒微微闪烁着……

“今天收盘前，将荣氏的股份全都抛售出去。”他冷声命令，被荧光照着的脸，有一丝幽暗的冷厉气息。

“是，总裁。”屏幕上的男人是亚洲最强大的操盘手，掌控着整个亚洲的经济。

他想引起金融风暴就发生金融风暴，想谁破产，谁就破产，职业颠覆股票市场的人，被业内传为可怕的“神盘手”。

但其实，真正的幕后大老板是司空南墨。

“少爷，白小姐既然回来了，为什么还要让荣氏破产？”马丁在一旁泡着茶，不解地问。

司空南墨翻着手里的企业报告策划书：“唇亡齿寒。”

既然不能动莫流原，那他就断掉莫流原的左右翼——

荣氏是莫家的合作伙伴，多年来两家一直保持着良好的关系。

白墨菲离开这近一个月里，他朝莫流原的所有盟军下手了，能收买的人拉拢人心，不能收买的人，赶尽杀绝。荣氏也算是商业帝国里实力强悍的企业，加上跟莫氏合作，强强联手……没有人能想到，一个商业神话陨落了。

“一旦荣氏破产，剩下那几家对莫氏忠心耿耿的企业恐怕也要闻风丧胆了，很快就会与莫氏解除合作。少爷，要不要趁机拉拢他们？”

“不必。”司空南墨冷哼了一声。

马丁不得不佩服少爷的阴狠，他答应过白小姐不会动莫流原，但暗自打压的行为就没停过。莫家现在四面楚歌，想来以后没有企业敢靠近莫家……

但凡与莫流原合作的，就是与少爷为敌，这个苦果，没人敢吞。

司空南墨偏过头，盯着窗外的暮色，白墨菲越是在乎的人，他越不能放过。

司空皓然带着一个女人走进大厅。他穿着炫酷，银色皮裤套马靴、闪着光片的T恤，外搭黑色皮外套。他留着时尚的发型，戴着多层皮革链、骷髅头耳饰，从头到脚，都有一股包装过后的大明星味道。

他的风格是时下最流行的坏男孩类型，小女生一见到就会流口水、尖叫的那种。

几个帮佣目不转睛地看着他，虽然大少爷也很帅，但太凶了，她们都不敢直接看，小少爷就不同了，会对她们眨眼、吹口哨。

白墨菲也一眼就看到他了，这个幼稚男手里搂着的女人跟白墨菲上次见的不是同一个，穿着跟他很搭的皮衣、皮裙。

门口看守的两个保镖为难地跟进来阻拦："少爷现在在书房里处理公事，没有他的命令，谁也不许进来。"

"连我都不行？"司空皓然挑眉。

"少爷指的就是您。抱歉，小少爷，您出去吧。"保镖想要轰赶司空皓然，却很是为难。

司空皓然显然是一路闯进来的，没有保镖拦得住他……

他找遍了浅海湾的每栋别墅，都没有看到白墨菲的影子，倒是看到保镖守在玻璃主屋里，直觉不对，果然——

司空皓然推开保镖，也看到了刚从健身房出来的白墨菲。

黑色露背的芭蕾舞服，白色柔软的芭蕾舞鞋，这一切，穿在高挑的她身上，气质那么相符，她就像一只黑天鹅化身的女人。

白墨菲平时就有压腿锻炼的习惯，健身房里设备一应俱全，司空南墨专门腾出一块空地给她练舞的，有一面墙的镜子，在一旁的置物架上还放着她练习用的舞蹈服、泳装等。

她顺手就换上舞蹈服了，练了两个小时，浑身大汗淋漓。

"我们又见面了。"司空皓然松开怀里的女人，立即朝她走来，盯着她的眼睛里有毫不掩饰的惊艳之情。

白墨菲高绾着长发，舞蹈服贴身且短，露出一双超长的腿，挺着背脊。

"你在跳舞？俱乐部之夜的那支舞能为我再来一遍吗？"

"抱歉，我没空。"她要走，胳膊却被一只手掌拽住。

司空皓然睨着她，似笑非笑地说："你想走？我都没有允许你走，你怎么可以走掉呢？！"

"白墨菲，"他用一种很暧昧的口吻念着这三个字，"是你的名字吧？"

她并未搭理他。

"真是个好听的名字。"

白墨菲的目光冷极了："先生，放手。"

"啊，那我会很舍不得，"他无耻地说道，"你的手这么柔软，这么香甜……你知不知道，自从第一次见过你，我就一直想这样靠近你，抓着你的手。不对，我不只是想抓着你的手……"

司空家族的人一个比一个不要脸吗？她以为司空南墨已经够极品了，没想到这个弟弟更是……

在他凑过来嗅她身上的香气的时候，她感觉被冒犯到，猛地一脚踩在他的鞋上，狠狠地蹍着："你再敢轻浮，我会不客气的。"

可恶，她的舞蹈鞋太软了，一脚踩在他硬硬的鞋面上，反倒是她的脚很疼。

"哥哥说要把你送给我，你迟早会是我的女人……"司空皓然伸手搂住她的腰，就要将她揽入怀里。

白墨菲一脚踹了过去，却没想到腿被他接住了。

司空南墨抓着她的腿拉高，坏坏地笑道："好长的腿啊，韧性也很好呢。"

韧性极强的腿被他很轻易地就拉到头边，她只能单腿立着。

该死，电击棍没有随身带在身边，不然她叫这家伙好看。

"嗯……真香。"司空皓然俯身闻着她身上的香气，就要吻上她的脸。

白墨菲咬牙，一拳打过去。

司空皓然根本不觉得这样柔软的女人会有杀伤力，谁知道一阵刺痛传来，她的尾戒是很坚硬的金刚石。

"这是防色狼戒指……专门对付你这种纨绔子弟。"白墨菲趁机挣开自己的腿，退后两步。这戒指是她用来防身的，还好她没摘下来。

司空皓然吃痛，下意识地伸手去抚摩脸部的伤口："你竟然弄伤我引以为傲的脸？"

"你再惹我，我会让你哭得更大声的。"她警告道。

司空皓然蹙着眉，猛地扑过来。

白墨菲又是一脚狠狠地踹过去。

司空皓然猝不及防下被踢到，煞白着脸，捂住痛处："你这个女人……"

"这回，你总不能对我做坏事了。"白墨菲逃到了他抓不到的地方。

他感到难以置信，这女人居然敢划伤他的脸，还踢伤他……

"你的脾气真的够辣！"司空皓然阴鸷地说道，龇牙捂着痛处，"看来是我哥没有好好调教你。没关系，我可以帮他效劳。"

白墨菲冷嗤："我警告过你，别来惹我。"

"呵，不知多少女人对我求之不得，能被我看上，你应该感到荣幸。"

白墨菲都快笑吐了："一个男人走到哪里都带着同一个女人，那才叫本事。只有破车，才要不停地更换轮胎。"

司空皓然竟无法反驳。

"你这么滥情，还自以为有魅力？走开，别再来碍我的眼。"

"把她的衣服脱了。"他朝愣着的那个女人命令道。

被白墨菲骂作"轮胎"的女人十分尴尬，居然真的扑上来按住她，拉扯舞蹈服后面的拉链。

“我这台破车很快又可以换新轮胎了。”司空皓然坏笑着，食指抬起她的下巴，“你要是经久耐用的话，以后我就不换掉你了。”

“滚开！”白墨菲挣扎起来，剧烈的动静似乎惊动了二楼的人，楼上响起脚步声——

果然，司空南墨出现在楼道口。

马丁看到这个小少爷，就很是头痛。

司空南墨脸色发黑，偏偏还不能表现出太过焦急的样子，沉着嗓音问：“谁放你进来的？不是让你滚去海天的商宴吗？”

“说好找到她要第一时间知会我，哥，你却偷偷把她藏起来，还防着我。”司空皓然一把将白墨菲搂在怀里，“我生气了。”

她身后的拉链已经被拉开了——

白墨菲的眉头用力地皱起，一件男人的外套丢过来搭到了她的头上。下一秒，司空南墨快步走来，一把想将司空皓然怀里的她拽过去。

然而，司空皓然紧紧攥着她，就像小孩得到了新鲜的玩具不肯放手：“哥，她欺负我。”

“我警告过你的话你忘了？现在你还不能动她，放手！”司空南墨咬着牙说，忍耐到了极限。

“她划破了我的脸，还差点踹废了我。”司空皓然恶人先告状。

“活该！”司空南墨用劲拽着白墨菲，而司空皓然的力气也不小——

白墨菲只觉得手臂快断了，两个男人一左一右地争抢着她，她痛得吸气：“我是物件吗，被你们这样争来抢去？”

换作平时，别的男人碰她一根头发，都会被他重重责罚的。

可是，这个司空皓然的地位显然不一样，他对她又拽又抱，司空南墨竟没有惩罚他。

白墨菲心里涌起一股浓重的失望感：“你们都放手，我的胳膊要断了！”

闻言，司空南墨总算做了件人事，抬手把司空皓然的手打开了。

白墨菲重新回到这个男人的怀里，他拢紧了她身上的男式外套，一双黑眸死死地盯着她：“穿成这样是想勾引谁？”

白墨菲气结。她在家里练舞，怎么会想到忽然闯进来一只狼。

是他防卫工作做得不好，他连她都保护不了！

“舞蹈服是你为我准备的，你问你自己。”白墨菲冷笑。

司空南墨紧紧地咬着牙关，侧脸的咬肌显现。

司空皓然嚷嚷着被踢中的地方很痛，伤得很重，马丁只好立刻吩咐人去找医生过来。

司空南墨怒意横生："别找了，让他受着！"

"哥，你至于吗？我下半辈子要是变成废人，你养我？"司空皓然瞪大眼，以为自己听错了。这真的是他的亲哥？

"谁让你招惹你不该惹的人，吃点教训也好。"司空南墨隐忍着情绪，要是换作别人，刚刚抱白墨菲的那双手现在已经断了。

司空皓然笑了："我就是想测试一下她在你心里的地位，看看你会不会很紧张她。哥，我是答应过你不碰她，可没说不能亲亲抱抱吧？那又不影响你的子嗣的血统。"

"今晚我抱着她睡好不好？她身上好香啊……"

闻言，白墨菲气得浑身发抖，生怕听到司空南墨开口答应，那她会疯的。她从他怀里用劲挣扎出去，跑上楼，第一次狼狈而逃。

第十五章

沦为两兄弟的赌注

白墨菲用力关上二楼卧室的房门，将其反锁上。

因为气愤，她全身抖得厉害，连小腿肚都在发抖……

怎么回事？她不应该这么在乎司空南墨怎样对她，明知道她不过是他的玩物，为什么心里会这样难受？

白墨菲靠着门大力喘着气，命令自己冷静下来。

可笑，司空南墨平时那莫名其妙的占有欲呢？全都滚去哪里了？

白墨菲，你已经脏了，不但是身体，还有你的心。

她勾了勾嘴角，露出一丝嘲讽的笑绒，走进浴室放水。

身体被司空皓然触碰过，让她觉得恶心，黏糊糊的汗也使她很不好受……

她闭着眼躺在浴缸中。

不多时，卧室传来开锁声。

呵，她反锁上门又怎样？整个浅海湾都是他的，她还防得住他吗？

司空南墨很快进入盥洗室找到她，几大步走到浴缸前，看到她那被刷得泛红的身体："生气了？"

白墨菲闭着眼，连眼皮都懒得抬一下。

司空南墨单手扶着浴缸，整个身体俯下来，盯着她的脸，研究了好一会儿："你不喜欢他碰你？"

是她听错了吗，她竟从他的嗓音里听到了一丝喜悦之意？

她的心情就更焦躁了，她只想马上把这个男人踹出去。

"如果不喜欢，你可以告诉我。我今后不会再让他碰你。"他抬起她的下巴，想让她给出反应，"墨菲，回答我！"

白墨菲睁开眼，有些滑稽地看着司空南墨——

什么叫她不喜欢，他就可以让别人不碰她？好像在大发慈悲地给她什么恩典……

"我没有不喜欢啊。"白墨菲把心思藏了起来，若无其事地冷笑道，"他既然是你的弟弟，就是你的亲人。我知道，这是你们家族特有的打招呼方式？"

什么？打招呼？司空皓然方才那样碰触她，白墨菲竟然解释为打招呼？！

看到他陡然变掉的脸色，白墨菲竟然有种快意。

他是在不爽吗？真好，原来他也是不爽的。

白墨菲想要发泄心里的愤怒情绪，脸上就表现得对方才的事更无所谓了，她勾了唇，笑道："反正你们兄弟俩都一样，被你碰还是被他碰，我都无所谓。"

她竟然拿他跟司空皓然比？！

司空南墨的手紧紧地攥着浴缸，脸色肉眼可见地发沉："白墨菲！"

"怎么？我又没有说错。"白墨菲垂下长长的睫毛，"也许这是你们家的人的共性。不过，我很想知道，你还有几个弟弟？还有没有哥哥？"

"要是每一个人都像他那样热情，我恐怕会吃不消。"

他方才对白墨菲的愧疚感，因为她挑衅的话语，全都变成了怒意。

他的手用力地掐住女人的下巴，眼眸里快要喷出火来："他想要得到你。"

"所以呢？"

"你希望我把你送给他？"司空南墨的喉结滚动着。

"我可以希望什么？"白墨菲笑了笑，"你不是已经替我决定好了？我的未来，我的生死大权，全都掌握在你的手里啊。"

此时的司空南墨如被惹怒的豹子："我再问你一次，你希不希望我把你送给她？"

白墨菲想了想，如果被送给司空皓然，是不是就可以脱离司空南墨的钳制？

如果她能搞定司空皓然，那就离自由不远了……可是，她搞得定另外那个变态吗？

不过，司空皓然的势力差远了，不然俱乐部之夜就不至于被动到被司空南墨的追兵逼到郊外。

如果她猜想得不错，司空家族未来的继承人应该是司空南墨。

白墨菲的犹豫，显然激怒了司空南墨。

他一把将她从浴缸里揪出来，她的全身还是湿漉漉的，他将她拽到了大床上。

“你想要做什么？”白墨菲被拽得很疼，“放开我！”

“你是我的。”

他用力地扣住她的脑袋：“别妄想任何男人能帮你逃脱，就算是他，也一样！”

白墨菲怔了怔，不是他要把她送走的吗？现在他反过来怪她了？

“别以为我不知道你在想什么，你以为他能帮你获得自由？……”

司空南墨垂首，猛地吻住了她，心中愤怒难当——既为她这无所谓的态度而愤怒，又为保护不了自己的女人而自责。

“你到底在不高兴什么？”白墨菲推开他的头，抗拒他的动作，“是你要把我送出去的，为什么现在你看起来比我更愤怒？”

司空南墨一时无法反驳。

“你不是一向希望我乖乖听你的？”白墨菲笑着玩着他的头发，“你如果要把我送给他，我绝不反抗。我这样顺从你，你不应该感到称心如意吗？”

手腕被他抓住，他吻住了她的手指头。

“不准走。”

“我怎么会舍得送走你？”他声音沙哑，也有一丝痛意，“你敢走，就给我试试看！”

奇怪，为什么听到他这么说，她反而有些高兴？

她明明一直反感他强烈的占有欲，害怕他不放手的。

“你明明讨厌他碰你……不然，你刚刚怎么会气得跑走？”司空南墨吻了吻她的眉心，不允许嫉妒情绪烧毁他的理智，“你从未像今天这样失态。”

白墨菲咬唇不语。

“你讨厌除我以外的男人，是不是？你刚刚说的话都是故意在气我。”司空南墨惩罚地咬了咬她的唇瓣，差点又要被她的话带偏情绪。

白墨菲扭开头，倔强地说：“我只是还不习惯他，给我时间，我能接受。”

司空南墨气恼：“你就非得让我生气？”

他又低头吻住了她，仿佛要清除掉刚刚司空皓然触碰过的痕迹。

就连她被司空皓然抓过的手腕，他都不放过。

白墨菲躺在柔软的绒被里，湿发像草一样纠缠着……

她发呆地看着天花板，似乎在这一刻有点不了解自己的心了。

“你把皮肤都擦红了，还说不讨厌他？”他看着她柔嫩肌肤上的大块红痕，眉头紧皱，“不错，你的身上只能有我的味道。”

“我只是刚刚跳了舞，浑身是汗，洗个澡才舒服。”

“蠢女人，你到底要口是心非到什么时候？”

“我才没有。”

“墨菲，你是不是喜欢上我了？”司空南墨眼眸深沉，又开始盯着她深深地探究。

白墨菲的脸被他盯得火辣辣的，她生怕被他看破心思，想要推开他下床，却被他的另一只手制住了。

司空南墨将她的两只手捏住，按在头顶，攫住她的唇连番吻着。

她是他的女人，只是他的，任何男人都不可以拥有。

女人爱上一个人的表现……水瓶座女生喜欢一个男人的表现……

司空南墨的手指在手机屏幕上滑着，搜索着答案。

一篇篇软文进入他的视野，但他都没有找到他想要的内容。

“喜欢，是即使步履蹒跚，也要走向你……”

啧，白墨菲就算是腿被打断了，也要逃出他的怀抱。

“爱一个人，会控制不住眼睛，嘴巴可以说谎，眼睛却会含情脉脉地望着你。”

司空南墨从来没有在白墨菲的眼中读到过温柔之色。

“爱是本能地想要靠近他，想要亲他、抱他，和他整天腻歪在一起。”

“会变得爱笑，喜欢一个人是藏不住的，就算捂住了嘴巴，笑意也会从眼神中流露出来。”

“喜欢一个人，就是想第一时间和他分享自己的喜怒哀乐。崴了脚，会很委屈地求安慰；做了一顿美食，要被夸奖、举高高；买了好看的衣服，也要马上自拍一张发给他。面对喜欢的人，无论是多冷漠的人，都会变得热情似火，有源源不断的话想说。”

“喜欢他的六大表现：一，想念他，想时刻见到他；二，想为他做点什么；三，不断揣摩他的心思；四，只想展示自己好的一面；五，会暗暗吃醋；六，会被他操控情绪……”

司空南墨咬牙，翻看了很久，却没有一条符合白墨菲，反而是他能一条条对上。

他真是爱这个女人爱得无法自拔了，但她对他连浅浅的喜欢都还没有？

司空南墨看了一眼怀里还在酣睡的女人，心里涌起浓重的不甘情绪。

昨晚在与司空皓然对峙的时候，他明明在她的脸上看到了伤心之色……

她的反应太像喜欢他，分明是一个赌气的小女人在生闷气。

司空南墨关掉网页。他一定会找出她喜欢上他的证据。

白墨菲这一觉睡到第二天中午才醒，为了不打扰她睡觉，所有窗帘都拉着。她起来看着黑暗的房间，错以为现在还是半夜。

倒是守在床边的帮佣看到她醒了，手忙脚乱地收起手机："白小姐，你总算醒了，饿不饿？我现在就让厨房的人把饭菜端上来。"

白墨菲扫了一眼身侧，司空南墨早就醒了，不见踪影："现在几点了？"

"现在已经中午十二点多了。"帮佣一边说着，一边拉开厚重的窗帘，遮光性极好的帘布被拉开后，光倾泻进来，整个房间都变得敞亮了。

白墨菲拢了拢蓬松浓密的长发，不悦道："他人呢？"

"少爷在楼下招待小少爷……"帮佣小声地回道，"白小姐若不想下去，可以在二楼活动。"

"不了，我要下去。"

白墨菲挑了挑眉，那个司空皓然还厚着脸皮没走？司空南墨竟也没赶走他。

凭什么她要躲在二楼不见人？她起身下床，帮佣明知不可能拦住她，于是趁她洗漱的时候，连忙打电话给楼下的人，让通知少爷。

白墨菲用完洗手间出来，就见帮佣捧给她一身衣裳："少爷说你要下去可以，但必须换上这身衣服。"

白墨菲抖开衣服一看，灰色肥大的长裙仿佛教堂里的修女装，这是帮佣平时下地干活时用的防晒服，又丑又宽，从脖子到脚踝都遮得严严实实的，穿进去就只剩一个头了。

白墨菲不免觉得无语，嗤笑出声。

司空南墨的占有欲又开始作祟，那他大可把司空皓然打发走啊，多此一举是想干吗？

"少爷吩咐，不换上它，我不能让你下去。白小姐不要让我难做。"帮佣期期艾艾地答。

"行了，我会换上。"

白墨菲没有第二个选择。她刚刚找了一遍，没有看到自己的衣服，连一件睡衣都没有。

大概司空南墨早就让人收走了……她总不能裹着一块浴巾下去吧。

"对了，少爷还说了，你不许化妆……"

白墨菲照了照镜子，宽大的灰色长裙完全遮住了她的身材，不看脸的话，她现在就像个毫无情趣的老女人。

帮佣却啧啧称赞道："果然人美就是裹块抹布都是美的。"

有白墨菲这张脸在，就算她真是水桶身材，也是个美人。

"我总算知道那些仙女裙要是穿的人没长一张仙女般的脸，穿起来仍是阿姨。美的不是衣服，而是脸啊。"

白墨菲就算穿着灰色裙子都有种仙气飘飘的感觉。

"是吗？"白墨菲却很是不满意，"有没有发带，给我一根？"

她的美丽因这条裙子大打折扣，如果这就是司空南墨的目的，她偏不如他所愿……

他不希望她打扮得漂亮被司空皓然见到，她就要唱反调。

帮佣很快找来一根红色缎带："这根可以吗，原本是装饰礼物盒的。"

"可以。"白墨菲接过缎带，在腰间扎出一个蝴蝶结，纤细的腰身出来了，宽大的袖子因为褶皱变成蝴蝶袖，而长裙也若有若无地贴着她的长腿，显出形态。

帮佣眨巴眨巴眼睛："啊，这……"

"他只说让我穿这条裙子下去就行，没提别的要求吧。"

帮佣张了张嘴巴："那倒是没提。"

"嗯。"白墨菲坏笑，"走吧。"

庭院里，两个俊美的男人对峙着。

桌上放着扑克牌，他们正在玩梭哈。

梭哈是扑克游戏的一种，以五张牌的排列组合决定胜负。

游戏开始时，每名玩家会获得一张底牌，此牌在最后才翻开，当派发第二张牌后，便由牌面较佳者决定下注额……

小舞站在中间发牌。

司空皓然看着手里的纸牌，笑了笑说："这局我赢定了，哥，你上次赢走的那艘私人游艇，我想再赢回来。不知道为什么，别的游艇，我用起来都没有那种感觉。我特别喜欢那个甲板的设计，在那里晒日光裸浴，跟美女玩游戏，是个不错的情趣。"

白墨菲皱了皱眉。

在司空皓然的右脸上，原本的划伤居然贴了很厚的一层纱布。她只是那样轻轻一划而已，他却搞得像是受伤非常严重一样……

他这么爱惜自己的脸？

司空皓然余光瞟到她了，立即眼睛一亮，吹了一声高调的口哨："啧，长得这么漂亮，自己想办法来追我吧。"

司空南墨闻言，回过头，深沉的眼神扫过她紧致的窄腰，眼底有火苗在跳动。

白墨菲也不知道为什么，看到他恼火，就很高兴。那种报复的快意又出现了。

“来，到这里来。”司空皓然往里坐，把身边的位置让了出来。

司空南墨紧紧地锁着眉，眼神里充满了浓浓的警告意味。

白墨菲仿佛没有看到他们，自己在庭院里绕着泳池走着，最后走到几棵海棠树下，让人搬来桌椅，把午餐布置在这里。

隔着老远的距离，她都能感觉到司空南墨的妒火烧了过来。

而司空皓然从她出现后，就显然心不在焉，索性把位置换了个方向，面对着她，盯着她看。

司空南墨可怕的嗓音响起：“跟不跟？”

“嗯，”司空皓然随意地摆了摆手，“跟。”

小舞继续发牌。

“哥，要不你把她当作赌注，如果我赢了，把她借给我几天吧？”司空皓然抚着脸上的纱布，“我这次受这么重的伤，总不能让我空手而归吧？”

昨晚医生说他要精心调理，起码一个月都不能再做亲密活动……他伤得不轻。

司空南墨的手指捏紧了牌面：“医生的话，你忘了？”

“正因为要禁欲一个月，我无聊死了，让她给我逗逗乐。”

“再招惹她，恐怕你永远不能人事。”

“昨天我是没有防备，才让她伤着了，往后我会好好调教她的。”司空皓然笑眯眯地盯着白墨菲，“保证还给你的时候，她是一个言听计从的乖女孩了。”

白墨菲吃着午餐，却能完全听清两个人的对话，心里很是气闷。

他们无时无刻不在商议她归谁的问题，仿佛她真是个物件……

“哥，你的回答呢？”

司空南墨的眼神阴暗不定地闪烁了两下，他仿佛毫不在意地说：“发牌吧。”

这一刻，白墨菲的心就好像从高空跌到谷底那般失落。

“我今天运气这么好，哥，你答应了……根本是在让我赢啊！”司空皓然满意地笑了起来。

一旁候着的马丁也诧异不已：“少爷，小少爷每局都赢，这赢了一上午……”

他真不懂少爷怎么想的，万一把白小姐输给小少爷了，遭殃的又是他们这一群下人。尤其是他，最苦最苦了。

司空南墨挑了挑眉，说：“不过是个女人，你这么想要，让你过过新鲜劲。”

司空皓然笑得一双桃花眼皱起好看的纹理：“哥，你果然最疼我。”

“那倒要看看，你有没有机会赢这一把了。”

“我赢定了，”司空皓然看着手中的牌，志在必得地说，“我的牌很大哦。”

白墨菲的背脊越来越僵，夹菜的手差点不稳，她味同嚼蜡，有一种把热汤浇到司空南墨的脸上的冲动……

白墨菲，你已经沦为两个男人的赌注了，真悲惨。

她的心疼得厉害，身体不可控制地战栗着……

她不能表现出来，不能让司空南墨发现，不能有一丝异常样子，不能最后输到连尊严都没有。

白墨菲吸气又吸气，倒是帮佣看出了端倪："白小姐，你怎么了，是不是不舒服？"

白墨菲苍白着一张脸，艰难地摇了摇头："我很好。"

"你的脸色看上去好差啊……"

"小野猫，你怕什么？跟着我，我会好好疼爱你的，我比我哥要温柔一百倍。你跟在他这种不解风情的男人身边，真是浪费。"司空皓然隔空安抚她道，恨不得立刻扔下牌，过来把白墨菲抱走。

白墨菲稳住身形，冷笑起来："也是，一直跟着同一个男人，也很腻味呢。"

司空南墨绷着下颌，神色讳莫如深。

他平时才是最情绪化、最焦虑暴躁的那一个……

偏偏今天，他沉稳内敛得让白墨菲读不懂他的心绪。

"开牌吧，就这一局了，我已经等不及了。"司空皓然听到白墨菲的回答，仿佛受到莫大的鼓舞，"哥，约定好的，你别耍赖。"

"若是你输了呢？"司空南墨冷冷地问。

司空皓然的手指在盖着的牌面上自信地点着："不可能输，我会赢。"

"输了就乖乖地滚出浅海湾，去N市把LS的那个盘子拿下来，项目完成以前，你不许再踏足S市。"司空南墨靠着椅背，十指交叉放在桌上，一双深沉的眼里充满了威严的魄力。

"LS？"司空皓然笑了，"那个烂工程，你让我去办？"

"正好锻炼你的业务能力，每天只会到处瞎混，你也到了该长长心的年纪了。"

"家族里的事，老头子不都是交给你去做的吗？我这个败家子弟就是什么都不会，还是个短命鬼，活的日子本就不长了，你可不能让我抱憾而死啊。我当然要把这人间的美好事物都体验个遍……"司空皓然舌头抵着虎牙舔了舔，"我目前只对女人有兴趣。"

"输不起？那就算了。"司空南墨冷笑道，就要起身离开。

"等等！"司空皓然按住牌桌，"哥，你太狡诈了，故意派个完不成的任务给我，想让我知难而退。"

司空南墨站着，由上而下地凝视着他，没有半点妥协的意思。

“行，那我就接下了。输了的话，我就去收拾LS的残局，好吗？”司空皓然呼出一口气，边说着，边去掀自己的底牌，“黑桃A，我这可是四条，就不信我会输。”

司空南墨饶有兴致地盯着他：“你输了。”

“不能。”

“我等着你完成LS的项目。”

“啰唆什么？快开牌，让我看看！”司空皓然偏着头，嗤笑道。虽然口中说着不信，但是他的话已经逐渐失去底气了。

司空南墨把自己的底牌亮了出来——同花顺。

司空皓然仿佛难以置信，站起来看了半晌，才泄气地一屁股跌回椅子上：“明明我的运气像开了挂，怎么会在这最后一盘输给你？”

同花顺有多难拿，以司空南墨今天的运势，他怎么就拿到了？

马丁这回乐了：“小少爷，我看，要不你择日启程，早去早回吧？”

“哥，你怎么忍心让我这个将死之人去那么远的N市……独当一面？”司空皓然不死心地求情。

“愿赌服输。”司空南墨面容严肃，没有半丝转圜的余地。

司空皓然欲哭无泪，以为可以抱得美人归，结果把自己搭进去了。

他转过脸，瞪着白墨菲的背影，不甘地哀号：“小辣椒，你会不会想我？”

白墨菲拢了拢长发，在海棠树下淡然地回过身，看着他：“好走，不送。”

司空南墨嘴角一勾，笑了。

看到他的这个笑容，白墨菲心里又不是滋味，刚刚反正他是差点就把她赌输了。不管结局是怎样的，他把她当成牌桌上的赌注是不争的事实，她心里难以原谅他了。

“那我走之前，你总该跳支舞欢送我一下吧？”司空皓然要求道，“俱乐部之夜的舞，足够我回味终生。可那天现场的光线太暗，我看得不够清楚。”

“马丁，送客。”司空南墨先下了逐客令。

白墨菲却偏偏不紧不慢地答道：“好啊。”

司空南墨高大的身形一顿，他恨恨地瞪着她。

“小少爷，你喜欢，我就跳给你看。”白墨菲淡淡一笑，倔强的小脸上有一丝报复的快意。

只要能让司空南墨不爽的事，她都喜欢做，是他先刺痛她的心。

司空皓然眼睛大亮，起身就想朝她这边跑过来，肩上却多了一股力道。司空南墨按着他，迫使他坐下：“你输了，就坐在这里看。”

“哥，我以前怎么没发现你这么腹黑又小肚鸡肠？”

白墨菲款款起身，站在庭院中央，行了一个标准的贵族礼，一只手在空中滑过，身体柔软地下弯，头仿佛都要挨到脚尖了，但是背脊给人优雅的感觉。

四月中旬，海棠花稀稀拉拉地飘着。

因为穿着裙子不方便，而庭院的地面也是松软的泥土，不够平坦，白墨菲随意地将头发绾起，选了几组简单的动作，以及芭蕾舞必跳的最经典的舞步——

她轻抬左腿，斜钩在右腿的小腿上，就像所有音乐盒中的芭比娃娃那样单腿立着转着圈，修长的手臂在空中如流云一般舞动……那种动作，柔软又带着一种刚强感。

就像仙女在挥动着仙女棒，她的手指点过的地方，万物便会复苏，春暖花开。

最后的收尾动作亦如开场一样，她回归立正，行了贵族礼。

而老天似乎故意要突显她的美丽，在她弯腰的瞬间，盘着长发的绸带突然断裂，一头浓密卷曲的头发披散了下来……

这女人……美得嚣张，美得惊心动魄。

院子里寂静了几秒，司空皓然才仿佛回过神一样，鼓掌。

连发牌的小舞都愣愣地跟着鼓掌……

太美了，像白墨菲这样的美人，气质卓越，美丽是从骨子里散发出的，让人不敢直视。

司空南墨此时的脸色，可想而知有多恐怖。

她腰间的蝴蝶结缎带、她优美的舞蹈、她松散开来的长发——这一切，在司空南墨的眼里都是故意的。

她要引诱司空皓然……

一种快要爆裂的疼痛在心中炸开。

面对司空南墨阴沉的眼神，白墨菲可以清楚地感觉到他的愤怒。她勾起唇笑了，那笑容就像三月里最旺盛的海棠花，粉白晶莹，风一吹，散得到处都是。

她是故意的，就是故意要惹怒他，让他再也不能淡定自若。

看到他生气，她心情就会好。

司空南墨越吃醋生气，就代表他越在乎她。

想到这里，白墨菲又对自己的行为有些诧异。她居然在意司空南墨是否在乎她，居然希望他为她吃醋。

她希望他面对司空皓然调戏她时，能够站出来保护她、占有她，而不是一副若无其事的样子，憋得她心中发堵……

她果然是爱上他了吗？

白墨菲很快敛目，不敢再深想下去。

海棠树下，三个人各怀心思——

“哥，这个女人真的太不一般了，我好喜欢。”被成功诱惑到的司空皓然此时眼里只有白墨菲的存在。他一定要得到她，否则会死而有憾的。

“LS 的残局，我尽全力搞定，等我归来……便要带走她。”司空皓然伸出两根手指，“两个月，我会解决好一切事情。”

送走司空皓然以后，司空南墨发火了。

“白墨菲，你忘记你是谁的女人了？

“你就这么不知廉耻？

“打扮得花枝招展去勾引野男人？”

这些经典的“司空语录”，大总裁全都吼了一遍。

白墨菲掏了掏耳朵，仿佛自带消音键，对他的话充耳不闻。

司空南墨气得在大厅里走来走去，像一只狂躁的狮子……

白墨菲盘着腿窝在沙发上看着书，淡定如斯。忽然，手中的书被夺走扔远了。

司空南墨攥住她的肩头：“你明不明白你在做什么？”

“反正你迟早要把我送出去的，我跳一支舞给他看又怎样？”白墨菲讥讽地问，“司空少爷这股邪火是从哪里冒出来的，我真的不知道。”

司空南墨咬牙，他煞费苦心地做了这么多事，都是为了赶跑司空皓然。这个女人倒好，公然勾引别人，当他是瞎了吗？！

“有绿帽情结的男人，专门喜欢给自己戴绿帽子，一而再地把自己的女人让给别的男人。”白墨菲扬唇，“我以为你热衷给自己戴绿帽子，那我就帮你一把。”

她的每一句话，都能让司空南墨气得七窍生烟。

“要打我吗？你打好了。”白墨菲淡淡地闭上眼，一副任由他怎样的样子。

司空南墨手上的力道要把她的肩骨捏碎了，看到她倔强的表情因为疼痛而紧紧地皱着眉的样子，他又蓦然松手了，嗓音里带着极大的挫败感：“白墨菲，你一点也不懂我的心。”

白墨菲的心仿佛被钢针刺了一下，她微微咬着下唇。她确实不懂他，他时而表现得占有欲极强，时而又那么大方，时而像爱她爱得要死要活，时而又当她是卑贱的玩物……

“司空皓然是我唯一的弟弟，出生不久后就被检查出有白化病。他从小体弱多病，体质极差，好几次差点进鬼门关，医生说他活不过三十岁。”司空南墨一把放开她，一字一顿沉声解释着。

白墨菲闭着眼靠在沙发上，却一动没动。

她刚刚在庭院里听到司空皓然的话，得知他有病，就有一些猜测。司空南墨这么让着他，而他又喜欢抢司空南墨心爱的东西，应该是因为病情才被谦让，被宠爱到大……可司空南墨再怎么让，爱人可以让吗？

如果司空皓然过几天就要死了，只要他开口，是不是可以马上让她去陪睡？

抱歉，白墨菲的三观无法接受这种事。

司空南墨抽出一支雪茄点燃："如果你是在气我拿你当赌注，我有十足的把握不会输。"

白墨菲侧过脸，小小的脸一大半藏在她蓬松浓密的头发下，让人看不清神色。

"我若想把你送给他，何须这个赌局？"

"万一呢？"她捏了捏手指，指甲掐在掌心的肉里。

"没有万一，局面在我的掌控中。"司空南墨哑声道，"我亏欠他，让他多赢几局开心开心而已。"

所以说，不是司空皓然运气太好，而是司空南墨让着他？

除了白墨菲司空南墨输不起，其他的东西，如豪宅、游艇、大量金钱珠宝，他都可以故意输给司空皓然……

"墨菲，你看着我。"他扭过她的下巴，眼神温柔，想要她看着他，她却用力转开脸，脸色还是苍白得很。

"你还有什么不满意的事，通通说出来。"司空南墨凝视着她，"你随时有对我提问的权利。"

"如果这局牌你就是输了，你会依照承诺，真的把我送给他吗？"白墨菲终于还是难以解开这个心结，他把她当赌注了啊。

司空南墨哑声道："没有这种如果。"

"假设有呢，你会不会这么做？"

司空南墨沉默着，探究地看着她的脸，她介意的是这个点……换作以前，她绝不会这样在意。

他迟迟不说话，让她又难受起来，她不想再面对他了："你回答不出来了？他有白化病，你们有手足情……不就是个女人吗？让一让算什么，对吧？"

"你走开，我想静一静。"白墨菲烦闷地挥了挥手，想赶他走。

她的脑子里太乱了，自从躲在酒柜里听到他跟司空皓然的对话起，她就逐渐发现她的心沉沦了，实在不知道要怎么面对这样的自己。

"我不会，"他握住她冰凉的小手，将其包裹在她的大手里，迟缓地回答，"我算计他，把他弄去N市，就是不想让他接近你。"

他怎么舍得把她输给别人？他愿意跟司空皓然赌，自然就有必胜的信心。

庭院靠着别墅，别墅的墙壁是落地玻璃，而司空皓然的位置正好背对着别墅。当他在看底牌的时候，牌上的图案会隐约映在墙上……

白墨菲不信，他犹豫了这么久才回答她，这都是他骗她的话。

“墨菲，你开始在乎我了。”他仿佛发现什么惊天的秘密，眼睛亮亮的。

白墨菲浑身一颤，强势地推开他，生怕她的心思被他发现。

偏偏他一把将她抱住，她挣扎得很厉害，差点从沙发上摔下去。

“你在乎我，我很高兴！”他紧紧地抱着她，安抚地亲吻着她发僵的脸颊，“我很想知道，在你心里，我的地位有多重要……想知道你有没有那么一丝丝喜欢我……”

“没有！”白墨菲决绝地拿掉他的手，“我才不会在乎你、喜欢你。”

“一丝丝都没有！”白墨菲恨不得把脑海中的他赶出去，“我讨厌你都来不及……”

她的话惹来他强势的吻，他磨着她的唇，重重地惩罚着她。

他这辈子想知道这个女人的心意，想听到她的心里话，是比登天还难了。

只是一顿晚餐的时间，马丁连着看到少爷索吻五次，感觉眼睛好痛……

自从白小姐这次回来，少爷恨不得一天亲她一百次，时不时上演摸头杀、公主抱，以及各种“壁咚”“地咚”“床咚”……

马丁觉得他这辈子都不会好了，再也不会好了。

偏偏这个虐狗狂魔还嫌不够伤人似的，咨询他爱情难题。

“少爷，您是问我要怎么知道一个女人的心里想法？”马丁张大嘴，不可思议地问，“您想知道她心里到底有没有您？”

司空南墨靠在椅子上，冷冷地沉下俊颜：“要不要我给你拿个高音喇叭，喊到全世界都知道？”

马丁瞄了一眼练习室，白小姐这会儿正在画画。他降下音量说：“我也没谈过恋爱，对女人的心思不懂啊。”

“蠢！”司空南墨的俊脸更黑了。

马丁一张脸皱成了苦瓜，他一个黄金老单身汉，竟被少爷抓着问这种问题。

“少爷，按理说，你更有实战经验……”马丁顿了顿，才又说，“要不问问小少爷？他对女人很了解。”

司空南墨将手里的合同啪地扔到了马丁的头上，要是让司空皓然知道他竟连个女人都搞不定，他不要面子的？

“给我好好想，想不到办法，你们今晚全都别睡了！”司空南墨下了死命令。

该死，他满脑子都是白墨菲今天的反常行为，他不从她嘴里得到真心话，恐怕又是个失眠之夜。

他睡不了，整个浅海湾的人都别想睡。

马丁知道事情重要，马上召集了所有的帮佣，聚集在一起想办法。

按理来说，女人最了解女人，他特地让一群帮佣出谋划策。

少爷整得了几千万、上亿元的项目，却独独搞不定白小姐……女人啊，真是这世界上最复杂难懂的生物。

两个小时后，马丁捧着一本册子敲开了门。

“少爷，这是我咨询到的几种方法，您看看哪种适合？”

司空南墨刚签完一沓合同，扔掉笔，活动得指关节咔嚓作响……

册子里是帮佣们想的方案，有提议让司空南墨找个女人测验的，因为女人天性善妒又爱吃醋，只要爱上了谁，就会变得心眼小，再是善于伪装的高手，也会露出蛛丝马迹。

司空南墨勾了勾唇，这个提议很好，今天白墨菲的反常行为就与此法有点关联。找个女人气她，这法子，他怎么没想到？

不过，司空南墨讨厌别的女人接近他，连演戏都嫌脏了手。何况如果要气白墨菲，他就不能接近她、亲昵她，这对他也是种变相的折磨。万一她表现得毫不在乎，到头来气坏的是他自己，得不偿失……

司空南墨想着，就抬笔把这条主意画去了。

有提议偷看白墨菲的日记或个人主页的，一般人会把真正的心思写在自己的秘密天地里。

和白墨菲接触这么久，他知道她并没有记日记的习惯，微博都是他在打理。

他把这条也画掉了。

还有提议跟她冷战、对她漠不关心的；提议假装自己得了绝症，套出她的真心话的；提议英雄救美被匪徒捅一刀，看她会不会心疼的……

马丁看到少爷越来越沉的脸色，少爷还画了很多个叉叉，马丁的心也跟着发沉。

五花八门的意见通通不适合，最后司空南墨的目光停留在其中一条上，提议把白墨菲灌醉，醉酒的人最不设防，说的每一句都是真心话。

司空南墨的手指在纸面上点着，他还从未见过白墨菲喝醉的样子。

马丁眼尖地探头看到这一条提议：“要不试试？”

司空南墨笑了，灌醉白墨菲，即便套不出她的心里话，也可以见见她醉酒的样子。他很想看她喝醉后是撒酒疯，还是安静地睡觉……抑或在他的怀里热情似火？

“不过白小姐戒备心那么重，一口酒都不肯喝，想要灌醉她，没那么容易。”

司空南墨偏头想了想：“准备一块朗姆蛋糕。”

把白兰地、威士忌之类的酒加入蛋糕里，制作成朗姆蛋糕，只含有少量的酒并不能使人醉，但再准备一盒酒心巧克力，就足够放倒一个成年人了。

混合酒容易醉人，因为各种酒的酒精含量高低各有不同，当人一会儿喝葡萄酒，一会儿喝白兰地时，身体难以招架这样迅速的变化，所以醉得更快。

白墨菲的画笔停在半空钟，她又一次失神了，双眼无焦点地看着画布上颜料丰富的画作。

这近一个月里，她藏在浅海湾里，却时不时画画、练习跳舞、创作曲子、看书……一天都不敢懈怠，生怕自己不够优秀。这种常年保持的习惯，刻在骨子里了，她曾经怕站在莫流原身边配不上他，所以拼命地学习。

而到了司空南墨身旁，他总是阻碍她努力，说她只要开心，想怎样过都行。

白墨菲承认，在司空南墨身边，她再没有逼着自己跑的那种压力了，不用努力变得优秀去讨好他。在他面前，她想发脾气就发脾气，想骂人就骂人，再也不用像在莫流原面前那样装成女神。

她表现得这么糟，司空南墨怎么可能真心喜欢她？

所以，他不过是暂时迷恋她的外表而已……等新鲜劲过了……

“学什么画画？你就是最美的画作了。”身后一双手臂环住她，男人浓郁的气息扑来。

白墨菲一侧过脸，他霸道的吻就重重地落下，这男人无时无刻不喜欢吻她，让她感受到被宠爱着。

“我们到底什么时候走？”白墨菲从吻里挣脱后，又板起了面孔。

司空南墨夺去她手里的画笔，扔在画盘上，牵着她的手，让她起来：“你想走了？”

“我在浅海湾已经待了一个月了，腻了，这里与世隔绝，什么都没有，连网都上不了。”白墨菲之前不能上网，而现在是司空南墨不让她碰电脑。

“是你自己跑进来的，现在又想着走了？我的世界岂是你可以随便进进出出的？”

“你想要把我困在这里一辈子？”白墨菲急了，“你以为你困得住我？”

“把蛋糕吃了，我明天就带你回去。”司空南墨牵着她来到露台边，那里已经架起小桌子，摆着两份朗姆蛋糕。

就这么简单？白墨菲狐疑地看着他。

司空南墨按着她的肩头让她坐下，自己则坐在对面，银质餐刀将蛋糕切成小份，锃亮的叉子插着一小块蛋糕递到她的嘴边：“张嘴。”

白墨菲吃了小小一口蛋糕，就尝到了酒香味。

“我亲手为你做的，你都要吃掉。”司空南墨说着，又切下一块蛋糕递过来。

他会做蛋糕？白墨菲不信。

她别开脸，想要避开，他紧紧地盯着她："不吃掉，我就陪你在浅海湾再待十天半个月。"

不就是一份朗姆蛋糕？他以为这样就能把她灌醉？她的酒量好得很……

白墨菲挡开他的手："我自己会吃。吃完了，你也要履行承诺。"

"我喂你。"

"不用！"

"不许拒绝，你只要乖乖接受我对你的好。"司空南墨霸道地喂着她，就像主人在喂一只小宠物，每次将蛋糕喂到她嘴里，眼神都带着宠溺之意。

夜风吹得海棠花扑簌簌地落，司空南墨穿着黑色衬衫，领口微敞，俊美的脸和充满野性的身材本来是违和的，却在他身上显得极为和谐。

一个野兽般的美少年。

这个看起来长得凶狠、脾气很不好惹的男人，对她却极为宠爱。

她仿佛第一次发现他长得极帅、极夺目，不禁发愣。

"怎么看着我发呆？"司空南墨嗓音低沉，仿佛大提琴音，"发现我的好了？"

白墨菲皱了皱眉，垂下头不再看他，心脏竟诡异地乱跳了几下……

感情一旦冒出头，就止也止不住地发酵了。

"蠢女人，你好好看看，"司空南墨伸长了手，抬起她的下巴，"你还没有认真看过，你面对的男人拥有怎样一张漂亮的脸。"

"你不要脸。"

蛋糕喂得差不多了，司空南墨把蛋糕上点缀的巧克力球也喂给了她。

白墨菲一口咬下去，红酒香醇的甜味蔓延开，这巧克力是酒心的。

"不许吐，给我吞了！"

白墨菲皱着眉，他想灌醉她，她怎么会上当？混合酒最容易让人醉，她知道的。

司空南墨哪会给她机会吐，捏起她的嘴，吻着她，逼她咽下巧克力不说，还又含了几颗巧克力球在嘴里，随着吻都塞给她，巧克力的浓香和被咬开时流出的红酒香气弥漫。

太无耻了，他竟然暗算她。

第十六章

莫少爷的另一个人格觉醒

眼前的男人好像突然分裂成了好几个……

她前一刻还记得他是恶魔司空南墨，下一刻就忘了他是谁，只觉得他是那么英俊，就像从油画里走出来的贵族……

她的身体变得无力，脑袋失重地垂下去，碰到了她盘子里的蛋糕末。

司空南墨一直耐心地等着，见她醉得差不多了，才把她拉到怀里抱着。

白墨菲眼神迷离地看着他，她的鼻子上有一点白色奶油，配上她茫然无措的目光，看起来可爱极了……

“还记不记得我是谁？”司空南墨笑了，舔去她鼻尖上的一点奶油品尝着，没想到这酒劲这么强。

白墨菲直直地看着他，捧着他的脸，问：“你是谁？”

司空南墨弯起嘴角，坏坏地笑了笑：“小坏蛋，喝醉酒竟敢把我忘了。”

“我是你的男人。”他将唇凑到她的耳边，低声说道，仿佛在说悄悄话，“你的第一个，也是最后一个男人，知不知道？”

白墨菲只是看着他，目光陌生又带着一股欣赏的意味。

“把我好好地记在脑子里。”他伸手指了指她的脑子，声音里有一种只属于情人间的亲昵感。

“心里。”他又指了指她的胸口。

“以后就算喝醉了，你也不准忘掉我，听到没有？”说着话，他居然张口含住了她的耳垂。

这种亲密的感觉，让哪怕是醉酒状态中的白墨菲都觉得不自然。她扭动着身子想要逃开，他却抓住她的肩膀：“不许动！”

白墨菲居然真的不动了，清明的眼，像森林里的小鹿，定定地盯着他看。

司空南墨的心微微一动，他很想一口吃掉她。

“墨菲，你最喜欢什么运动？”

“跳舞。”

“很好。”司空南墨说，“现在，我问你一些问题，你也要像这样老实地回答我。”白墨菲呆呆地点了下头。

“你最怕什么？”

“怕死……怕被讨厌、被看不起，怕身陷绝境，怕胖，怕老，怕……”她一一说着她害怕的东西。

原来她居然有这么多怕的东西？！

白墨菲因为莫流原的关系，从小就受到各种束缚，将最真的那个自己藏在心底，怕出丑，怕失态。可是，她的伪装逃不过司空南墨的眼睛。

她掩藏在坚强下的脆弱、淡定下的胆小，她的幼稚，她的调皮，她的天真，她的善良……只是她性格倔强，怕受伤害，就一层一层地把自己包裹了起来。

“怕保护不了我所爱的人。”

白墨菲的最后一句话，让司空南墨皱起了眉头。

莫流原是她所珍爱的人？她拼尽全力在保护他，司空南墨的手指不自觉就用力收紧了。

“你生气了？”一根手指却忽然抬起来戳戳他的脸，白墨菲双颊酡红，鼻子上还有那白白的奶油，她用一种慵懒却可爱的口气问，“为什么生气？”

司空南墨的心又用力一动，那种想吃掉她的心情再次出现了。

“因为你！”他低声说，“只有你才会让我生气！”

只有她才会随时随地左右他的情绪，一会儿让他气恼，一会儿又让他高兴，一会儿又让他愤怒，完全失去理智，像个疯子。

他抬起她的下巴，舔掉她鼻尖上那些奶油。

温温热热的触感，让她感觉痒痒的、麻麻的。

白墨菲忍不住笑了起来：“好痒……”

她笑得很开心，露出一排陶瓷般亮白的牙齿。

印象中，她都是微微一笑，或抿唇，或勾唇，从不露出牙齿，笑容也是带着冰冷、嘲讽之意。而她现在笑起来，多了一份天真和纯洁。

他从来没想到，这两个词也可以用在这个妩媚的女人身上。

司空南墨似乎被这个笑容弄得愣住了："再笑。"

他又去舔她的鼻尖，用额头蹭她，知道她怕痒，索性把手伸到她的腋下。

白墨菲又忍不住笑了起来，挣扎着，求饶着。

随意束着的头发突然松开，披下来，卷曲而凌乱，又添了一丝慵懒的小女人气息。她抓住他的领子，微醺道："好痒……不要……好痒……"

她居然会撒娇。

说到底，她不过是一个刚过二十岁的女人。在他碰她以前，她还是个女孩。

"你还记不记得你是谁？"

她皱眉认真地回想着，抱着空白的脑袋摇了摇头。

"墨菲，这才是真实的你吗？"他眼神深沉，紧紧地锁住她的脸，"为什么要把自己藏起来？"

白墨菲听不懂司空南墨在说什么，困惑地看着他。

从小有莫流原那样优秀的人在身边，为了配得上他，她努力让自己变得优秀，不断地完善自己。

不知不觉间，她就把真正的自己藏了起来，怎么找回来都不会了。

可是现在，她失去理智，还有什么是可以顾及的？

他伸手抚摩她的唇，摩擦着，她忽然张嘴咬住他的手指。她没有用力，只是含着他的手指，就仿佛在跟他玩。

司空南墨也拿起她的手，咬了一下她的手指。她不甘示弱，也回咬他……

两个人较劲着，咬来咬去。白墨菲钩住他的脖子，咬他的鼻子、他的下巴、他的脸。忽然她咬住他的喉结——他最敏感的地方。

他发出闷哼，然后就急促地喘息起来……

"墨菲，墨菲……"他用力摁住她的身体，让她紧紧地贴着自己，这一刻有了从未有过的充实感。

这个比妖精还磨人的女人，千变万化，或柔或刚，或清纯或妖媚，到底哪个才是真的她？

不管怎样的她，他为什么都是这样爱不释手？……

"我问你最后一个问题。"

"怎么有那么多问题？……我好困了，想睡觉……"

"不许睡！"司空南墨心脏发紧，攥着她晃了晃，"你……喜不喜欢我？"

他嗓音低沉沙哑，问出来竟没有底气，害怕得到的不是他要的答案。

白墨菲看着他，脸颊慢慢染上醉酒的酡红，别开了脸。

“墨菲……”司空南墨轻声诱哄着，“我真的很想知道。”

白墨菲的手指紧紧地攥着他胸口的衣服，即便处于醉酒状态，她也将脸藏进了他的怀里。

司空南墨焦急起来，这女人就算喝醉了，他也撬不开那张嘴吗？

“我不知道……你说要把我送给别人的时候，我很难受……”白墨菲低声说着，“你明明说不会把我让给任何人……但是，你要把我送给他……”

司空南墨的心被重重一击，眼眶微微发红：“你说什么？”

“这里疼。”她按了按自己的胸口。

司空南墨浑身像被电击一样僵住了。

“我不要喜欢你……司空南墨……你是个骗子……”白墨菲孩子气地指责着他，眼角有些湿润。

司空南墨的内心涌上狂喜之情，他没有听到她说“喜欢”，可从她的话里听出了她的在乎之意。她会为他难受、为他心痛，她的心里有他了——至少这是喜欢的开始——

“白墨菲，你再说一遍，我还想听你说，不许睡！”司空南墨喉头发紧。

白墨菲似乎困了，身体有些下滑，靠在他的胸口闭上眼。

司空南墨吻着她，看她像小猫一样蜷缩着身体即将睡去。

他捏住她的鼻子，惩罚地拽着：“给我醒醒，你还没说喜欢我，白墨菲，说你喜欢我！”

“嗯……”白墨菲发出难受的声音，漆黑浓密的睫毛颤了颤，却睁不开眼。

酒劲太大，她枕在他的怀中，选了个更舒服的姿势睡去……

司空南墨内心煎熬，一动不动地凝视着怀里熟睡的女人，坐在庭院里好久未曾动弹一下。

她的睡颜就像个不谙世事的孩子。

这个孩子像个洋葱，裹了一层又一层皮，将自己藏在最深处。

“墨菲，我真的很想剥开你的心，把全部的我装进去。”

这女人喝醉了没有呕吐，也没有撒酒疯，乖乖睡着，温顺如小绵羊。

司空南墨甚至在她身上闻不到酒臭味，取而代之的是一丝清冽的香气……

尽管如此，他还是打开了浴缸的水龙头，准备给她清洗一下身体。他喜欢她身上原原本本的气味，不许被酒味遮盖了。

他顺手拨了内线电话，丢给正准备睡觉的马丁一个难题：“给我收集五百二十一个浪漫的点子。”他每天用一个点子，五百二十一个，也够浪漫很久了。

他让她天天活在热恋中，两年后，她也该爱上他了吧？等她爱上他，他们就结婚。

马丁闻言，愁得整夜都要睡不着了：“五百二十一个？少爷，把我的脑袋切开也没有啊……”

司空南墨法外开恩：“今晚先准备十个，剩下的以后慢慢收集。”

他也知道一下子要下人们收集五百多个浪漫的点子是为难人了，何况他也不希望他们想一些瞎点子来搪塞他。

他将浴缸里的水温调到正好合适，为白墨菲脱去衣物，小心地将她放了进去。他认真地为她揉搓清洗着，动作小心温柔得仿佛清洗着一块绝世珍宝。

马丁很快召集人出谋划策，先过了今晚这关再说。

等司空南墨为白墨菲清洗完，将她抱上柔软的大床，求生欲满满的回电来了：“当白小姐在看书时，您把她的书抢过来，用笔在她的某段文章中找出‘我爱你’三个字，并让她念出来。”

司空南墨扬眉：“土！”

这点子土到天上去了。

马丁无语凝噎，谈恋爱还要多新鲜？

“如果你们要分开一段时间，您对白小姐说，派一个保镖来保护她，然后送她一个绣着您的名字的玩具熊……”

“分开？这辈子都别指望用上这个点子！”

马丁快哭了：“少爷，买一袋夜里会发光的星星，粘在您的床的正上方的天花板上，拼出‘I LOVE U’的形状，每到夜间的时候，白小姐就能看见。”

司空南墨略一沉吟，总觉得差了点什么：“还有没有更好的点子？”

“和白小姐一起去买棵树，种在一个特别的地方。每年到了纪念日，你们就坐在树下一起喝香槟，告诉他，您爱她的日子都刻在了年轮上。”

司空南墨咧开嘴角，坐在床边一只手揉着白墨菲蓬松的发，就像揉着一只毛发光泽的小猫：“那就给我订五万棵树。”

植树节刚过不久，他们现在种植也适合。

“五万棵树？”马丁错愕。

“具体数目，五万二千一百一十三棵，”司空南墨挑了挑唇，“每一棵树上都安上牌子，写上一段赠言，要最浪漫动听的情话，不许重复。致白墨菲，署名司空南墨。”

马丁差点就要吼出来了：“少爷，这么多树，您打算种在哪儿？”

“就种在S市，我要她目之所及全是我的情意。”司空南墨低头凝视着白墨菲的睡颜，手指抚上她吹弹可破的柔嫩肌肤。

“这……少爷打算种什么树？”马丁稳着音调，不能崩溃，这么大的工程，恐怕S市街边的树全都要重新种过。

司空南墨略一思索，什么树活的时间最长，就种什么。

他对她的爱既然要刻在年轮上，就要长长久久……

据考证，红杉、猴面包树、澳大利亚桉树均可活四千多年。

红杉树够美、够浪漫，种起来整座城市都被一团团的火红颜色包围，将是一大壮观的景致。司空南墨嘴角的笑意变浓，他做了决定：“红杉。”

司空南墨那个浑蛋，昨晚竟然设计害她喝醉。

她脑子里一片空白，完全不记得醉酒后的自己做过什么。

上午醒来时，她也不见他的人影，只有帮佣通知她可以离开浅海湾了。

庭院外停着他送的那台粉色复古车，像古欧洲贵族坐的车，两盏大大的车灯，长长的车身……

“我可以自己开？”白墨菲接过钥匙，吃惊地问。

“当然，整个S市任由你驰骋，白小姐想去哪儿就去哪儿。”帮佣微笑。

“没有人跟着？”白墨菲还是很怀疑，不知道司空南墨又在搞什么鬼，总之，她确实快憋疯了……

帮佣递给她一部手机，是那台定制机：“不过你得带着这部手机，以便少爷随时找到你。万一你把手机扔了，想要逃跑，少爷就会立刻展开追捕行动。到时，你就没那么自由了。”整个S市都是他为她打造的牢笼，他笃定她逃不掉。

白墨菲像被放飞的鸟，一刻也等不及地冲出别墅，跳上复古跑车，引擎声咆哮，在浅海湾长长的公路上奔驰。

突然获得自由了，她一时竟然不知道该去哪儿。奔驰了一段时间后，车开进市里，她就漫无目的地开着。望着两边熟悉的街道，她觉得有些地方变了！

手机响起好听的铃声，歌声有点熟悉，竟是司空南墨的声音？

他深情地唱着一首英文歌，不注意听，竟像音乐原声一样。

白墨菲就这么一走神，电话就自动接通了：“白墨菲，你敢扔了手机？”

白墨菲回过神：“我在听。”

“为什么不接电话？才给你自由，你就敢狂妄放肆了？”司空南墨的声音充满急躁之意，“你最好别让我后悔做这个决定……”

白墨菲抽了抽嘴角：“你根本不给我接电话的时间，你的性子总是这么急的吗？”

司空南墨顿了一下，只要知道这个女人没有想要逃跑的心思就好：“回到市里了，你没去市区逛逛，没发现什么变化？”

白墨菲看着眼前一棵棵闪过的红杉："我发现了，树变了。"

司空南墨仿佛低声笑了："喜欢吗？"

白墨菲怔了怔："是你让人种的？"

她怎么会知道，昨天晚上司空南墨突发奇想要种红杉，连夜就让马丁去办这事？他本来想种北美杉，可那品种是太过高大的乔木，所以最后换了红杉。除了冬天，它的树叶是绿的，其余春、夏、秋三季都是红通通的树叶，美不胜收。

"你多逛逛、看看，不是闷得慌吗？今天给你一天假期。"司空南墨得意的嗓音传来，"这边还在布置我们的新家，等完成了，我去接你。"

白墨菲看着两边的杉树，瞳孔也被一道道的火红树影染了色……

这么美的风景在国外也就只有一片，而S市最繁华的街区竟都种满了红杉？

她怎么知道，司空南墨为了移植这些红杉，花费了不少力气？

当然，司空南墨出的价格足够那些园林种植更多珍贵的品种。

白墨菲驱车像逛在红色隧道中，这些树木的颜色深浅不一，粉红、浅红、深红、血红、黄红……一丛丛闪过，整个视野变成一幅油画，美得像景区。

S市的人也没想到一夜之间，市里最繁华的区域焕然一新，街道上比平时多了许多人。大家走在红杉树下，或拍照或欣赏，脸上都洋溢着开心的笑容。

每棵红杉都以序列号命名，从No.1到No.52113。

52113——我爱你一生。

白墨菲把车停在街边一棵高大的红杉下，看着树干上钉着一块大大的浮雕牌，金属牌面上刻着树的序号和一段话。

"No.981致白墨菲：你是我一时的冲动，也是我良久的喜欢。司空先生。"

白墨菲怔然，推门下车，仰头看着红杉树上的告白牌，思绪万千。

"No.982致白墨菲：落叶归根，我归你。司空先生。"

"No.983致白墨菲：你不是人，你是上天写给我的最好的情书。司空先生。"

"No.984致白墨菲：遇见你，是我一生的幸运；喜欢你，是我做过最好的事情。司空先生。"

"No.985致白墨菲：你最好一无所有，然后让我做你的全部。司空先生。"

"No.986致白墨菲：你是我的指南针。你一来是万物复苏，你离开世界荒芜。司空先生。"

"No.987致白墨菲：写尽千山，落笔是你，望尽星辰，美丽是你，书尽泛黄，扉页是你，千山万水，归处是你，铁马是你，冰河也是你。司空先生。"

…………

白墨菲顺着那排树一路走，一路看，每棵红杉上都有告白语。

整个S市的人都知道这些红杉是为谁种的了，所有人都在羡慕司空先生对她的爱意。

司空南墨在一夜之间将S市打造成了红杉世界，让这座城市成为最浪漫的城市。

白墨菲不用上网，都能想象这一举动震惊网络，一定又上话题榜了。

“司空先生到底是谁，这么神秘，是哪路神仙啊？这手笔，这阵仗……这才是谈恋爱。我呢？国家分配的猪到了！”

“别人谈恋爱靠长相、靠浪漫、靠烧钱，而我们……只能靠对方眼瞎。”

“我想顶着白墨菲的脸活一天，想知道女神过的都是什么日子，享受一下被众星捧月的待遇。我也想痛苦、烦恼，是选司空先生，还是莫少爷？……”

“今天一早醒来，面对大型‘虐狗’现场，我只想狠狠地骂司空和白墨菲这对情侣——汪，汪汪汪！”

街上来来往往的人都被红杉吸引了注意力，大爷大妈乐呵呵，中年男女或羡慕或惆怅，小年轻们则三五成群地议论着，没有人留意到白墨菲。还好她没被认出来，她慌忙把羽绒服上的帽子戴上。

兜里的手机又响起来，司空南墨的电话又打来了。

他的性子总是那么急，她才把手机掏出来，电话又自动接听了……

白墨菲刚把手机放到耳边，就听到他不满的斥责，她也没好气地问：“你又干吗？”

“看到了？”他得意地问。

手机里有GPS，他能随时追踪到她在哪儿，通过手机看到她在街道上缓慢地移动……

“看到什么？”

“你视力不行，那么多牌子都看不见？”

“那些语录都是下人在网上摘抄的情话，字是工匠刻的，树是园丁栽的，跟你没什么关系吧？”白墨菲好笑地问。

司空南墨回道：“我以为你会感动。”

这就是她的反应？她如果在他面前，他真的恨不得掐死她，这个没心没肺的女人。

“你只负责动动手指，下个命令。我为什么会感动？”事实上，白墨菲内心是感动的。

“主意是我想的，心思是我花的，你这个难以取悦的女人，也不想想我的用心！”司空南墨咬了咬牙，沉默了几秒钟，又说，“你知道一共栽了多少棵树？”

“不知道。”

“你现在就去市中心的星火公园，那里有我为你种的最大一棵红杉，也是最后一棵。”司空南墨的嗓音里带着一丝神秘感。

“想知道有多少棵树，我上网就知道了，想必市民比我更热衷寻找答案。”

他到底种了多少棵树？整个S市都被红杉包围了，而每棵树都有序号，只要找到最长的那串序号就知道答案了。她不用上网，也知道找到最后那棵树的人肯定已经把视频发布到了网上……

“白、墨、菲。”司空南墨的嗓音里带着一股恼火的低气压，“我叫你亲自去。”

他明明制造了一个天大的惊喜，以为她会感动得多爱他一些，却没想到她冷冷淡淡，气得他血压升高，好气氛全被这个女人破坏殆尽。

白墨菲不情愿地应声：“知道了，真是麻烦。”

其实，如果司空南墨在她面前，会看到她的嘴角一直挂着浓浓的笑意。

白墨菲自己都没发觉她的笑容那么深，坐上车无意地扫到后视镜，才瞥到自己满脸笑意。

挂了电话，这边的司空南墨却忐忑不安，眉头紧皱在一起。

他坐在皇家剧院的观众席上，偌大的剧院正在装饰气球、彩带，帮佣们忙碌着。白墨菲不会想到，他买下了这座大剧院，二楼的所有房间都精心装修过，拥有卧室、客厅、厨房、多媒体室、健身房、书房、衣帽间等等，一百零八间房一应俱全。

而一楼原本是大歌剧院，拥有剧场和各种舞蹈室、音乐室、播放室、影音室等等，现在重新装潢后，都成了白墨菲的私人空间。

整个大剧院本来就是二十世纪的一个洋人留下来的，巴洛克建筑外形，辉煌雄伟，大气磅礴，是S市壮观的景点之一。因此，它也被司空南墨看中，他将其收购后进行装修，现可与王家的宫殿相媲美。

剧院外的广场也被改造成了私人园林，种满颜色各异的蔷薇、玫瑰、郁金香等等，还有从国外移植而来的奇珍异草、珍贵乔木，郁郁葱葱的绿色植物包围着城堡，美得像童话世界。

司空南墨原本是想买下一座庄园送给她，可庄园占地广，位置都很偏远。

白墨菲说过，喜欢住在市区里的繁华地段，出行方便。

而在市中心，别说庄园，连别墅都没有，思来想去，他就盯上了大剧院……白墨菲喜欢跳舞，她的梦想是登上舞台。

他送她一座剧院改造的府邸，她应该会喜欢吧？

“少爷，已经在进行最后的软装布置，几百个人忙碌着，保证在下午全部完成。”马丁端着咖啡过来，汇报着进展。

司空南墨目光幽深，抬头看向剧场的天花板……

“星空也已经布置好了。”马丁连忙把遥控器递给他。

司空南墨按下黑色按钮，整个剧院的灯光瞬间全部熄灭，而头顶是浩瀚无垠的星海，逼真到仿佛真的把星河搬进来了，那些闪耀的星星仿佛近在咫尺又远在天边。

司空南墨又按了两下按钮，那些星星排列成水瓶座和摩羯座的形状，相互凝望着，一条银线连接着两个星座，在线上，“I LOVE U”的字样是成千上万颗星星凝聚而成，闪光的频率不同，于是万千的光辉此起彼伏地闪烁着。

“这是女人要的浪漫？”司空南墨压低嗓音问，脸色讳莫如深。

马丁肯定地回答：“连我这个男人都觉得很浪漫了……”

“她会喜欢？”司空南墨依然不确定，白墨菲太难讨好。

“我都恨不得变成少爷的女人，”马丁安抚道，“白小姐又怎么会不喜欢？”

司空南墨目光嫌弃地说：“你要变成女人，我一脚踹死你。”

“我是少爷的人，阎王爷不敢收我，又把我一脚踹了回来。”马丁舔着脸笑着，“少爷，您放心，就等着白小姐爱您爱得要死要活吧。”

司空南墨那张紧绷的俊脸终于舒展，他勾起嘴角：“再检查一遍，别给我出任何差池。”

莫流原送她一幢小小的白家洋楼，他送她豪华百倍的“爱的家园”。

他看着手机里的定位小绿点在向星火广场移动，越来越近……

司空南墨把遥控器扔回托盘上，正了正衣领起身，恢复他一贯的自信狂妄样子：“接她回家！”

远远地，白墨菲就发现星火广场上人头攒动，比节假日的人还要多很多。

她溜达半天，才好不容易寻到一个停车位……

广场正中央种了一棵极大、极茂盛的红杉，不知道是什么品种，枝干高大，红色叶片从浅到深地渐变，仿佛画家笔下的杰作。更奇特的是，这红杉的树干弯曲得像个少女的形状，红色叶片像浓密的长发。

市民们闻风而动，都簇拥到星火广场来，不仅仅是来看这棵神奇的红杉树，更因为它是第五万二千一百一十三棵。

司空先生为了示爱，竟在一夜间种了五万多棵红杉树？

“No. 52113 致白墨菲：当你爱自己的时候，世界上所有美好事物都会不请自来。让我做你的阿拉丁，实现你所有的愿望。司空先生。”

在红杉树上，悬挂着成千上万块许愿牌，红绳拴着吊有铃铛的木牌，风一起，丁零零地响。这些许愿牌都是空的，等待白墨菲写上她的愿望……

小年轻们兴奋地与这棵树留影，并想沾点喜气，摘下许愿牌，写下自己的愿望，挂到树上去。

白墨菲远远地倚在钟塔下看着那边的场景，这里好久没有这么热闹了。

“今年你的愿望里会不会有我？”司空南墨的嗓音从手机那端传来。

白墨菲挑了挑眉：“没有。”

“白墨菲，我的愿望里都是你。”

除了她是他求而不得的女人之外，这世界上还没有他得不到的东西……

白墨菲低声笑着说：“你过来就知道了，那棵许愿树已经变成大家的了。”

等司空南墨看到他为她准备的许愿牌已经写满别人大大小小的心愿，他又会暴躁吧？

果然，司空南墨的嗓音里有了火气：“就该把树围起来，不让这些闲杂人等靠近。”

“好久没见大家这么开心了，你这算是做了件善事。况且，几万块许愿牌，我也没有那么多愿望要许。”

“他们许也是白许。”

“你不是要做阿拉丁吗？既然你那么有钱，肆意挥霍，不如帮他们实现愿望？”

司空南墨咬牙切齿地说：“我只做你的专属阿拉丁。”

白墨菲眯起眼，看着越来越多的人朝星火广场聚集，好在广场很大，只要不挤到那棵红杉树边上去，还是很宽敞的。

她身后的钟塔突然敲响十二声。

司空南墨隔着手机叫她抬头看，当她仰起脸时，就看到从广场的八个方向升起了热气球。一只只气球缓缓升空，色彩缤纷，在蓝天白云的映衬下，梦幻无比。

广场上的女孩兴奋地尖叫起来。

不只广场，附近的商场、影院、大厦……只要带有天台的高楼，都有热气球升空的影子。远处的像一颗颗小点，而近处的像一座座巨大的棉花堡。

浅黄色、粉红色、浅蓝色、灰色、白色……每一只热气球都有七彩颜色的条纹组合，形成独特的风景，随着升到高空，阳光和云影的变换改变着它们的颜色。

他到底……放了多少只热气球？

广场上的人看呆了，白墨菲仰着头，也被眼前的壮观景象惊住了。

她不知道看了多久，直到脖子发酸发疼，缤纷的颜色远远近近地为蓝天增添了光彩。

“白墨菲。”

一道声音在人潮汹涌中叫她，她循声看去。

司空南墨从一侧走来，在他的身后，有员工正在将一个心形热气球点燃升天。

热气球的条纹布面上，用刺绣烫贴印着大大的司空和墨菲的字。

这只热气球的篮子里塞了满满当当的红玫瑰，玫瑰多得满出来，热气球摇摇晃晃升起的时候，玫瑰花瓣就往下掉着。

两列保镖将他面前的人群赶到一旁，开辟出一条宽敞的路。

司空南墨迈着长腿走来，热气球的火焰照亮了他英俊的脸，一些花瓣随风飘落，他挺拔的身形由远而近，长款大衣翻动着衣角。

他看她的眼神，浓郁如月色下的黑暗沼泽，邪恶得令人发指。

白墨菲一时间怔在原地，直到他的手攥着她的胳膊，将她拉进怀里。

“看傻了？”

白墨菲闻到了他胸前传来的男性荷尔蒙气息，浓烈逼人，是他的味道。

“喜欢？”他拥着她，热烈地吻着她的脸颊，脸上的笑意很深。

白墨菲很少看到他这样笑，不合时宜地斥责道：“你疯了？放这么多热气球干吗？”

“热气球已有悠久的历史，以前被称为天灯或孔明灯。”司空南墨说道。

既然是天灯，当然是承载人们的愿望用的。

“那人家许愿放孔明灯，可你这是……热气球？”白墨菲在他怀里抬起头，看他就像看一个傻子。

“现在大白天，放热气球才浪漫，你们女人不是都喜欢浪漫？到了晚上，我有灯河给你看。”司空南墨揽着她，她想看什么都有，只要她想看。

热气球是一项贵族运动，女孩们都向往着乘热气球飞行……

孔明灯，几张纸糊的，是个人都可以放。司空南墨要给，就给她别人给不了的东西，是别人羡慕不来的独特体验。

“没有几个男人能为心爱的女人放热气球……”他轻轻咬了咬她的鼻子。莫流原庆贺她的十八岁成年礼时，也不过就是放了几千只气球……

白墨菲看着天上的热气球，还陆续有新的热气球升空，越来越多……

“你不会也要放五万只热气球吧？”

“一千三百一十四只，”司空南墨皱起眉，“你当这是什么，能放五万只？”

白墨菲松口气，还好，他如果真的放了五万只热气球，她现在就带他去精神病院将他关起来。

“你小心，不要发生事故引起火灾了。”

“我请的是土耳其专业团队，安全得很。”司空南墨久久没有听到她说一句感动的话，“白墨菲，你不感谢我？”

“谢你什么？”

“我给你的浪漫，都是独一无二的。”

“我只看到你在臭显摆……”白墨菲看怪物似的瞪着他，“显摆你的资本有多雄厚。”

“网上到处都在传少爷是不是哪国的皇族，”马丁乐呵呵地插嘴道，“我左思右想，也不知道是谁走漏了风声。”

白墨菲语塞。

司空南墨拽着她，想往红杉的方向走，她僵在原地：“我不去，那边人太多了。”

“我把他们全都赶走？”

“不要，人多，热闹才好玩。你搞这么大的阵仗，就我们两个庆贺，那多无聊……”白墨菲看着广场上欢呼的人，扬唇笑了，“看在你取悦了这么多人的分上，你这次幼稚的举动，我就不跟你计较了。”

“我幼稚？”司空南墨眼神发沉，咬了咬牙说，“我费尽心思也没讨到你的半点好，别的女人送枝玫瑰花就感激涕零了。”

“你这份惊喜太夸张了。”

“除了夸张，你就没点别的感受？”

“你像个人傻、钱多、臭显摆的阔佬。”

司空南墨不以为然道：“有钱是我的优点。”

“那你也就只剩下这一个优点了。”白墨菲忍不住想要打击他的嚣张狂妄。

“到目前为止，我还没从你口里听到一句好话。”司空南墨的脸色越来越不悦。

他想听她夸夸他，怎么就这么难？别说她会感动地扑进他的怀里，她别一副看傻大亨的神色一直讽刺她，他都要谢谢她的善良了。

白墨菲见他一副即将发火的样子，笑了：“我还是开心的。”

“这话敷衍到像是我拿刀逼着你说的。”

“虽然你只是发号施令，其他什么都没有做，但你确实放了心意进去。”白墨菲别开脸，逞强地从嘴里挤出两个干巴巴的字，“谢谢。”

司空南墨瞪着她，她贬低他的话说了一长串，感谢就两个字。

他眼里的骄傲、自信之色都散了，薄唇紧紧抿着。这样精心布置，都没换来她的喜欢，他越来越摸不准这个女人的喜好……

气氛一下子安静下来。

“你今天穿的这一身，有点帅。”白墨菲瞥了他一眼，又若无其事地看着天空，“不要再放热气球了，就到此为止……你干什么？”

身体被横过去又死死地搂在他的怀里，他的黑眸紧紧地凝视着她：“你刚刚说什么？”

白墨菲的脸颊微热，她看得出，司空南墨今天是好好打扮过的，风衣里穿着英伦西装、打着领结，头发也特地做了造型，硬硬的发蜡定了型，梳了个大背头。

她不知道今天是什么日子，他会这么郑重其事，突然给他制造浪漫，还刻意打扮自己。

“你特别打扮过了，今天是什么节日？”她仔细想过，今天不是情人节，也不是谁的生日，到底……

“今天我们搬新家，乔迁之喜，也是我们相识一百天纪念日。”司空南墨勾起嘴角，笑意又回到他的脸上，“我送你‘爱的家园’，要你永远记住这一天。”

相识一百天，三个多月，不知不觉他们竟认识这么久了。

“只是有点帅？”他忽然一把将她打横抱起来，还在介意那个话题。

这是她第一次夸他，她从来没说过他帅。原来她也是长眼睛了的。

白墨菲懒得理他，下巴靠在他宽阔的肩头上，盯着漫天大大小小、五颜六色的热气球，大概这辈子她真的忘不了这天了，太过震撼：“礼物哪有你这样送的？”

“没有最好，我是司空南墨，谁敢和我一样？”

莫家庄园。

修长的身影立在窗前，手指滑着触屏电脑的屏幕，看着网上到处都是有关红杉的消息。司空先生——这个神秘的男人又引起全城热议。

接连一个月，莫氏遭遇强大的力量打压……莫流原安静的脸上，突兀地闪过一丝诡谲之色。

他早在一个月前就查到了，那股打压莫家的势力，冠以司空的姓氏，是……司空南墨。

“少爷，你要的东西取来了。”赫管家叩了叩门，提着一个药箱进来。

站在窗旁的阴暗处的莫流原回过身。

赫管家一惊，随着时间的推移，少爷的病情越来越重……

他病情加重的表现，就是性格变得古怪、阴晴不定，偶尔做出西原才会有的邪恶举动。而最近这几天，他的表情、眼神，都渐渐与西原大人相同。

有时候，连赫管家都开始分不清，眼前站着的人是谁。

不过，他知道少爷内心的执念还在挣扎，少爷还没有彻底把身体掌控权交出……

如果是西原大人代替了莫流原，那他可不会任由莫氏被欺压至此。

莫流原接过药箱打开，一股冷气冒出，这药箱里放有保鲜冰袋，还都未融化……

这个药箱是刚刚从英国空运而来，一路上都被放置在小冰箱里保存。

在药箱被打开以前，就连赫管家也不知道这里面装的是什么。

莫流原把覆盖着的冰袋拿走后，露出一个装着药品的塑料袋……

蓝绿色的液体盛在玻璃瓶里，冒着细小的气泡。

大概拇指大的一小瓶剂量，莫流原小心翼翼地检查过。

“少爷，我没让人拿错吧？是按照你的吩咐……”

“是它，”莫流原很快将药瓶放回原处，淡淡地说道，“放进保鲜区，好好看顾，不能让药的活性消失。我择日要用……”

赫管家应声点头，看到莫流原眼角一闪而过的杀意，怔住了：“少爷，这到底是什么药？”

他又问道：“这药是从西原大人的藏药阁里取出来的，你怎么会知道那个地方的密码？”

西原和莫流原虽然都知道彼此的存在，但他们的记忆不共通……

当西原存在时，他便以另一种身份生活。

赫管家相当于侍奉的是两个主人，非常清楚他们的本性。

莫少温和、善良，连只虫子都不忍踩死。但西原阴险狡诈，无恶不作，还会制毒。

西原对毒药非常钟爱，经常泡在地下实验室里，研究各种化学物质。

莫流原浅浅地皱眉，手温柔地抚过药箱：“我逐渐有了他的记忆，每天记忆都在增多。”

“从……什么时候开始的？”赫管家震惊。

“一个月前。”

在上次和白墨菲见面以前，他就已经偶尔能意识到一些西原的记忆。

“你怎么也不同斯密夫医生说？”赫管家其实早就有所怀疑，但不敢去想……不敢面对。

斯密夫医生是莫流原的心理医生之一，因为他病情升级，最近换成斯密夫医生来给他做治疗。

莫流原的嘴角透露一丝古怪的笑：“拥有他的记忆，也没有什么不好。”

赫管家瞪大眼，少爷变了。是西原大人的思维在干扰他，让他抵抗医生的治疗？

“夺回她，需要西原的帮助。”莫流原倏尔又变得温柔，微微垂下长睫毛。

司空家族有多强大，他们不会不清楚。

曾经司空家族和莫家是世交，有着极深的渊源，莫家老爷救过司空老爷的命，最后还为司空夫人挡了子弹，替她死了。

莫老爷去世后，莫流原还小，又患有极重的自闭症，根本无法经营莫家，于是，莫家在他手里逐渐衰败。而司空家族日益壮大，原本势力相当的两个家族，因此有了差距……

"那这药……"赫管家小心翼翼地询问。

"是我最新研究出来的，无药可解。"莫流原的脸色又变得诡谲，"原本是为司空老头准备的，不过，他儿子竟然找死，那就先赏给他儿子用。"

赫管家浑身抖了抖："少爷！"

这么多年，西原大人一直把莫老爷和莫夫人的死归咎于司空家族，并对此耿耿于怀，努力寻找报仇时机。但莫流原天性善良温和，只当那是意外，没有怪过任何人……

"商场上的尔虞我诈，我见识得多了，莫流原可真是给我丢脸，一个女人也看不住。"莫流原嘴角露出惊心动魄的冷艳笑意，"果然是无能啊。"

要不是有一半时间是他西原在掌管莫氏，只靠莫流原撑着的话，莫氏早就彻底垮了。

赫管家双腿发软，西原大人彻底主导意识了？他差点就要跪下去。

丁零，丁零——

窗上的风铃随风而动，那是白墨菲亲手做给莫流原的风铃。

莫流原朝后退了两步，仿佛突然间清醒过来，一只手按着头："把镇静剂拿给我！"

他服用镇静药已经不管用了，现在只要状态不对劲，就需要静脉注射镇静剂……

赫管家马上拉开柜子，将针管注入了镇静剂递给他。

他面无表情地将针头扎进血管，看着药水缓缓被推进，大脑中的邪恶思想逐渐消退。他重重地喘了口气，跌坐在椅子上。

赫管家眼角泛着泪："少爷，你千万要撑住。"

莫流原琉璃般的眼瞳一动也不动，半晌他才轻轻开口："我不知道我的时日还有多久。"

"西原大人一天比一天强了……我们早点把白二小姐找回来，只要她在身边，你就能稳定病情。"赫管家擦了擦泪说。白墨菲是莫流原唯一想守护的人，是他活下来的执念。

莫流原的嘴唇微微苍白，他盯着那只药箱，说道："以我的能力，根本不能与司空抗衡。"

"那……这药是留下还是……"赫管家趁着他清醒时问。

莫流原温和的脸庞上却有一丝阴鸷之色："必要的时候，我会用它。"

赫管家叹了口气，把药箱提去保鲜柜里保存。看来，少爷现在即便是最清醒的状态，也不再是从前的莫流原了。

微风让铃铛不断地轻响，厚重的帷幕被轻轻带起一点涟漪……

一身白色王子装的莫流原坐在那里，眼睛是闭着的，仿佛睡着了，又仿佛是一个不会动亦不会思考的木偶。忽然，身后有声音响起：“流原哥哥。”

帘子般繁密的眼睫打开。

“流原哥哥，你在想什么？”

他抬眸，如白天鹅一样的女人映入他的眼帘，白皙的肌肤，尖尖的下巴，她的眼瞳晶莹如琉璃，闪着一丝高傲却优雅的光芒。

白墨菲穿着蓝色公主袖衬衣、枣红色中裙，以及美丽的白色羊毛针织衫。

卷曲而浓密的发柔软地披在肩膀两侧，只有十二岁的她脸庞稚气未脱，朝他跑来。

这个通身贵气的女人，生来就有着高傲的公主气质，与莫流原是那般相配。

莫流原淡漠地看着她，她将他所有的视野都占满了……

“你怎么又在发呆了？”她微笑，“不要不说话好吗？你应该多试着接触别人……”

白墨菲没有走到莫流原的身边，而是站在那个巨大的收藏柜前，看着那一个个独具匠心的漂亮工艺品。然后蹙眉问：“为什么我没有看到房子？”

“其实房子是世界上最幸福的礼物，可以变成一个家。我对白家从来都没有归属感……”

她离得不远，身上的香气好像就在莫流原的身边飘荡。

莫流原木然地看着她的一举一动，她抬眼低眉的瞬间，都像是水晶球一样散发出夺目的光芒。

“墨菲……”莫流原终于开口说，“你来了。”

白墨菲只是靠在那里，一直微微对他笑着，高贵又疏离的那种笑，亦带着小心翼翼的讨好之意。

莫流原着急地走到她面前，伸手就要去抱她——

“少爷！”刚进来的赫管家唤醒了他。

莫流原看着怀里什么也没有，白墨菲的身影变得虚无……

赫管家看到这一幕场景，很是痛心：“我刚得到消息，白二小姐出现在星火广场……”

“备车。”莫流原回过神，眼角闪过一丝诡谲的光芒。

（未完待续）